Opstaan

Jackie van Laren bij Boekerij:

De *Q*-serie
Zin
Lief
Ziel

Vallen
Opstaan

www.boekerij.nl

Jackie van Laren

OPSTAAN

Echte liefde roest niet

BOEKERIJ

ISBN 978-90-225-8113-1
ISBN 978-94-023-0923-2 (e-book)
NUR 301

Omslagontwerp: Johannes Wiebel | Punchdesign, München
Omslagbeeld: Shutterstock.com en time./photocase.de
Zetwerk: CeevanWee, Amsterdam

Deze uitgave kwam tot stand door bemiddeling van Marianne Schönbach Literary Agency B.V.

‘Get up, stand up, don’t give up the fight’
Bob Marley & Peter Tosh, 1973

Wat er vooraf ging aan dit verhaal...

Wat doe je als je werkt voor een tijdschrift, je vooral kleine, onbeduidende stukjes moet schrijven, maar opeens de kans krijgt om met een van de beroemdste rockbands ter wereld mee op tournee te gaan om een exclusief artikel over hun reünietournee te schrijven? Dan pak je die kans, toch?

Het overkomt Anne, wanneer ze een kort interview mag doen met Rory Maquary, bijnaam Roar, Oscar-genomineerd acteur, beruchte Hollywood Bad Boy en de leadzanger van diezelfde rockband. Rory's zoontje, de driejarige Rowland, heeft problemen sinds zijn ouders uit elkaar zijn, maar Anne weet hem te bereiken en te troosten als hij midden in haar vijf minuten interviewtijd met zijn vader een enorme huilbui krijgt.

Roar, die in de problemen komt als zijn kindermeisje het moeilijke jongetje niet meer aankan en op de vooravond van de geplande reünietournee plotseling haar ontslag neemt, belt Anne diezelfde avond nog op om te vragen of ze drie weken met de band mee wil reizen en op zijn zoontje wil passen, in ruil voor een exclusief artikel.

Anne zegt direct ja, hoewel ze er een stevige ruzie over krijgt met haar in- en inkeurige vriend Ian. Die vindt dat ze zich niet tussen zulk onbeschaafd volk moet begeven, maar eigenlijk neemt hij Annes ambities om zich te bewijzen in haar werk niet serieus.

Terwijl Anne worstelt met het onrustige leven op tournee, de zorg voor Rowland en het schrijven van haar artikel, moet ze Ian in eerste instantie gelijk geven. De wereld van de ruige rockers is niets voor haar, en Roar lijkt nog wel het ruigst van allemaal. Maar gaandeweg leert ze de bandleden en de crew beter kennen, komt ze erachter dat niet alles wat de roddelbladen beweren waar is, en moet ze schoorvoetend toegeven dat Roar er niet alleen maar goed uitziet op foto's maar dat hij in levenden lijve ook echt heel aantrekkelijk is. En een stuk vriendelijker en zorgzamer dan ze ooit had gedacht.

Voordat ze het weet is ze in stilte smoorverliefd op hem, en ook hij blijft niet onberoerd door die verlegen, roodharige, sproetige en vooral keurige journaliste die met de band meereist en die zo goed met zijn zoontje overweg kan.

Vlak voordat de tournee New York bereikt, van waaruit Anne weer terug zou vliegen naar Londen, waar ze met Ian samenwoont, kunnen Anne en Roar de aantrekkingskracht tussen hen niet meer bedwingen, en Anne neemt verscheurd en in de war het vliegtuig terug naar huis. Ze zal eerlijk moeten zijn en moeten kiezen tussen haar veilige, bekende maar saaie leven met Ian of de achtbaan van gevoelens en gebeurtenissen die Rory Maquary heet.

Na een paar woelige weken lukt het haar uiteindelijk om voor haar hart te kiezen en Roar, die de moed al bijna heeft opgegeven en die zich in zijn hotel in Londen verschanst heeft, nog op het nippertje te bereiken. Ze komt erachter dat het leven er heel anders uitziet dan ze had gedacht met de man van wie ze houdt aan haar zijde – en ze komt erachter dat ze niet in de wieg is gelegd voor de journalistiek, maar des te meer voor het schrijven van romans...

Anne

1 Binnenkomen

'Georgie, had je echt zoveel besteld?' Anne telde nogmaals en kwam voor de tweede keer uit op achttien pakjes boter. Vandaag was de *Gry Maritha*, het bevoorradingsschip uit Penzance, aangekomen op de top van hoog water, en keurig een halfuur later was het golfkarretje dat de bestellingen van het vasteland kwam brengen verschenen voor de deur van Seaview Villa, het thee-annex-eettentje dat ze in de afgelopen anderhalf jaar samen met haar vriendin Georgiana uit de grond had gestampt. Allemaal heerlijk voorspelbaar. Alleen zat er normaal gesproken niet zo ontzettend veel boter in de krat.

Het leven was overzichtelijk op St. Mary's; het werd voornamelijk beheerst door het weer, de getijden, het bevoorradingsschip en de dagelijkse aankomst en het vertrek van de veerboot *Scillonian III*. De vaste bewoners van de Scilly-eilanden waren over het algemeen rustig, vriendelijk en ze hadden weinig last van vooroordelen. Maar hun allerbeste eigenschap was nog wel, wat Anne betrof, hun universele onwetendheid op het gebied van vrijwel alles wat met Road Rage te maken had. De 'Rage' was toch met gemak een van 's werelds beroemdste rockbands, maar niemand in de hoofdstad Hugh Town leek ooit gehoord te hebben van Roar, Blade, Axe en Mad, de mannen die de band vormden die drie jaar geleden zo'n spectaculaire comeback had gemaakt. Eerst een reünietournee, vervolgens een album vol gloednieuwe nummers – direct een geweldige hit en het beste dat ze ooit geschreven hadden, zeiden de kenners – en direct daarna nóg een wereldtournee. Alles binnen ruim een jaar tijd. De bladen en showbizz- en muzieksites hadden er vol mee gestaan.

De eilanders hadden zo mogelijk nog minder meegekregen van het tumultueuze liefdesleven van de verschillende bandleden, en dan met name dat van de leadzanger Roar. Anne was dus, dat wist ze zeker, in Hugh Town of waar dan ook op de eilanden volkomen veilig voor pijnlijke, prangende vragen, steelse blikken en gemompelde opmerkingen. En pers was er al helemaal niet, gelukkig: ze herinnerde zich nog maar al te goed hoe ze ooit stomverbaasd door de straten van Londen had gerend met een hardnekkige roedel klikkende en flitsende fotografen achter zich aan. Ze had ze toen af weten te schudden in de metro, maar ze had nog weken de bibbers gehad als ze alleen de straat op moest. En eigenlijk was ze er nooit helemaal aan gewend geraakt dat de pers in haar geïnteresseerd zou kunnen zijn. Zelfs niet als het haar werk als auteur betrof, terwijl ze ondertussen toch drie redelijk succesvolle romans op haar naam had staan. Maar hier op Scilly wist ze zeker dat ze volkomen veilig zat, onvindbaar en onbereikbaar voor alles uit het verleden waar ze liever niet aan herinnerd wilde worden.

Georgie stak haar hoofd om de hoek van de bijkeuken. 'O ja, ik heb flink wat boter bijbesteld, want ik weet niet wat Woz allemaal nodig gaat hebben, en ik wil natuurlijk niet onprofessioneel overkomen.'

'Georgie, we zíjn onprofessioneel. We kunnen toch echt alleen maar appeltaarten in de oven zetten, broodjes smeren en omeletten bakken, en toch is het ons gelukt om Seaview Villa op gang te krijgen. We hebben niets om ons voor te schamen. Laat die Warren Dixon maar komen, met zijn grote mond.'

Woz, Woz, Woz. Georgie had het de afgelopen maand over weinig anders gehad. En ze weigerde de knappe maar enigszins onbehouwen topkok uit de populaire kookshow *Superchef* gewoon bij zijn volledige naam te noemen. Anne werd er zo ongeveer uiïg van; ze wilde dat Georgie die vreselijke man niet was tegengekomen op dat feestje in Londen waar ze zo nodig naartoe had gemoeten.

Anne had heel hard haar best gedaan om geruisloos onder de radar te verdwijnen toen het twee jaar geleden zo abrupt en faliekant in de soep liep tussen haar en Rory Maquary. Roar. Ja inderdaad, de zanger van Road Rage. Ze was tijdens de ondertussen roemruchte reünietournee van de band meegereisd als journalist om een exclusief artikel over de band te schrijven voor *Uncover Magazine*, waar ze op dat moment voor werkte. De reden waarom ze die klus in de schoot geworpen had gekregen was Roars zoontje Rowland, toen drie jaar. Ze had Rowland min of meer per ongeluk ontmoet, tijdens een kort *press junket*-interview met Roar voor de film waar hij toen juist de hoofdrol in gespeeld had. De kleine man was erg verdrietig, ze had hem getroost, en zonder aanwijsbare reden was hij meteen zo dol op haar geweest dat zijn vader, die zich aan het begin van de tournee met een acuut oppasprobleem geconfronteerd zag, tot Annes verrassing met het voorstel voor het exclusieve artikel aan kwam zetten. Op voorwaarde dat ze daarbij een oogje op Rowland wilde houden totdat de tour New York bereikte, want daar stond een echt kindermeisje klaar om de boel over te nemen.

Ze had ja gezegd en vervolgens drie uiterst vervreemdende weken meegemaakt. Ze had alle bandleden goed leren kennen – ze bleken allemaal heel anders dan ze had gedacht – en ze was met hart en ziel gevallen voor Rory Maquary. En hij voor haar, of althans, dat had ze op dat moment gedacht. Het had haar haar toenmalige partner gekost, iets waar ze nog steeds niet erg rouwig om was, maar de relatie tussen haar en Rory die volgde, had ook geen stand gehouden. En daar was ze wél rouwig om. Sterker nog, na twee jaar was ze nog steeds af en toe totaal verbijsterd door het idee dat het over was tussen haar en Rory. Ze had het niet zien aankomen; ze was ontzettend gelukkig geweest. Ze waren van plan om, na de tweede wereldtournee, een huis in of vlak bij Londen te gaan zoeken, ergens in de buurt van een goede lagere school voor Rowland. Ze had gedacht dat ze Row, van wie ze hield alsof het haar eigen vlees en bloed was, op zou zien groeien en dat ze oud zou worden met Rory. Ze had niets liever gewild.

Voor eeuwig.

Nou, mooi niet dus.

Nu wilde ze al twee jaar niets liever dan het jaar met Rory vergeten, al het gevoel dat hij in haar wakker had gemaakt de kop in drukken, knakken, uitrukken met wortel en tak.

Helemaal verbreken kon ze de band niet, want ze had nog steeds een paar keer per week skype-contact met Rowland. Van Row hield ze nog altijd, en ze miste hem vreselijk, maar ze had hem laten beloven dat hij, als hij al een idee had waar ze was, daar nooit iets over tegen zijn vader zou zeggen. Misschien later, als alles echt gezakt was, als het allemaal niet meer zo'n pijn deed, kon hij een keertje bij haar komen logeren, maar voor nu wilde ze vooral verdwijnen, een nieuw iemand worden. Daarom had ze 'Anne' afgezworen, de naam die ze als jong meisje op het internaat had aangenomen om naadloos op te kunnen gaan in de groep van *upperclass* meisjes om haar heen. Ze stelde zich nu overal voor met haar echte naam: Angharad. Op Scilly keek niemand ervan op.

Ze had haar haar laten groeien – het hing intussen in dikke donkerrode kurkentrekkers tot op haar middel – en ze droeg graag wijde zigeunerrokken omdat die zo heerlijk om haar blote benen zwierden. Ze had een versleten strohoed voor zonnige dagen en een zelfgebreid wollen vest met houtje-touwtjeknopen voor koudere dagen. Ze voelde zich bohemien, vrij en helemaal op haar plaats in Hugh Town. Ze was van plan nooit meer weg te gaan.

Zolang ze maar onzichtbaar kon blijven.

En die ellendige Superchef Warren Dixon (hij had op televisie steevast staan koken in een Superman-shirt) zou er nu voor kunnen zorgen dat daar allemaal verandering in kwam. Als hij een enorme toestroom aan mensen naar Seaview Villa zou lokken, dan zou Anne nooit meer rustig zitten.

'God, Anne, hij had hier al lang moeten zijn,' verzuchtte Georgie.

'O, noem me nou toch geen Anne meer, je weet dat ik dat niet meer wil, en hij zal heus wel komen, hoor. Ik ga bijna denken dat je een oogje op hem hebt, zo erg als je met hem bezig bent. Zal je zien dat hij in het echt verschrikkelijk tegenvalt.'

'Je vergeet dat ik hem al eerder van dichtbij heb mogen bewonderen, Ang-ha-rad,' zei Georgie; ze vond dat hele gedoe om die naam maar mal, hoewel ze het ergens ook wel weer begreep. 'Hij valt zeker niet tegen. Ik zou hem eerder een lust voor het oog noemen, en waarschijnlijk voor andere lichaamsdelen ook. Ik ben er gewoon ook wel weer een keer aan toe, godbetert; Frederick was nu ook weer niet de grootste casanova ooit.'

'We hebben het tot nu toe ook wel getroffen met de mannen, hè,' verzuchtte Anne. 'Jij met Frederick, ik eerst met Ian. Ik heb na Ian mijn wilde avontuur met een artistiek figuur al achter de kiezen, nu jij nog. En dan ga ik er daarna wel een boek over schrijven. Dan verdienen we er misschien nog iets aan, tenminste.'

Georgie grinnikte. 'Perfect. O, over boeken gesproken, vanmorgen terwijl je naar de haven was gelopen om vis te halen bij Tom, toen belde je uitgever. Hij wilde weten hoe lang het nog duurt voordat je iets gaat inleveren.'

'Ach nee hè? Wat heb je gezegd? Toch niet dat ik muurvast zit?'

'Ik niet, ik heb gezwegen als het graf. Of nee, eigenlijk heb ik zitten kletsen als een kip zonder kop, maar over heel andere dingen dan je boek, gewoon om die man een beetje aan de praat te houden. Hij heeft een enorm fijne telefoonstem; ziet hij er net zo uit als hoe hij klinkt?'

'Absoluut niet. Hij is achter in de vijftig en een verstokte dandy. Hij kan zo in een Austin Powers-film, hij heeft altijd zo'n choker met paisleymotief om zijn nek. En hij zegt "weet je wel", en "mieters", en dan denkt hij dat hij lekker hip uit de hoek komt.'

Georgie schoot in de lach. 'Wat ben je toch beeldend; het is maar goed dat je bent gaan schrijven. Dat is tenminste nog iets goeds dat is voortgekomen uit je tijd met Hem-wiens-naam-we-niet-noemen.'

'O, hou toch op,' zei Anne gekweld, hoewel ze eigenlijk ook wel een beetje moest lachen. 'En zo'n schrijver ben ik nou ook weer niet, als ik geen volgend boek uit mijn pen gewurmd krijg. Maar goed, je hebt gelijk dat het wel erg lang duurt voordat die "Woz" van jou zich meldt; zo groot is het hier niet. Moeten we een zoekactie op touw zetten? En waarom is hij eigenlijk niet gewoon met de veerboot gekomen; dat vrachtschip is toch veel minder comfortabel?'

'Geen idee,' zei Georgie, en op dat moment klingelde de bel die aan de voordeur hing en schalde er een vrolijke stem door het op dat moment verder lege restaurantje.

'Hé, Sjors? Schat, ben ik op de goeie plek? Hallo?'

Georgie gaf Anne een veelbetekenende blik en snelde toen door de keuken op de stem af. Anne volgde, iets langzamer, om te zien wat voor man haar rust kwam verstoren.

Warren Dixon zag er in het echt beter uit dan op televisie. Hij was nét iets te dik (op zich een goed teken bij een kok) en had blond flophaar dat volhardend in zijn hemelsblauwe ogen hing. Gelukkig had hij een paar armen waar een bouwvakker jaloers op zou zijn, en een set kleerkastbrede schouders. Dat hij een klein zwembandje had viel eigenlijk behoorlijk in het niet bij al dat vertoon van mannelijkheid, en hij had ook een diepe stem die aangenaam trilde in je binnenste, vooral als hij lachte. Die stem kon overigens ook heel goed onaangename vibraties teweegbrengen als hij uit zijn slof schoot; zijn kookshow had voor een groot deel het succes te danken aan zijn niet-aflatende explosiegevaar in de keuken. Het was waarschijnlijk een soort culinair ramptoerisme dat mensen aan het beeldscherm gekluisterd hield: wie zou er nu weer met de pollepel in de hand tot op het bot afgebrand worden?

Gelukkig stond Woz nu juist vrolijk te lachen om wat Georgie hem vertelde en werd er niemand afgebrand. Hij had live een nog erger Londens accent dan op de televisie; je kon er zo een heg mee snoeien. Vroeger had Anne een vreselijke hekel gehad aan mensen die het niet voor elkaar kregen om een beetje behoorlijk met hun taal om te gaan, maar na een jaar in het gezelschap van Hij-wiens-naam etc. was ze daar min of meer van afgestapt.

Hij-wiens-naam had op zijn geheel eigen wijze heerlijk geklonken – ze had wel hele dagen onafgebroken naar hem kunnen luisteren – terwijl hij toch met gemak de slechtste zinsbouw en meest abominabele uitspraak van het Engelssprekende deel van de wereldbevolking tentoonspreidde. En daarbovenop vloekte hij ook nog eens als een bootwerker. Toch had ze vaak ook heel erg om hem kunnen lachen. Ze hadden sowieso veel gelachen samen, en zo ontzettend gevreeën, ze kon er nog van blozen als ze eraan terugdacht. Dat deed ze maar niet al te vaak, want meestal begon ze na een tijdje denken hartstochtelijk te snikken, en ze vond van zichzelf dat ze nu, twee jaar later, wel eens uitgesnikt moest zijn.

Het eerste halfjaar nadat ze bij hem was weggegaan, was ze ontroostbaar geweest, en ze was kilo's afgevallen. Ze had net weer contact met Georgie toen het fout ging met Hij-wiens-naam: Georgie zat midden in een hoogst onaangename flitsscheiding van haar man Frederick, de Britse consul in India. Frederick had nogal een probleem gehad met het binnenboord houden van zijn herengereedschap: hij was van de ene affaire in de andere gedoken. Totdat Georgie er eindelijk genoeg van kreeg. Ze had hem eens flink de waarheid gezegd, had de vaste advocaat van haar rijke en deftige familie in de arm genomen, haar koffers gepakt en was zonder nog naar argumenten te luisteren teruggevlogen naar Londen, naar een reusachtig en op dat moment handig leegstaand appartement dat al zeker sinds koningin Victoria in het bezit van de familie was.

Toen Anne snikkend aan de lijn hing had Georgie meteen gezegd: 'Je komt bij mij. Ik spook maar in de rondte in al die kamers hier, helemaal in mijn eentje, en ik kan wel wat gezelschap gebruiken, al jank je de hele boel bij elkaar. Ik weet precies hoe het voelt, ik jank wel met je mee.'

Zonder Georgie was ze er misschien wel aan onderdoor gegaan. Het verdriet, de teleurstelling, het verraad; het feit dat ze het zo, zo ontzéttend mis had kunnen hebben. De bijna ondraaglijke pijn in haar hart, dat een geheel eigen leven leek te leiden en zich niets aantrok van de strenge toespraken van haar verstand. Ze had niet geweten dat een mens zich zo verscheurd kon voelen.

En net toen het zo ongeveer onhoudbaar was geworden voor Anne, toen kneep Georgies oudtante Eugénie er onverwachts tussenuit.

Nu had Eugénie de zeer respectabele leeftijd van vierennegentig jaar bereikt, dus op zich lag haar overlijden meer in de lijn der verwachtingen dan dat ze de New York Marathon zou uitlopen, maar tot dan toe was ze extreem gezond en kranig geweest en leek ze nog weinig zin te hebben de pijp aan Maarten te geven. Een béétje onverwachts was het dus wel. In haar slaap was ze gegaan, zonder verdere poespas.

Georgie erfde wat geld – niet dat ze het nodig had – en het door haar oudtante zo geliefde vakantiehuis op St. Mary's. Ze had Anne, die op dat moment meer op een met reguliere intervallen zilte tranen sproeiend waterorgel leek dan op een jonge vrouw, meegenomen om het vakantiehuis te gaan bekijken, en eigenlijk waren ze niet meer weggegaan. Ja, ze waren nog een paar keer op en neer geflitst naar Londen om kleding en beddengoed op te halen, en de loeidure potten en pannen uit een of andere designfoodiewinkel waar Georgie zo gek op was, maar dat was het.

'Hier kan ik wel schrijven,' had Anne snuffend besloten tussen twee waterorgelsessies in, en Georgie had bedacht dat het eindelijk tijd was voor haar langgekoesterde droom om een eigen restaurantje te beginnen. Seaview Villa was geboren, en hoewel ze het met z'n tweeën tot dan toe niet verder hadden weten te brengen dan een uit z'n krachten gegroeid theehuis met een beperkte warmehappenselectie (hoe succesvol in zijn soort dan ook), zou Georgie toch niet rusten totdat het een – in haar ogen althans – écht restaurant was. Met naam, faam, en het liefst nog een Michelinster ook.

En daar was Woz om de hoek komen kijken: een sterrenkok zonder eigen restaurant, maar mét eigen televisieprogramma. Dat een zomerstop had. Waarin hij dus niets te doen had. Daarnaast was het nog maar de vraag of zijn programma volgend seizoen terug zou komen: hij had het met zijn grote mond voor elkaar gekregen om wel drie hoge piefen bij de BBC zo grondig tegen zich in het harnas te jagen dat het erom spande of hij het volgende seizoen nog te bewonderen zou zijn op de Britse nationale televisie.

Woz kon wel een vakantie gebruiken, en hij was zo verknoopt met zijn vak dat een werkvakantie hem heerlijk leek. Even weg van het studiogekonkel, even weg van de pers en de tabloids, even de rust, de natuur, de zee, het lekkere weer en de verse ingrediënten van Scilly.

Daarnaast kon Georgie ontzettend charmant zijn, en ze was bepaald geen toverkol om te zien. Ze was niet al te groot, slank en elegant, met hazelnootbruin haar in een perfecte coupe en een kledingsmaak die '*understated* maar duur' zei. Ze was in alle opzichten een vrouw met wie je voor de dag kon komen, en ze had ook nog eens in haar bestaan in de diplomatieke dienst als de-vrouw-van-de-Britse-consul-in-India een indrukwekkend netwerk opgebouwd. Anne kon dus best begrijpen dat Woz deze kans met twee handen had aangegrepen, hoewel Georgie bleef doen alsof het een enorme eer was dat hij hun met zijn illustere gezelschap wenste te verblijden.

'Zo, en wie ben jij precies, schat, met je zwierige rok?' riep de topkok enthousiast, toen hij Anne in het oog kreeg. 'Ik ben gek op rooie meiden; lekker temperamentvol. Komt het bij jou uit een potje of heb je meteen de hele set compleet, dat de gordijnen en de vloerbedekking ook echt bij mekaar passen? Jij mag mijn pastasaus voorproeven, hoe vind je die? Zal je zien dat je dan meteen niet meer te houwen bent.'

'Goedemiddag,' zei Anne zonder een spier te vertrekken. Ze stak haar hand uit en voegde eraan toe: 'Angharad Miller, hoe maakt u het?'

'Tering de bering, nog zo'n kakmeid! Dat had ik niet gedacht toen ik je zo binnen zag komen, je leek me meer zo'n macrobioot. Niks ten nadele van macrobioten hoor, maar eh... Angharad zeg je, jezus, ik krijg het bijna m'n bek niet uit en ik ben te beroerd om er beter mijn best voor te doen. Ik zeg wel Angie.'

'Ik zou het hogelijk waarderen als u de moeite zou willen nemen mijn volledige voornaam te gebruiken,' zei Anne stijfjes.

'Anne, alsjeblieft,' kreunde Georgie. 'Woz, ze heeft op dit moment even een dingetje met haar naam; iets met een ex waar ze veel last van heeft gehad. Ze wil ook eigenlijk helemaal niet dat ik haar nog Anne noem, maar ik ben er nu eenmaal zo aan gewend; we kennen elkaar al sinds kostschool. Angharad is haar volledige naam.'

'Welja, deel meteen mijn hele recente verleden met een wildvreemde, wat houdt je ook tegen,' mompelde Anne.

'Hé, sorry, meid, ik bedoel het niet lullig of zo; als je je d'r zo klote bij voelt als iemand je Anne noemt, dan zeg ik toch gewoon wél Angharad? Mij een zorg. En ik heb ook wel eens snoeihard de deksel op m'n neus gehad, hoor.' Woz keek haar aan met welgemeende warmte en vriendelijkheid, zonder een spoor van plagerij of geflirt.

Anne bloosde direct ongeveer harder dan de vuurtoren van St. Mary's kon schijnen, en stamelde: 'S-sorry, ik wilde niet onaardig zijn; ik wil alleen niet graag herinnerd worden aan, eh... nou.'

'Ik snap het, hoor,' zei Woz joviaal. 'Mij hoef je niks uit te leggen.

Nou, dames, laat me 'es even kijken waar de keuken precies zit in deze toko? Ik ben wel benieuwd waar ik het mee moet doen hiero.'

Georgie nam het voortouw. Met grote bewoordingen toonde ze hem de stokoude Aga in de keuken, die in sterk contrast stond met de hypermoderne, knetterdure sets pannen, kommen, bakjes, zeven, vergieten en ander kookgerei dat ze speciaal voor Woz' inspectie zo voordelig mogelijk op het werkblad had uitgestald.

'Ooooo-kidoki,' zei Woz langzaam en een beetje vertwijfeld, 'dus op dit vooroorlogse martelwerktuig moet ik koken?'

'Hij doet het anders uitstekend,' haastte Georgie zich te zeggen.

'Ja, ik plaag je maar, schat, ik weet ook wel dat die dingen onverwoestbaar zijn.'

Anne voelde zich verplicht om ook een duit in het zakje te doen: 'Ik vind dat het vaak lekkerder smaakt als het uit de Aga komt. Zachter. Smaakvoller.' Ze was toch niet van plan hem zomaar ongestraft te laten afgeven op Seaview Villa, hoewel hij gelukkig op het eerste gezicht toch wel iets meer leek dan een onbeleefd brok man die toevallig wist hoe hij een steelpan moest hanteren.

'Schat, dat weet ik. Dat het vaak lekkerder is. Ik hou er alleen van om de keus te hebben, dus misschien moet ik even een paar telefoontjes plegen en hier een paar gasbranders installeren. En een magnetron, een warmhoudkast, een lasbrandertje...'

'Dat past er allemaal absoluut niet in,' zei Georgie, gelukkig nu ook een beetje bits, terwijl ze om zich heen keek. 'We ontbijten hier ook. En wat moet je in hemelsnaam met een lasbrander?'

'Afwerken, meisje, afwerken. Even wat chocola laten smelten, even een bruin korstje op het opgeklopte eiwit, crème brûlée, hatsekidee. Weet je wel?' Hij gaf haar een moddervette knipoog en een duizendvolts grinnik en ze verzachtte meteen weer. 'Maar geen zweet, ik heb het allemaal in de opslag staan. Al die troep die ik in de studio gebruik is allemaal van mezelf. Ik moet het alleen effe hiernaartoe zien te krijgen, maar misschien kan ik wel een maatje in Londen vragen iets voor me te regelen. Ik heb voor zijn bruiloft gekookt en ze vonden het allemaal lekker. Zdeněk Slánský, weet je wel, die voetballer. Die met Mia Forman getrouwd is, dat model. Mooie meid, ook in het echt prachtig. Eten als een havenarbeider, ik keek mijn ogen uit wat ze allemaal verstouwde in dat kleine lijfie van d'r. Ik ben altijd blij als ik voor dankbaar publiek kan koken. Hoe dan ook, ik ga Zdeněk bellen; die wil vast wel wat voor me regelen. Zijn vader heeft een transportbedrijf. Momentje, dames.' Hij grabbelde in zijn broekzak en viste er een phablet uit.

'Wat een reusachtige smartphone,' zei Georgie met een toegeeflijke glimlach.

'Ja, lekker groot hè? En je weet wat ze zeggen over een man en zijn telefoon...!' Een vette grinnik en Georgie leek te blozen. 'Nee, ik plaag je; ik gebruik hem ook vaak om aantekeningen op te lezen tijdens het koken, dan is het wel lekker dat hij een wat groter scherm heeft.'

'O, aha, natuurlijk,' zei Georgie, ondertussen tomaatrood.

Anne moest haar glimlach onderdrukken: ze had Georgie, de koningin van de beheerste wellevendheid, nog nooit zo blozerig meegemaakt.

Maar toen gaf Woz, die intussen een nummer had ingetoetst en de surfplankgrote mobiel afwachtend tegen zijn oor hield, Anne een knipoog die even vet was als zijn eerdere grinnik, en die even weinig aan de verbeelding overliet.

O jee, dacht Anne, dat wordt oppassen met die man; hij is blijkbaar toch echt een ongelooflijke flirt. Ze sloot even haar ogen en haalde heel diep adem.

Roar

2 Overdenken

Rory gaf Rowland een laatste knuffel en kuste hem op zijn krullenbol. Zes al, wat een lap vlees, dacht hij, steeds weer verbaasd over hoe hard zijn zoon groeide. Hoe wijs hij al was, af en toe.

Hij had de afgelopen jaren bij lange na niet zoveel tijd met hem doorgebracht als hij had gewild. Eerst was het het studiowerk voor de plaat, toen die tweede tournee, en toen had hij achter elkaar in twee films gespeeld. Daar moest hij dan ook nog promotie voor maken, dat stond nou eenmaal in het contract, dus dat betekende rondvliegen en press junkets geven en in talkshows zitten met een gezicht alsof hij het leuk vond. De tijd glipte hem zo tussen de vingers door, en zoals gewoonlijk hield hij zich staande met gedachten aan de toekomst. Als hij dit eenmaal af zou hebben, dan... Als hij dat eenmaal achter de rug zou hebben, ja, dán...

Intussen hadden de afgelopen twee jaar Roger, zijn oudste jeugdvriend (en onder de naam Mad bij het wereldwijde publiek bekend als bassist van Road Rage) en diens vriendin Harmony meer van zijn kind gezien dan hijzelf, en had hij een steeds sterker wordend gevoel dat hij het contact met Rowland aan het verliezen was.

Hij had wel meer verloren, de afgelopen tijd.

Hij onderdrukte die gedachte met de nodige kracht en gaf Row nog een kus op zijn bol.

'Nou, Rowie, veel plezier, pas goed op je oom Rog en je tante Harmony, en ik zie je aan het eind van de vakantie weer.'

'Pap,' zei Rowland zachtjes, 'ik wíl niet naar kostschool. Als je geen tijd hebt, kan ik dan niet gewoon hier blijven?'

'Ik hoor je heus wel, gast. Maar ik kan je nou eenmaal niet altijd je zin geven, hoe graag ik het ook zou willen. En je oom en tante kunnen niet voor eeuwig op je passen; ze hebben al veel te lang... o, verdomme, Row, ik wou dat ik meer tijd had. Ik moet gewoon, eh...'

Hij haalde zijn handen door zijn haar en wist van pure machteloosheid niks meer te zeggen.

Rowie knikte. 'Ik hou van je, pap.'

'Ik hou ook van jou, Rowie.'

'Moet ik Annie de groetjes doen?'

'Doe dat nou maar niet, je weet dat ze niks meer van me moet hebben.' Hij haatte het hoe mat en tegelijkertijd nog steeds een beetje wanhopig zijn stem hem in de oren klonk op de weinige momenten dat zijn ex ter sprake kwam, maar hij leek niet in staat daar iets aan te doen. Twee jaar na dato en nog steeds dat rotgevoel onder in zijn maag als iemand haar naam noemde; het was om gek van te worden.

Na een laatste berenknuffel en kus op de bol van zijn zoon hees Rory zich in zijn huurauto. Hij had nog een rit van uren voor de boeg, dwars door de Canadese bossen naar het vliegveld.

Hij had executive geboekt en hij had dus beenruimte in overvloed, betrekkelijk lekker eten, een echt kussen en een fleecedekentje voor als hij wilde slapen, en een stoel die meer kanten op kon bewegen dan hijzelf.

Hij was nog geradbraakt van hoe hard hij getraind had om alle stunts in zijn laatste film zelf te kunnen doen, en hij had toen hij onder die helikopter had moeten hangen iets verrekt in zijn schouder dat nog steeds pijn deed. Hij had er wel extra spierbundels in zijn armen en een respectabel wasbord op zijn buik aan overgehouden, waar hij stiekem best trots op was voor een ouwe rocker van boven de veertig.

Alleen had hij niemand om het aan te laten zien. Niemand om mee te lachen, niemand die hem kon plagen met zijn momentje van ijdelheid.

God, wat miste hij Annie, en het hielp ook niet dat de stewardess die hem een glas bubbeltjeswater aanreikte jubelend rood haar had, opgestoken in een nette wrong, en sproeten op haar neus. Toch niet hetzelfde rood als Annie, dacht hij terwijl hij haar even met zijn ogen volgde. En ook niet zulke mooie sproeten.

Ze voelde dat hij keek; ze gooide een schalkse blik over haar schouder en gaf hem een glimlach die bijzonder veel te vertellen had. *Ja hoor, ik weet heus wel wie jij bent,* zei die glimlach, *en ik vind je een enorm lekker ding. Kom maar hier en pluk me, je mag alles met me doen.*

Rory sloot zijn ogen en zuchtte. Hij moest er niet aan denken. Hij had twee keer iets geprobeerd met een andere vrouw na Annie, maar allebei de keren was hij er na wat gerommel maar weer mee opgehouden: het was gewoon niet hetzelfde, en hij kon toch niet met iemand in bed liggen met een spookbeeld uit zijn verleden als derde ernaast?

Niet dat hij de kans niet had gehad, want de meiden vlogen hem zowat om de oren. Op tournee waren ze van de variant die over het algemeen in kleine stukjes latex en spandex verpakt was, met een opgepompte voorgevel en een afgetrainde achtergevel, kilometers extensies in hun witgeblondeerde haar, veel te veel lippenstift op hun opgespoten lippen en veel te weinig uitdrukking op hun botox-Barbiegezichten. In Hollywood waren het meer van die iets te magere opkomende sterretjes, strak van de ambitie, die hem nog meer om zijn netwerk en zijn mediawaarde najoegen, dan om hoe hij eruitzag of wie hij was.

Het stond hem allemaal vreselijk tegen. Hij had van de weeromstuit zo lang geen seks meer gehad dat hij zich wel eens afvroeg of hij het nog kon. Of eigenlijk: of hij het nog wílde.

God, waar en wanneer was hij zo'n gecastreerde leeuw geworden?

Of nee, de vraag die hem hardnekkig achtervolgde als een hongerige daas was eigenlijk: hoe had het in godsnaam zo vreselijk mis kunnen gaan? Hij kon het nog steeds niet helemaal geloven of reconstrueren, hoewel hij heus wel wist wat de factoren waren geweest die ervoor gezorgd hadden dat hij nu in zijn eentje in een vliegtuig zat en dat de vrouw met wie hij had gedacht oud te zullen worden ergens anders op de wereld was, hij wist niet eens precies waar. Al had hij nu, eindelijk, in ieder geval wel een soort vaag idee.

Als zij en Rowland niet nog steeds heel trouw een paar keer in de week met elkaar hadden geskyped, dan had hij helemaal niks meer van haar geweten; dan was ze net zo snel als dat ze zijn leven was binnengerold en zijn hart in beslag had genomen, er weer uit gerold, met medeneming van desbetreffend hart.

En het kwam dus allemaal door Meilane, zijn heks-van-een-ex van vóór Annie, en door Annies eigen onzekerheid. En doordat ze, en dat had hem misschien nog wel het meeste verdriet bezorgd, hem uiteindelijk niet genoeg vertrouwen had kunnen geven.

En als ze nou nog met hem had willen praten, dan had hij misschien nog een kans gehad om het allemaal uit te leggen, maar ze had niet *wíllen* praten. Ze was dichtgeklapt als een oester met anti-inbraakbeveiliging en ze had geen woord meer tegen hem gezegd. Hij wist dat ze dat kon doen, dichtslaan onder stress – het had in het prille begin van hun relatie bijna meteen het einde ingeluid toen hij had geprobeerd haar een beetje onder druk te zetten – dus hij keek wel uit. Hij forceerde niks.

Zij wel, ze had met een strak wit gezichtje haar spullen gepakt en was daarna een halfuur met Rowie apart gaan zitten. Wat ze te bespreken hadden was hij nooit te weten gekomen, maar zijn zoon, klein als hij was, had hem een blik toegesmeten die doel trof en pijn deed, toen Annie met twee koffers in een taxi was gestapt en uit hun leven was verdwenen.

Alsof het zijn schuld was, zo had Row gekeken. Alsof het verdomme allemaal zíjn schuld was!

Hij had toch niks gedaan, behalve keihard werken om te zorgen dat hij zo goed mogelijk voor zijn vrouw en zijn kind... Hij was toch altijd alleen maar bezig om...

Ineens hoorde hij de zachte stem van Harmony in zijn hoofd. Een paar maanden voordat het misging had ze iets gezegd, en pas nu zag hij ineens dat het een waarschuwing was geweest. 'Alles wat je aandacht geeft, groeit,' had ze gezegd. Hij had dat toen geïnterpreteerd als een licht cryptisch compliment voor het hernieuwde succes van Road Rage nadat het comeback-album was verschenen en meteen een nummer 1-notering had opgeleverd. Maar nu zag hij dat ze evenzeer had gezegd: alles wat je geen aandacht geeft, verwelkt. En hij had Annie niet genoeg aandacht gegeven. Hij had haar zo weinig aandacht gegeven dat ze haar vertrouwen in hem had verloren. Als ze dat vertrouwen al had gehad.

Ja, hé, gozer, natuurlijk, sprak hij zichzelf toe. Ze had hem echt wel vertrouwd, helemaal in het begin; hij had er iets op in durven nemen dat ze hem met haar leven vertrouwd had. Maar op een gegeven moment was hij er meer niet dan wel geweest; druk met eerst de promotie van de plaat, en toen met de nieuwe tour die de platenmaatschappij er meteen ook nog maar even uit had gewrongen. Annie was alleen achtergebleven in Londen, met Row, terwijl hij de wereld over vloog met de jongens. Hij had het wel zo in weten te richten dat er zo veel mogelijk lucht tussen de optredens zat, zodat hij zo vaak mogelijk het vliegtuig terug kon pakken om haar en Row te zien, maar toch was er ruimte genoeg ontstaan voor haar om te gaan twijfelen. Aan zichzelf, aan hem. En hij was er niet geweest om het te zien gebeuren en haar twijfels weg te nemen.

Wat een eersteklas lul was hij toch. Rowland had helemaal gelijk gehad om hem zo beschuldigend aan te kijken. En nou deed hij het eigenlijk weer: zijn zoon had hem nodig, hem, zijn gezelschap, zijn aandacht, zijn aanwezigheid, en hij was van plan hem naar kostschool te sturen. Het was een hele dure en hele goeie kostschool, dat wel. Maar hij wist diep in zijn hart maar al te goed dat hij op deze manier het contact met zijn kind zeker niet zou verbeteren. Eerder het omgekeerde.

Hij was in een onrustige slaap gevallen en had naar gedroomd. Van een flits donkerrood haar, een vleugje geur dat hij uit alle macht probeerde te volgen in een menigte die hem zonder ophouden de verkeerde richting uit drong. Hij had in zijn droom zijn falen heel acuut beleefd, het was een allesomvattend gevoel van mislukking. Hij had zich nog nooit zo klein, zo afschuwelijk gevoeld, en toch wist hij, al toen hij nog sliep, dat hij deze droom vaker had gehad.

Vloekend schoot hij omhoog. Zijn fleecedekentje gleed naar de grond en de schalkse stewardess verscheen geluidloos aan zijn zijde.

'Kan ik iets voor u doen, meneer Maquary?'

Hij schudde woest zijn hoofd, zijn schouderlange, ongekamde bruine manen zwierden om zijn gezicht. Hij viste fronsend een elastiekje van zijn pols en bond zijn haar snel bij elkaar in een rommelig staartje in zijn nek. Misschien moest hij die hele wolharige mammoet op zijn kop maar gewoon een keer afscheren. 'Ik hoef niks,' bromde hij. 'Zijn we d'r al of hoe zit dat, verdomme?'

'De captain heeft de daling al ingezet; over een goed halfuurtje staan we aan de grond,' zei Schalkje blij. 'Kan ik écht niets voor u betekenen? Ik heb van alles in de pantry, kom gerust even kijken; ik wil met alle liefde, eh, iets voor u klaarmaken.'

Net iets te veel nadruk op dat laatste woord.

'Sodemieter op,' zei Rory, nu helemaal wakker, 'ik zei toch nee?'

Schalkje droop af, haar glimlach onaangedaan. Om hem heen begonnen passagiers te bewegen, ze gingen rechtop zitten; het einde van de vlucht was in zicht. Hij voelde zich nog niet eens zo heel belazerd, ondanks die droom, en hij had blijkbaar langer geslapen dan hij had gedacht.

Hij wreef over zijn voorhoofd en dacht na over Londen. Toen Annie was weggelopen had hij er wat nieuws gezocht – eerst zaten ze in zo'n super-de-luxe stadspaleis in Kensington, hij, Annie, Rowie, Roger en Harmony. Maar ineens had het veel te groot geleken, toen ze eenmaal weg was, en hij had een of ander ding gehuurd bij Olympia in de buurt; een kamer of zes, groot zat voor hun viertjes. Hij was er toch bijna nooit. Rog en Harmony hadden stilzwijgend de zorg voor Rowie op zich genomen terwijl hij met zijn demonen vocht en daarna – toen hij het gevecht niet bleek te kunnen winnen – voor zijn gepijnigde hart was weggelopen. Maar nou was het afgelopen: twee jaar had hij lopen kloten, maar hij ging de boel weer in handen nemen. Rog en Harmony hadden nodig terug gemoeten naar hun boerderij in Canada; Roger had de frisse lucht nodig, want hij werd steeds kortademiger in het stoffige Londen. Rowie was oud genoeg voor een internaat en hij kon zich intussen voor zijn kind met gemak de beste school veroorloven die de Britse eilanden te bieden hadden, dus dat was snel geregeld. En dan kon hijzelf zich rustig concentreren op...

Op...

Zijn solocarrière, zei hij streng tegen zichzelf.

Hij had in een eenzame vlaag van woede en verdriet een oude hit van Phil Collins vermoord, 'Against All Odds'; hij zag zichzelf nog zo in die ongezellige hotelkamer zitten, in zijn eentje, midden in de nacht, gitaar op schoot: *take a look at me now.* Hij had het opgenomen op zijn MacBook met een of andere bagger-Akai, een klotemicrofoon, nog net geen speelgoedding, die hij toevallig in het voorvak van zijn gitaarrugzak had gevonden. Hij had er verder niks aan gedaan om de opname schoon te maken, je hoorde hem nog zachtjes vloeken aan het begin en zijn neus ophalen toen hij uitgezongen was (hij had verdomme op het punt van janken gestaan). Hij had het zo op iTunes gegooid. Dezelfde nacht nog.

Gelukkig had hij er met zijn neus bovenop gezeten toen ze die comeback-plaat hadden gemaakt, nieuwsgierig als hij was, en hij had heel goed gelet op wat er allemaal gebeurde toen de nieuwe nummers van Road Rage naar iTunes gingen. Hij had daarna meteen zelf ook een iTunes Connect-account aangemaakt, gewoon om te zien of hij het kon, maar hij had er nooit iets mee gedaan. Tot dat moment in die hotelkamer.

De volgende morgen was hij zich het lazarus geschrokken: meer dan duizend downloads. In een paar uur tijd. En daarna was het ontzettend hard gegaan. Intussen zat hij al over de twee miljoen – twee miljoen! In nog geen halfjaar! Nog even en hij ging downloadtoppers als Adele en Pharrell voorbij, met een nummer dat, vond hij zelf, klonk alsof hij het met een broodrooster had opgenomen en hij voor het zingen eerst zijn stembanden even een kwartiertje op de grill had gelegd. Een en al kraak en rasp; hij vond dat het nergens op leek. En hij had twee keer een verkeerd akkoord gepakt op zijn gitaar; hij moest zijn best doen om zijn ogen niet dicht te knijpen steeds als hij het voorbij hoorde komen.

Maar het was toch een enorme hit geworden. Het had hem werk bezorgd van een heel andere orde dan platen maken bij grote platenmaatschappijen of spelen in grote Hollywoodfilms. Dit was werk waarbij hij helemaal zelf kon bepalen wat hij aanpakte of liet liggen. Geen contracten, geen platenbazen of producenten die allemaal dingen van hem eisten. Zijn bankrekening was op dit moment gezonder dan voordat hij van Meilane was gescheiden en hij had meer vrijheid dan ooit.

En nu was hij op weg naar Londen, naar een kale, lege flat waar grofweg de helft van zijn spullen nog lag. De andere helft zat nog steeds in een of andere bungalow in de heuvels bij LA, waar hij niet meer was geweest nadat, nadat... Met Annie, en Meilane. Hij moest daar ook een keer naartoe, de boel leeghalen, de huur opzeggen, maar zag er vreselijk tegen op. Als hij er alleen al aan dacht wat daar gebeurd was, wat hij had láten gebeuren...

Gelukkig stond zijn favoriete akoestische gitaar hier in Londen: een ontzettend dure Martin-jumbo, een echte oude uit de jaren dertig van de vorige eeuw. Het ding maakte een enorme hoop herrie zonder dat het blikkerig werd: een mooie, dikke, houtige toon. En de toets voelde bijna zacht aan zijn vingers; de actie was even laag als bij een elektrische gitaar en toch rammelde hij nauwelijks.

Hij had al meermaals zijn nieuwe hit (en het was nog een cover ook, wat een sukkel was hij toch, hij had niet eens zelf iets geschreven) live gespeeld, bij verschillende radio- en televisieprogramma's. Dat had hij nog nooit eerder gedaan, zo in zijn eentje in zo'n radiostudio met een gitaar op schoot, of bij Jimmy Fallon als solomuzikant in plaats van dat hij vijf minuten over zijn nieuwe film moest gaan zitten ouwehoeren. Hij vond het wel grappig zo, hoewel hij wel een beetje het gevoel had dat hij als een soort curiosum bij al die programma's was gevraagd.

Maar nu had hij een échte boeking als solo-artiest te pakken, een boeking waar hij absoluut geen nee tegen had kunnen of willen zeggen. Op het hoofdpodium van het Glastonbury-festival. Hij had nog twee dagen de tijd om een halfuur muziek in elkaar te sleutelen en de boel goed te door te spelen, en dan moest hij aan de bak.

Voor het eerst in jaren was hij een beetje zenuwachtig.

Met zijn gedachten tollend door zijn hoofd – hij had eigenlijk geen echte rust meer gehad tussen zijn oren sinds Annie weg was – liep hij het vliegtuig uit. Hij had alleen maar een klein weekendtasje bij zich, hij bonkte zo met grote passen vanuit de cabine via de douane naar de aankomsthal. Niemand die op- of omkeek; hij had een petje opgezet en met dat staartje en een zonnebril was hij vrijwel onherkenbaar.

Meteen door naar buiten en in de rij voor een taxi; hij was niet van plan een auto te huren. Zelf rijden in Londen vond hij gekkenwerk (hij raakte steeds de weg kwijt) en in een auto met chauffeur had hij geen zin.

Misschien moest hij die flat hier ook maar opzeggen, piekerde hij toen hij eenmaal achterin zat. Hij had er steeds meer behoefte aan om los te zijn, vrij, vrij van spullen en sores. Misschien moest hij gewoon zo, met een klein tasje en een gitaar, een beetje rondtrekken, rondkíjken, totdat hij... Net zo lang totdat hij haar... Hij had het niet expres gedaan, maar hij had Rog tegen Harmony horen zeggen dat ze nog steeds ergens hier in de UK zat. Het was niet de bedoeling dat hij dat wist; Annie wílde helemaal niet dat hij wist waar ze was, maar toen hij haar naam gehoord had, was hij als een standbeeld in de gang blijven staan, net voor de open keukendeur waarachter Rog en Harmony aan het praten waren, en hij had geluisterd met zijn oren gespitst om maar niks te hoeven missen.

In de UK. Ze zat hier ergens. Hij was in ieder geval alvast in het goeie land. Misschien kon hij als hij Glastonbury had gehad een beetje rondrijden, net doen alsof hij vakantie had, terwijl hij eigenlijk... misschien had hij geluk, wie weet liep hij haar gewoon ergens tegen het lijf.

Het zou kunnen.

Het zou zomaar kunnen.

Anne

3 Wennen

Seaview Villa rook heerlijk naar appeltaart. Van de voortuin met de drie wiebelige Franse tafeltjes met houten klapstoeltjes voor gasten (Georgie stond erop het 'het terras' te noemen) tot de achtertuin met het onverwoestbare vintage wickermeubilair voor hun privégebruik, van de kelder tot de dakpunt waaronder Woz zijn intrek had genomen. Alles rook naar Annes water-in-de-mond-lopende appeltaart.

Er kwamen mensen voor naar binnen, die geur; hij lokte nietsvermoedende voetgangers zo over de drempel. Woz had lachend gezegd, toen zijn neus er twee dagen eerder voor het eerst mee werd geconfronteerd, dat ze binnen no time multimiljonair zou zijn als ze die geur zou kunnen bottelen en verkopen. 'Zó moet je huis ruiken als er kopers komen kijken! Dát is wat er in de lucht moet hangen als je doodgriezelige schoonouders voor het eerst over de vloer komen!'

Gelukkig kon de taart zelf zijn goedkeuring ook wegdragen; ze was even bang geweest dat alleen de geur goed gelukt was. Maar hij had gemompeld: 'Iets te veel boter in de korst, en iets te weinig zout... Iets te veel kaneel in de vulling, maar dat is maar een haartje van een olifantenstaartje. Ik had het zelf misschien niet eens veel beter gedaan. Alleen dat ruitpatroon, dat is wel een beetje vorige eeuw.' Van Warren Dixon, Superchef, was dat een loftuiting die zijn weerga nauwelijks kende.

Hij was er nu een week, en sinds vijf dagen woonde hij bij hen in. Na het eerste weekend had hij zelf gevraagd of ze niet nog een kamertje voor hem over hadden, en was hij verrassend enthousiast over de vliering die Georgie hem, enigszins met de moed der wanhoop, vervolgens aanbood. Het was een kale, met hout betimmerde dakpunt, met aan de voor- en achterkant een raam en dat was het dan, maar hij vond het uitzicht mooi en het gevoel van de ruimte goed, en hij was eigenlijk helemaal niet zo'n luxepaard. Een logeerbedje, een kussen, een slaapzak, zo'n Frans terrastafeltje met een opklapstoeltje en hij was dik tevreden. Hij zat toch het merendeel van de dag in de keuken beneden. En als hij daar niet zat, was hij in de tuin of in de woonkamer die Anne en Georgie deelden.

Anne vond het uiteindelijk een stuk minder vervelend dan ze in eerste instantie had gedacht, om Woz min of meer de hele tijd om zich heen te hebben. Hij was dan wel af en toe nogal onbeschoft, maar hij bedoelde het niet kwaad en zat direct vol berouw als hij in de gaten kreeg dat hij misschien wel iets kwetsends had gezegd.

'Hé, de appeltaartenkoningin is weer bezig geweest,' riep hij nu verheugd van boven aan de trap. Hij kwam er met een noodgang vanaf gebonkt, rolde nog net niet het kleine gangetje door en stopte vlak voor Annes verbaasde neus. 'Ik wou eens kijken bij die knakker waar je die vis koopt,' kondigde hij aan. 'Of ga je vandaag niet?'

'Tom Trevellick, bedoel je,' zei ze, koeler dan ze had gewild. Het was raar, maar Woz had steeds dat effect op haar: hoe enthousiaster hij tegen haar deed, hoe afstandelijker en ijskonijneriger zij werd.

'Sorry, Warren,' zei ze, licht blozend, 'volgens mij reageer ik heel onvriendelijk. Ik bedoel dat niet zo, het is alleen...'

'Ik werk je op de zenuwen, hè? Ik heb dat wel vaker, dat vrouwen de zenuwen van me krijgen. Mannen ook, maar die reageren dan altijd weer heel anders. Mijn ex zei altijd dat het komt omdat ik te direct ben. Vind je me te direct?' Hij stapte dichterbij en keek haar recht aan, zijn blauwe ogen doordringend.

'Eh... misschien wel een beetje, ja,' zei Anne, harder blozend.

'Ik bedoel er niks mee, hoor; ik zeg altijd gewoon wat in me opkomt en pas later denk ik erover na. Ik krijg er de meest vreselijke problemen door, vrouwen lopen bij me weg, bazen ontslaan me; voordat ik *Superchef* deed heb ik geloof ik in vijf restaurants gewerkt in zeven maanden tijd. Ik wou dat ik er een slot op kon zetten, op die klep van mij. Maar ja, ik ben nou eenmaal zo, wat doe je eraan?'

Georgie kwam de trap af getrippeld in een elegante gebloemde zomerjurk en hoge espadrilles. 'Ik vind het heerlijk, Wozzie, dat je zo direct bent,' riep ze enthousiast. 'Na die liegende, bedriegende rat van een ex van mij is er niets zo fijn als een man die zegt hoe het zit. Waar het op staat, waar híj staat, wat hij voelt en wat hij vindt. Ga vooral zo door, wat mij betreft. Anne moet gewoon even aan je wennen, het komt vast wel goed. Toch?'

Ze was ondertussen beneden aangekomen, in het toch al krappe gangetje dat ongeveer helemaal vol stond met Woz alleen al. Ze wurmde zich langs zijn brede borstkas tot ze naast Anne stond en haar een vriendinnen-arm kon geven. 'Gaan jullie maar lekker samen naar Tom Trevellick, ik hou de boel hier wel aan de gang. De hordes zullen zo wel komen, de hele straat ruikt naar appeltaart. En Woz?'

'Ja?' zei hij sappig met zijn diepe stem en zijn onstuitbare enthousiasme.

'Laat jij Tom maar eens even flink schrikken. Hij is volgens mij behoorlijk onder de indruk van Anne, maar hij durft haar nog niet eens te vragen mee te gaan als er een film draait. Of gewoon naar het café. Hij is veel te bleu. Anne heeft wel weer eens een date nodig, zelfs al is het met een man die zijn emoties niet kan uiten.'

'Ja maar,' zei Anne vertwijfeld. 'Ik wíl misschien wel helemaal niet naar het café met Tom Trevellick! En noem me nou toch niet steeds Anne!'

'Nou moet ik die kerel helemaal zien. Als hij zo'n goeie vis te koop heeft, én hij durft niet met A hier – mag ik je wel A noemen? – naar het café... is het zo'n *strong and silent*-type? Met zo'n gekwelde donkere blik en van die bruine krullen, zo'n Poldarkfiguur?'

'O nee, helemaal niet, hij heeft peper-en-zouthaar, en alsjeblieft, plaag me toch niet zo!' Anne kon het niet helpen, ze begon ondanks haar vertwijfeling toch zachtjes te grinniken.

'Ik weet het. Je geeft mij een arm, in plaats van Georgie, kom hier...' hij greep Annes arm en trok haar mee richting de voordeur, '... en we gaan die Tom eens even wat laten zien! Durf je me voor zijn neus te zoenen? Nee? Shit, ik was er al bang voor. Durf je me op een andere plek wél te zoenen, ik bedoel niet voor zijn neus?'

Anne schudde alweer haar hoofd, nu voluit lachend.

'Ruk, ik heb ook nooit eens mazzel. Maar goed, beter dat ik het effe probeer dan dat ik het me af blijf zitten vragen, toch? En als ik je nou gewoon zo in een keer plat op de bek pakte, zou je dan woedend op me worden?'

'Waarschijnlijk wel,' zei Anne, en haar lach stierf uit.

Woz keek haar even bezorgd aan van onder zijn wenkbrauwen. 'Te vrijpostig?' vroeg hij berouwvol.

'Ietsje, ja,' zei Anne. 'Sorry, Warren, maar ik kan er gewoon niet zo luchthartig over doen. Misschien op een dag wel weer, maar...'

'Ik zou die gozer wel eens willen zien die jou zo'n knauw heeft gegeven,' mompelde hij voor zich uit.

'Nou, ik wil hem dus liever niet zien, nooit meer eigenlijk, dus misschien kunnen we het beter over iets anders hebben. Hier naar links; Tom heeft een piepklein viswinkeltje aan huis, maar als hij er niet is dan is hij waarschijnlijk met zijn bootje bezig. Dat ligt aan de kant van Porthcressa; hij zweert erbij dat hij daar betere vis vangt dan aan de kant van Town Beach.'

'Het is wel een beetje kneuterig hè, met die hele kleine bootjes. *Cottage industry*, zeg maar.'

'Ik geloof niet dat Tom het echt voor het grote geld doet. Hij is al de zoveelste generatie St. Mary's-visser, het zit hem in het bloed, blijkbaar. Hij kan niet anders. Hij heeft zijn huis, zijn boot en zijn visgerei allemaal geërfd en volgens mij heeft hij verder niet zo bar veel meer nodig; hij leeft behoorlijk spartaans. Op een bepaalde manier spreekt het me wel aan, zo op het minimalistische af voortbestaan; het is bijna bevrijdend. Weinig bezittingen, weinig verplichtingen: als Tom om wat voor reden dan ook geen zin heeft om te gaan vissen, dan gaat hij niet. Heerlijk lijkt me dat.'

Ze waren intussen voor een klein huisje aangekomen met een groot, verweerd houten bord met TREVELLICK naast de deur. Het bord zag eruit alsof het van een boot afkomstig was. De deur en de luiken voor het enige raam op de begane grond waren allemaal potdicht.

'Zo te zien is hij er niet. Ik zal even een berichtje achterlaten dat er iemand aan de deur is geweest, dan weet hij dat hij een klant heeft.' Ze raapte een steentje op van de straat en legde dat op de drempel. Er lagen er al twee. 'Kom, we gaan op het strand kijken,' zei ze. 'Misschien is hij nog niet uitgevaren. Deze kant op.'

Woz bleef een tijdje stil terwijl ze liepen; hij had een grote, bijna aandoenlijke denkfrons tussen zijn ogen. Totdat hij ineens uitbarstte: 'Dat "alles loslaten", dat heb ik ook, nu ik hier ben: ik voel me ontzettend opgelucht dat dat hele BBC-gekonkel allemaal ver weg in Londen gebeurt. God, wat heb ik daar een last van gehad het afgelopen jaar, je wilt niet weten hoe ik heb liggen piekeren 's nachts. Ik weet wel dat het mijn eigen stomme schuld is natuurlijk, ik moet leren mijn smoel te houden, maar ja. Krijg dat maar eens voor mekaar als je niet zo bent. Ik heb nou een bed en een keuken, en twee mooie meiden om mee te kletsen, en iedere avond een klein kluppie mensen om voor te koken, en meer heb ik eigenlijk ook helemaal niet nodig. Gek is dat. Ik had het me nooit zo gerealiseerd; ik dacht altijd dat ik in zo'n groot, druk sterrenrestaurant moest zien te komen, zo'n prestigetent, met een keuken vol zenuwlijers en ego's, elke avond dikke stress en schreeuwen tegen mekaar... Maar nou ik hier bezig ben denk ik dat ik dat helemaal niet leuk vind. Dít vind ik leuk. Zo, lekker kleinschalig. Een vis kopen bij een of andere gozer van om de hoek, dan maak ik die vanavond klaar voor iemand die hem op wil eten. Perfect, toch?'

Anne glimlachte naar hem. Heel af en toe liet Woz wel eens iets van zichzelf zien wat heel anders was dan die schreeuwkok die iedereen van de televisie kende. Onzekerder, kwetsbaarder was hij dan; ze vond het bijna ontroerend, en het deed haar een beetje denken aan...

Ze schudde haar hoofd.

'Niet perfect?' zei Woz verbaasd. 'Ik dacht dat je het wel zou kunnen waarderen. Dat ik zeg maar die hele shit van beroemd zijn en zo, al die zooi, een beetje kritisch tegen het licht hou. En dat ik er dus eigenlijk niet zo veel aan blijk te vinden, omdat andere dingen belangrijker zijn.' Hij klonk behoorlijk in zijn wiek geschoten.

'O, sorry, daar schudde ik mijn hoofd helemaal niet voor, of tegen, of, eh, ik bedoel, ik vind het natuurlijk ontzettend fijn voor je als je meer inzicht krijgt in wat je nu echt leuk en belangrijk vindt om te doen in je leven, maar, eh...'

'Maar het interesseert je geen flikker?' Woz trok een wenkbrauw op en keek haar aan met een komische, maar onderhuids toch behoorlijk dodelijke ernst.

Anne bleef stil. Liet hem los, wandelde naar de waterlijn. Tuurde in de verte.

Woz kwam naast haar staan, maar zei niets.

'Kijk, zie je dat bootje daar?' vroeg Anne. 'Dat is Tom. We moeten vanmiddag maar even terugkomen en dan kijken of hij iets heeft gevangen; met een beetje geluk is hij tegen vieren bij hoog water wel weer binnen. Verser kan het bijna niet, als je het dan vanavond op de menukaart wilt zetten.'

'Menukaart?' bromde Woz. 'Ik heb hier helemaal geeneens een

menukaart. En ik ga er niet aan beginnen ook. Er zijn zo weinig tafeltjes, ik ga gewoon bij iedereen die komt eten vertellen wat ik ongeveer in huis heb en wat ik ermee zou kunnen doen. Houdt me scherp. Elke avond improviseren, dat is goed voor me na een jaar lang iedere week van een script te hebben moeten koken.'

'Het interesseert me wel, hoor,' zei Anne zachtjes, 'wat je voelt, wat je meemaakt nu je hier bent. Ik had ongeveer hetzelfde toen ik hier voor het eerst kwam. Zo'n eiland doet iets met je, het is net of je je zorgen op de vaste wal kunt achterlaten. En dat voelt dan als een ontzettende bevrijding, een soort nieuw begin waarvan je het bestaan niet eens had vermoed.'

'Ja, precies,' mompelde Woz met een frons.

'Maar je bent hier pas een paar dagen. Het wordt volgens mij pas echt iets met die, die... loskoppeling, die Tom bijvoorbeeld heeft, als je hier heel lang blijft.'

'Mmm,' zei hij bedachtzaam, terwijl ze de terugtocht langzaam aanvaardden en hij haar arm weer door de zijne trok. 'Ben jij zo losgekoppeld dan, ondertussen? Je zit hier nou toch al een paar jaar?'

'Nog geen twee jaar, en nee, nog lang niet. Maar sinds ik hier ben gekomen, heeft dat hele bevrijdende gevoel wel almaar verder doorgewerkt. Het is een soort proces geworden, iedere keer vind ik weer een laagje, een schilletje, waarvan ik mezelf kan bevrijden. Ik heb mijn haar heel anders dan twee jaar geleden, ik heb een totaal andere stijl van me kleden, ik eet en drink anders, ik hecht waarde aan andere dingen dan voordat ik hier kwam... Ik wil geloof ik vooral zeggen dat, eh... het best vroeg is om na een krappe week de balans al op te willen maken.'

'Dat weet ik ook wel,' zei Woz zachtjes en onverwachts nogal verdrietig, 'als er iets is wat ik godgloeiendegodverdomme weet dan is het dat wel. Het gaat langzaam. Iedereen had me er al voor gewaarschuwd. Maar nou ik hier ben lijkt er tenminste weer een beetje schot in te zitten. Ik... weet je eigenlijk wat er allemaal is gebeurd, voordat ik Georgie ontmoette op dat partijtje?'

‘Wat bedoel je?’

‘Nou, ik... zeg, heb je hier geen roddelblaadjes of zo? Het heeft volgens mij echt overal in gestaan.’

‘Ik... heb niet erg mijn best gedaan om bij te blijven op het gebied van het celebritynieuws, de afgelopen tijd. Eerder het omgekeerde, ben ik bang.’ Anne beet even op haar lip, hopend dat hij niet verder zou vragen.

Gelukkig voor haar was Woz diep weggezonken in zijn eigen, blijkbaar niet al te vrolijke herinneringen. ‘Ik ben uit mekaar met mijn vriendin. Nog niet zo lang; drie maanden ennn... vijf-, nee zesentwintig dagen. Maar ik tel niet hoor. Hoe kom je d’r bij.’ Hij lachte vreugdeloos. ‘Ze is heel mooi, een lingeriemodel, het begon net wat te worden met haar carrière; ik wist gewoon niet wat me overkwam toen ze me versierde. Ik had nog nooit eerder in mijn leven zo’n mooie meid kunnen krijgen, ik bedoel, kijk nou naar me, ik zie er toch uit als een soort uitgerukte boomwortel? Dus ik was natuurlijk de koning van de wereld met mijn tv-programma en mijn modellenvriendin, dat snap je.’ Hij wreef onhandig met zijn hand door zijn zwabber van een kapsel, waardoor het haar nog meer in zijn ogen hing.

‘Ik vind helemaal niet dat je eruitziet als een uitgerukte boomwortel,’ zei Anne ernstig, maar met een glimlachje. ‘Ik vind meer dat je eruitziet als een hele boom. Met een beetje woest lover erop. Ik bedoel: stevig, zie je eruit. Alsof je niet snel zou kunnen omwaaien. Daar is toch niets mis mee?’

‘Ik waai ook niet om, daar heb ik een te grote bek voor. Wat voor een soort boom ben ik dan?’

‘Een eik?’

‘Kan heel oud worden, dat mag ik wel. Maar goed, wat er mis ging tussen mij en Chantelle snap ik nog steeds niet. Ze is nou met een plastisch chirurg, nota bene dezelfde die eind vorig jaar haar tieten voor haar had opgepompt. Stuk ouwer ook dan zij, hoop centen, maar goed, ik ben ook niet echt armlastig. Waarom dan? Schat, vertel me waarom, want ik begrijp het nog steeds niet. Ik begreep al niet waarom ze naar die gast toe wou, ze had prima tieten van zichzelf, maar dat ze dan ook nog met hem...'

'Sorry, Warren,' zei Anne zachtjes, 'ik ken ze allebei niet en ik kan met geen mogelijkheid zeggen... Ik heb gewoon geen idee. Sorry.'

'Tuurlijk weet jij het niet, dat snap ik ook wel. Niemand snapt het. Ik dacht dat ik gek werd, ik jankte mijn ogen uit mijn kop. Alles had ik voor die meid willen doen, zo gek was ik van d'r. Maar weet je wat het is? Sinds ik hier ben, ben ik aan het denken geslagen. En nou kom ik aan jouw verhaal met dat losgekoppeld zijn en al die zooi: ik was helemaal gek van Chantelle omdat ze zo mooi is. Maar ik moet helemaal geen mooie meid, ik moet een lieve meid. Leuk meegenomen als ze d'r dan ook nog eens niet uitziet als een vogelverschrikker, maar dat is gewoon helemaal niet belangrijk. Hoe ze eruitziet. Het is eerder belangrijk wat ze doet. Hoe ze is.'

Anne knikte. 'Je hebt helemaal gelijk. De binnenkant is het belangrijkst. Je kunt je verschrikkelijk vergissen in mensen als je de binnenkant niet goed inschat.'

Hij keek haar even scherp aan, met die helblauwe ogen van hem. 'Is dat ook wat er met jou gebeurd is? Dat je je vergist hebt in die kerel die je zo door de gehaktmolen heeft gehaald?'

'Misschien wel,' zei Anne na een tijdje. 'Ik... heb me in ieder geval heel erg vergist in hoe lang het ging duren, die relatie. Ik dacht dat het voor altijd was; ik hield in ieder geval wel van hem alsof... nou, weet je, dat hij het was, zeg maar. Degene met wie je de rest van je leven wilt doorbrengen. Maar ik had het dus, eh, mis.'

'Wat had hij gedaan dan, om te zorgen dat je nou niet meer denkt dat hij degene is?' Hij keek ernstig en zijn stem was zacht. Geen spoor van zijn normale bravoure of grofheid.

Anne moest zich beheersen om geen open kaart met hem te spelen, om Woz niet zomaar ineens te vertellen dat ze er helemaal niet zo zeker van was dat Hij-wiens-naam-etc. niet eigenlijk toch nog altijd de man voor haar was. Gewoon omdat na hem iedere andere man een slap aftreksel van het echte gevoel zou zijn, omdat ze simpelweg niet dacht ooit nog op dezelfde allesoverstijgende manier van iemand te kunnen houden zoals ze van hem had gehouden. En wie weet, misschien, bijna zeker, nog steeds hield.

Ze beet op haar lip en zei niets, hoewel ze een diepe frons niet van haar voorhoofd kon houden. Ze had nog niet eerder aan zichzelf toegegeven dat Hij-wiens-naam – nee, Rory, Rory Maquary; ze kon hem nu net zo goed bij zijn naam noemen, al was het maar in haar hoofd – eigenlijk nog net zo in haar hart zat als toen ze nog samen waren.

Woz praatte ondertussen verder, maar ze hoorde er eigenlijk geen woord van. Ontzettend onbeleefd; ze greep zichzelf bij haar mentale nekvel en dwong haar oren en hersencellen in het gelid.

'... jullie dat er niet gewoon bij kopen? Er moet natuurlijk wel een ontzettende hoop aan gebeuren, maar dan heb je daarna wel echt een hele mooie ruimte. Dan is het meteen een flink grote tent.' Woz was gestopt met lopen om het huis naast Seaview Villa te bestuderen. *Teague House* stond er op een vervallen bord boven de deur. Het hele huis was vervallen: waar verf hoorde te zitten, was het afgebladderd, alle ramen waren stuk en er was door die kapotte stukken glas heen duidelijk te zien dat het dak deels naar beneden was gekomen, met medeneming van de zolder en de vloer van de eerste verdieping. Het zag eruit alsof je met je leven zou spelen als je een poging zou wagen over de drempel te stappen.

'Warren, je bedoelt toch niet dit? Teague House? Je wilt dat we dit kopen en bij Seaview Villa trekken. Heb je gezien wat voor ontzettende bouwval dit is?'

'Nou, als je er een goeie aannemer op zet is er natuurlijk nog wel wat van te maken,' zei Woz optimistisch.

'Ik denk dat dat ontzettend tegen zou vallen. Het is volgens mij een echt oud huis, dus dan is het beschermd en moet het volgens allerlei regels gerestaureerd worden. Dat gaat ontzettend veel geld kosten. En dacht je dat het huis zelf goedkoop was, alleen omdat het een bouwval is? Vergeet het maar, alles op Scilly kost een fortuin. Zelfs een potentieel sloopobject als dit. Ik heb het geld er zeker niet voor; Georgie zou het misschien kunnen betalen als ze het zou willen, maar ik kan me niet voorstellen dát ze het zou willen. Georgie wil helemaal geen grote tent, ze wil een klein en heel exclusief restaurant met veel sfeer en couleur locale. En daarnaast: als Georgie ergens niet van houdt, dan is het wel een verbouwing.'

'Hm, daar ga ik weer, ik ben nog lang niet losgekoppeld,' bromde Woz. 'Ik wil het meteen te groot maken.'

Anne glimlachte. 'Het is wel jammer dat het zo in verval is geraakt. Je kunt wel zien dat het een prachtig huis geweest moet zijn. Tom heeft me wel eens verteld dat *teague* mooi betekent, en het uitzicht op zee zo precies tussen de huizen door is natuurlijk ook geweldig... Ik weet eigenlijk niet eens van wie het is, maar ik heb wel geruchten gehoord dat de gemeente erover denkt om het verplicht te laten slopen. Afgelopen winter heeft het nogal gestormd; toen is het dak zo lelijk ingestort. De eigenaar kan of wil het niet opknappen en de gemeente heeft er het geld niet voor om het over te nemen, ondanks dat het een historisch pand is. Triest eigenlijk, hè? En er zit ook nog een heel mooie tuin achter, alhoewel die wel een beetje overwoekerd is geraakt.'

Woz nam haar arm. 'Kom, ik heb trek in een kop koffie en een stuk van die taart van je. Georgie had wel gelijk, de hele straat ruikt ernaar. Als ik nog lang naar dat huis kijk dan koop ik het zelf nog, alleen om het te redden en jou weer een keertje te zien lachen, meid. Je komt nooit verder dan dat die mondhoeken een beetje omhoog gaan, en dat is het. Dan mag je nog zo losgekoppeld raken, een mens moet af en toe flink hard lachen, anders is het niet gezond.'

Anne glimlachte naar hem en terwijl ze het deed merkte ze dat hij gelijk had.

Georgie had net de gasten die aan een van de kleine tafeltjes voor de deur waren neergestreken koffie en taart gebracht, toen ze zag dat Anne en Woz de keuken in verdwenen.

'Geen vis?' riep ze door het verder lege interieur.

'Hij was al op het water,' riep Anne terug, 'ik heb een steentje achtergelaten. Vanmiddag gaan we terug om te zien wat hij heeft gevangen.'

Georgie marcheerde de keuken in. 'Heb je toevallig nog online gekeken op *Scilly Today*? Allemaal klachten over dronken jongelui die de boel onveilig maken en die midden in de nacht tegen huizen aan staan te plassen; we hebben maar geluk dat we hier een klein beetje uit de buurt van de pubs zitten. Maat houden, ho maar natuurlijk, ik vind dat comazuipen toch zo'n afschuwelijk modeverschijnsel. En als ze dat nu nog in van die Blackpool-achtige badplaatsen doen, nou ja, daar kan ik me nog iets bij voorstellen. Daar wil ik in ieder geval niet dood gevonden worden. Maar hier? Het is er nauwelijks de plaats voor. En de lokale jeugd wordt er ook zo in meegezogen, verschrikkelijk.'

'Maar ja, wat doe je ertegen, Sjors?' zei Woz sappig maar meevoelend. 'Die jonge gastjes willen natuurlijk ook wat. Zijn ze eindelijk eens zonder hun ouders weg, gaan ze meteen tot het gaatje. Ik snap het wel.'

'Er is hier ook niet genoeg te doen voor jongeren. Af en toe wordt in een van de pubs een film van drie jaar geleden gedraaid, of ze organiseren een slaapverwekkende pubquiz, en dat is het dan. Dat hou je als jong mens blijkbaar niet uit zonder drank.'

'Jemig, Georgie, zoals jij erover praat zou ik bijna gaan denken dat we zelf al een soort bejaarden zijn.' Anne trok een gezicht. 'Ik vind wel dat je gelijk hebt, hoor, daar gaat het niet om.'

'Dames, mag ik ondertussen even jullie aandacht voor het volgende: ik ga vast wat voorbereidingen treffen voor vanavond. A, wil je me vandaag assisteren? Ik heb een salade in gedachten die we prima voor negentig procent van tevoren kunnen maken, en...'

Woz ratelde verder en Anne knikte, hoewel de moed haar een beetje in de schoenen zakte. Om de beurt hadden ze de afgelopen dagen assistent voor Woz gespeeld, maar Anne had sterk de indruk gekregen dat Georgie er veel meer plezier in had dan zij. Woz kon wel erg het baasje uithangen als hij eenmaal in zijn werkmodus schoot en Anne kon er niet zo heel goed tegen – het deed haar op een heel ongemakkelijke manier terugdenken aan de tijd dat ze nog met Ian was. De ex van vóór Hij-wiens-naam. Van voor Rory. Het leek soms alsof ze nauwelijks een leven had gehad voordat ze Rory ontmoette, maar op momenten als deze herinnerde ze zich ineens dat dat leven er wel degelijk was geweest, en dat haar bij nader inzien ontzettend ongezellige, bazige en manipulatieve ex Ian een grote rol in dat leven had gespeeld.

'Misschien wil Georgie liever...' zei ze, 'zij kan ook veel beter koken dan ik. Ik kan juist beter bakken...'

'O, ik vind het best, hoor,' zei Georgie iets te snel.

Woz keek op, en keek toen heen en weer tussen Anne en Georgie. 'Hmmm,' zei hij bedachtzaam. 'Meiden, het maakt mij geen donder uit, als ik er maar een paar handjes bij heb.' Hij reikte omhoog om een klein radiootje dat op een plank stond aan te klikken, en de staart van de jingle van Radio Scilly klonk door de keuken, gevolgd door de stem van DJ Jimmy, die een plaat aankondigde.

'Nou ik weet dat die gast twee straten verderop zit te zenden heb ik de neiging het raam open te zetten. Hoor ik 'm waarschijnlijk net zo goed.' Woz grinnikte door het akoestische-gitaar-intro van het nummer heen, totdat hij zag dat Anne verstijfde. 'Hé, schat, wat is er? Heb ik iets verkeerds gezegd?'

How can I just let you walk away, just let you leave without a trace
When I stand here taking every breath with you
You're the only one who really knew me at all...

De schorre, gewonde stem van Roar vulde het kleine keukentje en Anne rilde en begon geluidloos te huilen.

'Het is dat nummer,' zei Georgie zachtjes tegen Woz. 'Herinneringen, en zo.'

'Sjezus,' mompelde hij, terwijl hij Anne voorzichtig een stuk keukenpapier aanreikte om haar tranen mee te drogen, 'ik kan die vent die dat met haar heeft gedaan wel een rotschop verkopen. Zo'n lieve meid.'

Anne pakte het keukenpapier aan met nietsziende ogen, dweilde op onelegante wijze haar gezicht droog en bleef stokstijf staan, haar ogen dichtgeknepen.

'Moet ik 'm uitzetten?' vroeg Woz.

Ze schudde haar hoofd, greep de rand van het werkblad en bewoog verder niet.

Van de weeromstuit stonden Woz en Georgie ook stil, en gedrieën luisterden ze naar het nummer. Rauw was het, ongepolijst, maar zo doortrokken van een snijdend, schurend, bijna onverdraaglijk zielsverdriet, dat toen de laatste noot wegstierf ze alle drie diep ademhaalden alsof ze wakker werden uit een ellendige droom. DJ Jimmy zei, met een gepast omfloerst stemgeluid, dat hij het niet vond kunnen om door het uittro heen te praten, omdat dit sinds 'Nebraska' van Springsteen het meest intense was wat hij ooit had gehoord.

'Godsamme, wat kan die kerel zingen,' zei Woz krakerig, terwijl hij de radio wat zachter zette. 'Ik voel het recht in m'n donder. Precies zoals toen Chantelle ervandoor ging met een ander. Ik heb gejankt als een baby.'

'Wie is in godsnaam Chantelle?' zei Georgie scherp, 'en wie heeft er zo'n absurde naam?'

'M'n ex,' zei Woz kleintjes, 'en eigenlijk heet ze Anita, maar dat vindt ze maar niks voor een lingeriemodel. Ze is prachtig om te zien, maar het is een eersteklas bitch, en ze is niet lief zoals A hier, en ze heeft geen klasse zoals jij, Sjors. Dat zie ik nou ook wel. Maar toch was ik gek van d'r, en dat nummer, en hoe die gast het zingt, dat is precies hoe klote ik me toen voelde.'

'Georgie is ook lief,' deed Anne een bibberige duit in het zakje, 'ze doet alleen wat meer haar best om het te verbergen.'

Georgie glimlachte kleintjes. 'Nou. Ik met m'n scheiding, Anne met haar ex, jij,' ze knikte naar Woz, 'met je weggelopen lingeriemodel... We hebben wel bagage hé, allemaal.'

De bel aan de deur van Seaview Villa klingelde. Alle drie keken ze op.

'Gasten,' mompelde Anne. 'Zie ik er heel erg uit of gaat het wel?'

'Het gaat,' zei Georgie, en 'Prima,' bromde Woz.

Anne haalde diep adem, gooide haar volgehuilde keukenpapier in de vuilnisbak en liep de keuken uit.

Roar

4 Bevrijden

Het regende pijpenstelen. Rory keek door het raam en kon de overkant van de straat bijna niet zien, zo ging de boel tekeer. Wat was Londen toch een grauwe bedoening met dit weer; hij kon zich nauwelijks voorstellen dat hij zich ooit had voorgenomen om permanent in deze stad te gaan wonen. Canada was zo veel groener en, nou, natuurrijker geweest, dat het hem nu ineens onaangenaam opviel dat er geen boom te zien was in deze straat.

Verderop lag wel een privéparkje waar hij de sleutel van had – had hij bij het huren van de flat gekregen – maar hij kon het net niet zien door het raam en met dit weer, dus daar had hij ook niks aan.

De flat zelf was eigenlijk ook een grauwe bedoening. De muren waren wit of grijs, de vloer was van donker gelakt hout met een donkergrijs kleed erop, de meubels waren van donkerbruin leer. Harmony had overal kleurige doeken overheen gelegd, zowel om het meubilair veilig te stellen voor een opgroeiend kind (de flat was gemeubileerd gehuurd) als om de kamer een beetje warmer te doen ogen, maar haar sfeertextiel was met haar mee naar Canada vertrokken. Het zag er nu allemaal veel te designerig en veel te doordacht uit. Zielloos, levenloos, ongezellig.

Ik hou gewoon verdomme helemaal niet van deze shit, dacht Rory bozig. *Vroeger dacht ik dat ik zoiets als dit mooi moest* vinden, maar ik heb liever een beetje rotzooi om me heen. Dat het eruitziet alsof er geleefd wordt. Veel te steriel, dit.

Het was koud, zo koud als het bij hem vanbinnen voelde sinds... Hij draaide zich om, begon door de kamer heen en weer te lopen om te voorkomen dat zijn gedachte helemaal vorm kreeg, en greep obstinaat een sierkussentje van de bank om het door de kamer te smijten. Het flopte tegen de dubbelglazen balkondeur en viel met een zacht plofje op de grond.

Hij liep om de hete brij heen te draaien: hij had alle kamers al even bekeken behalve zijn slaapkamer. Alles was leeg, of bijna leeg. Roger en Harmony hadden hun persoonlijke spullen meegenomen terug naar huis, Rowlands spulletjes had hij deels bij zich en de rest was verdeeld over een paar dozen die naar zijn internaat moesten als het schooljaar begon. En er waren een paar dozen die naar een of andere opslag konden, totdat hij eindelijk eens besloten had waar hij wilde gaan wonen, op deze stomme, niet-meewerkende aardkloot.

Nog zes weken, dan moest Rowland eraan geloven, dan begon zijn leven als kostschooljongen. Rory probeerde maar niet te lang in die gedachte te blijven hangen; hij had er onverwachts veel meer moeite mee dan hij had voorzien. Vooral ook omdat Row zo nadrukkelijk had gezegd dat hij niet wilde. En die opmerking van zijn eigen kind, 'omdat je geen tijd hebt'; keihard en precies de vinger op de zere plek. Het sneed hem door de ziel.

Nee, hij had geen tijd. Of, dat was helemaal niet waar. Hij máákte geen tijd, en luisteren naar zijn kind deed hij ook al niet. Hij lette gewoon helemaal niet op, hij had ook niet naar Annie geluisterd en hij luisterde al helemaal niet naar zichzelf. Zijn binnenste, zijn intuïtie, zijn hart.

Flop, daar vloog nog een kussentje door de kamer. Woedend was hij: op zijn eenzaamheid, zijn onmacht, maar vooral, vooràl op zichzelf.

Grommend raapte hij de kussentjes van de grond, gooide ze

terug in de bank, bonkte de woonkamer uit en rukte de deur naar zijn slaapkamer bijna uit de scharnieren.

Ongezellige rotkamer was het, hoewel wel ruim. Op de een of andere manier was het geen fijn gezicht om zo dat bed te zien, keurig opgemaakt, nauwelijks beslapen in de afgelopen twee maanden. Hij wist ook wel dat hij niet met Annie in dat bed had gelegen, maar toch voelde hij een of andere rare steek in zijn borstkas toen hij het zo zag. Hij ging er vannacht in slapen, in zijn eentje, in een verder leeg appartement. Hij voelde zich alsof hij te ruim in zijn vel zat, en alsof dat niet helemaal te benoemen weemoedige, verdrietige gevoel van eenzaamheid dat hem steeds sterker omspoelde daar alleen nog maar erger van werd. Met al even obstinate gebaren als waarmee hij de kussentjes in de bank er eerder van langs had gegeven rukte hij de sprei van zijn bed, smeet hem in de hoek van de kamer en wurmde hij zich daarna uit zijn T-shirt, dat achter de sprei aan ging.

Vanuit zijn slaapkamer belde hij met zijn mobiel een bezorgcurry, die hij, in zijn blote bast, aan de deur betaalde bij een verbaasde koerier en die hij zittend op de rand van zijn bed naar binnen schoof. Het kon hem geen donder schelen dat de hele kamer daarna naar eten rook. Dan rook het in ieder geval érgens naar.

Toen hij het eten op had gooide hij zijn kleren die nog in de kast lagen (wat er nog aan over was – verrassend weinig, eigenlijk) op een berg aan het voeteneind van zijn bed.

Er waren ook nog twee westerngitaren. Zijn dure Martin, veilig in een reiskoffer, en een merkloze bastaardgitaar die nauwelijks iets waard zou moeten zijn, achteloos leunend tegen de muur. Maar dit was nou net de eerste gitaar die hij van zijn krantenwijk had gekocht toen hij nog in Hobart woonde, toen hij net samen met zijn schoolmaatje Henning had besloten dat ze de muziek in gingen in plaats van een carrière te blijven najagen die vooral bestond uit snoep en vieze blaadjes jatten bij de sigarettenboer op de hoek. Dat Henning later Axe zou worden en hij later Roar, en dat ze wereldberoemd zouden worden, had toen niemand kunnen voorspellen.

Zijn eerste gitaar zat vol rare stickers, er zat een zangbalkje los en de G-snaar bleef maar ontstemmen, de lak was er op allerlei plekken af en hij had er helemaal in het begin nogal ongenuanceerd een spijker in geramd om zijn gitaarband aan vast te knopen. Wist hij veel, in die tijd. Het ding klonk als een gepensioneerde eiersnijder. Maar alleen omdat het de eerste gitaar van Roar van Road Rage was, zou hij er waarschijnlijk een fortuin voor krijgen als hij hem naar een veilinghuis bracht.

Hij hield hem even op schoot, stemde uit de losse pols en sloeg een paar akkoorden aan.

Eiersnijder. Rammel, rammel, al voelde de toets vertrouwd onder zijn vingers. De snaren liepen ergens op aan, maar tegelijk was de actie veel te hoog geworden; grote kans dat de hals ondertussen zo krom was als een hoepel en dat hij een beetje octaafzuiverheid wel op zijn blote buik kon schrijven.

'Verdomme,' mompelde hij voor zich uit. Niks bleef ook zoals het was; geen enkele herinnering was veilig. Hij pielde nog een beetje, maar moest zich toen plotseling beheersen om het ding niet zo tegen de muur te smijten. Die gitaar ging weg, dat was zeker. Misschien kon hij er een of ander goed doel voor vinden of zo, een ziekenhuis, of van die arme zielen die aan de rondvliegende bommen in hun eigen land waren ontsnapt en die nu met hun hele gezin onvrijwillig vastzaten in een of ander land dat hen net zo min graag wilde hebben, als dat zij er wilden zijn.

Zijn goeie Martin hield hij. Dat was tenminste een mooi instrument. Met een zucht vanuit zijn tenen knipte hij de gitaarkoffer open: discreet zwart vanbuiten en een gewond, hysterisch schreeuwend soort hardroze velours vanbinnen. Hij wist nooit of hij moest schrikken of lachen als hij die koffer opendeed. Hij moest misschien maar eens kijken of hij een goed gevoerde stevige gitaarrugzak kon vinden, dan kon die koffer ook weg. Veel te groot, veel te zwaar en veel te roze.

Hij nam de Martin op schoot, stemde, en begon met frisse tegenzin een setje nummers samen te stellen voor zijn optreden op Glastonbury.

Grinnikend kwam Rory van het grote podium af, terwijl achter hem het gejuich nog lang niet was weggestorven. Het aanbod van een roadie om zijn gitaar voor hem te dragen had hij afgeslagen; hij was tenslotte niet invalide. Het was dat de planning het niet toeliet, anders was hij het podium weer op gegaan om nog een nummer te spelen, zo erg gingen ze tekeer.

Het was een succes. Hij, als soloartiest, als singer-songwriter met alleen een gitaar om zijn nek, was een succes. Hij had het tot nu toe nauwelijks kunnen geloven, en die vervreemdende steriele uitvoeringen van dat ene verdomde nummer bij radiostations en in televisiestudio's hadden maar weinig gedaan om hem meer zelfvertrouwen te geven. Maar nu, nadat hij het publiek voor het hoofdpodium op Glastonbury had platgespeeld, kon hij er niet meer omheen. Hij was dus gewoon een succes. In zijn eentje.

Hij had altijd gedacht dat hij eigenlijk niet goed genoeg gitaar kon spelen om in zijn eentje op te gaan treden, en daarnaast had hij het gewoon gezellig gevonden om met Axe, Mad en Blade op pad te zijn. In tegenstelling tot veel andere bands waren de leden van Road Rage écht goed bevriend: Mad – Roger – had al vroeg in Rory's leven min of meer de plek ingenomen van zijn jong verongelukte broer, Axe en hij hadden als twee ternauwernood deugende boenders schouder aan schouder de middelbare school op Tasmanië doorstaan en Blade, de laatste die bij de band kwam, was op een goeie manier zo gek als een deur en paste precies bij hen.

Maar Roger had te veel gezondheidsproblemen om nog te toeren en Axe had een vaste, maar stormachtige relatie met Terri, hun voormalige tourmanager, en was enthousiast bezig zijn kookhobby uit te bouwen. Blade was net vader geworden, achter in de veertig met zijn piepjonge geliefde Gemma. Hij was stapelgek op zijn gezinnetje en uitgewoond van het slaapgebrek. Allemaal hadden ze wel even wat anders aan hun hoofd dan nóg een plaat maken en nog een rondje de wereld over van stadion naar stadion.

De vorige keer had het rondje de wereld over Rory veel meer gekost dan hij had kunnen voorzien; daarom dus dat ook hij nu wel even wat anders aan zijn hoofd had. Hij moest er niet aan denken.

Acteren wilde hij eigenlijk ook niet meer: hij had als hij heel eerlijk was een rothekel aan Hollywood en alles wat ermee samenhing. Alles was nep, show, drukdoenerij, netwerken en hielenlikken, en het acteren zelf verveelde hem intussen eigenlijk ook. Hij had het wel lekker gevonden om zo fysiek bezig te moeten zijn voor zijn laatste film – het trainen ervoor had een aantal weken zoveel tijd en aandacht in beslag genomen dat hij soms een hele dag niet aan Annie had gedacht – maar verder vond hij er geen zak meer aan.

Maar nu had hij iets te pakken wat hij helemaal op zijn eigen voorwaarden kon doen. Soloartiest, ha! Hij had niemand nodig, geen filmmaatschappij, geen platenmaatschappij, hij hoefde niet eens een manager.

Nog steeds grinnikend, met zijn gitaar achteloos over zijn schouder, stapte hij de witte mobiele unit binnen die hem was toegewezen als kleedkamer. En hij vond daar tot zijn verrassing, met haar strakke billetjes zittend op de rand van zijn ongebruikte make-uptafel, een bloedmooie jonge vrouw met schouderlang steil kerrierossig haar, die heel ernstig een clipboard bestudeerde.

Ze keek op. Donkergroene, sprekende ogen, volle lippen, kleine sproetjes op haar neus.

'Eh, hoi... sorry, ik had helemaal niet door dat je al klaar was,' zei ze tegen hem, met een klein, verlegen glimlachje.

'En wie ben jij dan wel niet, mop?' zei Rory, op de staart van zijn grinnik.

'Ailsa,' zei ze. Haar glimlach groeide, haar ogen sprankelden.

'Ailsa Newman, ik ben de coördinator van het hoofdpodium. Sorry dat ik even je kleedkamer had ingepikt, maar je zat er toch niet in en ik moest even ergens rustig tellen en mijn lijstje afvinken.'

'En, zit je nog op schema?' Rory stapte op haar af en kon niet anders dan concluderen dat ze van dichtbij net zo goed gelukt was als van ietsje verderaf. 'Godsamme,' mompelde hij binnensmonds.

Ze keek hem verschrikt aan. 'O, ik zal maken dat ik wegkom, het is natuurlijk niet de bedoeling dat ik je hele kleedkamer in beslag neem, ik, ik bedoel, ja, ik zit nog op schema, alles gaat goed, als een zonnetje zelfs en, eh, jeetje, ik zit wel een beetje te ratelen, hè?'

Rory knikte en stapte nog dichterbij. 'Als een malle. Maar geeft niks, je mag best nog effe blijven hangen hoor. Ik kan me rotter gezelschap voorstellen. Ik ga alleen wel een schoon shirt over mijn hoofd gooien, dus niet schrikken.' En hij graaide tussen zijn schouderbladen en rukte zijn licht doorzwete vintage Deep Purple-shirt over zijn hoofd. Hij schudde zijn haar uit en keek op, recht in haar nog steeds verbijsterde gezicht. Hij zag hoe ze haar adem naar binnen zoog en dacht vagelijk: volgens mij is het wasbord wel een redelijk succes bij de meiden. In ieder geval bij deze. Hij onderdrukte de neiging de hele boel even aan te spannen, maar nam wel de moeite om eerst zijn haar in zijn nek bij elkaar te binden en meteen even zijn extra dikke armen onder de aandacht te brengen, voordat hij onder de make-uptafel dook om zijn sporttas eronderuit te trekken.

Met een smak landde de tas naast Ailsa. Ze keek hem ademloos aan, met grote glanzende ogen. Hij gaf haar zijn beste rocksterrenglimlach en zag hoe ze een klein beetje rilde. Mooi; hij kon het nog. Het was echt een avond waar hij eens even lekker zijn ego aan op kon poetsen en hij was van plan om eruit te halen wat erin zat; het werd wel weer eens tijd.

Ailsa hipte van de tafelrand en grabbelde in de zak van haar spijkerbroek. Die zat zo strak dat ze zich er waarschijnlijk met een schoenlepel in had moeten werken, maar toch lukte het haar om een klein plastic zakje tevoorschijn te toveren. Er zaten twee knalgele pilletjes in in de vorm van een Batmanlogo; ze zwaaide er triomfantelijk mee.

'E's,' zei ze, 'hele goeie. Wil je?'

Rory keek naar het zakje met pillen. En toen naar haar. Ze was misschien net twintig; half zo jong als hij, en even twijfelde hij. Maar toen brak zijn grinnik weer door: hij was vanavond onverslaanbaar, hij voelde het gewoon. 'Ik hoef niet,' zei hij met een suggestieve wenkbrauwlift, 'niet dat ik nou in ene anti ben of zo, dat zou wel een beetje hypocriet zijn met mijn verleden, maar ik voel me eigenlijk al zo godvergeten geweldig na dat optreden van daarnet dat ik niks nodig heb. Beter kan eigenlijk niet. Of, nou ja, misschien als jij straks met me meegaat. Dat zou nog net ietsje beter zijn.' Zo, dan had hij het maar gezegd. Hij merkte ineens hoe roestig hij eigenlijk was geworden; vroeger waren dat soort snelle babbels zo van zijn tong gerold als hij het had gewild, hij had er niet eens over na hoeven denken.

Hij schudde zijn hoofd. Hij ging nu niet aan Annie denken, hij ging er een feestje van maken. Hij grabbelde in zijn tas, vond een AC/DC-shirt met de halsboord half losgescheurd van pure ouderdom, trok het aan en sloeg in één beweging een arm om Ailsa heen.

Ze gaf een meisjesachtig gilletje toen hij haar dichterbij trok en ze smolt heel bevredigend tegen zijn wasbord aan toen hij haar zoende. Het was lekker genoeg om er even een tijdje mee door te gaan en zijn handen op onderzoek uit te sturen, en hij merkte tot zijn eigen vreugde dat hij eigenlijk best zin had. Gelukkig, hij was nog niet helemaal een gecastreerde leeuw.

Haar handen gleden zonder gêne over al zijn spierbundels en ze mompelde in zijn oor: 'O, Roar, wat ben je sterk!'

Heel cliché, maar hij voelde zich toch drie meter groot en twee meter breed worden. Hij tilde haar opnieuw op de make-uptafel, zodat hij lekker tussen haar benen kon staan en een beetje kon wrijven tegen dat strakke broekje van haar. Ze kreunde ervan en stak haar vingers op zijn rug onder de band van zijn versleten spijkerbroek.

'Ik vind het zo sexy dat je gewoon zo op je teenslippers hebt gespeeld,' zei ze zacht en omfloerst, 'jij geeft echt helemaal nergens om, hè? Je hebt je na de soundcheck niet eens verkleed.'

'Moest dat dan?' mompelde hij een beetje daas, maar nog lang niet helemaal van de wereld.

'Van mij niet hoor. Ga je met mij mee? Ik heb hier vlakbij een kamertje in een hotelletje, en ik heb een auto hier. Hoe ben jij gekomen, met de helikopter?'

Rory kneep even zijn ogen dicht en stapte achteruit. 'Ben je besodemieterd, ik kijk wel uit voordat ik nog een keer in zo'n ding ga zitten. De vorige keer was drie jaar geleden, en dat was wat mij betreft ook meteen echt de allerlaatste keer. Ik heb er ook nog een keer onder gehangen voor de film, maar dat vond ik ook geen succes. Ik ben gewoon met een taxi. Ik had er nog niet over nagedacht hoe ik hier weer weg kom, dus kom maar op met je autootje.' Hij keek haar even taxerend aan. 'Kun jij hem wel zomaar smeren, mop? Er moeten nog drie acts op voordat de hele boel is afgelopen hier. Moet je niks coördineren met je clipbord?'

Ailsa keek even nonchalant schuin achter zich, waar haar clipbord vergeten op de make-uptafel lag. Ze haalde haar schouders op. 'Alles loopt toch? Ook als ik er niet naast sta om het te controleren, hoor. Kom, we gaan.' En ze sprong op de grond en keek Rory over haar schouder aan.

Even kreeg hij een flashback van Schalkje, de stewardess van wie hij de naam niet eens wist. Die had hij eigenlijk net zo goed kunnen nemen, ze was minstens net zo gretig geweest. Maar niet net zo mooi; Ailsa had een bepaald soort etherische schoonheid die Schalkje niet had gehad. Die was harder, pragmatischer. Hoewel hij Ailsa echt niet onderschatte: ze was zonder twijfel een kleine opportunist.

Hij vond het niet zo erg, hij was zelf ook een opportunist op dat precieze moment. Hij liet zich op zijn gemak met zijn gitaar en zijn sporttas wegrijden van het festivalterrein, hij liet zich meevoeren naar een vale, bladderige B&B vlakbij, in Shepton Mallet, hij liet zich in het slaapkamertje de rafelige spijkerbroek en verwassen onderbroek van zijn billen trekken en hij keek van een veel te grote afstand neer op de rossige kruin van Ailsa toen ze hem in haar mond nam.

Het was... niet onaangenaam. Maar om nou te zeggen dat hij er erg veel plezier aan beleefde, dat zou nou ook weer overdreven zijn. Ze wist absoluut wat ze deed, daar twijfelde hij geen seconde aan; hij had ruim voldoende veldwerk achter de kiezen om een goed geoefende vrouw te herkennen. Maar dat idee wond hem nog minder op dan de daad zelf. Eerder het tegendeel.

Met een natte plop trok hij zich los, nog voordat hij er goed over had nagedacht.

Ze keek verbaasd naar hem op met die enorme glanzende ogen van haar. 'Doe ik iets verkeerd?' vroeg ze zachtjes.

Hij stopte zichzelf snel en efficiënt weg en schudde zijn hoofd. 'Ligt niet aan jou. Ik ben eigenlijk gewoon niet in de stemming, komt het op neer. Te veel aan mijn kop. Sorry, ik had niet mee moeten komen...'

Ze stond op. 'Nou,' zei ze, en haar ogen glansden ineens hard, 'ik vond al dat je een beetje tegenviel, maar ik had niet gedacht dat je helemaal niks klaar zou maken. Met jouw reputatie.'

'Een beetje bitchen achteraf maakt het er niet beter op, mop,' zei Rory zacht, berustend. 'Maar misschien kom je daar ooit nog achter als je wat ouder bent.' Hij voelde zich plotseling verbazingwekkend volwassen, pakte zijn tas en hing zijn gitaarrugzak aan één schouder. 'Pas goed op jezelf,' zei hij, en liep de deur uit.

Hij was zo moe dat hij helemaal leeg was, maar hij vond dat geen onaangename ervaring. Het had iets zuiverends, iets vernieuwends, iets wat hij hoopte vast te kunnen houden.

Hij had uren gelopen, op zijn teenslippers, in het donker, met zijn gitaar op zijn rug en zijn sporttas in zijn hand, toen hij de B&B eenmaal ontvlucht was. Langs van die typisch Britse landweggetjes, smal, met aan beide kanten een laag stenen muurtje. Geen kip te zien, geen verlichting, geen verkeer op de weg, geen idee ook waar hij was. Gelukkig was er maanlicht en in de verte hier en daar een twinkelend lichtje van een boerderij.

Heel af en toe zag hij op een splitsing een wegwijzer. Hij was met de trein uit Londen gekomen, en een taxi vanaf Castle Cary Station, en het had helemaal niet zo ver geleken. Hij had in ieder geval het idee gehad dat hij makkelijk terug naar het station zou moeten kunnen lopen vanaf Shepton Mallet. Dat was ook zo, alleen kwam hij pas tegen zessen 's morgens aan; hij had zeker niet de kortste route genomen. Toen moest hij nog tot half acht op het station hangen voordat de eerste trein naar Londen ging. Hij had koffie gedronken en een onduidelijk broodje gegeten en had op een vreemde manier genoten van zijn anonimiteit.

'Hé, moet je niet naar het festival?' had de broodjesman tegen hem gezegd. 'Je ziet er precies uit als al die gasten die daar altijd zo nodig naartoe moeten, van die halve hippies.'

'Ben al geweest,' had hij gebromd, 'en ze zagen er inderdaad allemaal zo uit als ik. Dus nou ga ik maar weer ergens anders naartoe.'

De broodjesman had gegrinnikt. 'Heel verstandig, vriend.'

De treinreis was rustig en bijna dromerig verlopen, tweeënhalf uur lang. Hij had nauwelijks een ander mens gezien en niemand had ook maar iets tegen hem gezegd. Hij was uitgestapt op King's Cross, had de metro naar Earls Court gepakt en was daar overgestapt naar Olympia, en nu hij eenmaal de sleutel in het slot stak voelde hij pas hoe tot op het bot uitgeput hij was.

Eenmaal binnen rolde hij van de douche naar het bed en hij sliep in één ruk door tot zeven uur 's avonds. Toen werd hij wakker omdat hij trek begon te krijgen.

Eerst belde hij naar Canada om aan Row te vertellen hoe het

optreden was gegaan, en toen keek hij in de ijskast. Er zat niet veel in; hij had één keer boodschappen gedaan sinds hij uit Canada was gekomen en voor de rest had hij steeds bestelvoer gegeten. Hij besloot dat het tijd werd om zijn nieuw bevochten anonimiteit eens te testen in de hoofdstad.

Met een schoon T-shirt aan (een groene, met een Victoria Bitter-logo erop en helemaal zonder gaten of noemenswaardige andere slijtage), een donkerblauwe spijkerbroek met een gescheurde knie (deze was nog best nieuw, maar hij wist bij god niet meer hoe hij die scheur nou weer had opgelopen) en nat haar van nog een keer douchen om een beetje behoorlijk wakker te worden, stapte hij de straat op. Hij had geen petje en geen zonnebril, hij ging gewoon zo. Naar de pub op de hoek, die met een groot uitgeklapt schoolbord op straat adverteerde met alle mogelijke soorten hamburgers, begeleid door zelfgesneden frieten.

Hij ging naar binnen. Bestelde een pint *lager* en een burger, plofte met zijn bier neer aan een klein tafeltje en verdiepte zich in de *Time Out* die er toevallig lag. Na een tijdje werd er een ovaal bord met daarop een hoge hamburger met een gemene staak door zijn hart onder zijn neus geschoven. Er lag een vermoeden van sla naast. Het bestek was strak in een servet gerold als twee mummies in één verbandje, en lag naast een kom dikke, aardappelige frieten. Er stond ook een rekje met peper, zout, ketchup, bruine saus, mosterd. Het meisje dat het allemaal had gebracht was doorgelopen zonder verder ook maar op of om te kijken.

Hij grinnikte, pulkte zijn vork en mes uit hun lijkwade en viel aan.

Tegen sluitingstijd had hij genoeg bier op om een zeer geanimeerd maar vrijwel onbegrijpelijk gesprek te kunnen voeren met een Pakistaans uitziende vent die toevallig naast hem zat, en die net terug was van een bezoek aan familie in Australië. Hij had daar VB gedronken, had het lekker gevonden en begon een praatje met Rory omdat hij het bierlogo op zijn T-shirt herkende.

Hij was helemaal in zijn nopjes om zomaar in het wild een Aussie in zijn buurtkroeg aan te treffen. Rory vertelde hem maar niet dat hij eigenlijk uit Tasmanië kwam, en zelfs dat was nog niet helemaal correct: hij had ook nog een flink stuk Schotland en Ierland in de loop van zijn jeugd zitten. Maar om zijn gesprekspartner een plezier te doen zette hij een zo dik mogelijk Australisch accent op met om de drie woorden een *mate*, en vond hij alles *bonza* en *ripper*.

Voor de deur van de pub sloegen ze elkaar hartelijk op de schouder en wensten elkaar een goeie nacht. Rory zwabberde tevreden glimlachend naar huis, viel in zijn bed en donderde in slaap met de gelukzalige gedachte dat hij nu, op zijn tweeënveertigste, voor het eerst sinds ze als beginnende rockband het vliegtuig hadden genomen van Sydney naar de USA (hij was er toeterzat en zwaar onder protest in gegaan, want hij had toen nog helemaal een rothekel aan vliegen) zijn eigen leven weer volledig onder controle had.

Anne

5 Afspreken

'Wat zou het zijn?' Georgie klonk erg bezorgd; ze bleef maar door het keukenraam staren naar Woz, die in de tuin stond met zijn phablet aan zijn oor.

'Ik weet het niet, maar het ziet er wel nogal serieus uit. Ik ga even de gasten helpen, hou jij hem in de gaten? Hij ziet eruit of hij ieder moment kan ontploffen.' Anne pakte haar overladen dienblad op en liep de keuken uit.

De gasten in kwestie vormden een familie van drie generaties: opa, oma, drie volwassen kinderen van wie twee met partners, die ieder weer twee kinderen van tussen de vier en de zes hadden. De man zonder partner vervulde blijkbaar de rol van suikeroompje; allevier de kinderen – behoorlijk lawaaiïge en ongezeglijke exemplaren, zo op het eerste gezicht – hingen op of aan hem. Verder was er op dit uur niemand, de lunch was al voorbij en het was nog te vroeg voor thee, maar dit waren overduidelijk Amerikanen die zich niet aan beschaafde uren wensten te houden.

Gelukkig maar, dacht Anne terwijl ze voorzichtig de bestelling op tafel zette, handig de maaiende armpjes en beentjes van de onrustige kinderschaar ontwijkend. Als het vol zou zitten had ze zich toch genoodzaakt gevoeld er iets van te zeggen.

Even viel ze ten prooi aan innerlijke verbazing. Ze dacht eigenlijk dat ze al haar keurigheid, al dat dwangmatige hoe-hethoort, allang had afgeschud. Dat ze net zo bohemien en vrijzinnig was geworden als haar zigeunerrokken. Ze had gedacht dat ongezeglijke kinderen haar evenmin iets zouden doen als de schreeuwend lelijke, afschuwelijk ordinaire kleding van de jongere dames aan tafel, of het ontbreken van ook maar enige vorm – hoe summier ook – van iets wat voor tafelmanieren door kon gaan bij het mannelijke deel van het gezelschap.

Vreselijke mensen vond ze het, maar zo te zien hadden ze geld in overvloed en waren ze helemaal weg van Seaview Villa. Annes appeltaart verdween als sneeuw voor de zon en ze kreeg een fooi waar ze bijna van uit haar schoenen waaide, ook al renden de kinderen intussen als een stelletje wildebrassen door de ruimte, doof voor het geroep van hun respectievelijke moeders.

Anne verdween snel weer richting keuken, waar ze een nog steeds bijzonder bezorgde Georgie vond, met haar ogen geplakt aan de ijsberende kok in de tuin.

'Daarnet ging hij even schreeuwen, maar hij hield er meteen weer mee op. Het leek wel of hij een klap in zijn gezicht kreeg, zo abrupt was het. En hij is helemaal bleek.' Ze keek eens even goed naar Anne. 'Zeg. Jij bent eigenlijk ook behoorlijk bleek, wat is er met jou aan de hand?'

Anne bloosde meteen als een pioenroos. Ze had eigenlijk gehoopt dat ze die oervervelende gewoonte eindelijk achter zich had kunnen laten – tot nu toe was het leven in Hugh Town zo weinig enerverend geweest dat ze niet vaak reden tot blozen had gehad – maar om de een of andere reden had de intrede van Woz in hun rustige vriendinnenhuishouden iets in de war geschopt. Iets op zijn kop gezet. Precies zoals ze gevreesd had: haar gevoel van kalmte en veiligheid was helemaal verstoord.

'Eigenlijk is er niets aan de hand, behalve dat... ik me ineens realiseerde dat ik helemaal niet zo veel veranderd ben als ik had gedacht. Of gehoopt. Ik wilde al dat keurige, al die regels, alles wat jij en ik van kleins af aan ingestampt hebben gekregen, afschudden. Ik wilde de wereld opnieuw bezien, met frisse ogen, zonder oordelen of vooroordelen, ik wilde... Nu ja, ik wilde denk ik een nieuw iemand worden. Maar daarnet, toen ik die hele drukke en, sorry dat ik het zeg hoor, maar een beetje ordinaire familie serveerde, toen ergerde ik me verschrikkelijk aan de ongemanierdheid van de kinderen, en toen merkte ik dus dat ik helemaal niets heb afgeschud. Och, Georgie, ik heb mezelf zo voor de gek gehouden!'

Anne zakte neer op een krukje, precies op het moment dat Woz de keuken weer in beende, met een mond als een streep en grote, holle ogen.

'En wat is jouw identiteitscrisis precies?' zei Georgie, bitser dan ze waarschijnlijk bedoelde.

Woz gaf haar een gewonde blik. 'Heeft er hier iemand een identiteitscrisis dan?' vroeg hij zachtjes. 'Ik niet, hoor, ik kreeg gewoon alleen maar een heel ellendig belletje van de BBC. Of ik even langs wil komen voor een overleg. Eigenlijk willen ze me morgen om half negen 's morgens hebben, maar ik haal het volgens mij niet om voor die tijd vanaf hier naar Londen te reizen.'

'Je zou een heli kunnen charteren,' zei Georgie pragmatisch.

'Ja, dat zou inderdaad kunnen, maar dat gaat me toch een beetje te ver; ik ben niet armlastig, maar dan moet ik wel heel diep in de buidel tasten voor iets wat me dénk ik alleen maar ellende gaat opleveren. Kan niet anders dan dat ze me gaan vertellen dat *Superchef* volgend seizoen niet doorgaat. En wie weet hangen ze me nog een of andere schadeclaim aan mijn reet; ik ben niet echt heel vriendelijk geweest over de BBC-bobo's en hun achterkamertjesgekonkelefoes. Stelletje zelfingenomen randdebielen zijn het, hebben geen idee wat de mensen nou echt leuk vinden om naar te kijken. Maar goed,' met een diepe zucht veegde Woz zijn flophaar uit zijn gezicht, 'ik heb er dan in ieder geval nog van weten te maken dat het overmorgen wordt. Dat ik eerst effe op mijn dooie akkertje terug kan naar Londen, even geestelijk voorbereiden voor dat dood-of-de-gladiolengesprek. Brrr.' Hij rilde. 'Maar wie had er hier nou een identiteitscrisis? Jij niet,

Sjors, jij hebt volgens mij een identiteit van gewapend beton.' Hij keek even naar Anne, die nog steeds ineengedoken op de kruk zat.

'Ik,' zei Anne kleintjes, nog steeds met een blosje op haar wangen. 'Hoewel, identiteitscrisis is een groot woord. Ik bedacht me alleen maar vrij plotseling dat ik minder veranderd ben dan ik had gehoopt. Of gewild. Maar dat is allemaal volkomen onbelangrijk vergeleken met het gesprek dat jou blijkbaar te wachten staat.'

'O, ik kom er ook wel weer overheen,' zei Woz gespeeld dapper. 'Laat mij maar even aan mijn lot over. Wat is het dan precies, A, heb je toch minder alles losgelaten dan je me wilde laten geloven, of zo?'

'Ja, nou... Ik dacht dat ik veel van de, tja, zeg maar de rigiditeit van mijn opvoeding, al die, eh, die keurigheid zal ik maar zeggen, ik dacht dat ik dat een beetje had laten varen de afgelopen tijd. Dat ik zelf minder zo was, maar ook dat ik anderen er minder op aankeek als ze zich niet aan allerlei gedragsregels houden. Maar die familie die binnen zit – hoor je die kinderen tekeergaan? – daarbij gingen echt al mijn alarmbellen af. Ik vind ze vreselijk onbehoorlijk, ik vind dat ze grof spreken, zich ordinair kleden en ik vind dat de kinderen zich echt misdragen, terwijl de ouders geen enkel gezag lijken te hebben. Zo totaal anders dan Rowie, zo, zo...' Tot Annes grote schrik barstte ze bij het noemen van Rowlands naam ineens in tranen uit.

Georgie stond meteen naast haar met een pluk keukenpapier in de hand.

'Wat een reactiesnelheid,' zei Woz bewonderend.

'Je had haar eens moeten zien toen we hier net waren; ze leek wel een waterwingebied. Om de haverklap gingen de sluizen open. Ik kon niet veel anders doen dan zorgen dat we voldoende keukenpapier in huis hadden, en een luisterend oor bieden.'

'Zandzakken voor de deur,' snufte Anne, 'sorry dat ik weer zo huilerig ben, hoor. Ik lijk wel in een of andere rare regressie te zitten.'

'Hoe lang heb je Rowie niet gesproken?' Georgie gooide geroutineerd de volgehuilde prop keukenpapier weg en reikte Anne een nieuwe aan.

'Vijf dagen.'

'Nou, dan moet je maar eens heel snel achter je Skype kruipen, want volgens mij mis je hem gewoon, ben je daarom zo labiel.'

'Zou je denken?'

'Zeg, gewoon even voor de nieuwkomer in de groep,' zei Woz, terwijl hij met nog meer bruut geweld dan anders een bosje peterselie onthoofdde en in mootjes begon te hakken: 'vraag één, wie is Rowie, vraag twee, moet er niet weer 'es een keer iemand even naar voren om te checken of die zogenaamde halve garen er niet met het meubilair vandoor gaan?'

'Ze hebben al betaald,' zei Anne, 'meteen toen ik het kwam brengen; dat zijn ze blijkbaar zo gewend. En ik kreeg een fooi waar je U tegen zegt, dat dan weer wel.'

'Ik ga wel,' zei Georgie. Tegelijk werd er op het raam aan de tuinkant getikt. 'Hé kijk, het is Tom! Wat komt hij nu ineens doen?'

Woz rukte de deur vanaf de keuken naar de tuin open. 'Tom, gozer, heb je wat speciaals gevangen?'

Tom, gekleed in zijn eeuwige blauwe schipperstrui met gaten van de ouderdom (pas als het boven de vijfentwintig graden was deed hij hem uit, anders rolde hij alleen de mouwen op), en zijn slechtgeknipte peper-en-zoutblonde haar zoals altijd verwaaid, stapte verlegen over de drempel met zijn vingers achter de kieuwen van twee forse vissen. Hij hield ze omhoog naar Woz, die nog net geen juichkreet slaakte.

De twee mannen hadden het toen ze de vorige dag elkaar eenmaal hadden ontmoet, tot Annes verrassing en vermaak uitstekend met elkaar kunnen vinden, hoewel ze niet verschillender hadden kunnen zijn. Woz was breed, brutaal en lawaaiïg maar met een klein hartje en Tom was lang, tanig, van weinig woorden maar vol diepe gedachten. Ze bleken elkaars gevoel voor humor uitstekend aan te voelen en begonnen aan een geanimeerd maar binnen vijf minuten voor Anne volkomen onnavolgbaar gesprek over vis – Woz vanuit culinair perspectief, Tom vanuit het oogpunt van de visser. Ze was Toms kleine huisje uit gelopen en had even over het strand gewandeld, totdat Woz vanaf de overkant van de weg naar haar had gezwaaid. Hij had een in kranten gerold pakketje onder zijn arm (Tom had een extreme hekel aan plastic zakjes) en keek erg tevreden.

Nu keek hij alweer zo innig tevreden, nu hij de twee prachtige vissen op zijn snijplank had liggen. 'Wat een joekels,' mompelde hij, 'daar kan ik wel wat lekkers mee maken. Bedankt, gozer, wat krijg je van me?'

Tom mompelde een bedrag, Woz schoot in de lach, zei dat het vooroorlogse prijzen waren en dat Tom zichzelf te kort deed, geld wisselde van hand.

Anne kon het niet helpen, ze zat gefascineerd te kijken. Ze miste dan ook niet dat er een veelbetekenende blik en een schouderklopje van Woz naar Tom gingen.

Tom schraapte zijn keel. Slikte, schuifelde met zijn voeten, onderging nog een blik van Woz die ongeveer schreeuwde: *komop, doe het*, schraapte nog maar een keer zijn keel en zei toen, in één adem: 'Wiljeëenkeermetmenaardepub?'

Anne had niet meteen door dat hij het tegen haar had, en ze moest ook even haar best doen om zijn boodschap te ontcijferen. Terwijl dat gaande was keek Tom of hij door de grond wilde zakken; hij begon zelfs al met omdraaien om weer naar buiten te gaan.

'O, ja, nee, natuurlijk, Tom, ik wil wel een keer met je naar de pub, gezellig, zullen we... morgenavond gaan? Want daarna moet Warren weg, en anders moet ik Georgie hier met te veel werk alleen laten en dan voel ik me zo schuldig.' Ze glimlachte naar hem, waardoor hij rode wangen kreeg. Van de weeromstuit voelde ze zichzelf ook blozen, maar nu vond ze het niet zo heel erg. Ze was tenminste niet de enige.

‘Waar moet je heen dan?’ zei Tom tegen Woz, blij met een gespreksonderwerpje om zijn onhandigheid achter te verbergen.

‘O, ik moet op het matje komen bij de BBC-bobo’s. Ik heb een veel te grote bek gehad, lelijke dingen over ze gezegd in de pers en zo, en nu gaan ze me natuurlijk op mijn sodemieter geven en zeggen dat ik niet verder mag met *Superchef*.’ Woz krabde zich op het hoofd en keek naar zijn tenen.

‘Komt wel goed, man,’ zei Tom, met een stevige beuk op Woz’ schouder. ‘Nou, Angharad, ik kom je morgen om acht uur halen,’ zei hij zachtjes en nog steeds dodelijk verlegen, en toen rende hij nog net niet de keuken uit.

‘Nooit gedacht dat hij het zou durven,’ zei Woz grinnikend, ‘hij vindt je leuk, maar hij denkt dat hij niet met vrouwen kan praten. Dat ze hem saai vinden, of zoiets. Hoe kan hij dat nou denken, hij is toch een prima gozer?’

‘Ja, maar jij bent een man, en dan werkt het anders,’ zei Anne.

‘Ik had anders ook niet gedacht dat jij ja zou zeggen, met hoe je nog met je ex bezig bent, schat. Weet je wel zeker dat je het wilt? Dat je er “klaar voor bent”, of hoe ze dat ook altijd weer in vrouwenblaadjes noemen?’ Woz kreeg het voor elkaar om met hoorbare aanhalingstekens te spreken.

‘Nee,’ zei Anne heel eerlijk, ‘ik weet niet of ik er klaar voor ben. Wat “er” dan ook is. Maar ik mag Tom graag, dus iets met hem drinken, dat zou toch wel moeten kunnen?’

‘Tuurlijk kan het. Alleen, het zou niet zo netjes zijn als je hem de verkeerde indruk gaf. Jij met je ex, en dan ook nog met die Rowie, wie is dat dan weer; heb je nog ergens een geheime minnaar achter de hand?’

‘Ik zal Tom echt geen verkeerde indruk geven, daarvoor vind ik hem veel te aardig. En buiten dat: ik ben er zojuist achter gekomen dat ik nog stééds op het tuttige af netjes ben, ondanks mijn verwoede pogingen om wat losser en wat vrijer te worden, dus alleen dat al zou je gerust moeten stellen. Ik ben waarschijnlijk niet eens in stáát om Tom een verkeerde indruk te geven. En

Rowie is niet mijn geheime minnaar, hij is zés!'

'O,' zei Woz, 'jezus, sorry.' En, nadat hij even over zijn wenkbrauwen had gewreven: 'Ik had niet gedacht dat je een kind had. Je leek me er gewoon te, nou, te jong voor. En te netjes. Of zoiets. Shit, sorry.'

Anne schudde haar hoofd en zuchtte. 'Rowland is niet mijn kind. Hij is de zoon van mijn ex. Ik heb een heel hechte band met hem, ook al wil ik mijn ex niet meer zien. Ik wil Rowie niet kwijt. Het is lastig, hij zit meestal een heel eind bij me vandaan en ik mis hem af en toe echt vreselijk, maar met Skype komen we een heel eind. Ik hoop maar dat, als het op een goed moment echt gezakt is, en alles is echt weer helemaal normaal tussen Ro – tussen mijn ex en mij, dat Row dan kan komen logeren. In de schoolvakantie of zo.'

'Heet je ex ook Rowland?' vroeg Woz geïntrigeerd.

'Nee. Je bent ook niet nieuwsgierig, hè?' Anne stond op, met de duidelijk zichtbare intentie een eind aan het gesprek te maken.

'Sorry, schat. Ik bedoel het niet impertinent, maar je laat zo weinig los.'

'Ik praat er niet graag over. Het is bijzonder persoonlijk en ik heb er erg veel verdriet van gehad. En nu ga ik even kijken of ik nog iets moet bijvullen achter de bar; ik heb Georgie al veel te lang alleen gelaten.'

Het liep tegen middernacht en alles was rustig. De eetzaal, de bar en de keuken waren opgeruimd, het licht was uit, de deur op slot. Woz zat boven in zijn zolderhok (Anne hoorde hem rondrommelen) en Georgie was voor de televisie in slaap gevallen in de woonkamer. Dat gebeurde haar wel vaker; ze zou straks wel wakker worden om zich naar bed te slepen. Ze had Anne nog niet zo lang geleden toevertrouwd dat ze het heel moeilijk vond om alleen in bed in slaap te vallen: ze had te vaak met bonzend hart op Frederick liggen wachten om nu zomaar rustig in haar eentje in te kunnen slapen.

Anne zuchtte. Georgie deed wel heel stoer, maar ze had toch echt een flinke klap opgelopen van hoe Frederick haar had behandeld. Anne had heus wel in de gaten hoe leuk Georgie Woz eigenlijk vond; ze werd er helemaal bezorgd van. Georgie was er toch nog helemaal niet aan toe om zomaar iets nieuws... Dat kon toch nooit goed gaan?

En Woz? Hij was een behoorlijke flirt, hoewel goedmoediger dan misschien in eerste instantie leek. Maar nauwelijks serieus relatiemateriaal, zo op het eerste oog.

Ineens dacht ze terug aan Woz' rake opmerking eerder die avond. De afspraak met Tom Trevellick. Zijzelf was er ook nog niet aan toe; ze kon natuurlijk best iets met iemand drinken, maar een echte, serieuze date? Zeker nog niet. En ze was vast van plan om dat zo snel mogelijk aan het begin van de avond duidelijk te maken aan Tom.

Ze keek op de klok. Eerder op de avond had ze gewhatsappt naar Harmony om te zien of Row zin had om te skypen. En Harmony had de weinig geruststellende mededeling gedaan dat ze het niet zeker wist. Row zat voornamelijk in zijn kamer op zijn iPad filmpjes te kijken en had weinig zin om naar buiten te gaan.

En het zou juist zo goed voor hem zijn, had ze gestuurd, *hij kwam in Londen ook al veel te weinig buiten.*

Alles wees erop dat hij ergens vreselijk mee zat, en dat hij helemaal niet zo van zijn vakantie in Canada aan het genieten was als Harmony en Roger voor ogen had gestaan toen ze hem mee vroegen.

Nou, ik waag het er gewoon op, dacht Anne, kijkend op de klok. Het moest bij Row nu rond een uur of zeven in de avond zijn, hij zou vast nog niet in bed liggen.

Bloeppp! zei Skype, zoekend naar verbinding. Row zag er niet erg online uit, maar dat was niet altijd even accuraat.

Bloepp!

Bloepp!

Niks. Anne zuchtte diep, ze had, merkte ze, een ontzettende

behoefte om zijn gezicht even te zien en zijn stem te horen. Ze had expres de afgelopen dagen geen contact gezocht: ze had gedacht dat het misschien wel verstandig was om hem tijd te geven te acclimatiseren in Canada. Het was tenslotte geen reis die je zo even achter in je holle kies propte.

Bloingng! Ineens maakte haar laptop alsnog contact.

'Annie!' klonk het blij. Het beeld was een beetje schokkerig. 'Sorry, Annie, ik heb wel een beetje klote-internet hier!'

'Row! Dat is toch geen woord om te gebruiken!' Anne keek oprecht geschokt.

Vanaf het scherm grinnikte een ondeugend jongensgezicht haar tegemoet: rosbruine krullen met daaronder een paar té vroegwijze, dwars door je heen kijkende lichtgroene ogen, een daadkrachtig neusje en een mond die geen ruimte voor twijfel liet over de herkomst van zijn genen. Rowland was – en het leek wel erger te worden naarmate hij ouder werd – bijna een exacte kopie van zijn vader.

Zozeer zelfs dat het nu, nu ze hem zo ineens weer zag, Anne heel even abrupt de adem benam.

Row zag het, ondanks de slechte beeldverbinding. 'Hé, Annie, alles goed?'

'Ja, eh, ja, alles is goed hier, hoewel het de afgelopen dagen wel een beetje, nou, hectisch en raar is geweest. We hebben zomaar ineens een heuse kok in huis, een echte beroemde. Hij is bij ons komen wonen; Georgie heeft hem de zolderkamer gegeven. Heb je toevallig wel eens het programma *Superchef* voorbij zien komen?'

'O, ja,' zei Rowie, zichtbaar stuiterend op zijn stoeltje van enthousiasme, 'dat is toch met die scheldkok? Ik mocht dat van tante Hammenie nooit kijken, maar oom Rog vond het grappig en dan keek ik wel 'es stiekem mee. Moest ik ook lachen. Hij vloekt nog harder dan mijn vader, doet hij dat tegen jou ook?'

'Hoe zou je dat vinden, als hij dat deed?'

Row dacht er even over na. 'Niet zo cool,' zei hij toen, plotseling kleintjes. Hij had een wit gezichtje en donkere kringen onder zijn ogen, zag ze ineens; Anne voelde haar hart trekken in haar borstkas van bezorgdheid.

'Gaat het wel met je, Row? Kan je wel een beetje slapen, of heb je erge jetlag gehad?'

'Mmm,' zei hij bedachtzaam, 'het gaat wel. Het bed ligt wel lekker, maar er zijn hier wel veel vliegen. Dat is wel rottig. En ik kán ook wel slapen, ik moet alleen de hele tijd zo nadenken. Dan heb ik geen tijd om te slapen.'

Anne glimlachte. 'Dat heet piekeren, kind. Vertel, wat zit je dwars.'

Row keek weg van het beeldscherm en mompelde: 'Waarom duurde het zo lang totdat je me skypete? Was je me vergeten?'

'Natuurlijk niet! Ik vergeet je toch nooit? O, Rowie, ik hou toch van je, dat weet je toch? Het gaat nooit meer over. Ook al is het met je vader...' Anne maakte haar zin maar niet af, omdat ze ineens haar tranen hoog voelde zitten. Meestal lukte het wel om het gewoon over Rory te hebben in de gesprekjes met Row, maar de muur die ze om zich heen had opgetrokken was aan het wankelen en scheuren, en wat erachter zat was een stuk minder uitgehard dan ze had gehoopt. Ze voelde zich zacht en broos en kneedbaar en brokkelig, allemaal tegelijk. 'Ik heb me even stil gehouden omdat ik dacht dat je misschien tijd nodig had om te wennen. Het was natuurlijk een hele reis, en het is vast heel anders op de boerderij dan in Londen, en...'

'Ik wou dat je gewoon wel had geskypet,' zei Row zacht. 'Ik miste je.'

'Ik heb jou ook gemist, lieverd. Heel erg. Morgen zal ik je weer skypen, goed?'

'Ja. Goed. O,' en ineens was hij weer enthousiast met die abruptheid van jonge kinderen, 'weet je waar mijn vader gisteren was? Of wil je het niet weten? Het is echt heel cool, zei pap, dat het cool was, en als je het wil weten mag ik het tegen je zeggen, alleen hij denkt dat je het niet wil weten – wil je het weten?'

'Eh, ja?'

'Op het glasfestival! Of, nee, het was wat anders, maar wel iets met glas. En het was een festival, met allemaal andere muzikanten en bands en zo. En het publiek zit in tentjes. Hij ging helemaal alleen spelen, dat vindt hij eigenlijk best wel eng, maar hij deed het toch. Hij vond het heel cool dat ze hem gevraagd hadden om te komen spelen, dat zei hij, en het ging supergoed! Hij belde me vanmorgen op en hij zei dat ze heel hard hadden gejuicht en geklapt voor hem. Goed hè?'

'Ontzettend goed,' zei Anne. 'Is hij daar ook blijven slapen, in een tentje?' Ze zei het als grapje maar ze zag Rory er nog voor aan ook om zo'n stunt uit te halen als hij er zin in had. Hij was eigenlijk volkomen wars van luxe, en om zijn beroemdheid gaf hij ook niet veel. Al die beveiliging en voorzorgsmaatregelen waar hij rekening mee moest houden ervoer hij diep in zijn hart alleen maar als vervelend en belemmerend en het liefst liep hij op teenslippers of blote voeten, in oude T-shirts en versleten spijkerbroeken of, als hij het warm had, bij de knieën afgeknipte, lubberende, verwassen joggingbroeken van een onbestemde kleur. Anne zag het bijna voor zich, hoe hij 's morgens uit zo'n klein bol tentje zou kruipen, met zijn haar alle kanten op en zo'n lief, slaperig gezicht.

Haar hart gaf zo'n harde knijp in haar borstkas dat ze moeite had om geen geluid te maken.

'Nee, hij is gewoon naar het huis in Londen gegaan waar we hebben gewoond toen jij weg was. Maar hij is wel 's nachts naar de trein gelopen, en hij zei dat dat heel ver was. Met zijn gitaar op zijn rug. En het was volle maan. Hij heeft niet eens iets engs gezien, geen weerwolf, geen spook, geen zombie, geen vampier, niks.'

'Nou, dat is ook wat,' zei Anne meevoelend. 'En wat gebeurde er toen?'

'Niks, nou zit-ie daar. In Londen. Hij moet nog bij Graham dinges spelen, en daarna weet-ie nog niet wat hij gaat doen. Misschien komt hij wel terug hiernaartoe.' Rowies stem klonk aandoenlijk hoopvol. 'Maar dat denk ik eigenlijk niet, want dan ga ik natuurlijk aan zijn kop zeuren dat ik niet op kostschool wil, en daar heeft hij geen zin in. Want ik moet toch wel, of ik het nou leuk vind of niet.'

'Heb je er echt zo ontzettend weinig zin in, man?' Anne had hem het liefst dwars door haar laptop naar zich toe getrokken om hem een knuffel te geven, zo verslagen zag hij eruit. 'Zal ik dan iets met je afspreken?'

Hij knikte sip.

'Je mag zo veel vakanties als je wilt bij me komen logeren.'

'Echt? Ook al wil je pap niet zien? Ik bedoel, hij zal me moeten komen brengen, en dan zie je hem, en dat vind je dan niet supererg?'

'Misschien wel, dat weet ik nog niet, maar ik wil in ieder geval jou ontzettend graag zien. En misschien kan ik je ook wel komen ophalen van kostschool, dat zou toch ook kunnen?'

'Ik wil jou ook graag zien, Annie,' zei Rowland ernstig, 'het is vast meteen een stuk gezelliger bij jou.'

'Maar je oom Roger en je tante Harmony zijn toch ook heel lief?'

'Ja, maar het is niet hetzelfde.'

Roar

6 Ontmoeten

Hij legde zijn mobiel voor zich op tafel en keek met nietsziende ogen uit het keukenraam. Het was vreemd: als hij zo een tijdje in z'n eentje was leek het net of hij steeds minder ruimte in beslag nam. Van het hele appartement gebruikte hij eigenlijk voornamelijk zijn slaapkamer, de badkamer en de keuken, waar hij dan steeds op dezelfde stoel aan de keukentafel ging zitten. Die keek uit over de tuinen achter, waar tenminste nog een klein beetje groen te zien was. Hij zat alleen in de woonkamer als hij naar de tv wilde kijken, maar eigenlijk keek hij nog liever op zijn laptop naast zijn bord naar het nieuws dan in zijn eentje in die kleurloze, sfeerloze ruimte te moeten gaan zitten.

Het leek wel alsof zijn hart steeds iets verder samentrok na ieder telefoongesprek met zijn zoon. Hij miste hem met een heel fysieke, acute pijn, die soms als hij hard moest werken wel wat naar de achtergrond verdween, maar die nooit overging. Hij leek eigenlijk ook wel gek dat hij nu hier was terwijl zijn kind aan de andere kant van de wereld zat; soms begreep hij nauwelijks hoe zijn leven er steeds zo met hem vandoor kon gaan. Hij wist alleen dat hij daar steeds minder goed tegen kon, dat hij het steeds minder verdroeg om zich een speelbal van omstandigheden te voelen.

Row had Annie gesproken. Gelukkig, dat was in ieder geval iets goeds. Ze had hem een paar dagen niet gebeld, zo lang zelfs dat Row er helemaal ongerust van was geworden. Hij praatte zelden over haar met zijn vader, zelfs niet als Rory ernaar vroeg: Row leek dan een soort van op slot te gaan, hoewel Rory maar al te goed wist dat zijn zoon nog steeds ontzettend dol op haar was. Het was dus een teken dat het hem wel heel erg hoog had gezeten, dat Row uit zichzelf tegen zijn vader had gezegd hoe erg hij het vond dat ze nog niets van zich had laten horen.

Maar nu had ze met hem geskypet. En zelfs tegen hem gezegd dat hij mocht komen logeren van kostschool, en dat ze het misschien niet eens zo heel erg zou vinden als hij Row dan bij haar zou komen langsbrengen.

Hoop bloeide op in zijn hart, voordat hij er ook maar iets tegen had kunnen doen. Idiote, nergens op slaande hoop, die daar helemaal niks te bloeien had en die zo snel mogelijk in de knop gebroken moest worden.

Maar toch: ze vond het misschien niet zo heel vreselijk meer om hem te zien, en ze vond het misschien wel niet meer zo heel erg als hij wist waar hij haar kon vinden.

Hoop.

Hij glimlachte voorzichtig.

En fronste daarna direct weer: de eerstvolgende schoolvakantie was nog maanden weg. Duurde te lang, veel te lang. Hij was nooit bijster geduldig geweest, en nu hij dan eenmaal besloten had dat hij erachter wilde komen waar Annie zat, al had hij nog geen idee hoe, dan moest er idealiter ook zo snel mogelijk actie volgen.

Nog één afspraak had hij weg te werken, nog één boeking in zo'n stomme tv-studio, en dan zou hij een tijdje niks meer aannemen. Hij had echt niet nog meer promotie nodig, zijn downloads liepen nog steeds als een trein en niemand die hem kon dwingen iets anders te doen dan wat hij zich had voorgenomen.

Annie. Annie zoeken.

Hij riep zichzelf tot de orde: voor het optreden vanavond bij Graham Norton moest hij nog wel een beetje oefenen. Hij moest er best vroeg zijn vanmiddag, om het geluid goed te krijgen en wist hij veel wat ze allemaal wilden testen en checken, maar hij had nog wel even tijd om 'Against All Odds' nog een paar keer door te spelen. Stom eigenlijk: hij kon het nummer wel dromen, maar hij was zó gewend om te vinden dat hij niet goed genoeg kon spelen om in zijn eentje op te treden, dat hij zich de hele tijd het leplazarus oefende. Hij speelde ondertussen beter gitaar dan ooit tevoren. Nog even en hij soleerde Blade zo van het podium af.

Met een wolfachtige grijns stond hij op, vol hernieuwde moed, en ging in zijn slaapkamer op de rand van zijn bed zitten met zijn Martin op schoot.

Ruim op tijd kwam hij Waterloo Station uit met zijn gitaar op zijn rug. Niemand had hem twee keer aangekeken, behalve een paar Japanse toeristen, die elkaar hadden aangestoten en onopvallend een foto van hem hadden gemaakt met hun mobiel. De kans zat erin dat die foto straks de ronde zou doen over de fansites, maar dat had hij er wel voor over: het gevoel van vrijheid dat hij ervoer door als een gewoon mens in het openbaar vervoer te stappen woog veel zwaarder.

Hij had opnieuw helemaal niets gedaan om zich onherkenbaar te maken: hij had gewoon zijn eigen teenslippers aan en zijn eigen vaal geworden Dr. John-T-shirt en zijn eigen uitgebleekte spijkerbroek met gaten op de knieën en rafels aan de zomen. Het was warm in Londen, zo in de zomer, dus hij had een forse blauwe boerenzakdoek om zijn hoofd geknoopt, waar zijn rommelige haar onderuit hing. Hij had geen idee of dat hem nou stond of niet, maar hij had er een hekel aan als het zweet hem in de ogen droop, dus hij was tevreden met deze oplossing.

Zonnebril op zijn neus en hop naar buiten, en nu liep hij over straat op weg naar de ITV-studio. Bij de ingang vroeg iemand hem om legitimatie, waarvan hij in de lach schoot. Hij pulkte zijn paspoort uit zijn gitaarrugzak en werd met alle verontschuldigingen en egards naar een kleedkamer begeleid, waar hij zijn gitaar uitpakte, hem stemde en vervolgens achteloos tegen de tafelrand parkeerde.

Aan het eind van de gang vond hij een *greenroom* met daarin Harrison Ford, die hij een klein beetje kende en met wie hij een praatje aanknoopte.

'Dus jij bent de muziek vanavond,' zei Harrison, 'ik weet eigenlijk niet of dat voor jou nou een stap vooruit of een stap achteruit is.'

'Ik ben met de metro gekomen, en bij de ingang vroeg die gast om m'n paspoort,' zei Rory. 'Wat mij betreft een verbetering.'

Harrison schoot in de lach. 'Ik had geen idee dat jij zo'n minimalist was,' zei hij. 'Heb je eigenlijk nog een film op de rol staan?'

'Nee. En volgens mij heb ik er verdomme ook geen zin meer in ook. Weet je wat het is, Har, ik ben het gewoon helemaal zat om geleefd te worden. Ik heb iets van vijf jaar lang non-stop mijn poten onder mijn reet vandaan gerend om aan al mijn afspraken en contracten te voldoen, ik ben er van alles door kwijtgeraakt en ik ben er verdomme wel klaar mee. Niks geen minimalisme, gewoon, ik wil dat iedereen effe een beetje opsodemietert en me met rust laat. Dat is het meer.'

'Nou,' zei Harrison, 'verstandig dat je ruimte voor jezelf claimt. Ik vind dat nummer dat je hebt gedaan wel oké, lekker rauw en zo. Voelde je je klote toen je het opnam?'

'Zwaar klote. Nog wel, eigenlijk. Volgens mij moet ik daar nodig wat aan doen.'

'Zet 'm op, tijger,' zei Harrison met een klap op Rory's schouder, en toen liep hij de ruimte uit.

'Jeeezus, dat was Han fucking Solo,' klonk het achter Rory. Hij draaide zich om en keek in het verbijsterde gezicht van Warren Dixon, die vervolgens uitriep: 'Hé! Gisteren kwam je nummer op de radio en toen ging er een bloedmooie vrouw van huilen! Hoe doe je dat? Ik probeer dat al jaren voor elkaar te krijgen met mijn citroen-cheesecake, maar mooi dat het me niet lukt.'

Rory grinnikte en stak zijn hand uit. 'Jij bent toch die gast van *Superchef*? Hoi, ik ben Rory. Ik weet ook niet wat het is, ik heb het aan mijn kont hangen dat bloedmooie vrouwen van me gaan janken. En dat ze vervolgens keihard wegrennen.'

Woz schoot in de lach. 'Zeg maar Woz. Ik dacht dat jij ze van je af zou moeten slaan, niet dat ze bij je weg rennen.'

'D'r is er eigenlijk ook maar eentje weggerend. Maar dat was nou wel net degene die ik hebben moet, dus al die andere zijn dan eigenlijk soort van *whatever*, weet je wel? Maar wat is er mis met je citroen-cheesecake?'

'D'r gaat niemand van janken. Verder is er niks mee aan de hand.'

'Volgens mij heb jij geen problemen, Wozzie.'

De hele middag, tussen de voorbereidingen voor de uitzending door, bleven Rory en Woz elkaar vliegen afvangen. Op een goed moment raakten ze zelfs verzeild in een nep-laserzwaardgevecht met een bezem en een microfoonstandaard, waarbij Harrison Ford vanaf de zijlijn enthousiast aanwijzingen gaf over de benodigde bijgeluiden.

'Gast, het is alsof ik je al jaren ken,' zei Rory tegen Woz, nog nagrinnikend om het gevecht. 'Ik heb in weken niet zoveel lol gehad.'

'Je doet iets verkeerd met je leven. Ik dacht dat rockster zo'n beetje het coolste beroep ter wereld was.'

'Ja, dat dacht ik ook altijd,' zei Rory, plotseling ontnuchterd. 'Blijkt dus dat er onder de verkeerde omstandigheden geen zak aan is.'

Woz keek hem verbaasd aan. 'Oké... dus... wat ga je nou doen?'

'Ik ga op zoek naar die vrouw die bij me is weggelopen en ik ga proberen dat weer goed te krijgen.' Het was de eerste keer dat Rory het hardop zei tegen iemand anders, de eerste keer dat hij het zo helder formuleerde. Hij schrok er bijna van, van de intensiteit van het gevoel dat erachter zat, en van hoe goed het voelde. Het was de juiste beslissing, daar twijfelde hij geen moment meer aan: hij ging Annie zoeken en hij ging het weer goed zien te krijgen. Hij slikte en praatte snel verder, om maar niet te hoeven tonen hoeveel impact zijn eigen woorden op hem hadden. 'En dan maak ik af en toe nog wel een liedje, of zo. Als ik er zin in heb. Daar heb ik verder niks of niemand bij nodig, behalve een gitaar en een laptop. En als ik ooit een keer weer echt de studio in wil, dan kan ik dat altijd nog wel regelen.'

Woz knikte. 'Klinkt als een plan. Ik heb ook zoiets, weet je wel, ik dacht dus altijd dat ik in zo'n restaurant met Michelinsterren moest komen te werken, toen ik begon met die hele kookbusiness. Maar ik trek dat voor geen meter, ik krijg met iedereen ruzie. En nou heb ik een idioot klusje voor de zomer, ik zit op een eiland in een piepklein restaurantje van twee gekke wijven, ik kook in een keukentje waar ik m'n kont niet kan keren, ik slaap op een zoldertje dat nog te armoeïg is voor een student en geloof het of niet, ik heb het er nog naar mijn zin ook.'

Rory knikte. 'Het zit in een klein hoekje, dat je het naar je zin hebt. Wees d'r maar zuinig op.'

'Ik wil er ook graag blijven. Ik had gisteren een rotgesprek met de hoge bazen van de BBC – te grote bek gehad en nou mag ik mijn programma niet meer maken, dus eigenlijk zit ik zonder werk. Aan de ene kant mooi klote, aan de andere kant denk ik: ik hoop maar dat ik bij Sjors en A kan blijven zitten.'

'Zijn dat de gekke wijven?' Rory grijnsde. 'Heb je geen last van ze?'

'Nee man, helemaal niet. Ze zijn allebei eigenlijk nogal deftig, maar vanbinnen zijn het schatten. Allebei met een achtergrond, dat wel; allebei hun hart gebroken, maar ze doen er heel verschillend over. A is vooral bezig met hoe het hoort, maar eigenlijk is het een softie, en Sjors heeft de hele tijd een grote bek, maar die is zo beschermend als een leeuwin.'

'Zit er wat voor je bij, denk je?'

'God, ik zou mijn handen dichtknijpen, maar volgens mij krijgen vrouwen alleen maar de zenuwen van mij.'

'Blijven oefenen, gast, vooral op die cheesecake.'

Hun gesprekje werd onderbroken door Graham Norton zelve, die Rory een hand gaf en Woz enthousiast begroette. 'Ik vind het zó goed dat je op zo'n korte termijn kon,' zei Graham, 'we zaten echt helemaal in de stress. En dat je ook nog al je spullen hiernaartoe hebt gehaald, ik wist het even niet meer vanmorgen, zo om een uur of elf wíst ik het gewoon even niet meer, toen het echt zeker was dat Beyoncé niet kwam.'

'Geen punt, gozer,' zei Woz gemoedelijk, 'het zijn niet al mijn spullen, want alle grote shit staat al ergens in de opslag in de haven van Penzance. En de rest neem ik zelf wel mee als ik morgen terugga naar Scilly. Je kan het Beyoncé toch ook niet kwalijk nemen dat ze niet komt als haar vent ineens een of ander onwettig kind aan zijn broek heeft hangen, net nu het weer een beetje leek te gaan tussen die twee?'

'Ja, nee, natuurlijk niet, wat er ook allemaal van waar is. Maar, mijn god, Scilly? Wat doe je dáár nou weer,' riep Graham uit, handen dramatisch geheven. 'Scilly, dat is echt voorbíj de *middle of nowhere*.'

'Koken, doe ik daar, wat dacht jij dan? In een klein restaurantje, heel pittoresk en al die dingen, en verse vis – 's middags nog in de zee, 's avonds op je bord. Je weet niet wat je proeft. Kom maar een keertje eten.'

'Ik zal wel moeten,' zei Graham, rollend met zijn ogen, 'als jij helemaal daar zit kom je zeker niet meer live liflafjes maken op mijn feestjes?'

'Denk het niet, sorry, man.' Woz keerde zich naar Rory. 'Waarom kom jij ook niet een keertje? Als je tijd hebt met je zoektocht en alles.'

'Ik heb tijd als ik wil dat ik tijd heb,' bromde Rory, vastberaden zijn nieuw gevonden vrijheid vast te houden.

'Dit weekend?'

'Welja.' Rory haalde zijn schouders op.

'Neem je gitaar mee, dan kan je nog een deuntje spelen in het restaurant als iedereen uitgegeten is.'

'Deal. Beste boeking die ik ooit heb gehad.'

'Nou, jongens,' zei Graham olijk, 'als jullie klaar zijn met flirten – ik bedoel, huur ergens een kámer, want het begint gênant te worden – laten we ons dan maar eens een beetje klaar gaan maken voor de show.'

'Je mag niet bij mij op zolder slapen, maar er is vast wel ergens een hotelletje waar je in kan,' riep Woz nog over zijn schouder.

Rory stak een duim in de lucht en ging zijn gitaar nog maar een keer stemmen.

De pub was van het grand café-achtige soort en bijna verlaten. Woz en Rory zaten aan een klein tafeltje, ieder met een pint lager tussen hun handen.

'Ging goed, toch?' zei Woz, een beetje onzeker.

'Volgens mij wel.'

'Ik was bang dat mijn vlees te zout was; ik heb eigenlijk een hekel aan live op tv koken. Ik weet dat ik het goed kan, en na al die kook-en-bakshows is het dan blijkbaar een ding dat je koelbloedig blijft als de camera's draaien, maar eigenlijk haat ik het.'

'Ik ben ook niet gek op spelen in een tv-studio. Geluid op het podium is altijd ruk en wat ze uitzenden klinkt verdomme ook altijd plat en blikkerig. En dat publiek is op de een of andere manier altijd een stelletje sufkutten zolang ze in hun stoel zitten en een bende hysterische hyena's zodra ze er weer uit zijn.'

'Ja, je had wel een hoop hete meiden achter je aan na afloop, zeg. Ik begrijp niet dat je nou zo nodig achter één specifieke aan moet als je er zoveel kan krijgen. En allemaal van die lekkere.'

'Nou, ze waren niet allemaal even strak hoor, of had je dat niet gezien? Maar daar geef ik ook geen donder om, of ze strak zijn of niet; wat kan mij dat nou verdommen? Annie is ook niet strak.'

'Is dat je ex?'

Rory knikte.

'Wat is er precies gebeurd? Of wil je daar niet over lullen?'

Hij haalde zijn schouders op. 'Ik was te veel weg. Ik heb niet goed opgelet. Mijn ex van voor Annie kwam ertussendoor fietsen, en dat is een smerig, manipulatief kreng. Ze heeft iets gezegd, of iets gedaan, ik weet niet eens wat, maar Annie kapte d'r mee voordat ik het met haar uit kon praten, en ze is meteen ook helemaal van de radar verdwenen. Ik weet dat ze ergens in de UK zit, maar daar houdt het ook wel mee op. Ze wil me niet meer zien, ze wil niks meer van me weten, maar ze heeft nog wel contact met mijn zoon. Die twee zijn heel gek op mekaar. En sinds wij niet meer samen zijn is het op de een of andere manier ook niet meer helemaal goed tussen m'n kind en mij. Ik weet niet wat het is, maar we zijn gewoon niet meer zo close als eerst. God, zit ik effe een jankverhaal op te hangen, hé.' Rory kneep even zijn ogen dicht, zette zijn glas aan zijn mond en goot ongeveer de helft van het bier naar binnen.

'Shit, jij kan je keelgat open zetten,' zei Woz bewonderend, helemaal afgeleid van het gespreksonderwerp.

'Jij niet dan?'

'Dan verslik ik me. Ik drink als een meid. Nou ja, jij lult als een meid, mooi duo zijn we.' Woz nam drie beschaafde slokken van zijn glas.

Rory snoof. 'Je zuipt inderdaad als een grietje, het lijkt nergens op. Ik weet niet of ik daar wel een heel weekend tegenaan kan kijken.'

'Het hoeft niet hoor, ik bedoel, voel je niet verplicht, het was maar een idee, ik dacht gewoon, omdat we zo lekker stonden te dollen...'

'Rustig,' zei Rory zachtjes. 'Ik kom heus wel. Laat je niet meteen zo opnaaien, man.'

Woz zei niks en keek opzij.

Rory zweeg ook, en goot nog wat van zijn bier naar binnen.

'Ja, weet je wat het is,' barstte Woz uit, 'ik ben dus helemaal niet geschikt voor beroemd zijn, of wat dat dan ook is; ik snap er geen hout van, ik weet niet hoe ik moet lopen, of hoe ik er cool uit moet zien, of hoe ik moet kijken; jij weet die dingen, maar ik niet! Ik voel me gewoon zo vaak zo'n sukkel. Behalve als ik sta te koken, dan voel ik me een god.'

'Ik weet helemaal niks,' bromde Rory, 'ik doe ook maar wat. En dan zijn er altijd wel een paar idioten die het leuk vinden, ik snap het ook niet. Ik voelde me ook altijd een sukkel als ik in mijn eentje stond te spelen, met alleen een gitaartje, ik bedoel, ik weet dat ik een nummer kan zingen, ik kan er een beetje stoer bij gaan staan en kijken alsof het zo hoort, maar ik voelde me altijd alsof ik in mijn blote reet het podium op moest als ik zonder de band zou moeten. En mét de band, dat was wel leuk, met de jongens, maar daar kreeg ik dan gratis een heleboel gesodemieter bij waar ik eigenlijk, als ik heel eerlijk ben, helemaal niet op zat te wachten. Ja, ik bedoel, dat ik genoeg geld heb vind ik wel oké, maar dat ik de hele tijd met een of twee van die bewakers over straat moest vond ik dus echt zwaar klote. Als het heel erg was gingen ze zelfs mee naar de plee; ze hielden 'm nog net niet voor me vast. Rot op zeg, daar word je toch knetter van?'

Woz grinnikte. 'Dus jij hebt dat ook, dat je je af en toe een loser voelt?'

'Tuurlijk. Negentig procent van de tijd. Alleen toen Annie er nog was, toen voelde ik me niet zo belazerd. Toen dacht ik dat het misschien nog wel wat kon worden met mij, maar ja, wie hou ik ook voor de gek: zij was echt een klassemeid, en wat ben ik nou helemaal?'

'Een rockgod.'

'Sodemieter op.'

'Een wereldberoemde acteur.'

'Nee, dat is lekker moeilijk. Je leert je tekst, je loopt nergens tegenop, je doet vijfduizend keer hetzelfde totdat een of andere gefrustreerde idioot die vindt dat-ie weet hoe het moet zegt dat het genoeg is geweest, en de rest van de tijd zit je te wachten en je de pleuris te vervelen. En daarna moet je op promotietour, moet je de hele tijd hetzelfde verhaal vertellen, iedereen kruipt in je reet maar eigenlijk word je gebruikt. Geleefd. Als dat beroemdheid is, flikker het dan maar meteen in de plomp, voor mij hoeft het niet meer.'

'Hoe oud ben jij eigenlijk, Rory?'

'Eenenveertig, hoezo?'

'Nou, ik zat me af te vragen hoe oud ik moet worden voordat ik ook zo precies weet hoe het zit. En wat ik met mezelf moet beginnen.'

'Hoe oud ben jij dan?'

'Vijfendertig.'

'Gefeliciteerd, gast. Je bent al een stuk verder dan ik was toen ik vijfendertig was.'

Woz glimlachte en nam nog een paar slokken; Rory goot zijn glas leeg in zijn keel.

Anne

7 Schrijven

Met een briefje en een pen in de hand maakte Anne een ronde door de keuken. Eigenlijk deed Georgie altijd de bestellingen, maar die was zodanig van slag nu Woz ineens had besloten een extra nachtje in Londen te blijven, dat zij het dan maar op zich nam.

Ze geloofde er niks van dat Woz zijn ex weer had ontmoet, of wat voor rampscenario Georgie dan ook voor zich zag; hij was gisteren in ieder geval wel zo keurig geweest om op te bellen nog voordat de veerboot aanlegde, om te melden dat hij er niet op zat. Hij kwam een dag later. En hij had het transport voor zijn keukenspullen geregeld: alle grote dingen waren geboekt voor de volgende aankomst van de *Gry* en alle kleinere zaken zou hij meenemen op de veerboot. Het zou wel even een gedoe worden om het allemaal in de keuken te krijgen, maar dan kon hij tenminste niet meer klagen dat hij niet uit de voeten kon met hun vooroorlogse Aga.

Het betekende alleen wel – al had hij het niet met zoveel woorden gezegd – dat hij na de zomer niet meer terug zou komen op de BBC met zijn programma. Zijn gesprek met de bobo's was dus inderdaad geen feest geweest; Anne kon niet anders dan met hem meevoelen.

Maar misschien was het wel minder erg dan het in eerste instantie leek. Hij zou langer bij hen kunnen blijven, en misschien hadden hij en Georgie een kans, als hij tenminste doorhad hoe gek ze eigenlijk al op hem was.

Anne wist vrijwel zeker dat Georgie in een noodtempo veel diepere gevoelens voor Woz had ontwikkeld dan ze aan zichzelf wilde toegeven. Ze begroef haar gevoelens als een piratenbuit op een onbewoond eiland: diep, en met een vrijwel onleesbare kaart voor de goedbedoelende schatzoeker. Arme Woz, als hij net naast de x zou graven dan zou hij helemaal niks vinden.

Anne zuchtte en keek in een van de voorraadkasten. De oregano was op. En de dille ook.

Misschien was Woz wel helemaal niet zo enthousiast om bij hen op Scilly te blijven hangen. Misschien was hij niet écht in hen geïnteresseerd en baalde hij als een stekker dat hij zijn programma kwijt was. Wilde hij zo snel mogelijk terug naar Londen, om te proberen om... Anne had eigenlijk geen idee wat hij precies zou willen doen. Iets, om zijn beroemdheid in stand te houden? Maar dan zou hij toch niet al zijn kookspullen overbrengen naar St. Mary's?

Ze keek even achter het deurtje van de Aga waar haar appeltaart van de dag stilletjes stond te bruinen. Daar ging alles goed, dat was allemaal heerlijk overzichtelijk en voorspelbaar: taart in oven, taart wordt gaar, taart koelt af, taart kan gegeten worden, taart is lekker. Wanneer was het leven toch zo ingewikkeld geworden?

Toen je Rory ontmoette, souffleerde haar brein. Toen je nog met Ian was, toen was het leven ook heerlijk overzichtelijk. Dodelijk saai, weliswaar, maar je wist wel wat je had. Totdat je de hele zaak eens even goed tegen het licht hield en je moest toegeven dat je een paar jaar van je leven met een misogyne, koude carrièrefreak had samengewoond en je jezelf had wijsgemaakt dat overzichtelijkheid te prefereren was boven voelen.

O, maar met Rory had ze gevoeld. Alles, had ze gevoeld. De connectie, tot op het bot zo diep, de liefde, de pure lust die tussen hen kon opvlammen als hij alleen maar naar haar keek. Het gevoel te zijn waar ze hoorde: bij hem. Hem en Row. Het gevoel was wild, ongeremd, ontembaar en ingewikkeld, en het was helemaal nog niet over, hoe onmogelijk het ook was gebleken en hoe hard ze ook haar best had gedaan om het te onderdrukken.

Ze schudde haar hoofd en schreef voor de volledigheid ook maar peterselie, salie, rozemarijn en tijm op haar lijstje.

Moest ze nog een keer iets gaan drinken met Tom? Ze hadden best een leuke avond gehad. Tom stond nu niet direct model voor een mannelijke spraakwaterval, maar zijn houding was hoffelijk en zijn gezelschap aangenaam, en na twee glazen bier was zijn dodelijke verlegenheid een beetje gezakt en hadden ze zelfs een redelijk interessant gesprek gehad. Over vis, weliswaar; Anne wist eigenlijk niet of hij ook nog andere onderwerpen op zijn repertoire had.

Ze had niet gedaan wat ze Woz had beloofd: ze had Tom niet glashelder duidelijk gemaakt dat hij geen kans bij haar maakte. Ze had het gesprek wel zorgvuldig neutraal gehouden (dat kostte op zich weinig moeite, met vis als hoofdonderwerp), en ze had hem geen kans gegeven te proberen haar te zoenen toen hij haar als een echte heer bij haar voordeur afleverde, maar ze was niet onmiskenbaar duidelijk geweest.

Waarom niet, in godsnaam?

Ze had geen idee, net zo min als ze kon bepalen of ze nou wel of juist niet nog een keer iets met Tom wilde gaan drinken.

Waarom was alles toch zo ingewikkeld?

'Anne, waar ben je?' Georgie stommelde de trap af in haar kamerjas en ze zag er voor haar doen verschrikkelijk uit: haar haar alle kanten op en nog geen molecuul make-up op haar huid. Normaliter was, nadat ze één teen uit bed had gestoken, zich opmaken zo'n beetje het eerste wat ze deed. Anne kon zich nauwelijks meer heugen hoe Georgies blote gezicht eruitzag.

'Jeetje, volgens mij heb ik je niet meer zo gezien sinds school,' zei Anne ongelovig.

Georgie sloeg haar handen voor haar gezicht. 'Ik wéét het, het is vreselijk, maar ik heb geen oog dichtgedaan. Wat doen we nou als hij helemaal niet meer terugkomt?'

'Het is niet vreselijk, je hebt een prachtige huid en je kunt best zonder make-up. En natuurlijk komt hij wel terug.'

'O, ik wéét het gewoon niet meer,' zei Georgie met voor haar doen diepgevoelde tragiek. Ze ging op een krukje zitten.

'Ik weet het ook niet meer. Wat gebeurt er toch met ons?'

'Ga je nog een keer uit met Tom?'

'Dat is nu juist wat ik me de hele tijd afvraag. Ik kom er niet uit. Ga jij dan eindelijk aan jezelf toegeven dat je iets voelt voor, zoals Rowie hem noemt, die scheldkok? En niet alleen maar stoere praat van dat je er wel weer eens aan toe bent of zoiets, maar echt, bedoel ik.'

Georgie gaf een nerveus lachje. 'Noemt Row hem zo? En mijn god, Anne, je doorziet me wel volledig, hè? Wanneer ben je zo direct geworden? Vroeger was je nooit zo onthutsend confronterend.'

'O,' zei Anne, 'gelukkig. Er is dus wel íets aan me veranderd. Ik was de afgelopen dagen bang dat ik eigenlijk gewoon nog steeds precies hetzelfde was als, als voor, nou. Als voor Rory.'

'Je noemt zijn naam. Goed; misschien begin je nu eindelijk over hem heen te komen.'

Anne schudde haar hoofd. 'Volgens mij is dát dus een stuk minder veranderd dan ik had gewild. Maar ik vind in ieder geval dat ik er niet meer voor weg moet lopen. Ik weet dat hij me ontzettend veel pijn en verdriet heeft gedaan, ik weet dat ik waarschijnlijk de rest van mijn leven gevoelens voor hem zal hebben en ik weet dat we simpelweg te verschillend zijn; het zou nooit kunnen werken. Ik heb gewoon echt iets heel anders nodig in een relatie dan wat hij me kan geven. Ik heb geen Ian nodig, maar – en het is ontzettend pijnlijk om het hardop te moeten zeggen omdat ik nog veel te veel aan hem denk – Rory heb ik volgens mij ook niet nodig. Misschien moet ik het dus allemaal maar gewoon recht in het gezicht kijken en, en...' Ze stopte. Trok nog een krukje onder het werkblad vandaan en liet zichzelf erop zakken, naast Georgie. 'En ik weet het dus ook niet meer,' zei ze toen zachtjes.

Anne was als eerste weer opgestaan – ze had wel gemoeten, want de appeltaart moest uit de oven – en toen had ze een beslissing genomen. Als ze er dan zelf niet uit kwam, dan moest ze toch in ieder geval proberen Georgie te helpen. En dus had ze haar vriendin tegenstribbelend en wel meegetroond naar de aanlegplaats van de *Scillonian III* en stonden ze nu reikhalzend uit te kijken naar het grote schip dat toch verrassend gracieus aan kwam varen onder de gouden zon en over de blauwe zee. Het was een prachtige dag.

'Zul je zien, dadelijk zit hij er weer niet op,' mopperde Georgie.

'Dan had hij gebeld, dat deed hij gisteren toch ook?'

'Ja, maar nu is Seaview dicht. En zo meteen komen de dagjesmensen van de boot en dan...'

'Tegen die tijd zijn we toch allang weer terug? En anders loop ik strakjes wel even snel vooruit, dan kan jij nog even met Woz praten als je dat wilt. Had hij niet een golfbuggy gehuurd? Misschien kunnen jullie samen terugrijden.'

'O mijn god, vreselijk, dan denkt iedereen dat we gek zijn geworden, als we in zo'n toeristending gaan zitten. En dan zijn wij nog eerder terug dan jij, als je gaat lopen.'

'Nou, dat is dan toch ook goed?'

'Ooggggghh!' riep Georgie uit, haar standaard frustgeluid voor als ze een meningsverschil, zelfs een imaginair meningsverschil, niet kon winnen.

'Maak je nou maar niet zo druk, daar komen de eerste mensen al van de boot.'

'Hoe denkt hij in vredesnaam al die spullen die hij bij zich heeft van die boot af te krijgen? Gaat hij een heleboel keer heen en weer lopen of zo?'

Woz kwam de boot uit met achter zich aan een soort treintje van zes grote vierkante koffers op wielen. Ze hotsten en botsten nogal, maar het lukte hem om bij een op de kade geparkeerde golfbuggy te komen, en met behulp van een potige medepassagier – een fan van zijn programma, zo te zien – lukte het hem om zijn koffers in de buggy te proppen. Er was nog precies genoeg ruimte voor hem om achter het stuur te kruipen, en voor één bijrijder.

Hij had Anne en Georgie vrijwel direct toen hij van boord kwam gespot, en hij reed zodra zijn koffers aan boord waren, zijn golfkarretje naar ze toe.

'Hé, mooie meiden, willen jullie een lift?' riep hij olijk al van een afstandje.

Georgies voeten hadden al besloten voordat haar hoofd eraan te pas was gekomen, en ze marcheerde in een stevig tempo op hem af. Anne kwam er iets rustiger achteraan, grinnikend om Georgies nauwverholen gretigheid. Verholen was hij echter, die gretigheid, en zo te zien was Georgie van plan hem nog iets verder te verhullen onder een weinig toeschietelijke houding.

'En waarom besloot jij zomaar nog een extra dag weg te blijven? Dacht je dat we geen gasten hadden, gisteravond? Mensen die verwachtten een topmaaltijd voorgeschoteld te krijgen, gecreëerd door een topkok? En wat kregen ze: Anne en mij, die broodjes stonden te smeren en eieren stonden te bakken, in wanhoop. In wánhoop, Warren! Terwijl jij zo nodig nog een avondje extra van het vrije, blije Londense leven moest genieten. Nou, ik hoop, ik hóóp dat je je lolletje hebt gehad, want...'

'Sjors! Rustig!' zei Woz geschrokken terwijl hij uit de buggy klom.

'Rustig? Rústig? Denk je dat ik ook maar één oog dicht heb kunnen doen, wetend dat jij daar aan het beesten was, en–'

'Maar ik wás helemaal niet aan het beesten! Ik had een klusje! Of eigenlijk, ik probeerde iemand uit de brand te helpen. Graham Norton, weet je wel, die van die talkshow? Die ken ik een beetje, omdat ik een paar keer op zijn feestjes heb staan koken, die kwam ik tegen in het BBC-gebouw toen ik net uit dat gesprek kwam, en bedankt dat je zo geïnteresseerd bent in hoe dat is verlopen, trouwens!'

'Was het heel erg?' vroeg Anne, ondertussen ook bij het golfkarretje aangekomen, voorzichtig.

'Schat, erger dan erg. Ze hebben me alle hoeken van de kamer laten zien en ik voelde me net een klein jongetje, met z'n drieën tegen één op het schoolplein, weet je wel? Dus ik was allang blij dat ik een bekend gezicht zag dat een beetje aardig tegen me deed.'

Georgie keek even naar de grond en mompelde een half ingeslikt '... sorry. Maar wat heeft Graham Norton er dan mee te maken?'

'Hij had een afzegger. Of althans, dat wist hij toen nog niet zeker. Hij had Beyoncé in de planning, maar die heeft iets met haar man, gedoe, in ieder geval, ze is helemaal niet eens naar de UK gekomen. En Graham vroeg me dus of ik eventueel in wilde vallen, als het fout zou gaan. Dus ik zei: oké, maar dan moet ik het wel snel weten, want ik was van plan om diezelfde middag terug te rijden naar Penzance, daar een nachtje te blijven, en dan de volgende morgen meteen de boot hiernaartoe. Sneller had ik het niet kunnen doen, dacht ik. Toen zei Graham: blijf maar hangen in Londen, als het niet nodig is regel ik desnoods wel een vlucht naar St. Mary's. Maar tegen elven wist hij zeker dat B niet kwam, en toen heb ik jullie dus gebeld dat ik niet op die boot zat.'

'Jee, wat een verhaal,' zei Anne.

'O,' zei Georgie, een beetje ontdaan. 'Ik had geen idee.'

'Kijken jullie geen tv dan? Het was gewoon live, hoor.'

'Ik was vroeg naar bed gegaan,' mompelde Georgie, en Anne zei: 'Ik heb eerst met Rowie geskypet, en daarna heb ik nog geprobeerd aan mijn boek te werken, maar er kwam niet erg veel uit mijn handen.'

Woz klom weer in zijn buggy. 'Nou, ik was eigenlijk van plan om jullie te zoenen, of zoiets, maar volgens mij zitten jullie daar niet echt op te wachten. Het spijt me, hoor, als ik jullie heb teleurgesteld; Sjors, het was echt niet mijn bedoeling om je zomaar te laten hangen, met je gasten en alles, maar ik wilde aan de andere kant ook Graham wel even uit de brand helpen. En ik heb daar in de studio nog een gozer ontmoet met wie ik echt kon lachen, ik heb hem gevraagd of hij aanstaande weekend langskomt. Hij wil wel proeven wat ik voor lekkers kan maken met alle lokale producten hier, en hij neemt zijn gitaar mee. Leek me leuk, kan hij na het eten nog een deuntje spelen als mensen daar zin in hebben.'

'Je hebt een artíest geboekt?' Georgie was meteen weer terug in haar strijdbare modus: 'Zonder dat met me te overleggen? Ben je wel helemaal goed bij je hoofd? We hebben nooit live muziek en ik vind dat als ik eerlijk ben ook een beetje ordinair in een restaurant; we zijn toch geen Griek of Italiaan, met van die geblokte theedoeken als tafelkleed en een naar knoflook geurende *Stehgeiger* in een slecht zittend rokkostuum naast je tafeltje? Ik zou me doodschamen!'

'Wat is dat nou weer, een steedinges?' vroeg Woz verbijsterd. 'Ik had gedacht dat jullie het wel leuk zouden vinden! Het was bedoeld als een verrassing, ik had het eigenlijk nog helemaal niet willen zeggen totdat hij er was, hij speelt echt hartstikke goed, weet je nog laatst op de radio, toen A ging hui–'

'Dat interesseert me allemaal niets,' viel Georgie hem hooghartig in de rede, 'ik wil het helemaal niet weten. Zeg hem maar af.'

'Een *Stehgeiger* is zo'n vent met zo'n viool die bij je eten komt staan fiedelen,' souffleerde Anne zachtjes.

'O. Nou, dat is deze gozer echt helemaal niet; daar is-ie veel te stoer voor. En ik zeg hem niet af, ik kon het hartstikke goed met hem vinden en ik knapte er helemaal van op dat ik iemand had om een beetje mee te dollen, nadat ik zo'n rotgesprek had gehad. We hebben na afloop van de show nog een biertje gepakt; over het leven gepraat en zo. Ik heb hier behalve jullie nog helemaal geen vrienden, ik vind het leuk als hij komt.'

'Ik vind het ook leuk voor jou als hij komt; natuurlijk moet je je vrienden hier kunnen uitnodigen. Toch, Georgie?' Anne zei dat laatste stukje van haar zin met extra nadruk, in de hoop de ingebakken wellevendheid van haar vriendin in actie te dwingen.

'O, ja, eh, nou... ja. Natuurlijk mag dat. Maar ik vind het wel fijn als we iets als een artiest boeken van tevoren even doorspreken. Ik hou gewoon niet zo van dit soort verrassingen.'

'Het is goed, Sjors,' zei Woz berustend. Hij stapte iets dichterbij en legde een hand op haar arm. 'Ik zal je nooit meer verrassen, goed?'

'Nou, zo bedoel ik het nou ook weer niet...'

Georgie en Woz stonden ondertussen zo dicht bij elkaar dat Anne het een mooi moment vond om te zeggen: 'Zeg, als jullie nu samen terugrijden, dan zijn jullie precies op tijd terug om de boel open te gooien voordat de dagjesmensen Seaview te voet hebben bereikt. Ik ga nog even langs de winkel voor een opschrijfboekje, ik zie jullie zo.'

Glimlachend liep Anne de straat in waar het toeristische sigaren- en krantenwinkeltje zat. Achterin was, voorbij de ansichtkaarten, pluche zeehonden en mini-vuurtorens, ook een afdeling met pennen en papierwaren. Anne had de avond daarvoor, toen ze naar haar computerscherm had zitten staren en van alles had geprobeerd zonder ook maar één bruikbare zin getypt te krijgen, zich voorgenomen om een opschrijfboekje te gaan gebruiken: misschien als ze wat van haar eigen gedachten aan het papier toevertrouwde, kwam ook haar schrijverij weer een beetje op gang. Het was haar nog niet eerder overkomen dat ze zo vreselijk vastzat met haar boek; het was een writer's block van epische proporties.

Ze had in het verleden altijd een beetje moeten lachen om het idee van de worstelende auteur die er geen letter meer uit kreeg, ze had altijd gedacht dat het simpelweg een kwestie van beginnen en niet zeuren was, maar nu dacht ze er niet meer zo licht over.

Ze had het zelf. En eigenlijk voelde het alsof het nog veel verder ging dan niet in staat zijn om te schrijven, ze had bijna het gevoel dat ze een totaal block voor alles had, een *life block*. Dat klonk al helemaal dramatisch, maar het was gewoon een feit: ze kwam geen steek vooruit. Niet met haar boek, niet met zichzelf, niet met haar leven. Het was net alsof ze haar adem inhield, wachtend op een moment waarop... Ze had geen idee waarop. Waarop ze kon uitademen en dóór kon, en het verleden achter zich kon laten. Echt veranderen, echt die stijve Anne van kostschool en de keurige opvoeding achter zich laten, echt worden wat ze de afgelopen jaren zo hard geprobeerd had te worden. Vrij, van alles, van regels, van... Rory. Vrij van Rory.

Vrij.

Van Rory.

Het viel verdorie niet mee om het ronduit te denken, laat staan het hardop te zeggen. Misschien was het wel zo verstandig om het op te schrijven, het van zich af te schrijven; misschien kon ze op die manier vrede krijgen met de situatie. Niet alleen met haar mond, maar ook met haar hart.

Was daar ook niet zo'n soort regel voor? Dat je even lang moest rouwen als dat de relatie had geduurd, of zoiets? Nou, dan had ze er al een dik jaar geleden overheen moeten zijn. Maar ze had van hem gehouden met een intensiteit die elke dag voor tien deed tellen, dus als ze die gedachte doortrok dan was ze eind dertig tegen de tijd dat ze eindelijk in haar hoofd en haar hart bevrijd zou zijn van de constante herinneringen aan die man.

Misschien dus als ze erover schreef, misschien zou dat de boel een beetje vooruit helpen. Tastbaarder maken. En wie weet kon ze dan eindelijk haar uitgever terugbellen met goed nieuws, in de vorm van de eerste vijftig pagina's van haar volgende roman.

Ze duwde de deur van het winkeltje open; de ouderwetse bel die aan de deur zat klingelde zachtjes.

'Hoi Maud,' zei ze tegen de vrolijke veertiger achter de toonbank.

‘Hé, daar hebben we de beroemde schrijfster,’ riep Maud uit. Ze had Annes boeken gelezen en was een groot fan van haar werk. ‘Wanneer komt je volgende? En wat wordt het deze keer voor een held? Een schapenhoeder? Een visser? Of weer een zanger, zoals bij je eerste boek?’

Annes eerste boek was ook meteen haar meest succesvolle geweest: ze had al haar aantekeningen die ze tijdens de tournee van Road Rage had gemaakt, omgewerkt tot een ontzettend goed ontvangen feelgoodroman waarbij ze alle namen, en wat van de omstandigheden, voldoende had aangepast om het hele verhaal voor fictie door te laten gaan. Tot haar vermaak was toen het boek eenmaal verschenen was de enige echte kritiek dat het plot misschien een beetje onrealistisch was – daar had ze hardop om gelachen. De waarheid was tenslotte nog veel onrealistischer: *truth is stranger than fiction*. En verrassend genoeg had niemand de link gelegd tussen haar korte bestaan als vriendin van een internationale rockgod en het onderwerp van haar boek, anders dan dat ze ‘voldoende ervaring moest hebben om te weten waar ze over schreef’.

Ze was in het jaar dat ze met Rory samen was geweest ook niet veel in de openbaarheid gekomen; ze was er een beetje bang voor geweest en daarnaast had ze altijd veel meer genoten van een rustig avondje thuis met Row en Rory dan van moeilijke, veel te dure jurken, ongemakkelijk zittende schoenen, flitsende camera’s en mensenmenigten. Ze waren misschien alles bij elkaar tien keer samen gefotografeerd, in dat jaar.

Ze had van Rory gehouden om wie hij was, niet om wat hij vertegenwoordigde.

Ze hield waarschijnlijk nog steeds van hem om wie hij was, om wie hij kón zijn, als hij wilde, als hij de rust kon vinden...

Haar geest maalde, haar vinger gleed langs een rij opschrijfboekjes.

Ze koos er een met een groene, fluwelen kaft.

Rory hád geen rust. Hij had vaak genoeg gezegd dat hij er

behoefte aan had, en ze had hem geloofd, maar uiteindelijk was gebleken dat de onrust hem in het bloed zat. Hij moest steeds opnieuw weer iets doen waardoor hij veel van huis was, waardoor ze niet samen konden zijn, en waardoor hij in aanraking kwam met mensen zoals Meilane, die hem blijkbaar zo ontzettend makkelijk had kunnen beïnvloeden...

Anne dacht inmiddels, nadat ze zo'n beetje alle mogelijke emotionele stadia wel had doorlopen, dat Rory het in zijn hart niet kwaad bedoelde. Hij was niet achterbaks, hij was behoorlijk zachtaardig, hij was eigenlijk ontzettend zorgzaam en beschermend. Hij had alleen *Wanderlust*, en hij leefde volkomen in het moment. Dus al zijn zachtaardigheid en zorgzaamheid besteedde hij aan degenen met wie hij op dat moment was, en hij was steeds weer ergens anders. En dát, díe omstandigheid, had ervoor gezorgd dat zijn ex zich er op de een of andere manier tussen had weten te werken, en dat ze een wig tussen Anne en Rory had weten te drijven, groot genoeg om Anne per ommegaande haar spullen te laten pakken.

Ze zuchtte.

Ze was in ieder geval niet meer zo vreselijk boos op Rory. Dat was alvast – hoe klein ook – een vooruitgang die ze niet kon ontkennen.

Ze zocht nog wat kleine spulletjes bij elkaar, rekende af bij Maud, maakte nog een praatje en wandelde daarna in gedachten verzonken terug naar Seaview.

Het miniterrasje zat vol; ze glipte achterom naar de tuin en de keukendeur, die open stond. Het was een heerlijk warme dag. Woz was in de keuken, druk bezig met van alles, en Georgie liep in en uit met een groot dienblad.

Anne voelde de glimlach op haar gezicht groeien. Dit was haar leven nu, en ze mocht dan de man van haar dromen misschien niet kunnen krijgen, ze was er al met al best tevreden mee.

Lief dagboek,
O. Als ik het zo noem, moet ik dan ook echt elke dag hierin schrijven? Jeetje, ik weet niet of ik daar elke dag tijd voor heb, of zin in. Sterker nog, ik weet niet of ik elke dag genoeg te melden zal hebben om iets te schrijven; er gebeurt hier natuurlijk niet echt veel.

De bedoeling – laat ik voor mezelf de bedoeling in ieder geval goed formuleren – is dat ik uit dat verschrikkelijke writer's block raak, en dat ik daarnaast ook eindelijk in staat zal zijn mijn leven weer een beetje op te pakken.

Misschien moet ik gewoon nog een keer iets gaan drinken met Tom, moet ik hem nog een kans geven, zelfs al denk ik nu dat het nooit iets zal kunnen worden. Maar in ieder geval gebeurt er dan weer iets.

Wat ik heb gedaan, als ik er nu zo op terugkijk, is proberen om mezelf in een soort windstilte te zetten, te schuilen voor het leven en mijn eigen gevoel, maar op de lange duur leidt dat natuurlijk nergens toe. En als ik geen indrukken opdoe, dan kan ik dus blijkbaar ook niet schrijven. Er moet eerst iets in voordat er iets uit kan, eigenlijk is het zo logisch als wat.

Ik heb drie verhaal-ideeën liggen voor mijn volgende boek, en met geen van drieën kom ik vooruit.

** Iets wat zich afspeelt rondom het Formule 1-circuit, een romance en een moordmysterie.*

** Iets met zo'n onbewoond-eiland televisieprogramma wat helemaal fout gaat, en dat de deelnemers dan ineens écht op het onbewoonde eiland zitten en zich moeten redden: dan moeten ze samenwerken en onder spanning komt ieders ware aard naar boven en komt de ware liefde aan zet.*

** Iets met een erfenis (dit is het minst goed uitgewerkte idee): iemand die het niet verwacht erft ineens een onbehoorlijke berg geld en komt daardoor in allerlei rare situaties terecht, met liefde in een klein hoekje.*

Liefde zit natuurlijk altijd in een klein hoekje.

Wie weet zit er wel liefde in een klein hoekje voor Tom en mij, al lijkt het me op dit moment onmogelijk.

Nou ja, morgen weer een dag. Het goede nieuws is dat ik nu al meer letters op papier heb gekregen dan in de afgelopen weken, wat zeg ik, maanden, waarin ik naar mijn computerscherm heb zitten staren.

Roar

8 Gaan

Hij had er de hele rest van de week over zitten twijfelen of hij nou zou gaan of niet. Gelukkig had hij zijn handen vol aan het leegmaken van de flat in Londen en het zoeken van een opslagplaats voor de spullen die hij in de tussentijd ergens moest zien te laten. Toen was het ineens donderdag en moest hij een knoop doorhakken. Als hij ging, en hij ging als een gewone jongen, dan moest hij op vrijdag naar Penzance met de trein, daar een nachtje blijven, en op zaterdagochtend de boot naar St. Mary's nemen. Zover was hij al gevorderd met het uitvogelen van zijn reis. Op zondag ging de veerboot niet, en aangezien hij vliegen in een klein vliegtuigje nog steeds een stuk minder relaxed vond dan vliegen in een grote airliner (hij had tegenwoordig zijn vliegangst bijna helemaal onder controle in een beetje grote kist, vooral als hij gewoon in slaap kon vallen), was hij dan maar van plan om tot maandag te blijven. Misschien kon hij nog een flinke wandeling maken of zo.

Hij zat een beetje op zijn laptop te rommelen, dienstregelingen te bestuderen en hotelletjes in Penzance te vergelijken, en voor hij het wist had de knoop zichzelf doorgehakt en had hij reserveringen voor overnachtingen in Penzance en St. Mary's, en tickets voor de trein en de veerboot.

Hij ging, dus.

Goed, oké.

Hij pakte weer wat van zijn kleren uit, die hij eerder had ingepakt voor de opslag: een flanellen ruitjeshemd, een paar stevige schoenen waar je een wandeling over ruig terrein mee zou kunnen maken zonder op je snufferd te vallen, een paar sokkenparen die er hetzelfde genoeg uitzagen om niet volledig voor gek te lopen daar op dat eiland.

Hij was niet zo goed met sokken.

Hij droeg ze ook maar zelden: meestal was hij hele delen van het jaar in betrekkelijk warme werelddelen en kon hij volstaan met een paar teenslippers of afgetrapte lage All Stars waar hij met z'n blote voeten in kon. Zelfs zijn motorlaarzen, die hij meestal met de band aanhad tijdens het optreden, droeg hij idealiter zonder sokken.

Als het dan eens een keer echt noodzakelijk was om die dingen aan zijn voeten te doen kreeg hij het vaak probleemloos voor elkaar om ineens een rood geblokt exemplaar aan de ene voet, en een blauw gestreepte aan de andere voet te hebben. Hij was in de afgelopen drie jaar zeven keer gefotografeerd met zichtbare *nonmatching* sokken, en die foto's waren als een malle het net over gegaan. Waarom het mensen fascineerde dat hij een beetje een sokhandicap had was hem een raadsel; hij kon zich altijd intens verwonderen over de interesse die mensen in hem konden hebben.

Zijn tripje naar de ITV-studio's, met die zakdoek op zijn kop, had ook een hoop teweeggebracht op social media; hij werd ervan verdacht bewust retro te zijn met die *21 Jump Street*-look, maar het boeide hem simpelweg allemaal niet genoeg om wat voor bewuste keuze dan ook te maken op het gebied van mode.

Twee extra schone T-shirts en een schone spijkerbroek, een stapeltje onderbroeken (twee rafelig, twee betrekkelijk nieuw – die had Annie een keer voor hem gekocht, omdat ze vond dat hij voor gek liep in die ouwe dingen), een tandenborstel, tandpasta en een gitaar. En zijn mobiel, gelukkig was hij zo slim geweest om het nummer van Woz te vragen voordat ze uiteengingen na de

Grahamshow, anders was het wel een heel vage afspraak geweest.

De laatste dozen verdwenen naar de opslag, zijn oude gitaar verdween naar Christie's (belachelijk dat zo'n veilinghuis zijn ouwe raggelbakje onder de hamer wilde hebben, maar goed, als de vluchtelingen er maar iets aan hadden) en toen Rory dan eindelijk op vrijdagmorgen de deur achter zich dichttrok was het ook meteen voor het laatst. Hij voelde zich verrassend licht om het hart: het was meer werk geweest dan hij had gedacht om van die flat af te komen. Hij was blij dat het klaar was, ook al was hij nu dakloos, of althans, half dakloos. Hij moest natuurlijk die bungalow in LA ook nog een keer opzeggen, maar dat was van later zorg.

Op het perron van Paddington Station moest hij even wachten op zijn trein en hij besloot te kijken of er al iemand wakker was in Canada. Meestal was Rowie wel vroeg op en het liep al tegen twaalven (wanneer was dat trouwens gebeurd? Hij had zichzelf toch achterlijk vroeg uit zijn nest gehesen!).

'Pap!' Row nam na het eerste belletje meteen op met zijn iPad. 'Hé pap, je moet wel je camera aanzetten!'

Rory zuchtte dramatisch. 'Gast. Geef me toch niet steeds het gevoel dat ik een soort dinosaurus uit de vorige eeuw ben met digitale apparaten!'

Rowland snurkte van het lachen. 'Echt. Een dinosaurus uit de vorige eeuw? Die zijn veel ouder, hoor. Hé...waar ben je eigenlijk?'

'Station. Ik sta op een trein te wachten. Ik ga een gast opzoeken die ik van de week bij Graham Norton heb ontmoet. Die kok van *Superchef*, weet je wel?'

'Die scheldkok! Jee, echt? Weet je, pap, Annie...' Row viel abrupt stil.

'Wat is er met Annie?'

'Niks.'

'Row, verdomme, kom óp. Je weet hoe irritant ik van die half afgemaakte zinnen vind. Zeg op, wat met Annie?'

'Nou... ze had het over hem. Die scheldkok. Toen we zaten te skypen.'

Rory hoorde aan Rows toon dat dat niet het hele verhaal was, maar hij besloot het voor nu maar even te laten liggen. Annie was zo'n ontzettend gevoelig onderwerp en hij wist uit ervaring dat pushen het er niet beter op maakte; Row had die enorme koppigheid tenslotte niet van een vreemde. En ergens respecteerde hij zijn zoon er nog om ook. 'Nou, die gast dus,' ging hij dan maar verder, 'Woz heet-ie, die heeft me uitgenodigd om een keer bij hem te komen eten. Waar hij werkt. Wat nogal een end reizen is, en ik ga met de trein, dus daarom sta ik op het station.'

'Ga je naar, naar...' Row barstte zo te horen van enthousiasme bijna door de telefoon heen, maar toch maakte hij zijn zin niet af.

'Jezus, jongen, nou doe je het weer! Ik ga naar het restaurant waar hij kookt, ja. Het is ergens op een of ander eiland in de middle of nowhere, St. Mary's heet het. Het is effe een beetje gedoe om d'r te komen, maar ik vind het niet zo erg; kan ik nadenken over dingen.'

Het bleef lang stil aan de andere kant.

'Heb je niks te zeggen, mannetje van me?' vroeg Rory, zijn toon zacht.

'Ja, nou... ik, um, ik heb beloofd dat ik... Shit. Maar, nou, pap, ik vind het supercool dat je gaat, en ik wil ook een keer. Naar dat eiland. In mijn, eh, schoolvakantie. Ja? Want volgens mij is het daar helemaal te gek.'

'Hoe kom je daar nou bij? Wat weet jij in godsnaam van de Scilly-eilanden?'

'Niks. Maar ik hoop wel dat je het heel leuk gaat hebben. Nou ga ik hangen, want tante Hammenie is ook opgestaan en we gaan samen pannenkoeken bakken. Doei!'

'Pannenkoeken? Voor je ontbijt? Ben je wel helemaal lekker?' zei Rory nog in de telefoon, maar Row was al weg.

Hij had een bed geregeld in een accommodatie met de intrigerende naam Bolitho B&B, gewoon op internet, en het huisje waar de B&B in zat zag er precies zo uit als op de foto. Kraakhelder en verschrikkelijk ouderwets, alsof het door twee wereldoorlogen was overgeslagen. Het was allemaal ook – en dit was niet te zien geweest op de foto's op internet – verschrikkelijk klein. Zowel het huisje als de eigenares van de B&B, een dame van in de zeventig die zich voorstelde als Agatha Bolitho en die met haar strak in de krul gedrilde staalgrijze haar net tot zijn borst reikte, leken wel op een andere schaal gebouwd dan hijzelf. Zijn kamer was zo klein dat hij met zijn armen wijd van muur tot muur kon reiken. Het bed was ook op schaal: hij moest er diagonaal in, of leren leven met het feit dat zijn voeten over de rand hingen. Het ding was waarschijnlijk bedoeld als tweepersoonsbed, maar hij moest er niet aan denken dat hij er met nog iemand met een betrekkelijk normaal postuur in zou moeten slapen.

Tenzij het Annie was; dan had hij er wel wat op gevonden.

Nadat Rory zijn kamertje geïnspecteerd had en zijn tas en gitaar er geparkeerd had, klom hij het poppenhuistrappetje weer af om aan Agatha te vragen of er ergens in de buurt een goeie eettent was.

'O, maar als je me wilt helpen met mijn haardhout, dan kook ik wel even iets,' zei ze stralend, met haar hoofd in haar nek om hem in het gezicht te kijken. 'Je bent wel een boom van een vent. Aan je accent te horen kom je uit Australië, heb ik dat goed?'

'Bijna,' zei Rory, onverwachts ontzettend gecharmeerd van zowel het vrouwtje als haar huisje. 'Ik kom eigenlijk uit Tasmanië, dat ligt ernaast. Maar ik heb als kind ook in Schotland en Ierland gewoond, en in de afgelopen jaren heb ik nog een tijd in Californië gezeten. Dus eigenlijk kom ik nergens vandaan, volgens mij. Maar wat moet ik doen dan, met je haardhout? Waarom heb je eigenlijk haardhout nodig, het is toch zomer?'

'Ja,' zei ze met een schamper lachje, 'het is zomer in Cornwall. In een stad aan zee. Ik zal maar niet proberen te tellen hoe vaak in mijn leven ik midden in de zomer toch echt de kachel aan heb moeten maken. En als ik het nu niet gebruik dan doe ik het van de herfst wel. Hoe dan ook: als je even zou willen hakken, zou ik dat ontzettend fijn vinden. Ik heb hout gekregen van mijn overbuurman maar ik krijg de bijl niet meer zo goed omhoog; ik ben van de week een beetje door mijn rug gegaan. Jij ziet er sterk genoeg uit, jij zult er wel geen problemen mee hebben.'

Hij haalde zijn schouders op en volgde haar door een minikeukentje en een minideurtje naar een postzegeltuintje, dat werd gedomineerd door een hakblok met een niet misselijke bijl erin en een stapel grof gezaagde stukken boom ernaast.

'Dus, Agatha,' zei Rory, terwijl hij zich bedachtzaam in zijn nek wreef, 'als je geen rugpijn hebt dan sta je zelf je haardhout te hakken met dat enorme ding hier?'

'Ja, natuurlijk! Ik heb echt niet iedere dag zo'n gezonde, gespierde kerel voorhanden die ik met een bord warm eten kan verleiden om het voor me te doen.'

Hij schoot in de lach en voelde hoe ze hem bestudeerde.

'Volgens mij ken ik jou ergens van,' zei ze, 'ben je vaker in Penzance geweest?'

'Eerste keer,' bromde hij, terwijl hij zijn voet tegen het hakbok zette en de bijl lostrok. 'Zo, zware jongen, deze. Ben je nooit bang dat je een keer in je teen hakt, of zoiets?'

Agatha grinnikte, wat verrassend jeugdig klonk. 'Ben jij mal! Jij bent toch ook niet bang dat je bij het tandenpoetsen per ongeluk je tandenborstel in je oog steekt? Ik ben dan wel oud, ik ben niet gek, en ook niet invalide.'

'Ik zou niet durven dat te denken,' zei Roar ernstig, 'maar je bent wel ongeveer de helft zo groot als ik, en ik vind het al een flinke bijl.'

Agatha bukte zich langzaam en voorzichtig, raapte een stuk hout op en zette het klaar voor Rory op het hakblok. 'Zie je wat voor rug ik heb? Volgende week is het weer over, hoor, dan hak ik weer zelf, maar laat me nou eerst maar eens zien wat jij waard bent.'

'Okidoki,' zei Rory, hij zwaaide de bijl en hakte het hout keurig doormidden.

Bij het avondeten, dat bestond uit een grote worst, een berg aardappelpuree, jus in overvloed en iets ongedefinieerds groens en gekookts dat een soort groente moest voorstellen, maar onverwacht toch heel lekker smaakte, bleef Agatha Rory af en toe zo'n taxerende blik toewerpen.

Tegen het toetje (yoghurt met een paar lepels aardbeienjam) hield ze het niet meer. 'Ik weet zeker dat ik je ergens van ken. Maar ik weet ook zeker dat je niet een of andere achterneef of zoiets bent. Je komt hier niet uit de buurt, je bent nooit eerder in Penzance geweest... Wat is het dan?'

'Kijk je weleens televisie?' vroeg Rory, rond een hap yoghurt. Hij had besloten haar dan maar een beetje te helpen.

'Natuurlijk, waar zie je me voor aan. En eet je mond leeg, jongen, voordat je tegen iemand begint te praten.'

Hij grinnikte, slikte braaf, en zei: 'Weet je wie Graham Norton is?'

'Dat is toch die homofiele Ier die altijd zo brutaal doet in zijn praatshow? Met van die mensen die in zo'n stoel moeten zitten die achterover klapt als hij de hendel overhaalt? Daar moet ik altijd zó om lachen! Alleen zou ik nooit in die stoel willen, hoor; stel je voor, dan klapt hij me achterover en dan zit ik daar met die spillenpootjes van mij in beeld bij het hele Gemenebest!'

Rory proestte bijna zijn volgende hap yoghurt eruit. 'Heb je toevallig afgelopen keer gekeken?' zei hij toen hij had doorgeslikt zonder ongelukken te veroorzaken.

'Ja, toen was *Superchef* er, en Han Solo, o nee, zo heet hij niet.'

'Harrison Ford.'

'Precies! Hoezo eigenlijk?'

'Nou,' zei Rory, 'ik was er ook.'

'O, dat is leuk! Ik heb me altijd afgevraagd hoe je aan kaartjes voor zoiets komt, maar ja, weet je, ik woon toch veel te ver weg, en om nou helemaal naar Londen te gaan, in mijn eentje, en daar een nacht in een hote– Wacht eens even. Jij was er ook.'

'Ja, dat zeg ik,' zei Rory met een grijns van oor tot oor. Hij schraapte de laatste restjes yoghurt uit het bakje en moest zich beheersen om het niet uit te likken. Het was met gemak de minst *sophisticated* maaltijd die hij in jaren naar binnen had gewerkt, maar het had hem uitstekend gesmaakt.

'Jij was de muziek! Je was in je eentje, met je gitaar, och wat stom van me, ik had het natuurlijk meteen moeten weten toen je hier met een gitaar op je rug binnenkwam!' Agatha sloeg een hand tegen haar voorhoofd.

'Geeft toch niks,' zei hij goedmoedig.

'Ja, maar jij bent ook echt beroemd, en je hebt ook in allerlei films gespeeld, toch? Och jee, en ik heb je mijn hout laten hakken!'

'Nou, ik vond het helemaal niet erg hoor. En ik heb lekker gegeten, dus graag gedaan.'

Agatha gaf hem een samenzweerderige blik. 'Denk je dat zo'n blok dat jij hebt gehakt extra lekker gaat branden als ik het in de kachel gooi? Gewoon omdat het door een beroemd iemand is gehakt? Ha, nee hè, natuurlijk niet; ik praat ook maar een beetje onzin, maar weet je, ik heb nog nooit een beroemdheid in mijn B&B gehad. Ik zal het je nog sterker vertellen: ik heb nog nooit in mijn leven ook maar één beroemdheid ontmoet!' Ze dacht er even over na. 'Nou was het ook niet echt een doel van me, om een beroemdheid te ontmoeten, maar nu het dan eenmaal zover is vind ik het eigenlijk toch wel leuk.' Ze knipoogde. 'Vooral omdat jij het bent. Ik heb liever jou dan Justin Bieber.'

'Ik heb ook liever mezelf dan Justin Bieber, maar weet je wat het is? Ik heb er de afgelopen tijd flink over nagedacht en ik vind er geen sodemieter aan. Aan beroemd zijn. Ik hou van muziek maken, en verder kan ik volgens mij ook niet zo veel; ik kan niet echt goed leren of zo, het is al met al nog een wonder dat ik heb leren lezen en schrijven, en ja, na al die jaren heb ik niet zoveel keus. Dit is wat ik doe en wie ik ben. Maar ik ben wel van plan om het voortaan zo te doen dat ik zo min mogelijk last heb van al dat beroemdhedengedoe. Want stel dat ik nou als een beroemdheid hiernaartoe was gekomen, dan had ik een vliegtuig gehuurd of een SUV met donkere ramen met een chauffeur, dan was ik met mijn kont in een vijfsterrenhotel gaan zitten en dan had ik dus mooi jouw kookkunsten niet gehad, en dit gesprek ook niet. En dat had ik toch verdomme niet willen missen!'

Agatha glimlachte naar hem en gaf hem een klopje op zijn arm. 'Je zegt dan wel dat je niet goed kan leren, jongen, maar volgens mij ben jij heel slim. Héél wijs. Als ik een zoon had gehad, dan had ik gewild dat hij op jou leek.'

Hij moest er even van slikken. Hij kreeg eigenlijk niet vaak dat soort complimenten. Hij kreeg natuurlijk aan de lopende band allerlei veren in zijn reet gestoken als het over zijn acteerwerk ging of de nummers die hij had geschreven of zoiets, maar gewoon, zomaar, van een doodgewoon iemand die niks te maken had met zijn internationale entertainmentcarrière horen dat hij wel oké was, dat ontroerde hem onverwachts. Hij schraapte zijn keel en zei verder niets.

'Wil je nog wat voor me doen?' vroeg Agatha met een ondeugende blik in haar ogen. 'Als ik nou een bakkie koffie zet, wil jij dan niet die gitaar van boven halen en een deuntje voor me spelen? Dat zou ik nou zo leuk vinden!'

'Tuurlijk,' zei Rory met een beetje een schorre stem, en hij schoof zijn stoel naar achteren.

De volgende ochtend moest hij strak om half acht naast zijn bed staan om in aanmerking te komen voor Agatha's uitgebreide ontbijt.

Toen hij beneden kwam stond ze al in haar minikeukentje, met haar schort voor, roereieren en worstjes te bakken. Het rook heerlijk en zijn maag begon meteen te knorren, ondanks de driekwart fles whisky die hij samen met haar had weggewerkt, terwijl hij bijna zijn hele repertoire voor haar had gespeeld. Ze kon drinken als de beste, en ze hadden tussen de muziek door het hele leven gefileerd. Hij had haar verteld over Annie, en hoe het was gegaan, en wat hij dacht dat hij verkeerd had gedaan. Hij had haar zijn hele levensverhaal zo ongeveer verteld, en ze had geduldig geluisterd op de momenten waar dat nodig was en hem van advies gediend op de momenten dat hij haar daarom vroeg. En het was goed advies. 'Volg je hart,' had ze gezegd, 'laat je niet gek maken; als jullie voor elkaar bestemd zijn, dan vind je haar wel weer en dan komt het allemaal goed. Maar wat je ook doet: praat met haar. Vertel haar hoe je je voelt, vertel haar wat je mij net hebt verteld, wat je denkt dat je allemaal verkeerd hebt gedaan, wat je van plan bent beter te doen. Laat haar bij je naar binnen kijken.'

En dat was precies wat hij van plan was.

Het hele ontbijt lang zweeg hij, zat hij te denken. Wat hij in vredesnaam allemaal wel niet zou moeten doen om Annie te vinden, wat hij allemaal tegen haar ging zeggen als hij haar eenmaal gevonden had, hoe blij hij zou zijn als hij haar gezicht zou zien. Misschien moest hij Roger in vertrouwen nemen, en hem en Harmony op zijn blote knieën smeken om hem te vertellen waar ze zat. Of hij kon, hoewel die optie hem niet echt aansprak, een detective in dienst nemen. Die zou haar vast ook wel kunnen vinden, en hij had er geld genoeg voor.

'Wat ben je stil, jongen. Heb je een kater?'

'Mm-mm,' bromde hij, 'niet echt. Ik zit gewoon te piekeren. Over Annie. Waar we het gisteren allemaal over hadden, maar vooral over hoe ik er in godsnaam achter kom waar ze is.'

'Als het zo moet zijn, dan gaat het vanzelf. Let maar op,' orakelde Agatha. 'Hier, neem nog een worstje, je kan maar beter een bodempje in je maag hebben. Die veerboot kan behoorlijk stampen, ik hoop dat je een beetje tegen varen kan. Ze noemen hem de *Vomit Comet*, nou dan weet je het wel.'

‘Volgens mij kan ik beter tegen varen dan tegen vliegen,’ mompelde hij vanuit zijn koffiekop, ‘het zal wel goed gaan.’ En met een blik op zijn horloge, het horloge van zijn vader dat hij tegenwoordig nooit meer afdeed, zelfs niet als hij ging spelen: ‘Jezus, ik kan maar beter maken dat ik weg kom, anders vertrekt de *Vomit Comet* nog zonder mij!’

Hij stoof ongeveer uit zijn stoel, verraste Agatha met twee zoenen op haar wangen, hees zijn gitaar op zijn rug, greep zijn tas en rende naar buiten.

De veerboot lag er nog, maar hij was een van de laatste passagiers die aan boord kwamen. Aan de reling stond hij uit te hijgen; hij had zijn teenslippers bijna van zijn voeten gesleten, zoveel tempo had hij gemaakt. Het weer was prachtig, de zee rustig en de boot stampte bij lange na niet zo erg als hij had gevreesd. De overtocht verliep eigenlijk ontzettend rustig.

Af en toe vloog er een meeuw een stukje mee.

Kinderen speelden op het dek.

Ouders keken van een afstandje toe, en maanden hun kroost geen gevaarlijke dingen te doen.

Een groepje tieners stond een beetje half onopvallend naar hem te kijken – hij had het wel in de gaten en vroeg zich af of iemand het lef zou hebben om hem te benaderen. En hoe lang dat nog zou duren.

Net toen hij zich daadwerkelijk begon te vervelen, stapte een meisje uit het groepje jongelui op hem af.

‘Zeg. Mag ik iets vragen?’ zei ze.

‘Ik kan je niet tegenhouden,’ bromde Rory.

Ze maakte een vagelijk gebaar richting gitaar. ‘We zagen dat je een gitaar bij je hebt. Ga je optreden of zo?’

‘Misschien.’

‘O? Waar dan? Ja, weet je, er gebeurt in de zomer nooit zo veel voor de jongelui van het eiland, en wij komen nou allemaal net zo’n beetje terug van school op de wal, en zo, dus we hoopten eigenlijk dat er wat te beleven zou zijn. Een beetje live muziek is tenminste nog iets. Wat speel je?'

'O, van alles,' zei Rory, die vermoedde dat het meisje niet wist wie ze voor zich had. 'En als het doorgaat dan is het in die tent waar Wozzie Dixon kookt.'

'O, echt? Cool hè, dat hij op het hoofdeiland zit, ik heb er van alles over gehoord van mijn moeder. Hebben we een echte lokale beroemdheid. Er is af en toe nog wel eens een of ander vagelijk beroemd iemand als badgast op het eiland, maar dit is toch anders, hij woont er ook echt. Ken je hem, of zo?'

'Een beetje, ik heb laatst na het spelen met hem in een kroeg zitten praten, en toen vroeg hij of ik wilde komen eten. Moest ik wel mijn gitaar meenemen, zei hij. Dus, hier ben ik dan.'

Een jongen uit het groepje had blijkbaar moed genoeg verzameld om erbij te komen staan. 'Wat speel je dan?' vroeg hij. 'Heb je eigenlijk tattoo's? Je ziet er echt uit als zo'n rockgast die onder de tattoo's zit.'

'Niet een,' zei Rory met een lach, 'maar ik ben geloof ik wel een rockgast. Ik hou in ieder geval wel van wat stevigere nummers. Nou kan ik natuurlijk op een akoestische gitaar niet echt heel erg tekeergaan zo in mijn eentje, maar je begrijpt wat ik bedoel. Ik heb geen Celine Dion op mijn repertoire staan.'

Om de een of andere reden vonden ze die opmerking hilarisch, en hun gelach lokte de rest aan. Binnen een mum van tijd was hij omringd door de hele groep, die honderduit praatte over hun afgelopen schooljaar, over wat ze van plan waren deze vakantie thuis te gaan doen, over muzieksmaak.

'Is er dan geen middelbare school op Scilly?' vroeg Rory geïnteresseerd.

'O, er is wel wat, maar wij hebben allemaal familie aan de wal, daar kunnen we wonen tijdens het schooljaar en dan hebben gewoon wat meer keus. Het hangt er ook een beetje vanaf wat je later wilt gaan doen, hè?' zei een jongen met helblauwe ogen en bijna witblond haar. 'Ik wil bijvoorbeeld naar een boorplatform.

Paar maanden op, paar maanden af; gevaarlijk werk maar je verdient goed.'

'Ik wil gewoon in de horeca werken op het eiland als ik mijn diploma heb, maar ik dacht: als ik nu niet even een paar jaar naar de wal ga, dan komt het er waarschijnlijk niet meer van,' zei een meisje lachend.

'Waar kom jij eigenlijk vandaan,' vroeg het eerste meisje aan Rory.

'Nu net? Penzance.'

'Lolbroek. Vóór Penzance.'

'Londen.'

'Shit, woon je in Londen? Cool zeg.'

'Nou, ik heb net mijn flat daar opgezegd, dus eigenlijk woon ik er niet meer.'

'Maar je bent er toch niet geboren?' vroeg het meisje dat het gesprek was begonnen.

'Nee, mijn vader kwam uit Schotland en mijn moeder uit Tasmanië. Ik ben geboren in Edinburgh, maar ik heb een groot deel van mijn jonge jaren in Dublin gewoond. Daarna ben ik in Hobart naar de middelbare school gegaan.'

Het bleef even stil.

'Weet je op wie jij lijkt?' zei het meisje ineens peinzend. 'Ik zit me de hele tijd af te vragen wie het nou is, maar je lijkt dus op die gast van 'Against All Odds'. Die van Road Rage. Heeft nooit iemand dat tegen je gezegd?'

'Ja, nou je het zegt,' zei een van de anderen, 'hij lijkt er sprekend op.'

'O, dat hoor ik echt de hele tijd,' zei Rory ernstig. Direct daarna moest hij zijn tanden in zijn lip zetten om niet in lachen uit te barsten.

'Je schijnt er een hoop geld mee te kunnen verdienen,' zei een van de jongens. 'Bij zo'n dubbelgangerbureau, weet je wel? Ik lijk natuurlijk weer op niemand, maar als ik op iemand had geleken, dan had ik het wel geweten, hoor.'

'Ik moet er niet aan denken,' zei Rory, 'moet je dan bijvoorbeeld als Britney Spears een winkel openen of zo?'

'Weet je hoeveel dat verdient?' zei de jongen ongelovig.

'Geen idee, maar ik zou niet dood gevonden willen worden als Britney.'

De hele groep barstte uit in een soort wolvengehuil van het lachen.

'Je moet stand-up gaan doen,' hikte het meisje dat hem zich ondertussen een beetje had toegeëigend. Zij was tenslotte het gesprek met hem begonnen. 'Hoe heet je eigenlijk?'

Rory dacht er even over na maar nam toen toch de gok. 'Rory,' zei hij, en wachtte af.

'Lisa.'

'Harry.'

'Declan.'

'Gregory.'

'Noem hem maar het beest,' zei de vriend van Gregory. 'Je hoeft hem maar één keer een hamburger te zien eten en je weet waarom. Ik ben Joe.'

'Laura.'

'Annie.'

Rory keek even op. Annie zag er helemaal niet uit zoals zijn Annie, maar toch kon hij de naam niet zomaar horen zonder een soort rare schok te ervaren. 'Leuk jullie te ontmoeten,' zei hij, ondanks de schok. En hij meende het; hij realiseerde zich plotseling dat hij in jaren geen gesprek meer had gevoerd met jonge mensen, gewoon een gesprek over gewone onzindingen. Ze gilden naar hem, of wilden een handtekening van hem, maar een praatje maken als mensen onder elkaar was er eigenlijk nooit bij.

Hij glimlachte de kring rond met vol wattage. En hij zag met iets van innerlijke tevredenheid dat Lisa, Laura en Annie zeker niet onaangedaan bleven.

Gelukkig, hij kon het nog.

Tegen twaalven meerde de veerboot aan in de haven van Hugh Town. Rory nam afscheid van de groep jongelui nadat ze hem allemaal uitgebreid hadden verteld hoe hij bij Seaview Villa moest komen, hij hing zijn gitaar op zijn rug, greep zijn tas en wandelde van de veerboot af. Het zonnetje scheen heerlijk, het rook er naar zee, en strand, en frisse lucht. Natuur.

Rory kon een grinnik niet onderdrukken toen hij de golfkarretjes in de gaten kreeg die her en der rondreden. Blijkbaar waren ze te huur voor de toeristen. Hij vond die dingen leuk; de enige keer dat hij de kans had gehad om erin te rijden was drie jaar geleden, op de tour waar Annie... Christenezielen, hij had met Annie en Rowie in dat golfkarretje gezeten en hij was voor het eerst in een hele lange tijd echt gelukkig geweest. Toen had alles nog open gelegen, toen was hij van plan geweest om gewoon zo dicht mogelijk bij haar te komen, en maar te zien waar het schip strandde, toen had zijn hart in zijn keel geklopt bij de gedachte dat hij twee hele dagen in een huisje zou zitten met haar. Twee dagen en twee slapeloze, geweldige nachten, die in zijn geheugen gebrand zaten.

Een heel eind voor zich zag hij lang rood haar onder een strooien zonnehoed uit komen. Hij had er een soort radar voor ontwikkeld, leek wel: iedere vrouw met rood haar liet een klein maar niet te negeren belletje afgaan in zijn hoofd. Hij moest altijd even kijken.

De rode krullen glansden in de zon, het was een enorm lange bos en de vrouw die eraan vastzat had een zwierige rok aan en een paar platte leren sandalen. Hij versnelde zijn pas. Gelukkig ging het haar de goeie kant op; hij was wel eens in New York een paar blokken te ver doorgelopen om het gezicht van een roodharige vrouw te kunnen zien en had zichzelf daarna ernstig toegesproken: hij leek wel geobsedeerd. Het moest niet veel gekker worden.

Maar iets hier liet de alarmbel in zijn hoofd harder rinkelen.

Misschien was het de kleur rood? Donkerrood, bijna

wijnkleurig, glanzend, in dikke dansende kurkentrekkers. Of was het de manier waarop ze liep?

Nog een tandje erbij, Rory moest zichzelf ervan weerhouden om niet te gaan rennen. In plaats daarvan beende hij stevig door. Hij was zo gefocust dat hij bijna vergat te lezen wat er op de gevel stond van het pand waar ze naar binnen ging.

Seaview Villa.

Zijn bestemming.

Hij grinnikte. Vandaag was een dag waarop alles de goede kant uit bewoog. Hij bereikte de deur kort nadat die achter haar was dichtgevallen, duwde hem open, stapte over de drempel...

En keek recht in het gezicht van Annie, die net haar hoed afzette.

Anne

9 Zien

Met haar hoed in haar hand keerde ze zich naar de deur, waar zojuist de eerste gast doorheen was gestapt. Die is er snel bij, was het eerste wat haar brein dacht, de boot is nog geen tien minuten geleden aangemeerd. Ze had zich naar Seaview gehaast om Georgie niet in haar eentje te laten zitten met de drukte die meestal volgde als de stroom gasten en dagjesmensen zich over Hugh Town verspreidde.

Het tweede wat haar brein dacht was: ... Rory? Hij lijkt sprekend op...

'Annie?' kraakte de verschijning met de gitaar op zijn rug. Hij had teenslippers aan, een spijkerbroek met gaten, een verwassen T-shirt met een of ander jaren zeventig bandlogo erop... zijn haar was langer, maar, maar...

Anne deinsde naar achteren totdat ze een tafel achter zich voelde.

'Jezus christus, verdomme, Annie? Ben je het echt?'

Ze schraapte haar keel. Slikte. Haalde diep adem. Haar hart ging tekeer als een stoomlocomotief. 'Rory?' fluisterde ze.

Hij deed zijn gitaar af en plantte die zonder te kijken tegen de deurstijl, zijn tas ernaast. Woelde een hand door zijn ongekamde haar. Trok zijn wenkbrauwen op tot ongeveer in zijn haargrens (ze had altijd vertederd moeten lachen als hij dat deed – het was een teken dat hij werkelijk geen idee had wat hij nu moest beginnen) en ademde uit met een lange, hoorbare *whooosh*, waarna hij ineens uitbarstte: 'Zeg iets, jezus, zeg iets? Annie? Je... wat is je haar lang, je ziet er goed uit, godsamme, ik had geen idee dat ik je hier...'

'Rory?' zei ze nog een keer, verbijsterd. Het was hem, het was hem echt! 'Hoe kom jij nu in vredesnaam ineens hier op St. Mary's?'

'Ik, Wozzie zei, we raakten aan de praat bij Graham Norton, ik was de muziek en hij ging live koken, ik moest komen eten, en mijn gitaar meenemen, en... Verdomme, Annie, hij zei wel dat hij in een of ander tentje stond met twee meiden, maar ik had natuurlijk geen flauw benul dat jij... Jezus christus, dit verzin je toch niet?' Hij haalde diep adem en wreef met een hand over zijn ogen. 'Jezus christus,' zei hij nog een keer zachtjes voor zich uit.

Anne stond doodstil en voelde haar wangen beurtelings rood en wit worden tijdens Rory's warrige betoog. Alleen al van het naar hem luisteren werd ze warm en koud tegelijk. Ze kon er gewoon niet over uit dat hij hier zomaar ineens voor haar neus stond, in levenden lijve; ze had zich helemaal nooit voor kunnen stellen dat ze hem per ongeluk tegen het lijf zou lopen, en al helemaal niet op een plek zo afgelegen als Scilly. Ze probeerde te verzinnen wat ze kon zeggen, om maar niet zo als een ijspegel bevroren te blijven staan, maar er kwam helemaal niets. Ze keek, en keek, en keek naar Rory, zongebruinde, gespierde, onmogelijk knappe Rory, totdat Woz, vanuit de keuken, zijn hoofd om de hoek van de deurpost stak en enthousiast riep: 'Hé, Roar, knakker, ben je d'r al?'

Georgie kwam juist uit het gangetje met een stapel theedoeken in de hand, keek verbijsterd heen en weer van Woz naar Rory naar Anne en barstte vervolgens uit in een tirade tegen Woz. 'Is dát je verrassing? Is dát de artiest die je ongevraagd hebt geboekt voor vanavond? Rory Maquary? Ben je wel helemaal goed bij je hoofd? Dat is Annes ex! De man voor wie ze zo hard mogelijk is weggelopen omdat hij haar hart in duizend stukken heeft gebroken! En die nodig jij hier uit? Ik dacht dat je het over een of andere muzikant uit de orkestbak had, of zoiets, toen je zei dat je iemand had gevraagd langs te komen.' Ze gooide de theedoeken op de bar en zette haar handen in haar zij.

Annes beleefdheidsmodus sprong in het gelid en ze zei: 'Rory, mijn vriendin Georgiana, Georgie, dit is Rory.'

'Ik weet donders goed wie dat is, Anne,' zei Georgie bits.

Rory stak een hand op maar zei niets.

'Shit. Was ze met Rory Maquary, met hém?' vroeg Woz, ondertussen knalrood aangelopen. 'Wist ik veel, jullie hebben helemaal nooit gezegd hoe haar ex heette! Nogal wiedes dat ze zo moest janken van dat nummer. God, ik had het natuurlijk niet zomaar gedaan als ik het had geweten; Sjors, zoiets zou ik toch niet expres doen? En waar haal je het idiote idee vandaan dat Graham Norton een orkest heeft?'

Georgie haalde diep adem om Woz stevig van repliek te dienen, terwijl Rory en Anne, ook met een knalrood hoofd, niet konden stoppen met naar elkaar kijken.

'Je ziet er goed uit, mop,' zei hij zachtjes tegen haar.

'Jij ook,' zei ze, even zacht. Hij leek wel nog groter en breder dan ze zich herinnerde. En knapper, veel knapper.

'Misschien kan ik maar beter... hoe laat gaat die boot weer terug?' Zijn zeegroene ogen flitsten even.

'Vier uur.'

'Wil je liever dat... Ik kan ook gewoon weer weggaan, ik bedoel, ik wil het niet erger maken... Als je niet wil hebben dat ik hier ben, dan...'

Anne slikte, kneep even haar ogen dicht maar schudde toen resoluut haar hoofd. 'Het gaat wel. Het gaat wel. En je bent er nu eenmaal, en Warren heeft zich erg verheugd op je komst, hij heeft er echt behoefte aan om visite van een vriend te krijgen. En...' Ze keek Rory nu recht aan en voelde tot haar schrik die oude vertrouwde bonk in haar binnenste. Dat was dus nog geen spat veranderd. 'En ik kan toch niet voor eeuwig maar voor je wegvluchten, als ik ook zo'n behoefte heb om Rowie weer te zien. Misschien is het maar goed zo, ik kan er maar beter doorheen, dan wordt het hopelijk des te sneller weer allemaal normaal. Ik heb dat waarschijnlijk al veel te lang voor me uit geschoven.'

Rory keek naar zijn tenen en wreef in zijn nek. 'Oké. Oké, als je het niet erg vindt...'

Achter hen was Georgie nog steeds bezig om Woz de les te lezen.

Anne keerde zich om, liep op haar vriendin af en greep haar bij de arm. 'Georgie. Genoeg. Woz kon dit niet weten, en ik vind het niet erg. Ik heb het er even met Rory over gehad en het is goed. Dat hij hier is, bedoel ik. En Warren vindt het toch fijn om zijn vriend op bezoek te hebben?' Ze keek Woz aan.

'Ja, nou, als ik nou ineens een hoop narigheid uit het verleden heb opgerakeld, dan vind ik dat natuurlijk helemaal niet leuk. Al was het nog zo onbedoeld.'

'Ik vind het niet erg,' zei Anne nog een keer, met haar beste stiff upper lip.

Georgie keek haar onderzoekend aan. 'Anne, weet je het zeker?'

'Ik vind het niet heel makkelijk, maar ik weet het zeker. Het is goed.' Ze keerde zich terug naar Rory, die onhandig en een beetje verweesd nog steeds bij de deur stond. Haar hart bonkte er nog een keer van; ze was altijd helemaal week vanbinnen geworden als hij zijn onzekerheid toonde, en ook dat was blijkbaar nog niet anders.

'Rory, heb je je verblijf al geregeld, of...?'

'Ik heb een of ander dingetje in iemands achtertuin gehuurd. Op de foto zag het eruit als een soort Hans en Grietje-huisje. Hier aan het eind van de straat, vlak bij het politiebureau?'

'O, ik weet wel waar, bij Ruthie Hollam. Zal ik... even met je meelopen? Als, eh,' ze keerde zich terug naar Georgie en Woz, 'als jullie het samen redden met de drukte van de boot straks?'

'Geen punt, schat,' zei Woz, en Georgie zei: 'ga maar, volgens mij komen de eerste gasten nu net om de hoek. Ga anders via de achterkant.'

Anne gebaarde Rory dat hij achter haar aan moest komen, en hij pakte braaf zijn tas en zijn gitaar en liep achter haar aan de keuken in.

'Ik heb geen last meer van gillende groupies of zo, hoor,' zei hij tegen haar schouder, 'ik ben de hele weg hiernaartoe gewoon als een normaal mens gekomen, met de trein en de boot, en niemand had een donder in de gaten. Dus je hoeft me niet naar buiten te smokkelen, of weet ik veel wat dit is.'

'Dit is gewoon de kortste weg,' zei Anne zonder om te kijken. Haar hart klopte als een gek, ze wilde het niet maar hij was het enige waar ze aan kon denken. Zijn armen. Om haar heen. Hem ruiken, voelen, dicht bij hem zijn. O, verraderlijk, verraderlijk hart, verraderlijk lijf.

In de tuin keerde ze zich om, hij liep bijna tegen haar aan en stond belachelijk dichtbij, een beetje uilig op haar neer te kijken.

'Kijk, er loopt een paadje achterlangs,' wees ze, door het open tuinpoortje.

Hij knipperde een paar keer met zijn ogen. 'Ik kan verdomme niet geloven dat ik hier met jou sta te praten,' mompelde hij met die gruizelige stem van hem. 'Kunnen we... Annie, kunnen we praten? Nu ik hier ben? Ik bedoel echt práten, niet alleen maar heen en weer lullen voor de beleefdheid, zeg maar.'

Anne keerde zich weer om en liep door het tuinpoortje. 'Ik weet het niet,' dwong ze zichzelf te zeggen, 'Rory, waar moeten we het dan over hebben?'

Zijn stem zat veel dichter achter haar dan ze had gedacht. 'Over... over alles, mop. Alles wat er gebeurd is sinds je wegging. Waaróm je wegging, in ene. Ik snap er nog steeds geen reet van. Ik... ik wil aan je vertellen wat er allemaal is gebeurd, hoe klote ik me heb gevoeld. Hoe ik me nu voel. Wat ik me allemaal heb bedacht...'

Anne wees stijfjes naar een openstaand tuinhekje. 'Dit is de juiste tuin. Gewoon op de keukendeur kloppen, dan doet Ruthie vanzelf open en kan ze je de sleutel geven. Ik begrijp niet wat je bedoelt, Rory, dat je het niet snapt. Jij was toch weer met je ex in bed gedoken, hoe kun je nu zeggen dat je niet begrijpt waarom ik wegging?' Ze klonk afgemeten en tegelijk gewond, ze hoorde het in haar eigen stem. 'Ik zie niet in hoe we daar nog heel veel langer over heen en weer kunnen praten.'

Rory stond als een standbeeld op het tuinpad, alle kleur weggetrokken uit zijn gezicht. 'Is dát wat ze tegen je heeft gezegd? Godskolere, ik was er al bang voor. Ze wilde me niet vertellen waar jullie het over hadden gehad. Het kreng wilde me helemaal niks vertellen, ook niet hoe ze binnen was gekomen, ze zei alleen iets van "opgeruimd staat netjes" toen je de deur weer uit was, en toen probeerde ze me te zoenen. Ik zei natuurlijk dat ze moest opsodemieteren, ik snapte d'r geen reet van, het ene moment zie ik je, helemaal onverwacht, geen idee dat je naar LA was gekomen; ik blij, het andere moment komt Mel tevoorschijn in mijn ochtendjas, jij geeft me een blik alsof ik ik weet niet wat heb gedaan en dan ren je zo de deur uit. Ik het hele end achter je aan terug naar Londen, kom ik daar, heb je al je zooi ingepakt en sta je op het punt uit mijn leven te verdwijnen!' Hij zette zijn tas op de grond, gitaar ernaast, en ragde twee handen door zijn haar. Zijn ogen leken vloeibaar, zo groot en verward keken ze Anne aan.

Ze wist bijna niet waar ze kijken moest. Zamelde al haar moed bijeen, keek hem terug aan. Ze bleven kijken. Hij strekte een hand naar haar uit, maar ze bleef staan.

'Ze kwam uit je slaapkamer, Rory. In een of ander doorzichtig niemendalletje. Ze gedroeg zich alsof ze daar woonde. In LA. Bij jou. En ze liet er geen twijfel over bestaan wat ze met jou in die slaapkamer had gedaan.'

Rory stapte dichterbij. Hij praatte snel, gehaast, legde een warme hand op Annes arm. 'Ze was binnengelaten door de schoonmaakster, daar kwam ik later achter, ik was helemaal niet thuis, ik weet niet wat die achterlijke bitch allemaal dacht, maar ze zei in ene dat ze de voogdij over Rowie weer terug wilde, dat had ik je toen toch verteld? Iedere keer als ze effe niks te doen heeft, geen film, geen vent, dan begint ze d'r weer over. Ze dacht zeker dat ze me kon overhalen als ze in haar ondergoed voor mijn neus ging staan, of zo. Ik weet niet wat ze dacht, misschien wilde ze mij er ook wel bij, ik kan niet in die zieke geest van haar kijken. Ze was volgens mij van plan om in mijn bed te gaan liggen wachten tot ik thuis kwam. En toen kwam ik niet, toen kwam jij. En toen heeft ze natuurlijk die hele scène voor je uitgespeeld. Moppie, ze is een geweldige actrice, dat moet je niet vergeten.'

Anne wist van verwarring niet meer wat ze moest geloven. Was het écht waar wat hij zei? En die hand op haar arm, en zijn nabijheid, ze kon hem ruiken, hij rook zo ontzettend vertrouwd, alsof er helemaal geen twee jaar verstreken was. Alsof ze alles zo zou kunnen vergeten en vergeven, als hij haar maar met twee armen stevig vast zou houden. 'Dus, dus... je was niet, ik bedoel, met haar, en, eh...?' kraakte ze.

'Ik heb een hele hoop dingen helemaal fout aangepakt, mop, en als ik de tijd kon terugdraaien dan deed ik dat, maar zó stom ben ik niet geweest. Ik was toch met jou?' Hij streelde haar arm zachtjes, het kussentje van zijn duim over haar huid. 'Ik was toch met jóu,' mompelde hij nog een keer, een beetje naar voren leunend.

Ze keek op.

Zijn ogen glansden, zogen haar bijna op.

Hun neuzen raakten elkaar, heel lichtjes; de lucht leek te knetteren.

'Ik wil je zó graag kussen,' mompelde hij daas.

Anne schudde zichzelf met harde hand wakker en stapte bij hem vandaan. 'Eh, goed. Laten we... praten. Morgen. Misschien kunnen we een stukje wandelen, of zoiets, ik... Misschien is het wel goed als we het helemaal uitpraten. Dan is het maar achter de rug ook. Ik... ik moet terug, ik neem aan dat we elkaar vanavond wel zien, als je komt eten. Dag, Rory.' Ze stapte snel om hem heen en liep haastig terug, zonder nog over haar schouder te kijken.

Het kostte haar ontzettend veel moeite.

Het was gezellig druk, alle tafeltjes waren bezet. Ze hadden voor Rory een tafeltje van buiten moeten halen, en dat in een hoekje moeten proppen, om hem überhaupt nog een zitplaats te kunnen bieden. Hij had een bord voor zijn neus en een glas wijn ernaast, en hij zat stilletjes te eten. Georgie haalde zijn bord weg toen het leeg was, bracht hem een nieuw bord met iets lekkers erop, en een bijpassend glas wijn.

'Dank je,' zei Rory. Hij glimlachte voorzichtig.

'Als je het maar niet in je hoofd haalt om Anne opnieuw in de war te maken,' zei Georgie duister, 'ze begint net weer een beetje op te krabbelen, maar nu heeft ze weer helemaal een rare blik in haar ogen.'

'Ik was helemaal niks van plan,' zei hij, 'behalve proeven wat Wozzie maakt, en misschien straks nog een paar nummers spelen, als de mensen er zin in hebben.'

'Hm,' zei Georgie, met een vlijmscherpe blik.

'Jij bent echt *scary*, mop. Als je niet zo'n goeie vriendin voor Annie zou zijn, dan had ik zwaar de zenuwen van je gekregen.' Hij keek haar met zijn flitsende ogen van onder zijn wenkbrauwen aan en hield zijn hoofd een beetje schuin.

Georgie beet even op haar onderlip, haar blik verzachtte en ze kon een glimlach niet onderdrukken. 'Eet je eten nou maar op,' zei ze nep-streng tegen hem, en toen keerde ze zich om naar een andere tafel, waar een gast met een vinger omhoog zat om iets te bestellen.

'Zei hij nog iets?' vroeg Anne nerveus, toen Georgie de keuken weer in kwam.

'Niet echt; ik zei dat hij je niet nog een keer zo gek mocht maken, en hij zei dat hij geen snode plannen had. En toen kéék hij zo naar me; ik zag ineens waarom je voor hem bent gevallen, ook al leek hij me helemaal niet jouw type. Tjee, wat kan die kerel charmant doen, zeg.'

'Hij doet dat helemaal niet expres,' zei Anne verdedigend, 'negen van de tien keer weet hij helemaal niet van zichzelf dat hij er leuk uitziet.'

'Ja, dat zeg jij,' zei Georgie, terwijl ze een bord vulde met sla en over haar schouder riep: 'Woz, is die vis al klaar?'

'Dertig seconden,' zei Woz, helemaal in professionele modus. 'Vrouw, jaag me niet op. En je moet mijn maatje niet dissen; mooi dat hij het hele end hiernaartoe is gekomen om mijn eten te proeven.' Hij liet de vis op het bord glijden dat Georgie had voorbereid.

'Ik moet toch ook een keer naar binnen,' zei Anne wanhopig, terwijl ze een rijtje borden prepareerde, 'ik kan me toch niet de hele avond in de keuken verschuilen.'

'Ik red het wel, hoor,' zei Georgie.

'Nee, ik moet. Ik móét hier gewoon op de een of andere manier doorheen zien te komen. Als dit me lukt, dan, dan...'

Anne haalde diep adem, opende de deur en stapte de keuken uit. Ze maakte een rondje langs de tafels, vroeg of het smaakte, of ze nog iets kon betekenen, en de hele tijd voelde ze dat Rory's ogen haar volgden. Ze moest zich inhouden om er niet van te bibberen; het was alsof hij haar met zachte vingers de hele tijd een klein beetje aanraakte. Ze keek heel bewust niet zijn kant uit, omdat ze gewoon wist dat ze dan meteen geen woord meer zou kunnen uitbrengen, maar als vanzelf bracht haar ronde langs de gasten haar toch bij zijn tafeltje.

'Is alles naar wens?' vroeg ze zo neutraal mogelijk, met alle kracht terugvallend op de sociale commandotraining uit haar jeugd.

'Annie,' zei hij.

Alleen zijn stemgeluid al maakte dat ze bijna stond te trillen in haar schoenen.

'Kun je niet even bij me komen zitten?'

‘Ik ben toch aan het werk,’ zei ze zacht en verontschuldigend. Ze wilde eigenlijk heel graag, niets liever, dan die stoel onder de tafel vandaan trekken en tegenover hem gaan zitten, en eens even goed en uitgebreid naar hem kijken. Hem indrinken. Het was zo dubbel: ze wist dat het nooit, helemaal nooit zou kunnen werken tussen hen, maar ze wilde toch niets liever dan zijn gezicht nog één keer in zich opnemen.

‘Alles gaat toch goed? Gewoon, vijf minuutjes, ik wil graag naar je kijken, moppie.’

Voordat ze het wist zat ze en mompelde ze blozend: ‘Je wilde me ook al zoenen.’

‘Ja, sorry hoor, maar ik vind je niet ineens niet meer lekker,’ zei Rory, zijn schouders en wenkbrauwen gingen tegelijk even omhoog. ‘Ik vind je volgens mij alleen maar lekkerder, met je haar zo lang. Jezus, wat ben je toch mooi.’ Hij legde zijn bestek neer en schonk haar zijn volledige aandacht.

Anne had het gevoel dat ze bijna niet meer kon ademen.

‘Heb jij al gegeten?’ vroeg hij zachtjes. Hij pakte zijn vork weer op en prikte in een stukje vis. ‘Hier, moet je proeven, echt het lekkerste wat ik ooit heb gehad.’ Hij stak zijn vork naar haar uit.

Anne schudde haar hoofd. ‘Ik heb aan het begin van de avond al iets gegeten,’ zei ze, ‘je kan me toch niet zomaar in het openbaar gaan zitten voeren?’

‘Deed ik toch wel vaker? Christus, Annie, ik kan het niet helpen, maar alles komt gewoon weer boven. Hoe we waren, als we samen waren. Ik heb je gewoon ontzettend gemist. Zo. Dan heb ik dat maar vast gezegd,’ zei hij erachteraan, meer tegen zichzelf dan tegen haar.

‘Ik, eh... ik heb jou ook wel heel erg gemist,’ zei Anne aarzelend, ‘maar ik was ook heel erg boos en verdrietig.’

‘Dat snap ik, als je dacht dat ik je belazerde met mijn ex.’ Hij schudde zijn hoofd. ‘Ik wou dat je me de kans had gegeven om het uit te leggen, moppie.’

‘Ik weet niet zeker of dat uiteindelijk heel veel verschil had gemaakt,' zei Anne met een verdrietige berusting. 'Ik moet weer verder, ik ben nodig in de keuken.'

'Praten we morgen verder?'

'Ja, dat hebben we afgesproken, en daar houd ik me aan, hoewel ik er erg tegen opzie.'

Rory keek bezorgd en opgelucht tegelijk. 'Ik wil het je niet moeilijk maken, Annie, echt niet. Dat moet je maar proberen van me aan te nemen. Ga nou maar gauw.'

Anne maakte dat ze wegkwam, voordat ze de hele avond aan haar stoel genageld naar hem zou blijven kijken en luisteren; voordat ze hem zomaar zou gaan geloven.

Roar

10 Praten

Toen iedereen uitgegeten was en rustig zat na te tafelen, stond Rory op van zijn stoel en liep hij naar de keuken. Hij stak zijn hoofd om de hoek en zag daar Woz, moe maar tevreden, aan een tafeltje zitten met een glas bier voor zich.

'Hé, gast. Was lekker,' zei hij.

Woz keek op. 'O, echt? Ben ik even blij dat je dat zegt! Ik weet bijna niet waar ik het zoeken moet, ik had echt geen idee van jou en A, shit man, ze is helemaal van de kaart, en volgens mij ben jij ook niet op je allergelukkigst. Ik weet niet wat voor doos van Pandora ik onbedoeld heb opengerukt, maar ik wou natuurlijk weer dat ik mijn klep had gehouden.'

Rory ging zitten.

'Moet je ook een bier?'

'Nee, dank je, ik heb al twee glazen wijn weggetikt met dat eten van jou, en als ik nog moet spelen is dat wel genoeg. Ik moet eigenlijk niet drinken als ik moet werken.'

'Doe ik ook nooit, maar aan het eind mag ik wel een biertje als alles goed gelukt is.'

'Ja, dan wel.'

Ze zaten een tijdje stil tegenover elkaar, totdat Rory zei: 'Waar zijn de meiden?'

'Effe naar boven. Schone kleren aan en zo, voor je optreden straks.'

'O, dus ze willen wel dat ik nog ga spelen?'

'Ja, volgens mij wel.'

'O. Oké. Ik dacht eigenlijk dat Georgie het niet zo zag zitten, met wat ze allemaal tegen je zei toen ik net binnenstapte.'

'Shit, heb je dat allemaal gehoord? Ik dacht dat je met A stond te praten.'

'Ja, stond ik ook. Maar goed, ik dacht dan wel dat ik door de grond ging toen ik haar zag, dat wil niet zeggen dat m'n oren het niet meer deden.'

'Heeft zij het uitgemaakt? Of moet ik dat niet vragen?'

Rory haalde zijn schouders op. 'Volgens mij heeft niemand het ooit echt uitgemaakt, ze is 'm gewoon gesmeerd. Ik was er al bang voor, maar omdat we het nooit hebben uitgepraat wist ik het niet zeker; blijkt dat mijn ex van vóór Annie haar heeft wijsgemaakt dat ik weer met haar, met die ex dus... nou ja, dat we rommelden, of zo. Was helemaal niet zo, maar Annie geloofde het. M'n ex is een actrice van wereldniveau, je tuint er zo in met haar. Ik neem het Annie niet kwalijk, ik wou alleen dat ze wat had gezegd, dan had ik het kunnen uitleggen. In plaats daarvan verdween ze gewoon. Ik werd helemaal gek.'

'Klote,' zei Woz.

'Ja.'

'En nou?'

'Morgen gaan we nog een beetje verder praten, ik wil haar terug, maar volgens mij wil ze niet. Ik weet ook niet waarom; alles wat er tussen ons was is er nog gewoon. Ik zie het aan haar, zij voelt het ook. Die band. Weet je wel?'

'Nee, eigenlijk niet. Ik heb dat nog nooit met een vrouw gehad. Ik heb weleens iets gehad met een hele mooie meid, maar dat was achteraf gezien toch meer fysiek, denk ik. De sterkste band die ik ooit met een vrouw heb gehad is volgens mij met Georgie, maar dat is vooral omdat ze me de hele tijd uit loopt te kafferen. Ik irriteer vrouwen, en haar blijkbaar nog wel het allermeest.'

Woz zei het met zoveel treurigheid dat Rory een glimlach niet kon tegenhouden. 'Komt wel goed, man,' zei hij met een klopje op Woz' arm. 'Misschien moet je d'r gewoon een keer zoenen. Kijken wat er gebeurt.'

'Ze trekt mijn kop eraf,' mompelde Woz duister.

'Als je het goed doet niet,' zei Rory zachtjes, omdat precies op dat moment Georgie de keuken in kwam, met Annie in haar kielzog. Georgie had een mooie jurk aan, ongetwijfeld een of ander designergeval, wat natuurlijk een zeldzaamheid was op zo'n eiland als dit, maar Rory had alleen maar oog voor Annie. Ze had haar haar uitgeborsteld en met speldjes boven haar oren vastgezet, en het hing in glanzende donkerrode golven over haar rug en schouders. Ze droeg een eenvoudige linnen jurk, mosgroen, met een wijde rok, en ze was op haar blote voeten. Rory keek, en keek, en vergat te ademen.

'Hoi,' zei ze verlegen tegen hem, met meteen een knalrood hoofd. Ze zuchtte ervan.

Hij stond al naast haar, hij was ongeveer uit zijn stoel gevlogen. 'Gaat het, moppie?' zei hij zachtjes in haar oor, met de vingers van zijn hand o zo zacht op haar onderrug.

Ze knikte. 'Moet je niet gaan spelen? Straks is iedereen naar huis.'

'Als jullie dat nog willen.'

Georgie wierp een blik in het restaurant en zei: 'Mijn god. Ik zou maar gauw beginnen als ik jou was; op de een of andere manier is er een gerucht door het dorp gegaan dat er vanavond iets ging gebeuren hier en nu zit het vol, daarbinnen. Daar hadden we nou ook weer niet op gerekend, zeg, als ik dat had geweten dan had ik me niet omgekleed. Ik dacht dat er nog drie of vier tafeltjes bezet zouden zijn, mensen die aan hun laatste koffie waren!' Georgie verdween. Woz ging achter haar aan, mompelend: 'Ik help je wel eventjes, Sjors.'

Rory en Annie bleven achter in de keuken. Zijn arm zat nog half om haar heen, het was zo vertrouwd, ze rook zo lekker, ze was gewoon, gewoon zo... en toen had hij haar toch ineens in zijn armen. 'Liefie,' mompelde hij, 'hier heb ik nachten van wakker gelegen.' En toen kuste hij haar zachtjes.

Even bleef ze stijf in zijn armen, even was hij bang dat ze niet toe zou geven. Maar toen maakte ze een geluidje en smolt ze, helemaal zacht en warm en lief en oneindig lekker. Hij gromde zachtjes en trok haar zo dicht mogelijk tegen zich aan, tilde haar een stukje van de grond en kuste haar alsof zijn leven ervan af hing.

'Ik laat je nooit meer los,' mompelde hij na een tijdje verdwaasd in haar haar, 'ik kan helemaal niet spelen, ik kan volgens mij geen noot meer uitbrengen.'

Ze streelde zijn haar totdat hij zijn hoofd optilde en haar aankeek.

'Je moet, je kan toch niet al die mensen binnen laten zitten?'

'Ik moet niks,' zei hij bokkig, 'ik ben nou net de afgelopen tijd bezig geweest om te zorgen dat ik niet de hele tijd wat moet.'

'Rory.'

Met een zucht en een halve grijns liet hij haar uit zijn armen glijden. 'Vooruit dan maar. Omdat jij het vraagt, lief. En omdat ik zo blij ben dat ik je heb gevonden, en dat we, dat we... Nou ja. Dit.' Hij gebaarde iets onduidelijks tussen hen beiden.

Annie beet op haar lip, maar zei niets.

Even flitste er iets onzekers in zijn ogen, maar toen haalde hij een schouder op en keerde hij zich naar de grote ouderwetse ijskast waarnaast hij zijn gitaar had neergezet.

Hij had nauwelijks geslapen. De hele nacht had hij op zijn smalle bedje gelegen en had de avond zich steeds opnieuw voor zijn ogen ontrold. Hoe hij haar had gezoend, hoe lekker dat was geweest, lekker en vertrouwd en precies zoals hij het zich herinnerde; precies goed. Hoe hij zijn gitaar had gepakt, naar binnen was gegaan, in een hoekje onder een lamp op een kruk was gaan zitten spelen, voor zijn gevoel urenlang, terwijl de avond tegelijk voorbij vloog.

Hij had ongeveer alle liedjes gedaan die hij kende en die géén Road Rage-nummers waren. 'Against All Odds' had hij ook maar vermeden, want dat was natuurlijk vragen om problemen. Maar voor de rest had hij zijn hele foute jarenzeventig en -tachtig kampvuurrepertoire erdoorheen gejast, en iedereen had het leuk gevonden.

Behalve Annie. Tenminste, dat dacht hij. Het had een tijdje geduurd voordat hij haar zag, zeker een nummer of drie, maar toen was ze verschenen in de deuropening naar de keuken, net toen hij aan 'Get up, stand up' was begonnen, die ouwe reggaehit. Hij was niet zo goed in reggae, dus hij moest zijn aandacht wel een beetje bij zijn gitaar houden, maar hij zag in één oogopslag dat Annie gehuild had.

Get up, stand up, stand up for your right.

Zijn hart had als een klomp lood in zijn borst gezeten terwijl zijn vingers hun werk deden op de gitaar en zijn mond de woorden van het nummer vormden.

Get up, stand up, don't give up the fight.

Ze was blijven kijken, maar af en toe veegde ze stiekem haar gezicht af aan een servet.

Hij had zijn hart uit zijn lijf gespeeld; eigenlijk, als hij eerlijk was, had hij alleen voor haar gespeeld, echt alleen voor haar, maar het had niks uitgehaald. Ze had daar gestaan, mooi, lief, wit en verdrietig, en hij had er niks aan kunnen doen. En de hele tijd rolden de vragen rond in zijn hoofd: Heb ik haar nou terug? Is het nou weer goed? Wat moet ik verdomme doen om het weer goed te maken?

Gek werd hij ervan. Hij was al niet zo vreselijk geduldig, maar leek wel een eeuwigheid te duren voordat het weer een beetje licht begon te worden. Om twaalf uur zag hij haar weer. Hij ging haar ophalen, had hij bedacht, want dat was wel zo netjes, maar hij had haar na het spelen niet meer gezien, dus echt goed afgesproken hadden ze het niet.

Het leek wel of ze gevlucht was.

Hij had zijn enthousiaste applaus in ontvangst genomen, had nog een biertje van Woz aangepakt, een halfuurtje tussen de gasten aan de bar gehangen en hier en daar een praatje gemaakt (alle jongelui van de boot waren er ook) en toen had hij zijn spullen gepakt en was hij over het tuinpad naar zijn huisje en zijn bed gelopen.

En daar had hij gelegen, en gepiekerd.

Tegen zessen had hij er meer dan genoeg van. Hij sprong uit bed, nam snel een koude douche (toen was hij helemaal klaarwakker) kleedde zich aan en kroop achter zijn laptop. Zijn downloads liepen vrolijk door en hij checkte altijd even of er online iets over hem gezegd werd. Niks. Niemand wist dat hij was waar hij was. Mooi zo.

Hij onderdrukte de neiging om Row te bellen; het was natuurlijk midden in de nacht in Canada. Hij had hem gisteren nog wel even gebeld voordat hij naar Seaview was gegaan met zijn gitaar onder zijn arm; ze hadden samen gelachen omdat hij nu snapte wat zijn kind hem had proberen te vertellen, zonder het echt te zeggen. Hij had hem geprezen omdat hij zo ontzettend goed zijn mond had weten te houden – hij had eergevoel, die kleine – en hij had hem gemist met een intensiteit die hem de adem benam.

Row had niet geklaagd over kostschool, maar Rory wist dat dat niet betekende dat hij er nu ineens wel graag naartoe wilde. Hij voelde zich ongeveer met de dag schuldiger, maar hij kon gewoon niet verzinnen hoe hij het anders moest gaan doen. Nóg niet. Hij kon het nóg niet verzinnen, maar misschien als hij er nog een beetje verder over nadacht kreeg hij wel een nieuw idee.

Hij moest sowieso nadenken: hij had net bedacht dat hij op zoek ging naar Annie, en nu had hij haar onverwachts gevonden, nog voordat hij begonnen was. Maar hoe moest hij verder? Hij wist in ieder geval dat hij de huur van zijn woning in LA ging opzeggen, en zijn laatste spullen daar weg ging halen. Dat was punt één. En daarna ging hij terug naar Canada, terug naar Rowie. Hij moest hem zien, hij moest hem in de buurt hebben. Hij kon zichzelf wel langer proberen wijs te maken dat het niet zo was, maar nu hij Annie eenmaal weer had gezien viel het niet langer te ontkennen. Hij verlangde met een beangstigende intensiteit naar een thuis. Een familiegevoel, waar hij onlosmakelijk onderdeel van zou zijn.

Om één minuut voor twaalf liep hij de tuin van Seaview Villa in. De tuindeur ging vrijwel direct open en Annie kwam naar buiten, alsof ze achter de deur had staan wachten. Zijn hart klopte in zijn keel, en zette er nog een tandje bij toen hij haar gezicht zag. Ze zag er ontzettend gespannen uit. Ze droeg gympen, een spijkerbroek, een groen T-shirt met een grote appel erop. Haar haar zat in een vlecht en ze had een zonnebril op haar neus.

'Annie,' zei hij zachtjes.

Ze knikte naar hem. 'Hoi,' zei ze al even zachtjes.

Hij stapte opzij, zodat ze eerst door het tuinhek kon, en hij sloot het netjes achter haar.

Zwijgend liepen ze achter elkaar aan het hele tuinpad af, totdat ze in de straat stonden.

'Welke kant gaan we op?' zei hij tegen haar schouder. Hij moest zich beheersen om niet haar hand te pakken.

Ze schoof haar zonnebril omhoog op haar hoofd en keek over haar schouder. 'Je ziet er netjes uit, Rory. Heb je je haar gekamd vanmorgen?'

Hij grinnikte vlak. 'Ik wilde een beetje een goeie indruk op je maken, mop. Is het gelukt?' Hij kwam naast haar staan op de stoep.

'Laten we maar naar Garrison Hill lopen, dat is een mooi rondje. Deze kant op. En je hoeft geen indruk op me te maken, hoor. Ik ken je toch?'

Hij zweeg en liep naast haar. Het was prachtig weer, de zee ruiste. Een vlinder fladderde vlak voor zijn gezicht langs, hij wuifde ernaar met zijn hand. 'Mooi is het hier. Ik snap wel dat je hier wilt wonen.' Vanbinnen raasden zijn gedachten: ze kende hem toch – was dat goed, of juist niet? Wat bedoelde ze, wat bedóelde ze verdomme?

'Rowland wil niet naar kostschool,' zei ze plotseling, 'hij wil bij jou blijven.'

'Ik weet het,' mompelde Rory. 'Ik mis hem.'

'Waarom ben je niet bij hem dan?'

'Ik weet niet, er zit iets fout tussen hem en mij sinds jij weg bent... Hij vindt denk ik dat het mijn schuld is. Hij zal wel gelijk hebben. Ik voel me goed klote over die, die... afstand tussen hem en mij.'

'En je denkt dat het goedkomt door hem naar kostschool te sturen?'

Rory schudde zijn hoofd. 'Nee. Ik denk helemaal niet dat het daar goed van komt. Ik had een plan gemaakt – ik heb de flat in Londen opgezegd voordat ik hiernaartoe kwam, ik ben aan het opruimen, ik ga de boel in LA ook wegdoen. Ik was van plan... godsamme, mop, ik was van plan om je te gaan zoeken. Ik had geen idee waar ik moest beginnen, maar ik wou, ik wil...'

'Rory.'

'... en toen had ik je al gevonden voordat ik goed en wel begonnen was met zoeken, hoe idioot is dat, hé, ze kunnen het nog niet bedenken in een boek, en toen gisteren, en nou... Verdomme!'

'Rory, rustig nou.'

'Ik bén rustig!' Hij gooide zijn armen in de lucht en hoorde ineens zijn eigen stem: hij klonk helemaal niet rustig. Drie diepe ademteugen later was het al een beetje gezakt, en kon hij veel kalmer zeggen: 'Weet je wat het is, mop? Ik heb gewoon de hele tijd gedacht dat het lastig zou worden om je te vinden, als je niet gevonden wilde worden. Ik heb dus de hele tijd gedacht dat als ik díe hobbel eenmaal had genomen, als we mekaar maar eenmaal weer zouden zien, dat het dan verder vanzelf zou gaan. Dan zou ik je vertellen hoe ik je heb gemist, hoeveel ik nog voor je voel, alles wat ik al heb veranderd, alles wat ik nog meer anders wil gaan doen... en dan zou het vanzelf gaan. Dat heb ik de hele tijd gedacht. Maar het is precies andersom. Je vinden was een eitje. De rest...' Hij blies langzaam zijn adem uit en keek naar de grond. Zijn voeten, haar voeten, naast elkaar op het pad.

'Je hebt heel mooi gespeeld, gisteravond.'

'Ik zag je. Moest je huilen?'

Ze maakte een snuffend geluid en hij keek even opzij. Ze had haar zonnebril weer op. 'Ik was in de war. Van je zo plotseling zien, van je stem horen, van... van die kus... Ik heb zo ontzettend veel verdriet gehad; ik dacht eigenlijk dat het nu wel een beetje gezakt was, maar... maar...'

'Ik ben niet met Mel naar bed geweest. Ik ben met niemand naar bed geweest sinds jou.'

Ze keek hem aan.

Hij stopte met lopen, pakte haar bij de pols. 'Luister, mop, ik wil je terug, ik ga het gewoon allemaal zeggen, ik voel me klote zonder jou, het klopt gewoon allemaal niet, ik weet dat ik een hoop verkeerd heb gedaan, maar ik heb de hele boel omgegooid en ik ben niet van plan om nog een keer in dezelfde valkuil te vallen. Ik werd geleefd, ik had veel te veel *commitments* en ik bleef maar nieuwe dingen aannemen, omdat ik dacht dat ik dat allemaal moest doen. Voor jou, voor Rowie, ik dacht: we hebben zekerheid nodig, maar nou weet ik dat wat jullie echt nodig hadden tijd was. Tijd samen. Ik was constant weg. Daar heb je geen flikker aan. Ik had platenbazen en studiobazen en managers en weet ik veel wie op mijn nek zitten die allemaal wat van me moesten, maar de enige twee die me echt nodig hadden waren jullie. Ik kan het je niet eens kwalijk nemen dat je Mel en d'r idiote verhalen geloofde; ik was zo weinig thuis dat je natuurlijk geen idee had. Voor hetzelfde geld was het waar wat ze zei.'

Annie stond hem aan te kijken door haar zonnebril, terwijl er langzame tranen onder de glazen uit rolden. Ze zei niks, ze snikte niet, ze bewoog zich niet.

Rory haalde diep adem en ging verder: 'Ik heb alles eruit gegooid. De band ligt op z'n gat, iedereen is met andere dingen bezig. De manager van de platenmaatschappij heeft een schop onder zijn reet gehad. Ik ben weg bij William Morris, ik heb helemaal geen agent meer nodig want ik heb besloten dat ik stop met acteren. Ik heb eigenlijk ook gewoon een pesthekel aan Hollywood en dat hele circus eromheen. Ik weet nou hoe ik een liedje in eigen beheer moet uitbrengen en ik verdien er verdomme een stuk meer geld mee dan dat het allemaal via al die schijven loopt en iedereen een percentage moet hebben. Ik heb geen manager, geen handler en geen bodyguards, ik ben voor het eerst sinds een hele lange tijd weer mijn eigen man. En ik wil je terug, Annie. Zo. Dat is het zo'n beetje.' Hij liet haar los, propte zijn handen in de zakken van zijn spijkerbroek, schopte één teenslipper uit en wriemelde met zijn tenen in het gras. Zijn haar viel naar voren, hij zag niks, maar eigenlijk durfde hij ook niet zo heel goed te kijken.

Het bleef heel lang stil.

'Ga je niks zeggen?' mompelde Rory uiteindelijk van achter zijn haar, toen hij het echt niet meer uithield.

Hij hoorde haar scherp ademhalen, en ze begon, beverig: 'Ik geloof je dat je niet met je ex hebt geslapen. Maar dat is uiteindelijk helemaal niet het allerbelangrijkste, denk ik, hoewel het wel de reden was dat ik wegging. Maar ik heb er ontzettend lang over nagedacht, en volgens mij... volgens mij gáát het gewoon helemaal niet tussen ons, Rory.'

'Wat bedoel je in godsnaam?'

'Volgens mij zit het jou in het bloed om steeds iets nieuws te gaan doen, om steeds onderweg te zijn. Misschien denk je nu wel dat je dat allemaal niet wilt, maar ik weet zeker dat het binnen een paar weken, of misschien in het beste geval een paar maanden, weer vreselijk gaat kriebelen bij jou, en dan zit je toch ineens weer in een film waarvoor je dan meteen drie maanden naar Oost-Mongolië moet of zoiets, of je duikt de studio in voor weken en weken, van 's morgens vroeg tot 's avonds laat...'

'Ik haat Oost-Mongolië.'

'Rory,' zei ze, te verdrietig om te lachen. 'Ik geloof dat ik nog steeds van je hou, en ik denk dat dat ook nooit meer overgaat, maar ik ben er wel van overtuigd dat het nooit tussen ons gaat werken. We willen gewoon té verschillende dingen in het leven. Het is vreselijk om onder ogen te moeten zien, maar zo is het. Ik wil dolgraag hier blijven, ik vind het hier heerlijk; jij wilt rondtrekken en nieuwe dingen doen. Dat gaat toch nooit goed?'

'Mop, ik probeer je nou juist te vertellen dat ik dat constante rondgesjouw helemaal niet meer wil. Ik heb er meer dan genoeg van. Ik moet alleen nog wennen aan hoe ik het dan aan moet pakken, want ik heb wel de afgelopen twintig jaar zo geleefd. Het kost effe wat tijd om om te schakelen. Geef me in godsnaam de kans om te bewijzen dat je het mis hebt. Je zegt zelf dat je nog van me houdt, nou, ik hou ook van jou. Godverdomme, Annie, gooi het nou niet weg!'

Ze snikte nu voluit, draaide zich om, sloeg haar armen om zichzelf heen. 'Nee, Rory,' zei ze verstikt, 'het gaat niet; ik denk niet dat ik het nog een keer kan verdragen om met je samen te zijn en je weer weg te zien drijven, en ik weet gewoon honderd procent zeker dat dat is wat er gaat gebeuren.'

Hij bleef stil. Hij wilde niets liever dan haar troosten, tegen zich aan trekken, haar haar strelen en haar tranen weg kussen, maar hij durfde niet. 'Misschien moeten we dan maar weer teruggaan,' zei hij uiteindelijk zachtjes, 'het heeft volgens mij niet echt zin om een beetje heen en weer te gaan zitten praten, of zo. Als je me niet gelooft, dan kan ik er verder ook niks aan doen.' Hij wurmde zijn voet weer in zijn teenslipper en begon terug te lopen, in zijn hoofd een soort dofheid, een afgestomptheid.

Hij voelde dat ze achter hem aan kwam. Na een paar passen kwam ze naast hem lopen, nog steeds snuffend. 'Sorry,' zei ze zachtjes tegen hem.

'Het is wat het is, mop,' mompelde hij. 'Het voelt rot, maar we zullen er vast niet aan doodgaan.'

Ze liepen door de straat terug, in plaats van over het tuinpad. Rory bleef even staan bij het bouwvallige Teague House, en hij keek er peinzend naar. 'God, dit huis ziet er precies zo uit als ik me voel,' zei hij zacht en laag, 'helemaal naar de klote.'

'Warren dacht dat het een goed idee zou zijn om het te kopen,' zei ze, 'hij stelde zich voor dat we het bij Seaview zouden kunnen trekken, maar ik heb het hem uit zijn hoofd gepraat. Georgie zou het nooit willen. Het is wel ontzettend jammer, want het is een prachtig huis. Maar zoals het nu is, kun je er niet eens naar binnen zonder het gevaar te lopen dat je een balk, of een heel plafond, op je hoofd krijgt.'

'Mm,' zei Rory. Hij had totaal geen zin om dan maar conversatie te maken, omdat dat het beleefde was om te doen.

'Het is ook vreselijk duur, natuurlijk, ook al is het een bouwval. De huizenprijzen zijn hier ongeveer net zo hoog als in Londen. Idioot hé, als je erbij stilstaat.'

Rory draaide zich naar haar toe en greep haar beide handen in de zijne. 'Moppie, ik ga niet mee naar binnen. Ik denk dat het beter is als we gewoon hier afscheid nemen, en dan maak ik morgenochtend vroeg wel dat ik weg kom, daar hoef je niks van te merken verder. Doe mij alleen een lol en wacht met aan Rowland vertellen wat er is gebeurd totdat ik de kans heb gekregen om hem te spreken. Ik wil wel graag je mobiele nummer, want nou ik toch weet waar je zit is het idioot om nog raar en geheimzinnig te gaan zitten doen, wat mij betreft. En Rowie zal je willen zien, en dan moeten we dat wel een beetje behoorlijk af kunnen spreken, en zo.'

'Je hebt gelijk,' zei ze. Ze haalde een mobiel uit haar broekzak.

Hij deed hetzelfde.

Ze wisselden nummers uit, keken elkaar even aan, stopten hun respectievelijke mobielen weer weg.

Keken elkaar nog een keer aan. Nog één keer.

'Doe voorzichtig, liefie,' zei Rory zachtjes, en tegen beter weten in trok hij haar in zijn armen. Ze verzette zich niet, sloeg haar armen om zijn nek en fluisterde in zijn oor: 'Jij ook,' waarna ze hem een kus op zijn wang gaf.

Even rook hij nog aan haar, toen liet hij los, liep een paar passen achteruit, stak nog een hand omhoog in een halve groet, en keerde zich om.

De boot was precies op tijd vertrokken. Maandagmorgen kwart over negen en hij leunde tegen de reling met zijn gezicht naar de zee. Hij wilde niet naar het eiland kijken, hij wilde niet denken, hij wilde niet het idee hebben dat het een afscheid was.

Ze was niet naar de kade gekomen. Dat had hij ook niet verwacht, maar hij had er niks aan kunnen doen, hij had toch om zich heen gekeken. Zoekend. Toen hij doorkreeg wat hij deed was hij, binnensmonds vloekend om zijn zwakheid, aan boord gegaan en had hij zijn positie gekozen, uitkijkend over de weidsheid van het water.

Hij had een kater met een lintje erom; hij had na het rampzalige gesprek met Annie 's middags zitten zuipen met Woz; al zijn leed eruit gegooid terwijl hij het bier naar binnen goot. Woz was enigszins wiebelig teruggegaan naar Seaview om aan zijn kookronde voor die avond te beginnen, met de zenuwen in zijn donder: hij zag al aankomen dat Georgie hem op zijn sodemieter zou geven, want ze stonden er met z'n tweeën voor die avond. Annie was naar boven gegaan en niet meer naar beneden gekomen; Woz had weten te vertellen dat Georgie was gaan kijken en dat ze bij terugkomst duister had gezegd dat ze die godvergeten Australiër wat aan zou doen als hij zich ooit nog een keer op Scilly zou durven vertonen. Dat was hij, dus, blijkbaar. Alsof híj het op zijn geweten had, dacht hij nu nijdig; hij had gezegd dat hij haar terug wilde, hij had haar alles verteld, zich kwetsbaar opgesteld, de hele reutemeteut, en wat had hij nou? Niks, behalve een snikkende ex.

'Godverdegodverdegodver,' mompelde hij, wrijvend met zijn hand over zijn voorhoofd. Hij begon boos te worden: was hij net weer een beetje in staat om zijn eigen keuzes te maken, gebeurde dit! De machteloosheid die hij voelde was maar al te vertrouwd, en hij had er geen zin meer in. Hij was gewoon niet van plan te accepteren dat wat hij zo wanhopig graag wilde zo door zijn vingers glipte; hij was verdomme geen onmachtige slapjanus. Hij was de baas over zijn eigen leven.

Vastberaden keerde hij zich om, op weg naar de andere kant van de veerboot. Hij legde zijn handen op de reling, haalde diep adem en keek op. Naar het eiland. Prachtig was het, groen en ruig en ook een beetje tropisch aandoend, met die witte stranden en hier en daar een palmboom; hij wilde dat hij er kon blijven. En toen zag hij in de verte een klein figuurtje aan komen lopen, met haar als vuur in de ochtendzon, en zijn hart kromp ineen. Hij zou wel gek zijn als hij het hierbij liet.

Oké.

Oké.

Er moest iets gebeuren.

Wel godverdegodverdomme, wat ging hij er dan aan doen?

Eerst ging hij naar LA, om van die ellendige bungalow af te komen. Dan ging hij naar Canada om zijn kind op te halen, omdat hij hem veel te veel miste en het hele idiote idee om hem naar een kostschool te sturen hemzelf diep in zijn hart evenzeer tegenstond als het Rowland deed. Maar terwijl hij dat allemaal deed had hij eigenlijk best genoeg tijd om uit te zoeken hoe het zat met... en misschien kon hij dan gewoon....

Rory trok zijn wenkbrauwen op en grabbelde zijn mobiel uit zijn zak. Langzaam verscheen er een grijns op zijn gezicht. Hij ontspande een beetje, en iets begon zachtjes te zingen in zijn binnenste.

Hij had een plan.

Anne

11 Twijfelen

Ze aaide met haar vingertoppen over het groene fluweel van de kaft. Dat deed ze altijd even voordat ze begon, bijna alsof ze zichzelf moed insprak. Toch hadden de pagina's zich in de afgelopen week bijna als vanzelf gevuld, eerst met kleine beetjes, daarna met steeds langere stukken tekst. Er zat nog geen roman in, maar in ieder geval kwám er weer iets, als ze wilde schrijven. Ze sloeg het open.

Lief dagboek,
Ineens was hij hier, en hij heeft me gisteren gekust, en hij zei dat hij niet met haar naar bed is geweest, en nu hebben we gepraat, en heeft hij me alles verteld en heb ik hem alles verteld en nu gaat hij weer weg, o mijn god!

Er zaten vlekken op de pagina, zo hard had ze zitten huilen. Dat was direct na de wandeling en wat ze in haar hoofd met schaamteloze wegwerpromannetjestragiek 'het noodlottige gesprek' noemde.

Lief dagboek,
Heb ik er verkeerd aan gedaan? Misschien heb ik het mis, misschien wil hij echt veranderen, misschien... Dan heb ik dus wel mijn eigen glazen ingegooid. Ik geloof hem: dat hij niet

gedaan heeft wat ik dacht, ik geloof ook wel dat hij snapt wat er nodig is in een relatie, in ieder geval voor mij, ik geloof zelfs dat hij het ook echt wil proberen, maar...

Om de veerboot zo te zien wegvaren, met hem erop, ik geloof dat mijn hart ongeveer uit mijn lijf viel. Iets in mij wilde naar de waterkant rennen en schreeuwen: stop, kom terug, ik heb het mis; iets in mij wilde erin duiken en achter de veerboot aan zwemmen, alles, alles... Waarom ben ik niet op tijd gegaan? Ik had hem nog tegen kunnen houden, ik had...

Ik lijk wel gek.

Dat was de volgende dag geweest, toen ze weer terug was gekomen nadat ze vanaf zes uur 's morgens rechtop in bed had zitten twijfelen of ze nou wel of niet naar de kade moest gaan om afscheid van hem te nemen.

De dagen daarop waren de stukjes in het dagboek steeds langer geworden, terwijl ze probeerde grip te krijgen op de verwarring in haar hoofd. Ze kwam er niet uit: ze hield nog steeds van hem, ze dacht aan hem, ze verlangde naar hem, ze was eigenlijk nog steeds woedend op hem, hij was zo zorgeloos omgesprongen met haar hart terwijl ze haar hele leven voor hem had omgegooid. Ze was waarschijnlijk nog het meest kwaad op zichzelf omdat ze zo verstrikt zat in die molen van halve gedachten.

Ze had zelfs op een rijtje gezet wat er zo goed was geweest aan de tijd toen ze nog met Ian was geweest, vóór Rory:

- *overzichtelijkheid*
- *regelmaat*
- *duidelijkheid*
- *toekomstperspectief*
- *rust*
- *Ian is in principe een nette man*

Maar vervolgens kon ze toch niet anders dan eerlijk zijn en moest ze ook het rijtje opschrijven met wat er niet zo best was geweest:

- *saaiheid*
- *voorspelbaarheid*
- *gebrek aan passie*
- *manipulatief gedrag*
- *Ian hield niet van me*

Nee. Hij had niet van haar gehouden: daar was ze wel achter gekomen toen ze eenmaal met Rory was en het verschil had gemerkt met een man die wel van haar hield. In ieder geval in het begin. Toen hij nog niet de hele tijd weg was.

O, ze wist wel dat hij nog steeds van haar had gehouden, ook als hij weg was, maar daar had ze natuurlijk helemaal niets aan, toen niet en nu ook niet. Hij had nu net zo goed gezegd dat hij nog steeds van haar hield, en toch was hij weg, weggestuurd door haar, en nu had ze er nog steeds niets aan. En het was haar eigen schuld.

Ze schudde haar hoofd, de verwarring krulde als rook door haar gedachten.

Wat moest ze in hemelsnaam beginnen?

Verder bladerend door haar boekje kwam ze bij het hoofdstukje dat ze gisteren had geschreven.

Lief dagboek,
Ik was vis halen bij Tom, hij kreeg het voor elkaar om, met al zijn verlegenheid, een nieuwe afspraak voor te stellen voor aanstaande woensdag (hoe moet dat nu weer aflopen; ik had het hart niet om te weigeren), en toen kwam ik de keuken binnen en toen zag ik het. Het was natuurlijk onbedoeld; als ik het had geweten was ik wel via de voordeur gegaan, maar het was nu eenmaal zo en ik kon ook niet meer stiekem wegsluipen, want ze hadden me al gehoord.

Georgie en Woz, innig verstrengeld.

Eindelijk, zou ik bijna willen zeggen; de spanning tussen hen was de afgelopen dagen om te snijden. Georgie deed echt vreselijk lelijk tegen hem; het leek wel of ze met de dag onaardiger werd. Ze verweet hem van alles, maar natuurlijk nog wel het meest dat hij Rory hiernaartoe had gebracht. Terwijl hij dat echt niet kon helpen, hij wist tenslotte van niets. Ik vond het nogal zielig voor hem, maar iedere keer als ik zijn kant koos kreeg ik ook de volle laag, dus na een of twee pogingen heb ik me er maar niet meer mee bemoeid.

Ik kon het niet helpen dat ik Woz hoorde zeggen, toen hij zich voor de zoveelste keer aan het verdedigen was, dat ik niet de enige was die er kapot van was. Rory moet er vreselijk aan toe zijn geweest die middag dat Woz en hij naar het café gingen; Woz kwam bijna op handen en voeten thuis (weer een reden voor Georgie om hem de oren te wassen) maar Rory moet nog veel meer hebben gedronken. Nu kan hij ontzettend veel drank op zonder er al te veel last van te hebben, dat weet ik, maar toch... Mijn hart knijpt samen bij de gedachte dat ik hem misschien wel heel veel pijn en verdriet heb gedaan, dat ik misschien toch de verkeerde keuze heb gemaakt ... Ik kom er gewoon absoluut niet uit.

Er is maar één ding wat ik echt zeker weet: als het ooit weer iets zou worden tussen Rory en mij, en het gaat daarna opnieuw mis, dan verdraag ik dat niet. Dat doet echt te veel pijn.

Hoe dan ook, Woz en Georgie; misschien heeft hij haar op een goed moment gewoon gegrepen en haar gekust, alleen al om haar de mond te snoeren. Het was op dat vlak bijzonder effectief, want er kwam weinig meer dan een onduidelijk geluid uit haar, hoewel ze allebei, toen ze eenmaal in de gaten kregen dat ik daar stond, bijna een meter de lucht in sprongen van schrik en tegelijk heel druk door elkaar heen begonnen te praten. Op het lachwekkende af; het had iets van een televisieklucht uit de jaren zestig.

Ik was – voor mijn doen – zo cool als een komkommer, ik zei 'ga gerust door, stoor je niet aan mij', en stopte mijn vis in de ijskast.

Volgens mij hebben ze sindsdien nog heel wat meer gezoend, en wie weet wat nog meer; ik hoorde in ieder geval tot diep in de nacht gepraat in de woonkamer, gelardeerd met lange, lange pauzes.

Anne probeerde voorzichtig een glimlach. Het voelde een beetje onwennig op haar gezicht; ze had zoveel gehuild de laatste tijd, maar toch; ze was blij voor haar vriendin, voor zover ze in staat was om iets te voelen door die rare doffe ellende in haar hoofd.

Lief dagboek, schreef ze nu,
Op een bepaalde manier geeft het me een sprankje hoop om Georgie en Woz samen te zien. Ik weet niet of ik ooit nog helemaal over Rory heen kom, maar misschien heb ik toch wel een kansje om nog ergens het geluk te vinden, of zoiets.

Ik weet niet precies hoe ik het moet omschrijven, het ziet er ook meteen zo vreselijk pathetisch uit als ik het zo zie staan (niets voor mij, al dat drama) maar misschien, misschien... Niet met Tom, denk ik, want hoe vriendelijk en op zijn eigen manier interessant hij ook is, ik zie mezelf gewoon niet mijn hele leven over vis praten. Maar misschien wel met iemand anders. Misschien–

'Anne? Ik vroeg me al af waar je zat. Vind je het heel erg om even bij te springen? Er zitten vijf jonge jongens beneden, van die hikertypes, die een stevig ontbijt willen en dan de hele dag wandelen. Eigenlijk waren we nog dicht, maar ik was toevallig beneden om de krant te pakken, en toen heb ik ze maar binnen gelaten. Woz ligt nog te slapen en ze willen verder niets bijzonders hoor, gewoon eieren met spek en worstjes en toast en dergelijke, maar het is voor mij in mijn eentje net te veel om het een beetje snel op tafel te hebben.'

Anne legde ogenblikkelijk haar pen neer, sloeg haar boekje dicht en sprong uit haar stoel. 'Och, ja natuurlijk kom ik helpen; ik had helemaal niets gehoord, anders was ik zelf wel naar beneden gekomen! En ik vind het ontzettend lief van je dat je de hele tijd probeert me te ontzien, maar als ik niet gewoon weer hard aan het werk ga, dan blijf ik piekeren, en dan blijf ik huilen. Het is ondertussen ook wel een beetje het moment van vooruit met de geit, vind je niet? We zijn alweer een week verder.'

Georgie glimlachte breed. 'Ik ben blij dat je het zegt; ik dacht het zelf eigenlijk ook, maar ik wilde je niet opjagen.'

Anne keek haar vriendin eens goed aan. 'Zeg, Georgie...' begon ze.

'Nee, zeg maar niets. Of, ik bedoel, ik weet al wat je wilt gaan zeggen. Woz en ik, en wat je gisteren hebt gezien. Het is... leuk, maar het is niet, ik bedoel, het is alleen maar, eh, het is...'

'Rustig nou,' zei Anne met een klein glimlachje, 'zo te horen heb je geen idee wat ik eigenlijk wilde zeggen. Ik wilde dus eigenlijk zeggen dat ik het zo fijn vind dat jullie elkaar hebben gevonden, en dat ik hoop dat jullie veel plezier samen zullen hebben. En weinig hartenpijn.'

Georgie glimlachte een beetje verkrampt. 'Ik heb geen idee wat ik aan het doen ben,' fluisterde ze, 'maar ik vind hem geloof ik wel écht heel leuk.'

'Goed zo,' fluisterde Anne terug. 'Kom, dan gaan we naar beneden.'

Halverwege de trap fluisterde Georgie: 'Ik hoop dat we nog genoeg bacon hebben; gisteren heeft Woz ontzettend veel opgemaakt met die ingerolde visfilets.'

'Waarom fluisteren we eigenlijk?'

'Geen idee?' Georgie stopte, grinnikte, en zei toen op normale gesprekstoon: 'Geen idee! Wil jij bakken, dan ga ik bedienen.'

'Ja hoor!'

Anne zette snel de pannen op de Aga en begon, maar hoorde toen een onverwachte hoeveelheid kabaal van de kant van Teague House komen, en er waaide een forse stofwolk door de tuin.

'Jezus, wat gebeurt er in godsnaam?' riep Woz, die juist met zijn haar omhoog de trap af kwam gerend, zijn mobiel aan zijn oor. 'Wacht even, Viv, er gaat hier iets helemaal verkeerd,' zei hij in zijn telefoon.

'Geen idee wat het is, ik hoop maar dat het niet aan het instorten is hiernaast,' zei Anne. 'Niet de tuindeur open doen hoor, Warren, anders komt al dat stof hier naar binnen!'

Woz knikte en wijdde zich weer even aan zijn telefoongesprek, dat blijkbaar al zijn concentratie vereiste. Hij fronste ervan. 'Viv, rustig nou, ik kan je bijna niet verstaan! Praat langzaam, haal effe adem, ik snap geen hout van wat je zegt.'

Georgie kwam de keuken in, laadde drie borden op haar arm en bleef met de wenkbrauwen opgetrokken even staan om naar Woz te kijken, die druk gesticulerend en pratend door het gangetje heen en weer liep.

'Viv, hou nou op met janken, ik kan je niet verstaan zo,' riep hij wanhopig. 'Waarom kom je niet gewoon hiernaartoe, als het allemaal zo moeilijk is? Ik maak zo wel effe wat geld naar je over, spring in de trein, pak de boot, vooruit, hier kun je mooi bijkomen van al dat gesodemieter.'

Georgie draaide zich abrupt om en marcheerde de keuken weer uit met haar borden, net toen Woz zijn gesprek beëindigde. Hij keek op en zijn hele gezicht bewolkte.

'Shit, heb ik iets verkeerds gezegd?' vroeg hij aan Anne. 'Is Georgie nou weer nijdig op me?'

Anne maakte de laatste twee borden met *full continental breakfast* af. 'Ik heb geen idee! Ik wil niet zo onbeleefd zijn om je te vragen naar de aard van je telefoongesprek, maar heeft ze reden om boos te zijn dan?'

'Nou, nee, dat was mijn zusje, die zit altijd in allerlei problemen en dan belt ze mij en moet ik haar weer op de een of andere manier redden van vriendjes die van alles van haar moeten, of ze heeft weer 'es geen geld, of weet ik het...' Hij liet zijn hoofd hangen en zag niet dat Georgie ondertussen de keuken weer was binnengekomen.

'Was dat je zús?' zei ze scherp.

Woz keek op. 'Ja, hoezo?'

'Ik wist niet eens dat je een zus had. En die komt nu hiernaartoe?'

'Ja, wat moet ik dan, ik kan toch niet alles uit mijn poten laten vallen en nog een keer naar Londen rennen? Ik ben net terug. En wat was die dreun nou, daarnet?'

'Ik weet het nog niet, maar dat gaat niet lang meer duren,' zei Georgie. 'Ik breng dit eerst naar binnen en dan ga ik even kijken wat er aan de hand is. Maar direct daarna wil ik precies weten wat er met die zus van je gebeurt, wanneer ze komt, hoe lang ze blijft, alles; ik heb geen zin om nog een keer zo door je verrast te worden als vorige week met Rory Maquary.'

Georgie verdween weer.

'Ik wil niet veel zeggen,' pruttelde Anne, 'maar als er iemand iets te klagen zou moeten hebben over het feit dat je Rory hier had uitgenodigd, dan ben ik dat.'

'En jou hoor ik niet klagen. Ik heb je wel horen huilen, maar niet klagen. Sorry, meid, nogmaals, voor de duizendste keer, als ik het had geweten...'

Anne slikte, en wuifde het weg. 'Ik denk dat het uiteindelijk wel beter is zo, hoewel ik het er wel even zwaar mee heb gehad. Nu is alles uitgesproken, nu kunnen hij en ik tenminste min of meer normaal tegen elkaar doen, en kan Rowland hier komen logeren, en...'

Georgie kwam weer binnen. 'Het spijt me, Anne, dat kwam er volgens mij helemaal verkeerd uit, wat ik daarnet zei. Ik bedoelde, ik wilde je besparen... Och, laat ook maar, volgens mij weet je wel ongeveer hoe ik het bedoelde.'

Anne knikte en glimlachte. Ze had nog nooit ook maar één seconde getwijfeld aan de intenties van Georgie, hoe bits ze soms ook uit de hoek kon komen.

'Maar eens even iets anders,' voer Georgie voort, 'ik keek net op straat wat er hiernaast aan de gang is, en wat denk je dat ik zie? Drie bouwvakkers!'

'Hebben ze het laten instorten?'

'Het lijkt er meer op dat ze het aan het opruimen zijn. Voor zover mogelijk. En ik ben daar dus helemaal niet blij mee, want er staat ondertussen een puinbak voor de deur. Wel niet zo'n heel grote puinbak, anders kon hij de straat waarschijnlijk niet eens in, maar toch groot genoeg om een uitermate ongezellig effect te hebben op ons terras. Wie wil er nou nog bij ons voor de deur zitten naast zo'n vies ding waar de hele tijd van die Radio One-nummers jodelende figuren rommel in dumpen? Het stof, en de herrie! Ik probeerde te vragen hoe lang het allemaal gaat duren, maar ze konden me niet eens antwoord geven! Ze moesten eerst de boel veilig stellen, stutten, en alle gevaarlijke loshangende dingen weghalen en zo, en dan moest er nog iets met vergunningen, en dan pas wordt er duidelijk wat er verder moet gebeuren, of het helemaal tegen de vlakte moet of niet. Ze hadden het wel over een koper, dus wat dát nu weer allemaal betekent...'

'Jee,' zei Anne, 'ik dacht dat ze het zouden slopen, als de gemeente er tenminste geld voor zou hebben.'

'We zullen het wel merken, Anne, als die koper zijn salomonsoordeel velt wat hij met het gebouw wil gaan doen.' Georgie sprak het woord 'koper' uit alsof ze 'veel te groot, griezelig tropisch insect met veel wriemelende pootjes en een gemene gifstekel' zei; ze rilde nog net niet. 'Hoe dan ook: ik moet er niet aan denken. Als ze het slopen, dan zitten we ik weet niet hoe lang in de rommel en eindigen we met een oerlelijk gat in de straat. Als ze het gaan opknappen, zitten we nog veel langer in de rommel en hebben we straks misschien een of andere superprofessionele horecagelegenheid naast ons waardoor we wel in kunnen pakken.

Of een steenrijke vakantieganger die geen superonprofessionele horecagelegenheid naast zijn loeidure vakantiestulpje wil.'

'Wie is er hier onprofessioneel?' zei Woz strijdbaar. 'Als er hiernaast een hotel komt dan ga ik hoogstpersoonlijk bellen met de eigenaar om een deal te sluiten. En als er een rijke stinkerd gaat zitten die hier een paar weken per jaar de dienst wil uitmaken, nou, dan verzin ik er ook wel wat op. Al moet ik elke dag voor hem koken.' Hij liep naar Georgie toe en legde zijn arm voorzichtig om haar middel, alsof ze een vrouwvormige granaat op scherp was. 'Maak je nou maar niet druk, Sjors,' zei hij zachtjes tegen haar.

Anne voelde zich warm worden vanbinnen. Woz had zijn hart op de goede plek, en hij begreep Georgie waarschijnlijk beter dan ze zelf doorhad. Die grote mond en die scherpe toon van haar waren niets anders dan een rookgordijn, waarachter zich een behoorlijk onzekere vrouw bevond.

'En die zus van jou?' vroeg Georgie vervaarlijk, hoewel ze toch een fractie ontspande tegen zijn schouder.

'Die komt over een paar dagen hiernaartoe, mag ze in mijn bed, ik leg wel wat op de grond, of ik ga op de bank of zo. Weet ik het. Als ze maar even weg is bij die jongen met wie ze de laatste tijd is omgegaan, want ik vertrouw die gast niet. Ze is net eenentwintig, hij is een stuk ouder. Hij heeft een nachtclub in Londen en volgens mij dealt hij, of hij doet in ieder geval iets crimineels, want hij heeft veels te veel pegels. Ik vond het meteen al niks, maar zij vond het natuurlijk helemaal geweldig, al die aandacht, grote auto's, dure spullen, hij heeft volgens mij een hele kledingzaak aan haar veel te magere lijfie gehangen. Als ik toch 'es even een paar weken voor haar zou kunnen koken, dan krijgt ze weer wat vlees op d'r botten, maar ja, ze wil model zijn, dus dan eet ze niks.'

'Is ze mooi?' vroeg Anne.

'Prachtig. Donker haar, donkere ogen. Ze lijkt voor geen meter op mij, ze is ook eigenlijk mijn halfzus, maar goed, ze heeft niemand anders. Haar vader wil niks met haar te maken hebben en ze heeft zo'n ruzie met onze moeder dat ik dat ook niet zo gauw meer goed zie komen. Ze is niet de makkelijkste. Via haar ben ik aan mij ex gekomen, weet je wel?' Hij kneep zijn ogen dicht.

'Chantelle, het lingeriemodel?' vroeg Georgie.

Hij knikte met gesloten ogen. 'Ik begrijp niet hoe ik zo stom heb kunnen zijn, als ik erop terugkijk. Maar goed. Viv is familie, en ik heb liever dat ze hier zit dan daar.'

Anne knikte ook. 'Helemaal mee eens, Warren. Ik weet hoe het voelt om geen directe familie te hebben; je moet je dierbaren koesteren.'

'We zullen haar er wel weer bovenop helpen. Als het me gelukt is om Anne overeind te houden terwijl ze de liefde van haar leven verloor, dan is een meisje van eenentwintig met een *crush* op een nachtclubeigenaar een eitje.' Georgie slikte, en kuste Woz toen zomaar vol op zijn lippen.

'Bravo,' zei Anne, 'Georgie, je blijft me verbazen.'

Roar

12 Opruimen

Vijf volle vuilniszakken stonden al op de schuine oprit, het was een wonder dat ze niet zo de heuvel af rolden, de tuin in van een of andere A-list filmster. Rory's bungalow was niet de allergrootste of meest luxe, maar hij lag wel in een goeie buurt.

Er stonden ook wat stoelen en kastjes op de oprit, meubels die op de een of andere manier in het huis terecht waren gekomen, naast het meubilair waarmee hij het gehuurd had. En het einde was nog niet in zicht; hij had niet geweten dat er nog zoveel troep op te ruimen zou zijn. Voor zijn gevoel was het binnen in die bungalow al net zo kaal geweest als in het appartement in Londen, dus het was nogal een verrassing dat hij nu al twee dagen als een malle puin stond te ruimen, nadat hij heel impulsief vanuit het vliegtuig naar LA de huur had opgezegd en zichzelf drie dagen had gegeven om de boel leeg op te leveren.

Hijzelf was niet leeg. Niet meer. Hij liep over van doelbewustheid; hij wist precies waar hij mee bezig was, waar hij naartoe werkte en wat hij wilde. Hij kon zich de dag niet heugen dat hij zo precies voor ogen had gehad wat hij wilde bereiken, zonder dat hij rekening moest houden met allerlei externe factoren: contracten, deadlines, marketeers, managers... Niks ervan. Met een tevreden klap pootte hij een naar zijn smaak foeilelijk make-uptafeltje op de oprit, roze met goud, beschilderd met rozen en vol nep-rococo frutsels. Dat was van Mel, hij wist het zeker, maar hij kon zich niet herinneren hoe het in zijn huis terecht was gekomen. Of waarom. Hij dacht er maar niet te lang over na.

Af en toe ging zijn mobiel; hij had hem in zijn achterzak en nam steeds meteen op: hij had het bijna allemaal al rond. De deal zelf was ontzettend veel makkelijker gegaan dan hij had gedacht, het vinden van mensen om in ieder geval vast te beginnen terwijl hij hier opruimde was ook redelijk gemakkelijk geweest, maar om alles wat er nodig was van A naar B te krijgen was een redelijke hel. Hij had het gevoel dat hij ongevraagd een spoedcursus transport en logistiek door de strot geduwd kreeg, zoveel voeten had het allemaal in de aarde.

'Een shovel?' zei hij nu verbijsterd in zijn mobiel. 'Volgens mij past dat niet, daar. Ja, een kleintje. Oké. Nou, huur maar, die hap, maar mail me wel effe wat het kost. Ik denk dat ik een vrachthelikopter ga regelen, ik heb ondertussen een half pakhuis vol klaarstaan. Kan het in één keer naar de overkant. O, je moet 'm nu meteen hebben? Ja, jezus, die boot gaat ook maar twee keer in de week of zoiets. Ik moet effe kijken wat ik kan doen, ja? Ik bel je straks nog wel.'

Hij krabde op zijn hoofd en trok daarbij per ongeluk de helft van zijn rommelige staartje uit het elastiek in zijn nek, propte zijn mobiel in zijn broekzak en liep zachtjes mopperend, maar diep vanbinnen innig tevreden, de bungalow weer in.

Grommend draaide er een knalrood cabriolet sportautootje zijn oprit op. In het autootje zat een van de mooiste vrouwen ter wereld, volgens de media in ieder geval, verborgen achter een zonnebril ter grootte van twee schotelontvangers. Ze deed de motor uit en de deur open en stak een lang, slank, perfect glad en gebruind been naar buiten. Aan het eind van het been zat een voet met een schoen die leek te bestaan uit niet meer dan drie riempjes en een onwaarschijnlijk hoge en dunne hak. Op de een of andere manier lukte het haar om elegant uit het lage autootje te klimmen, ondanks het moorddadige schoeisel, en ze trippelde bestudeerd-nonchalant richting Rory, die de hele boel met zijn armen over elkaar en een pluk haar voor zijn ogen enigszins duister stond op te nemen.

'Dag Roar, lieverd,' zei Meilane zwoel. Ze legde een hand op zijn arm en boog zich voorover om hem een geparfumeerde kus op de wang te geven, maar hij gaf evenveel mee als een blok beton en gromde een nauwelijks verstaanbare begroeting.

'Ik vind je altijd zo sexy als je zo'n *caveman*-bui hebt,' kirde ze. 'Maar je moet wel even douchen, hoor, je zit onder het stof en je ruikt naar zweet.' Ze snoof hoorbaar. 'En je bent ook blijkbaar nog steeds niet in staat om te voorkomen dat je overal scheuren en gaten in je kleren hebt. Roar, wat jij nodig hebt is een vrouw in je leven. Iemand die goed voor je zorgt.'

'Kan best wezen, maar jij bent het in ieder geval niet,' bromde hij zachtjes terwijl ze langs hem heen naar binnen glipte. 'Wat kom je in godsnaam hier doen? En hoe weet je eigenlijk dat ik hier ben?'

'O, ik heb daar zo mijn methodes voor,' zei ze stralend over haar schouder. 'Ben je grote schoonmaak aan het houden? En waarom heb je mijn boudoirtje op de oprit gezet?'

'Omdat het weg moet. Ik heb deze tent opgezegd. Neem het in godsnaam mee naar huis als je het achter in die idiote auto van je krijgt; anders gaat het met het grofvuil mee. Ik heb al een auto gebeld om de hele zooi op te komen halen.'

Ze haalde elegant één schouder op en slenterde door de woonkamer. Rory liep achter haar aan, nog steeds met zijn armen over elkaar; het toonbeeld van onverzettelijke ontoegankelijkheid. Hier en daar bleef ze even staan en raakte ze iets kort aan met haar vingertoppen; de rugleuning van het bankstel, de hoek van een tafel. Als hij niet heel zeker had geweten dat ze nog nooit van haar leven ook maar één nacht in deze bungalow had doorgebracht, zou Rory bijna gaan geloven in het perfect geëxecuteerde schouwspel van beheerst-verdrietig afscheid nemen.

'Mel,' zei hij, laag en gruizig, vol ongeduld, 'hou er in godsnaam mee op, verdomme. Je doet net alsof je hier jaren hebt gewoond. En hoe komt dat vreselijke roze kolereding van je in dit huis? En ik heb ook nog een hele stoot kleren van je gevonden, ik zou bijna denken dat je hier de boel hebt gekraakt. Het staat allemaal daar,' hij gooide zijn duim over zijn schouder, richting oprit, 'doe je ding ermee.'

'O, Roar,' verzuchtte Meilane, 'weet je wat het is? Ik had gewoon zo gehoopt... Ik wilde gewoon zo graag dat jij en ik, en Rowland, weer samen konden zijn, en dat we dan eindelijk een echt gezinnetje konden zijn, zoals ik het me altijd voorgesteld had... Ik heb de hele tijd op je zitten wachten, ik heb waar het kon vast wat dingetjes hiernaartoe gebracht, want ik hoopte zo dat je op een dag terug zou komen... Ik ben nu zesentwintig maanden honderd procent clean, ik drink niet eens meer een wijntje, ik heb therapie gedaan totdat ik niet meer kon en ik weet nu, ik wéét nu dat jij de enige bent die–'

'Ik weet ook wat,' onderbrak hij ruw. 'Ik weet dat jij met je gekonkel twee jaar geleden Annie zo de zenuwen hebt gegeven dat ze bij me is weggelopen, omdat ze ervan overtuigd was dat ik haar met jou bedonderde. Ik weet ondertussen ook dat jij iedere keer als je effe niks te doen hebt, geen kerel in je leven, geen filmrol om je ego aan op te halen, over de voogdij begint te zaniken. Heb je aandacht nodig, is dat het? Kom je niet vaak genoeg meer met je smoeltje in de bladen? Of moet je gewoon de hele tijd een of ander drama hebben, anders heb je niet het gevoel dat je echt bestaat?' Rory grauwde het, zijn ogen tot spleetjes geknepen, zijn wenkbrauwen rechte, boze vegen op zijn voorhoofd. 'Iedere keer begin je weer, en als er dan weer wat gebeurt, je wordt weer ergens voor gevraagd, of je rolt weer met een of andere Europese artfilm-regisseur de koffer in, dan wordt het weer stil. En sodemieter nou gauw op met je zesentwintig maanden clean, ik weet dat je in de tussentijd nog zeker twee keer in een kliniek hebt gezeten, dus zo clean was je niet. En je was toch met Pedro Aquilano?

Of heeft die gast eindelijk het licht gezien en heeft hij je eruit gemieterd?'

'Wat een farce was dat,' zei Meilane hartgrondig, heel even uit haar rol. 'Zo'n grote mond had hij, echt zo'n hispanic haan, maar hij maakte niks klaar. Gelukkig kan hij wel goed regisseren; ik heb er voor *Happiness is a Two-faced Monster* nog een nominatie aan overgehouden ook. Alleen geen nieuwe rol, dat is nogal een teleurstelling; ik had toch wel gedacht dat de aanbiedingen voor serieuze dramatische rollen me om de oren zouden vliegen na die film.'

Rory lachte schamper. 'Valt tegen, zeker?' zei hij. 'Het was zo'n keiharde flop dat de producenten er nu nog van aan het bijkomen zijn, daar hoef je de *Variety* niet voor uit te spitten om dat te weten. Wat denk je nou, dat je dan in ene de nieuwe Meryl Streep bent of zo? Ik zie het helemaal voor me: jij zit op de bank te mokken tot je gebeld wordt, Aquilano maakt er een end aan en het enige wat jij kunt denken is: hé, ik heb niks te doen. Kom, laat ik nog eens over de voogdij van mijn kind beginnen te zeiken.'

Meilane negeerde die laatste opmerking, hoewel haar ogen zich heel even vernauwden. 'Maar Roar, schátje,' ging ze verder; haar stem ging een klein beetje omhoog, haar hoofd opzij. 'Je snapt toch wel dat dat helemaal nooit echt serieus is geweest met Pedro? Het was... iets om de tijd te doden, niet meer, totdat jij... totdat wij samen... en Rowland...'

Rory keek naar haar, van haar hoofd tot haar voeten, zoals ze naderbij kwam met haar beste sexy loopje, en hij moest even zijn ogen stijf dichtknijpen. Hoe had hij toch ooit zo stom kunnen zijn om te denken dat ze van hem had gehouden, en hij van haar? Dat hij haar had kunnen redden, dat het enige wat ze nodig had om gezond en gelukkig te zijn aan zijn zij, een heleboel onvoorwaardelijke liefde was?

Hij zag een keiharde vrouw op zich af komen, bloedmooi maar uitgekookt tot op het bot en gevaarlijk in haar totale rücksichtlosheid, en even had hij een vreemd soort spijt. Spijt dat hij

Rowland met haar had gekregen, en niet met een ander. Of, wat nou een ander; met Annie. Lieve, warme, heerlijke, volkomen integere Annie, die hem had weggestuurd omdat ze zo bang was dat hij haar hart nog eens zou breken. Nou, hij zou wel beter uitkijken.

Hij schraapte zijn keel, deed zijn armen opnieuw over elkaar, ging er nog eens extra goed voor staan, en zei: 'Mel, ik ga het je één keer zeggen, dus luister goed. Er gaat nooit meer iets tussen ons gebeuren, wat je ook doet, hoe je ook zit te plannen of te konkelen. Jij bent namelijk zo gek als een deur en zo onbetrouwbaar als een Oost-Europese versterker en al ben je honderd jaar clean, al zijn je hersenen op sterk water gezet door een of andere therapeutische koppensneller, dan nog gaat dat niet veranderen. Ik ga nooit met jou en Row een gelukkig gezinnetje worden, want wat denk je nou? Dat ik voor de kat z'n viool zo hard geknokt heb voor de volledige voogdij over mijn kind? Dat ik je voor de gein zoveel poen heb meegegeven, en het huis waar we toen in zaten? Heb je zeker allemaal al verpatst ondertussen, want die *drug habit* van jou kost niet niks.' Hij schudde wild zijn hoofd en wierp zijn handen in de lucht. Ineens was hij de hele discussie meer dan zat. 'En ik wil dus helemaal geen donder meer met je te maken hebben,' gromde hij, 'nu niet en nooit niet. Ik wil je niet zien en ik wil je niet spreken; ik wil dat je heel ver bij me uit de buurt blijft, en waag het niet om te proberen nog een keer mijn leven overhoop te halen. Dan doe ik je wat. Ja? Duidelijk? En nou opsodemieteren verdomme; neem je rotzooi mee en ga weg.'

Hij deed een dreigende stap haar kant op, en zag binnen de tijdsspanne van een milliseconde alles aan haar veranderen. Het zwoele, de pluk-me sexy houding, de verlokkelijkheid verdampten om plaats te maken voor een ijskoude, berekenende blik.

'Dus je gooit me eruit? Je bedreigt me? De moeder van je bloedeigen kind?' Haar stem werd zacht. 'Dacht je dat ik me dat ging laten welgevallen, Rory Maquary? Dacht je nou echt dat je partij voor mij was, met je versleten rockbandje en je stilgevallen filmcarrière en je dównloadhit?' Het kwam eruit met een ongeevenaarde minachting.

'Ik wíl helemaal niet eens meer in de film, en je moest eens weten hoeveel geld ik overhou aan dat avondje kloten met een gitaar en een computer. Mop, daar kun jij niet tegenop acteren. Maar doe vooral wat je niet laten kan, als je nou maar oprot, want ik word er niet goed van als ik nog langer tegen die kop van je moet aankijken.' Rory's volume was langzaamaan omhoog gegaan van dreigend gekraak naar woedend gebrul, en hij drong haar nu, zonder haar met zijn handen aan te raken, langzaam de deur van de bungalow uit en de oprit op.

Ze liep achteruit – op zich al een aardig wapenfeit, haar schoeisel in aanmerking genomen, en ze bleef hem aankijken. Rory keek terug, hij was niet van plan om als eerste weg te kijken, maar wat hij zag gebeuren op het mooie, fotogenieke gezicht van zijn ex was iets wat bij hem diep vanbinnen een niet te negeren alarmbelletje liet afgaan. Hij kende haar goed genoeg om te weten wat het was, het vonken van haar ogen, het kleine rimpeltje boven haar neus in een verder volledig rimpelloos voorhoofd. Ze was iets aan het plannen.

Zou ze het menen? schoot hem door het hoofd. Zou ze deze keer echt stappen zetten om de voogdij bij me weg te halen?

Welnee. Loze dreigementen. Er gebeurt helemaal niks, ze is nog niet eens in staat om drie maanden bij dezelfde kerel te blijven; ze heeft er waarschijnlijk niet het geduld voor om te proberen een rechtszaak aan te spannen. En wat heeft ze in godsnaam voor verhaal? Ze is nog even instabiel als vroeger en ze heeft het afgelopen jaar ook geen rollen meer gehad, dus welke rechter zou Rowie aan haar toewijzen? En als ze even nadenkt dan ziet ze toch ook wel dat ze echt niet weet wat ze met een kind moet beginnen, met dat leven van haar?

'Sla me dan,' siste Meilane, ondertussen half op de oprit. Ze prikte een scherpe nagel in zijn bovenarm. Prik, prik. 'Sla me dan, slappe lul, ik weet dat je het wilt, ik zie het in je ogen.'

Rory deed demonstratief zijn armen opnieuw over elkaar en zette een stap vooruit, waardoor ze wel verder naar achteren moest deinzen.

Ze struikelde, viel bijna, maar hij zag dat het gespeeld was en grijnsde koud. 'Ja hoor, ga nog maar effe door, mop, de enige camera waar je voor staat te acteren is mijn beveiligingscamera hier op de oprit. En dan had je wat te zeggen over mijn downloadhit. Rot op.'

Weer tripte ze achteruit, maar haar naaldhak kwam vast te zitten in een barst in het asfalt en nu struikelde ze echt. Ze gaf een gilletje en viel lelijk op haar knie, schopte haar andere schoen ook uit en rolde om tot ze op haar zij lag. Ze leunde op haar hand en richtte zich op als een gewonde zeemeermin, de gewraakte schoen nog verankerd in zijn asfaltkloof.

Rory bekeek het allemaal met één opgetrokken wenkbrauw, zijn armen nog steeds over elkaar.

'Je kunt erop rekenen dat je bericht krijgt van mijn advocaat,' zei ze bitter, en Rory wist met een flits van plotselinge extreme helderheid dat dat een regel uit een van haar films was: hij kon zich nog herinneren dat hij het script met haar had geoefend. Hij grijnsde vervaarlijk, groef in zijn geheugen en diepte het antwoord van de tegenspeler op: 'Doe wat je niet laten kunt, kleine sloerie.' Hij zei het met zichtbaar genoegen, dat er alleen maar groter op werd toen hij zag dat haar ogen zich even verwijdden. Zij had het zich ook herinnerd, en ze was er mooi meteen van uitgeluld. Geen tekst meer.

Prima.

Opzouten nou.

Hij stak haar geen hand toe om op te staan, hij raapte haar schoenen niet voor haar op en hij hielp haar niet met het in haar autootje wurmen van het lelijke roze kastje en de vuilniszak met dure designerjurkjes. Hij bleef kijken terwijl ze, hinkend en op blote voeten, dat allemaal zelf deed, en hij keek haar na totdat ze niet alleen de oprit af was, maar ook de beboste weg door de heuvels was afgereden en door de bocht aan het zicht werd onttrokken.

Opgeruimd staat netjes.

Hij had er de hele vlucht naar Canada over nagedacht, en in de auto tijdens de lange rit door de bossen dacht hij er nog steeds over na. Het verbaasde hem dat hij er zo ontzettend weinig bij voelde, behalve verbijstering en een niet geringe dosis keiharde afkeer. Hoe had hij ooit zo stom kunnen zijn om iets te beginnen met Meilane DeLucca? Hoe had hij ooit kunnen denken dat ze meer te bieden had dan snelle, hete, trouweloze seks? Ze was mooi maar leeg, en de afgelopen jaren was ze ook nog vals geworden.

Op de luchthaven had hij even zijn e-mail opgehaald – hij zat te wachten op een bouwvergunning en hij wilde weten wat die shovel nou zou gaan kosten – en hij was niet verbaasd dat hij daar meteen een bericht van Mels advocaat vond. Aanklacht wegens fysieke bedreiging en aanranding.

Aanranding; hij was hardop in de lach geschoten. Hij had haar nog niet met een tang willen aanraken, laat staan dat hij haar had willen aanranden. Maar zo te zien had ze meteen E-Online en nog zo wat van die schandaalsites gebeld, had ze het schaafwondje op haar knie opgeblazen tot iets waarmee ze ongeveer naar de eerste hulp had gemoeten en had ze hem in de media afgeschilderd als een seksbeluste agressieveling, de eeuwige Hollywood Bad Boy, een vos die wel zijn haren, maar niet zijn streken verliest.

Het interesseerde hem niet. Hij verwachtte wel dat zijn mobiel op enig moment zou gaan rinkelen, maar dan zou hij wel weer verder zien. Hij was toch niet van plan om binnen afzienbare tijd nog iets openbaars te doen, hij was van plan om een huis te bouwen en daar met zijn kind in te gaan wonen, hij was van plan om te gaan léven. Hij had het al veel te lang uitgesteld. En Annie, hij was van plan om Annie ervan te overtuigen dat ze het mis had, al voelde hij wel aan zijn water dat dat wel eens een langdurig project zou kunnen gaan worden. Maar dat gaf niks, hij had de tijd aan zichzelf en hij was vast van plan om dat zo te houden.

Hij had niks gezegd, niet tegen Rog en Harmony en niet tegen Row, dus de verrassing was des te groter toen hij in zijn huurbak het erf van de bioboerderij op tufte, in een respectabele stofwolk van de uitgedroogde en onverharde weg.

'Pap!' hoorde hij nog voordat hij helemaal uitgestapt was, en hij stond net stevig op zijn twee benen toen zijn zoon op hem af rende en zich tegen hem aan gooide met een urgentie die hem de keel dichtschroefde.

God, wat had hij die jongen gemist. Als een deel van zichzelf, als een arm of een been. Hij sloeg zijn armen om hem heen, tilde hem van de grond en knuffelde hem, rook aan zijn haar, hield hem dicht tegen zich aan en voelde een onbenoembaar, onmetelijk geluksgevoel door zich heen trekken.

'Jezus, Rowie,' gromde hij, 'doe die armpies niet zo strak om mijn nek, ik krijg geen lucht.' Dat hij zo verstikt klonk kwam meer van de ontroering dan van de omknelling, maar dat wilde hij niet laten merken.

'Hé Roar! Wat kom jij hier nou doen?' Roger kwam aangekuierd, bruiner dan hij in lange tijd was geweest en zo te zien een stuk gezonder.

'Ik kom mijn kind ophalen,' zei Rory, terwijl hij Row langzaam liet zakken. 'Het is wat eerder dan we hadden afgesproken, maar er is wat shit voorgevallen en ik heb een paar beslissingen genomen. En ik wil Row bij me hebben. Als je dat tenminste ook wilt, gastje van me,' zei hij tegen de kruin van zijn zoon.

'Tuurlijk,' zei Rowland wijs, 'wat dacht jij dan?'

'Nou, kom eerst maar eens mee naar binnen, Roar, dan kun je mooi mee-eten vanavond. Harmony is een enorme groenteschotel aan het maken.' Roger gaf Rory een welgemeende klap op zijn schouder.

‘Je ziet er goed uit, man,’ zei Rory, terwijl hij achter hem aan naar binnen kwam, met Rowland aan de hand, ‘stukken beter dan in Londen.’

‘Ik voel me ook stukken beter. Ik moet gewoon niet meer in een stad wonen, ik moet frisse lucht hebben. Ik zou alleen wensen...’

‘Wat?’

‘Niks, laat maar,’ zei Roger. ‘Het is niet belangrijk, en je kunt nou eenmaal niet alles hebben. Ik ben allang blij dat we hier zitten en dat ik me weer een beetje mens begin te voelen.’

Harmony, die in de keuken van het hoofdgebouw druk bezig was een grote berg zelfgekweekte groente in blokjes te snijden, was al net zo blij verrast om Rory te zien. Een keer in de week hadden ze een grote gezamenlijke maaltijd met alle bewoners van de boerderij, die gekookt en gegeten werd in de grote keuken. Rory kon zo aanschuiven; hij werd door iedereen hartelijk verwelkomd.

Tijdens het eten merkte hij alleen wel een zekere onderstroom: verschillende mensen zaten elkaar duidelijk signalen te geven. Ging dat over hem? Hij dacht er maar niet al te diep over na, hij had zijn kind naast zich, twee van zijn beste vrienden in de buurt en een bord eten voor zijn neus.

Na het eten (hij had braaf geholpen met de afwas, want een afwasmachine hadden ze niet) gingen ze met een kop koffie voor de deur zitten van het huisje waar Roger en Harmony in woonden. Rowland mocht nog even spelen, Harmony had snel een bed opgemaakt op de bank in de woonkamer.

‘Zag je nou wat ik bedoelde?’ verzuchtte Roger. ‘Tijdens het eten. Hoe ze zaten te kijken.’

‘Ik zag wel iets, maar ik weet eigenlijk niet wat het was,’ zei Rory. Hij voelde zich om de een of andere onverklaarbare reden ontzettend tevreden, een kop koffie in de hand en in zijn blikveld zijn kind, schommelend in een oude autoband die met een touw aan een boomtak hing. De lucht rook schoon.

‘Ze willen geld. Ik zal het maar gewoon zeggen, ze willen dat ik jou om geld vraag voor een nieuwe windmolen. Ik wil dat helemaal niet, we hebben een windmolen en hij doet het gewoon, en we hebben er met de zonnepanelen echt meer dan genoeg aan, maar... Nou ja, ze weten natuurlijk hoe het zit, de band, hoe goed ik je ken, dat je ons eerder geld hebt gegeven. Ik heb natuurlijk de opbrengsten van de plaat en die twee tournees al lang in de boerderij geïnvesteerd – was overigens meer poen dan dat hele zooitje ooit bij mekaar heeft gezien, stelletje haveloze hippies, en nog is het niet genoeg.' Roger zat op het puntje van zijn stoel, beweeglijk als altijd, gebarend met zijn handen.

'Rustig, man,' zei Rory half lachend, maar toen zag hij hoezeer het Roger ernst was.

'Nee, niet rustig, ik heb het ermee gehad. Ik ben verdomme niet een soort ezeltje strekje. We zijn dit allemaal begonnen met een ideaal, en het is hard werken, maar ondertussen is het zover gekomen dat iedere keer als het een beetje moeilijk wordt, en zelfs als het helemaal niet moeilijk wordt maar iemand een of ander achterlijk idee in zijn hoofd krijgt, ik meteen voor de pegels moet zorgen. Het hangt me m'n strot uit!'

'Wind je toch niet zo op, Rog,' zei Harmony zachtjes, 'je kunt toch gewoon nee zeggen?'

'Maakt geen donder uit,' bromde Roger in zijn koffiekop, 'vragen ze het de volgende keer doodleuk weer. Ze weten wel dat ons geld op is, maar ze weten dat ik Roar ken, en ze weten dat hij een hoop centen heeft. Alsof het hún geld is!'

Later, toen hij Row in bed had gestopt, stond Rory nog even op de veranda, te luisteren naar de geluiden van de natuur om hem heen. Harmony kwam naast hem staan.

'Hij zit er ontzettend mee,' zei ze zachtjes.

'Ik merk het.'

'Maar Rowie is zo blij dat je er bent! Je had hem niet beter kunnen verrassen. Ik denk dat hij zich ook wel een beetje begon te vervelen; er zijn hier geen andere kinderen.'

'Wacht maar tot ik hem morgen vertel wat we gaan doen.' Rory grinnikte.

'Wat gá je eigenlijk doen, Rory? Wat heb je nu weer bedacht? Ik hoop maar dat het betekent dat dat arme kind niet naar kostschool hoeft, want daar ziet hij zo verschrikkelijk tegen op.'

'Ik heb een huis gekocht. Naast Annie. Dat ga ik opknappen, en dan ga ik er wonen met Row. Hij kan daar naar school, en hij kan haar elke dag zien.' Zo, dacht hij, dat is de eerste keer dat ik het hardop tegen iemand heb gezegd, en het voelt verdomd goed.

'En... wat vindt Annie daarvan?'

'Ze weet het niet. Dat ik het heb gekocht. Het is een enorme bouwval en er moet een hoop gebeuren; ik heb al een paar mannetjes aan het werk gezet, dus ze zal zich wel afvragen wat er bij de buren aan de hand is. We hebben elkaar gesproken, hè, dat weet je?'

Harmony knikte. 'Dat heb ik van Row begrepen, ja. Hoe ging dat?'

'Niet zo best. Ze denkt dat ik te... te... verdomme, hoe zeg ik dat? Ze denkt dat ik geen zitvlees heb. Ze heeft het naar haar zin op dat eiland, ze wil daar niet meer weg, en ze denkt dat ik het niet trek om gewoon op één plek te blijven zitten. Ze zei dat ze er niet tegen kan als het nog een keer misgaat. Ze ziet me nog wel zitten, maar ze begint er niet nog een keer aan omdat ze bang is me weer kwijt te raken.'

'En jij?'

'Ze heeft het mis. Ik wil haar terug. En ik kan er ook niet tegen om haar nog een keer kwijt te raken, maar ik wil toch proberen het weer goed te krijgen.'

'En denk je dat het verstandig is om dan gewoon maar náást haar te gaan wonen?'

'Luister, Harmony, het is eigenlijk simpel. Ik hou van die meid. Ik zie haar nog liever elke dag een klein beetje, en dat mijn kind haar ook elke dag ziet, dan dat ik niet weet waar ze zit, en dat ik alleen maar aan haar loop te denken. Als het dan niks wordt tussen ons kunnen we in ieder geval nog vrienden zijn, of zo. Weet ik veel.' Hij keek naar zijn tenen en schopte zachtjes tegen een spijl van de veranda.

'Jongen,' zei Harmony zachtjes, alsof ze heel veel ouder was dan hij, 'denk je niet dat je het jezelf heel moeilijk maakt op die manier?'

'Ik moet het gewoon proberen. Ik moet weg uit die hele idiote wereld waar ik al die tijd in heb geleefd, ik moet een beetje rust aan mijn kop. Ik was toch in LA, voordat ik hier kwam, om mijn huis daar op te zeggen? Nou, ik was al van plan om niks meer aan dat acteren te doen, maar toen ik daar was, wist ik het zeker. Ik liep Meilane tegen het lijf, wat een godvergeten rottigheid was dat; hoe ik ooit iets met haar heb kunnen beginnen, ik zal wel gek geweest zijn. En ik zag het alleen maar des te scherper: als er iemand is die ik hebben moet is het Annie, en anders maar helemaal niks. Ik heb Row, ik maak af en toe een liedje, en ik verzin er wel wat op. Kan me niet schelen, maar ik wil van dat hele gesodemieter af. Ik heb voor mijn gevoel altijd voor andere mensen geleefd, en nu ben ik aan de beurt.'

'Goed zo,' zei Harmony warm. 'Ik ben trots op je, dat is een belangrijk inzicht en een belangrijke beslissing.'

Anne

13 Ruilen

'Goeiemorgen altesaam,' zei Ruthie Hollam, terwijl ze ongevraagd de keuken binnenstapte. Anne was hard aan het werk voor een groepje late ontbijters.

'Morgen, Ruthie,' zei ze, zonder op te kijken van het bord waar ze aan bezig was, 'heb je iets nodig? Koffie, of suiker? Ik maak dit eerst even af, hoor.'

'O, geen haast, meid, ik hoef niks, ik kom alleen maar vertellen dat ik heb gehoord dat Teague House verkocht is.'

'Nou, dat was ook bijna niet te missen, gezien het feit dat ze het de afgelopen dagen nog net niet hebben laten instorten,' mopperde Georgie, die net binnenkwam. 'Ik word nu al gek van die puinbak voor de deur en die vreselijke bouwgeluiden. Wie heeft het gekocht, Ruthie, iemand van het eiland?'

'Nee, niet iemand van het eiland. Maar mijn neef zit toch in de gemeenteraad?'

'Ja?' zeiden Anne en Georgie tegelijkertijd.

'Nou, ze moesten de bouwplannen goedkeuren, en ze wisten wie de plannen had ingediend. Klussen-Colin. Dat is natuurlijk niet de koper, want Colin heeft nooit van zijn leven genoeg geld voor zo'n huis als Teague. Dus mijn neef, je weet hoe nieuwsgierig hij is, en je weet ook hoe goed Colin zijn mond kan houden als je hem wat te drinken geeft in de pub; mijn neef investeert vijftien pond en een uur van zijn tijd in De Zeemeermin, en hup: hij weet wie de koper is!'

De spanning in de keuken van Seaview Villa was ondertussen om te snijden. 'Ruthie, in godsnaam, wie is het?' riep Georgie uit. 'We zitten ons hier al sinds ze zijn begonnen op te vreten dat het een hotel wordt, of dat het gekocht is door een onmogelijke rijke stinkerd die tijdens zijn exclusieve vakantie geen restaurant naast zich wil hebben!'

'Nou, rijk is hij zeker,' zei Ruthie, met haar vinger tegen haar neus, 'al zou je dat niet zeggen als je hem ziet. Ik had in ieder geval niks in de gaten.'

'Heb je hem gezien dan?' Anne gaf Ruthie een mok thee. 'Hier, ga even op een krukje zitten.'

'Dankjewel, kind, dat is lief van je. Ja, ik heb hem gezien, al wist ik dat toen nog niet. Hij heeft bij me gelogeerd, blijkt het, en hij komt met de boot van vanmiddag weer terug. Hij heeft ook nog een kind, en ik zei nog: ik heb alleen mijn tuinhuisje en dat heeft geen aparte slaapkamer, en kun je niet beter in The Lighthouse gaan zitten, dat is tenminste een echt hotel, met sterren en zo, maar hij wilde per se bij mij. Hij zei gewoon: "Leg maar een matrasje neer voor mijn jongen." Ik had toen hij er de vorige keer was aan hem verteld dat ik normaal gesproken een vaste gast te logeren heb, een oudere dame die dan een week of vier komt, maar ze ligt in het ziekenhuis op de wal. Loop ik mooi vier weken inkomsten mis. Hij vond dat toen zo sneu voor me dat hij nu weer terugkomt, hoe vind je dat? En hij is rijk genoeg om het halve eiland te huren, want hij is wereldberoemd! Ik had echt geen idee hoor, ik vond hem gewoon ontzettend aardig, en een beetje treurig. Wel een rommelkont, maar ook héél charmant!'

Anne had het ondertussen warm en koud tegelijk. 'Wanneer zei je dat hij komt?' vroeg ze, een servet half verfrommeld in haar hand.

'O mijn god,' zei Georgie met een vervaarlijke frons, 'ik had nog zo gezegd tegen Woz dat hij van mij tegen die vreselijke Australiër mocht zeggen dat ik hem wat aan zou doen als hij zijn gezicht nog een keer zou laten zien op het eiland.'

'Heeft Rory het écht gekocht hiernaast?' Anne greep de tafelrand. 'Hij is gek, hij is helemaal gek!'

'Yep,' zei Ruthie, 'Rory, zo heet hij, hij heeft het gekocht, en hij wil het helemaal opknappen. En vanmiddag komt hij, met zijn zoontje. Ik wist helemaal niet dat jij hem zo goed kende, Angharad, ik dacht dat hij een vriend van Woz was!'

'Is hij ook,' zei Anne, nu met een hoofd als een brandweerauto.

'Hij is Annes ex,' zei Georgie behulpzaam, waar Anne nog roder van werd. 'En Anne heeft hem nou net de vorige keer gezegd dat ze niet met hem verder wil, omdat hij haar zo veel verdriet heeft gedaan.'

'Och hemel, wat een toestand,' zei Ruthie genietend. 'En nu? Angharad, ik had geen idee dat je vroeger zulke mensen kende!'

'Ik kende alleen maar hem,' mompelde Anne, 'en ik weet ook niet hoe we nu verder moeten. We zijn niet met ruzie uit elkaar gegaan, dus ik neem aan dat we dan gewoon beschaafd tegen elkaar kunnen doen als we elkaar zien, en ik zal het wel heel erg leuk vinden als Rowland er ook is, want die heb ik zo gemist en... Och jee, was net alles weer een beetje gezakt!'

De klok kroop voorwaarts. Anne had het gevoel dat ze iedere vijf, misschien wel iedere drie minuten keek hoe laat het was, maar de tijd schoot er absoluut niet van op. Ook de drukte in Seaview hielp op geen enkele manier om de tijd sneller te doen verglijden; Anne kon nauwelijks haar aandacht bij het werk houden. Hoe lang nog, voor ze hem weer zou zien? Zou hij meteen naar haar toe komen, of zouden ze eerst naar Ruthie gaan? Ze kon het niet maken om naar de kade te gaan; hij wist niet dat zij wist dat hij op de boot zou zitten, dus dat zou dan raar en ongemakkelijk zijn... Maar o, hij kwam terug! Wat betekende dat in hemelsnaam?

Ze riep zichzelf met harde hand tot de orde. Vooruit, grijze massa, terug in het gelid: Rory was niet de man met wie ze oud ging worden, hoe graag ze het ook had gewild. En vanavond – o jee, vanavond had ze het tweede afspraakje met Tom Trevellick! Moest ze dat afzeggen?

Anne aan grijze massa! Grijze massa, geef antwoord! Natuurlijk moest ze het niet afzeggen. Tom kon er ook niets aan doen dat deze hele idiote situatie ontstaan was, Tom bedoelde het allemaal goed. Maar wat zou Rory er nou toch toe hebben bewogen om het huis náást haar te kopen, als hij donders goed wist hoe verschrikkelijk verdrietig, hoe moeilijk het voor haar... O! Woedend was ze eigenlijk! Wat was hij toch een vreselijke, onuitstaanbaar eigenwijze, gevoelloze...

Man!

Plotseling was het dan toch tien voor twaalf, en even plotseling stond ze buiten, met haar zonnehoed op. Ze stormde naar de kade, nog net niet met stoom uit haar oren, en stond daar te bruisen van ingehouden spanning en boosheid terwijl het schip aanmeerde.

Een van de eerste passagiers die van het schip af stormde was een jongen met een veel te lange bos ongekamde rossig bruine krullen, een Star Wars-T-shirt en een spijkerbroek met een gat op de knie.

'Annieieieieie!' riep hij, en hij rende van puur enthousiasme zo tegen haar aan.

Haar boosheid verdampte in nog geen milliseconde en haar hart vulde zich met onverdunde vreugde toen ze hem knuffelde en vasthield, en teruggeknuffeld werd met een heerlijke, kinderlijke ongeremdheid. 'O, Rowland, je bent het echt, wat ben ik blij om je te zien,' mompelde ze verstikt.

'Annie, Annie, we komen hier wonen, vlak bij jou, dan kunnen we elke dag écht kletsen, zonder Skype! Woon je nog steeds in het restaurant?'

'Nou, ik woon boven het restaurant. Met twee vrienden, die ook in het restaurant werken.'

'En eentje is de scheldkok, toch?'

‘Ja, dat klopt. Maar hij scheldt gelukkig nooit tegen ons. Hij is eigenlijk juist heel aardig en gezellig.’

‘En hebben jullie altijd taart? En ijs?’

‘Meestal wel. Maar dat is dan wel voor de mensen die komen eten, we eten het meestal niet zelf op.’

‘Ahhhh?’ zei Row, teleurgesteld en smekend tegelijk.

‘Je mag heus wel af en toe een stukje taart, hoor, of een bakje ijs,’ vertrouwde Anne hem toe, en toen hoorde ze een stem die haar binnenste op z’n kop zette.

‘Hij heeft altijd honger, tegenwoordig. Dat was vroeger wel anders, hè, gastje van me? Vroeger moesten we je bij ieder hapje overtuigen, en nou vreet je als een bouwvakker.’

‘Rory!’ zei Anne geschokt, nog voor ze zichzelf had kunnen stoppen. Precies zoals ze altijd deed toen ze nog samen waren en hij met zijn verschrikkelijke taalgebruik ver over haar ingebakken keurige grenzen ging.

Hij grinnikte ervan, zo’n duizendvolts grinnik waarvan de bodem uit haar maag viel. Ook nog niet veranderd. ‘Sorry, moppie,’ zei hij zachtjes, als altijd, en even, heel even was het net of er helemaal niets aan de hand was. Of de afgelopen twee jaar met al hun zorgen en verdriet en boosheid en wanhoop niet meer dan een ellendige droom waren geweest, een nachtmerrie die als mist verdampt in de opkomende ochtendzon.

Rory stak zijn hand uit. Anne schudde hem. Beleefd maar afstandelijk; de realiteit landde met een bijna hoorbare klap.

‘Is dit al jullie bagage?’ vroeg ze onderkoeld, nu ze zich herinnerde dat ze eigenlijk woedend was op hem.

‘Nee, dit is alleen voor een paar dagen. Er staat nog van alles in Penzance, maar ik heb geregeld dat dat met het vliegtuig komt, over een dag of drie. En er komt nog een klein shoveltje voor de verbouwing, en nog wat van mijn zooi, met de vrachtboot.’

‘Het is zo’n cool ding, dat graafmachientje, pap heeft hem gekocht, want dat was goedkoper dan huren, en ik mag er ook in van hem, zegt hij, als het eenmaal hier is, echt retecool!’

Anne fronste.

Rory gaf Rowland een duwtje tegen zijn schouder, hij keek op naar zijn vader, zag de blik in diens ogen, en mompelde 'Sorry, Annie. Pap zei dat ik wel netjes moet praten tegen jou.'

Anne had ontzettende moeite om haar boosheid vast te houden, en dus trok ze Rowland nog een keer in haar armen en kuste hem op zijn bol. 'Ik hoorde vanochtend van Ruthie dat jullie kwamen, en ik wil jullie graag uitnodigen om te komen lunchen, als jullie je spullen hebben weggebracht en jullie een beetje zijn geïnstalleerd. Ik moet nu eigenlijk wel even terug naar Seaview, want het wordt altijd druk als de boot net is aangekomen. Zie ik jullie dan straks?'

'Jeej,' riep Row, en 'Okidoki,' zei Rory, met een onpeilbare blik in zijn ogen.

Anne keerde zich snel om en liep vastberaden van de kade af, haar binnenste in strijd met zichzelf over welke emotie nu de boventoon voerde. Verbazing over Rory's beleefde afstandelijkheid, haar eigen boosheid op die vreselijke, eigengereide man, vreugde om Row weer te zien, en dat verschrikkelijke, diepe, onmiskenbare verlangen dat haar verwarmde en verwarde: iedere keer als diezelfde vreselijke, eigengereide man zijn mondhoeken omhoog trok of haar een bepaald soort blik gaf.

Lief dagboek,
Ik heb even een uurtje de tijd voordat de dinergangers zich komen melden, gelukkig, als ik het niet even van me af kon schrijven, zou ik waarschijnlijk openbarsten. Wat een dag! Eerst Rory, en Row, ach die schat, en op dezelfde boot zat ook nog eens Warrens zusje. Ik heb snel even iets geregeld zodat Warren op de bank in de woonkamer kan slapen en zijn zus onder schone lakens in zijn bed kan. De wasmachine staat te draaien met lakens erin, Genevieve – ze wil per se dat we haar Viv noemen, hoewel ze toch zo'n prachtige naam heeft – heeft aangeboden te helpen met afwassen in de keuken, ik heb dadelijk om half

negen mijn afspraakje met Tom. Ik hoop dat dan de grootste drukte van de eters al een beetje voorbij is, maar Georgie staat erop dat ik ga, zelfs al zou het wel heel druk zijn.

Alles gebeurt tegelijk.

Ik had niet gedacht dat ik Rory zo snel weer zou zien. Ik ging ervan uit dat ik hem op een bepaald moment wel weer zou ontmoeten, maar ik had echt niet verwacht dat hij zo snel weer voor mijn neus zou staan. Als eigenaar van het huis naast Seaview, nota bene.

Eigenlijk ben ik woest op hem, hoe kan hij nu zo ongevoelig zijn om het hiernaast te kopen? En wat gaat hij dan doen, het bewoonbaar maken en dan hier zijn vakanties houden? Of het verhuren aan andere rijke of beroemde figuren uit het Hollywoodcircuit die eens een keer op een afgelegen eiland anders dan de Keys of de Vineyard met vakantie willen?

Of zou hij echt gestopt zijn met acteren?

Hij kwam keurig lunchen met Rowie, en die lieve schat praatte honderduit, maar Rory zei niet zo veel. Hij was stil, en niet alleen maar omdat hij niet praatte, maar vanbinnen was hij ook stil. Teruggetrokken. Ik kreeg totaal geen hoogte van hem, en omdat ik niet zo van hem in de war wilde raken heb ik eigenlijk ook niet veel tegen hem gezegd.

Alleen toen Rowie vroeg of ze voor het avondeten weer konden komen, toen zei Georgie, die toevallig net stond af te ruimen, dat ik er dan niet was. Omdat ik een afspraakje had met iemand van het eiland. Laat het maar aan Georgie over om met een stalen gezicht zoiets vreselijks in precies de verkeerde setting te zeggen; ik wist natuurlijk niet hoe ik het had en ik zal wel ongeveer auberginepaars zijn aangelopen van pure ellende.

Rory knikte, met een heel ernstig gezicht, en zei tegen Row dat ze er niet zomaar van uit konden gaan dat ze bij ons aan de lopende band gratis eten konden krijgen, omdat we een restaurant zijn waar normale mensen voor hun eten moeten *betalen. Hij wilde pizza's halen, en die in hun huisje opeten. Rowie vond dat geloof ik wel een beetje jammer, maar het hele idee dat ik een afspraak met een andere man zou hebben ging gelukkig langs hem heen.*

Het ging niet langs Rory heen, dat weet ik zeker. Hij keek me aan, heel lang en doordringend, heel peilend; ik voelde het diep vanbinnen kriebelen op een ontzettend ongemakkelijke manier. Maar wat moest ik zeggen? Dat het alleen maar Tom was, dat we het ongetwijfeld de hele avond over vis zouden hebben, dat ik alleen maar meeging omdat ik het niet over mijn hart had kunnen verkrijgen om nee te zeggen?

'Anne?' klonk het van onder aan de trap.

Georgie, die haar riep: het rustmomentje was alweer voorbij, blijkbaar. Ze sloeg haar boekje dicht en ging snel naar beneden, waar de drukte van een volle bak haar direct in zijn greep nam. Alles ging verrassend soepel nu Viv ook meehielp.

Het was zo negen uur; Anne had niet eens tijd gehad om te piekeren. Ze zette twee afgehaalde borden vol etensresten naast Viv neer toen de tuindeur openging en Tom zijn hoofd naar binnen stak. 'Angharad?' zei hij zachtjes, 'gaan we nog, of heb je het te druk?'

'Ja, we gaan nog, ik moet even mijn handen wassen.' Ze keek langs haar lichaam naar beneden naar de spijkerbroek en blouse en het lange schort. Dat moest natuurlijk wel af voordat ze de deur uit ging. Verder zag ze er best netjes uit.

Tom zei verder niets, en toen Anne opkeek zag ze waarom niet. Hij had Viv in het oog gekregen, en stond in stille verbijstering naar haar te kijken. Ze was dan ook een paradijsvogel in de keuken van Seaview; ze had lang, donker haar met een zeegroene dip-dye en een donkerpaarse pluk die voor haar ogen viel, hoge Doc Marten's met rozen, netkousen, een klein zwart leren rokje, een kanten blouse met daaronder een donkerpaars hemdje, een zilveren armband om haar bovenarm, een paar enorme glitteroorbellen in haar oren, en donkere, getekende wenkbrauwen boven wijnrode lippen.

Ze kreeg in de gaten dat er naar haar werd gekeken, en keerde zich naar Tom. 'Is er iets?' vroeg ze, op het randje van kattig.

'O, sorry,' zei Anne, 'Tom, dit is Warrens zus Genevieve, Viv, dit is Tom Trevellick, hij woont hier en we kopen onze vis bij hem in.'

Viv draaide zich helemaal om en bekeek Tom eens goed. Erg goed zelfs, met bijna even veel fascinatie als waarmee hij haar stond op te nemen.

'Hoi,' zei hij.

'Eh, hoi,' zei ze terug.

Even zag Anne Tom door de ogen van iemand die zojuist uit Londen was gekomen, uit een leven dat zich vooral in de nacht afspeelde, en dat bol stond van de daarbij behorende glamour. Tom was een buitenmens, een natuurman; niets aan hem was glamoureus maar alles aan hem was echt. Solide. In balans. Een goed gelukt stuk graniet voor de paradijsvogel om op te landen, en stevig op te kunnen blijven zitten.

'Het is misschien een raar voorstel, Tom, maar misschien wil je in plaats van met mij wel iets drinken met Viv? Ze is net vandaag aangekomen en ze heeft nog nauwelijks iets van het eiland gezien. Het is inderdaad wel een beetje een drukke avond vanavond, en...' Anne gebaarde naar de zich opbouwende chaos in de keuken, haar hoofd knalrood. Het gaf natuurlijk geen pas om te doen wat ze hier probeerde, maar om de een of andere reden voelde het als precies het juiste om te doen.

Tom fronste. 'Vind je dat niet erg?' vroeg hij haar.

'Tuurlijk niet. Gaan jullie gewoon iets drinken, dan kunnen wij altijd nog wel een keer gaan als het wat minder druk is. Toch? Viv, wat denk je ervan?'

'Ik vind het goed,' bromde Viv, haar verlegenheid verbergend onder iets bokkigs. Maar ze droogde haar handen af, gaf een duw tegen de schouder van haar veel te breed grijnzende broer en verdween met Tom door de tuindeur naar buiten.

'A?' zei Woz.

'Ja?'

'Dat heb je goed gedaan.'

Anne glimlachte, haalde diep adem en begon met opruimen, een onverwacht grote opluchting in haar hart.

Roar

14 Schrijven II

Hij had de hele nacht wakker gelegen, het raam open, zijn oren gespitst, en hij wist bijna zeker dat hij haar niet thuis had horen komen.

Hij werd helemaal gek van het idee alleen al.

Het zou nog kunnen dat ze door de voordeur was gekomen, dan had hij daar natuurlijk niks van meegekregen, maar...

Hij onderdrukte de neiging zich woest om te gooien in zijn krakerige bed; Rowie lag naast hem en hij wilde hem niet wakker maken. Dat matrasje op de grond hadden ze helemaal niet gebruikt; die kleine was gewoon lekker bij hem in bed gekropen en dat warme kleine lijfje zo dichtbij gaf hem een overweldigend geluksgevoel. Zijn kind, zijn eigen vlees en bloed.

Het leek ook wel alsof het weer een beetje beter ging tussen Row en hem; het had in ieder geval al enorm gescheeld toen hij had verteld dat Row niet naar kostschool hoefde. Row had natuurlijk net zo lang verwachtingsvol zitten kijken totdat hij zich verplicht had gevoeld het hele verhaal nog een keer, en in meer detail, uit de doeken te doen: hoe hij Annie had gevonden, hoe hij in het restaurant had gespeeld, hoe ze hadden gewandeld en gepraat, en dat het Annies keuze was geweest om niet opnieuw iets met hem te willen beginnen. En hoe hij op de boot terug naar Penzance had besloten dat hij het er niet bij zou laten zitten; hij wilde Annie nog steeds terug, maar daarnaast had hij zich ook ineens voor kunnen stellen dat hij en Row een leven zouden kunnen hebben op het eiland. Zonder al te veel gezeik van de pers of allerlei figuren uit de industrie die iets van hem moesten, en met een hoop frisse lucht en natuur om hen heen.

Alleen over die ene kus had hij niet verteld, die hield hij bij zich als een klein kostbaar ding, een herinnering, de laatste keer; zoiets. Voor het geval dat het hem niet ging lukken om Annie te overtuigen, want hoewel hij van plan was zijn uiterste best te gaan doen, was hij helemaal niet zo zeker van de afloop.

Al helemaal niet als ze met een of andere eilander iets was gaan drinken, en de hele nacht niet thuis was gekomen.

Hij woelde door zijn haar en kon nog net een gefrustreerde grom binnenhouden. Hij had haar nummer, misschien moest hij haar bellen.

Het was vier uur 's morgens. Daar zat ze helemaal niet op te wachten als ze lekker in de armen van die vent lag.

O, hij werd er helemaal niet goed van!

Voorzichtig zwaaide hij zijn benen over de rand van het bed.

'Is het al ochtend, pap?' mompelde Rowie.

'Nee, gast, het is nog nacht. Doe je ogen weer dicht. Ik kan niet slapen, zal wel van die verdomde jetlag komen. Ik ga effe lucht happen in de tuin, ik kom zo terug.'

'Laat je wel de deur open, zodat ik je kan zien?' Rows stemmetje klonk klein en lief en breekbaar.

Rory keerde zich om en gaf zijn kind een knuffel en een kus op zijn voorhoofd. 'Ik ben hier, jongen, vlakbij je, en ik ga niet meer weg. Ik beloof het je. Wij blijven bij mekaar, dus slaap maar rustig verder. En ik zal de deur open laten, voor als je in je slaap nog effe wilt checken of ik d'r nog ben.'

Row grinnikte. 'Gekke pap.' En toen keerde hij zich om om verder te slapen.

Rory sloop naar buiten.

De tuin was koel zonder koud te zijn, de sterrenhemel was prachtig en vol.

Geen lichtvervuiling; alleen af en toe een bleke veeg van de vuurtoren over het eindeloze hemelgewelf. Peninnis heette de vuurtoren, dat had Ruthie verteld. Ze was deze keer een stuk spraakzamer geweest dan de vorige keer: ze wist dat hij Teague House had gekocht, ze wist ondertussen van zijn verleden met Annie, en ze had hem in sappige bewoordingen laten weten dat ze bijna zeker wist dat Annie, die ze steevast Angharad noemde, nog iets voor hem voelde.

'Dat zou best kunnen,' had hij gemompeld, 'maar dat wil niet zeggen dat ze me terug wil.'

Ruthie had alleen maar gegrinnikt. Ze deed hem een beetje denken aan Agatha in Penzance, hoewel ze minder oud en minder minuscuul was. Ze had in ieder geval haar hart wel op dezelfde goeie plek zitten. 'Ze moet gewoon opnieuw leren je te vertrouwen, jongen,' had ze moederlijk gezegd, en daarna was ze thee gaan zetten.

Haar dochter Louise was langsgekomen, met in haar kielzog haar twee vrolijke, drukke zoontjes. Mark en Greg, respectievelijk vijf en zeven. En binnen vijf minuten had Rowland twee boezemvriendjes en had hij een uitnodiging te pakken om de volgende dag te komen spelen.

Dat ging alvast goed; Rory was er blij om. Hij was er ook blij om dat Row het nieuws van Annie een beetje rustig had opgenomen; hij was bang geweest voor meer verwijten. Maar die kwamen niet: Rowie was eerder bedachtzaam geweest toen Rory hem had verteld dat Annie geen relatie meer met hem wilde. En toen had hij heel wijs gezegd: 'Ik snap het wel, ze vindt het eng. Ze moet nog wennen. Je moet gewoon rustig aan doen, heel lief voor haar zijn, pap, en niet weggaan. Dan ziet ze het vanzelf.' En met een brok in zijn keel die hij bijna niet weggeslikt kreeg, had Rory zijn zoon beloofd dat hij dat allemaal zou doen. Rustig aan, lief zijn en niet weggaan. Zo moeilijk kon dat toch niet zijn?

Hij voelde zich alleen helemaal niet lief, op dat specifieke moment in de tuin onder de fluwelen sterrenhemel; hij voelde zich rusteloos en ellendig.

Hij liep helemaal naar het einde en leunde tegen het lage muurtje. Als hij goed keek kon hij precies de achterkant van haar huis zien.

Alle ramen donker. Lag ze nou in haar bed, of niet?

Hij woelde door zijn haar, balde zijn handen tot vuisten vol ongekamde krullen en trok. Hij dacht dat hij gek werd.

Na het ontbijt bij Ruthie aan de keukentafel – ze werden als familieleden behandeld nu Row vriendschap met haar kleinzoons had gesloten – had Rory een tasje voor Row ingepakt en hem bij zijn nieuwe vriendjes langsgebracht. Het hele gezin had een ochtendje strand in de planning, voordat de boot zou komen met de dagjesmensen, en Row was helemaal klaar voor het avontuur.

Nadat hij precies wist waar ze zouden gaan zitten, en ze telefoonnummers hadden uitgewisseld (Louise was toch wel een klein beetje *starstruck* geweest, dat ze zomaar het telefoonnummer van een rockster-*slash*-Oscargenomineerde acteur in haar mobiel kon zetten), was Rory vertrokken naar Teague House, om eens even te kijken hoe ver de bouwvakkers ondertussen gevorderd waren.

Hij kon veilig naar binnen: alle losse en gevaarlijke stukken waren verwijderd en gestut, het werk aan het dak was in volle gang en de balken om de doorgezakte vloer te repareren lagen al klaar. De ruimte binnen sprak hem enorm aan: hij kon aan alles zien dat het een heerlijk huis ging worden, ook al was het oud.

'Gelukje dat de originele bouwplannen nog in het gemeentearchief zaten! Dat zie je niet vaak hoor, een huis uit de tijd van *Nelson's Navy*! Maar ja, zo'n eiland, hè. Maakt het voor ons wel heel veel makkelijker om het allemaal netjes volgens de regels van de beschermde gebouwen te doen, en Klussen-Colin had de bouwvergunning er zo doorheen. Geen probleem.' Een van de bouwvakkers, een vierkante, gedrongen, al wat oudere vent die Richard heette en vergroeid was met het onaangestoken stompje sigaar in zijn mondhoek, gaf hem een vrolijke, beetje samenzweerderige grijns. 'Blijf je nou ook echt hier wonen?'

'Is wel de bedoeling, ja,' zei Rory met een grijns terug.

'Het hele eiland vraagt het zich af, ik was gisteren in de pub, ze kunnen zich niet voorstellen dat een gozer als jij het hier gaat uithouden.'

Rory trok zijn wenkbrauwen op. 'Wat is een gozer als ik?'

'Beroemd. Rijk. Cool. Hier is het niet cool; het lijkt nou heel wat, maar in de winter is er geen flikker te doen. En de badgasten zijn dan wel rijke kakkers, maar Scillonians zijn allemaal rauwe bonken die voor de lol roeiwedstrijden in loodzware loodssloepen houden, en hoe ruiger de zee, hoe liever. Zie jij jezelf dat doen?'

'Waarom niet?' zei Rory, terwijl hij zijn stijve schouder een beetje losrolde. 'Het is weer eens wat anders dan onder een helikopter hangen. Dat moest ik bij de vorige film doen, en mooi dat ik iets rottigs in mijn schouder heb verrekt wat er maar niet uit gaat. Misschien kan ik het eruit roeien.'

Richard bekeek hem kritisch. 'Je hebt wel spieren,' zei hij bedachtzaam. 'Ik dacht eigenlijk dat dat allemaal nep was, dat ze dat er dan in de computer bij tekenden of zo.'

'Sodemieter op, daar heb ik drie maanden voor liggen afzien in een of andere steriele Hollywood-sportschool, met de hipste personal trainer van het moment die dan over me heen hing om in mijn oor te gillen dat ik goed bezig was. Met zijn fluorroze zweetbandje. Het was dat de studio hem betaalde. Het komt nou alleen wel goed uit dat ik er een beetje conditie aan over heb gehouden, want dan kan ik mooi even mijn klauwen uit mijn mouwen laten hangen.'

'Hoe bedoel je,' zei Richard verbijsterd.

'Nou, ik ga hier toch wonen? Ik ben verdomme geen hulpeloze Henkie. Ik heb het lang niet gedaan, maar ik weet heus nog wel hoe ik een hamer en een schroevendraaier vast moet houden, dus ik wil aan de slag. Zet me maar aan het werk.'

'Serieus?'

Rory snoof.

'Oké,' zei Richard, meteen weer praktisch, 'even met Colin overleggen. Col?' riep hij omhoog door het gat in het plafond.

'Yo,' kwam het naar beneden.

'De eigenaar is hier, hij wil wat doen.'

Colin kwam met uitgestoken hand de trap af gedraafd, wit van het kalkstof en met een bouwpotlood achter zijn oor. Terwijl hij en Rory door de begroetingsprocedure heen fietsten, namen ze elkaar eens even goed op, en ze waren allebei tevreden met wat ze zagen.

'Kun je de serre slopen?' vroeg Colin zonder verdere omhaal. 'Die is half in mekaar gezakt en hij moet eruit, dan kunnen we er een beter vloertje onder storten voordat we hem opnieuw opbouwen. Er liggen ook nog wel wat afgewaaide dakpannen hier en daar, die moeten ook weg. Heb je spullen, of wil je ons gereedschap gebruiken?'

'Okidoki, en nee, ik heb niks bij me. Ja, een gitaar, maar daar schieten we hier weinig mee op.'

Rory kreeg een paar werkhandschoenen en een sloophamer van een breed grijnzende Richard, en hij liep de tuin in om de klus in ogenschouw te nemen.

Het hele volgende uur werkte hij zich enthousiast in het zweet, terwijl de serre onder zijn hamer ineenschrompelde tot een stapel gesplinterd hout en een berg glasscherven. Toen liep hij met een kruiwagen een paar keer op en neer naar de puinbak aan de voorkant, en toen dronk hij een glas water, om daarna een rondje dakpannen te rapen. Wat nog heel was stapelde hij netjes op in de hoek van de overwoekerde tuin; wat gebroken was verdween naar de puinbak.

Hij was zo druk in de weer dat hij bijna vergat te piekeren over Annie. Totdat hij in de hoek, daar waar de muur tussen haar tuin en de zijne bijna helemaal ingestort was, iets groens zag liggen dat niet gemaakt was van woekerend plantaardig materiaal. Het was een boekje met een kaft bekleed met groen fluweel, en omdat er in Annies tuin een rotan tuinstoel vlak naast de muur stond, kon hij zich zomaar voorstellen dat iemand het boekje waarschijnlijk even op de muur had gelegd en het daarna was vergeten.

Maar goed dat het zomer was, en dat de nacht droog was geweest. Het boekje had er zo te zien niet erg onder geleden om een eenzame nacht onder de sterren door te brengen.

Rory aarzelde ongeveer vijf seconden. Toen trok hij zijn werkhandschoenen uit, pakte het op en sloeg het open. Hij vertelde zichzelf snel dat dat was omdat hij toch moest weten aan wie hij het terug moest geven, maar hij wist ook wel dat dat niet meer dan een haastig in elkaar gesleuteld excuus was, want het verbaasde hem niet in het minst toen Annies keurige kostschoolhandschrift hem tegemoet kwam vanaf de eerste pagina. Ze hield van groen fluweel.

Lief dagboek.

O verdomme, hij hoorde het weer dicht te slaan, het was privé.

Toch was hij ineens op pagina vijf, hij kon het gewoon niet helpen. Hij zoog op wat erin stond met een idiote urgentie, zijn hart in zijn keel terwijl haar onzekerheden en haar twijfels zich voor zijn ogen ontvouwden. Hij kon zich precies voorstellen hoe ze moest hebben gekeken toen ze dat allemaal opschreef.

Hoop, een sprankje hoop in zijn borstkas dat ze in ieder geval twijfelde. Nog niet alles was verloren, zelfs al was ze misschien vanmorgen wakker geworden in de armen van een andere man. Ze schreef dan wel dat ze alleen maar met die Tom meeging omdat ze geen nee had willen zeggen, maar dat betekende niet dat de avond onderweg niet had kunnen kantelen van nee via misschien naar een volmondig ja. Hij had het zelf in het verleden vaak genoeg meegemaakt.

Maar toen las hij de laatste pagina. Die ze blijkbaar in de tuin had gevuld, toen hij met Row na de pizza nog een klein rondje was gaan lopen, onbewust om zich heen speurend of hij haar ergens met een of andere kerel zag lopen.

Het begint al donker te worden, het was een drukke avond. Viv is nog niet terug; ze heeft het blijkbaar goed naar haar zin met Tom. Wie had dat gedacht, dat het tussen die twee zou klikken? Ik had het nooit kunnen voorspellen, maar ja. Zulke dingen kún je ook helemaal niet voorspellen. Ik had toch ook nooit gedacht dat ik iets zou voelen voor een man als Rory, en kijk mij nu eens. Ik hoop maar dat Viv meer geluk heeft dan ik; ik wens het haar in ieder geval van ganser harte toe. En Tom ook.

Warren schijnt te denken dat ik iets enorm onzelfzuchtigs heb gedaan om zijn zus er met mijn date vandoor te laten gaan, en ik kan hem er maar niet van overtuigen dat het me veel minder moeite heeft gekost dan zou moeten. Mijn gedachten zijn bij de man in Ruthies tuinhuis, of ik dat nou leuk vind of niet.

Hoe moet dit allemaal in vredesnaam nu toch aflopen?

Hij las het wel drie keer.

Ze was niet met die Tom op stap gegaan; Wozzies zusje was met die Tom op stap gegaan. Ze had aan hem gedacht, terwijl hij aan haar had gedacht, o, jezus, waarom had hij haar niet gewoon nu vast, stevig in zijn armen, waarom was het allemaal zo ingewikkeld?

Hij legde het dagboek weer op het muurtje, zette zijn handen in zijn zij, blies zijn adem uit en keek naar de blauwe ochtendlucht. Ze zou wel aan het werk zijn, hiernaast. Hij kon natuurlijk gewoon even naar binnen lopen en het aan haar geven, hij kon natuurlijk...

Nee.

Hij hervond zichzelf binnen, rommelend in de kisten gereedschap die langs de muur in de hal stonden. Er moest er toch een in zitten, dacht hij, dat kon toch niet anders.

En ja hoor. Een stompje bouwpotlood.

Met een stanleymes sneed hij er gauw een scherper puntje aan, en toen stond hij met drie haastige stappen weer in de tuin, het boekje opengeslagen op de muur, naast zijn stoffige werkhandschoenen.

Moppie, je hoeft niks, schreef hij in zijn artistiekerige hanenpoten, maak je nou maar geen zorgen. Ik denk ook de hele tijd aan jou, maar ik heb dit huis alleen maar gekocht om met Row in te wonen, zodat hij je elke dag kan zien, en hij kan hier naar school, en het is hier lekker rustig en lekker groen. Hij is blij dat hij niet naar kostschool hoeft, hij is ook blij dat hij jou gezien heeft, hij heeft al twee vriendjes gemaakt, Ruthies kleinkinderen, volgens mij gaat hij het wel naar z'n zin hebben hier.

Ik hoop dat we vrienden kunnen zijn.

Rory

Het was een niet erg adequate afspiegeling van hoe hij zich daadwerkelijk voelde, maar hij kreeg het niet beter. Hij kon veel beter liedjes maken dan tekst; de teksten van zijn liedjes waren vaak niet meer dan *I'm gonna rock all night and sleep all day, dance baby dance takes your troubles away*. Geen Nobelprijs voor de Literatuur, wel een berg verkochte platen en volle stadions.

Het boekje lag beschuldigend open; hij beet op zijn lip en sloeg het gauw dicht, legde het recht, legde het toen weer scheef, ongeveer zoals hij het had gevonden, maar bedacht zich toen helemaal en stapte over het afgebrokkelde muurtje heen om het op de zitting van de rotan stoel te leggen.

Zo. Daar zou ze het wel vinden.

Met een knagend gevoel van tekortkoming trok hij zijn werkhandschoenen weer aan; er lagen nog pannen aan de andere kant van de tuin. De zon scheen al stevig, en zijn shirt ging uit. Hij propte het op zijn rug in de band van zijn spijkerbroek, handschoenen weer aan, doorwerken. Het zweet stond hem op de rug, insecten zoemden om zijn hoofd. Hij had haar privacy geschonden en iets opgeschreven waar hij zich eigenlijk voor schaamde, het was niet goed en het was niet genoeg, maar hij kon het nou niet meer terugdraaien. Verdomme, hij voelde zich een lul.

'Hé, Rory,' riep Richard vanuit het huis.

Hij keek op met een frons en een blik die dodelijker was dan een biochemisch arsenaal.

'Jezus,' zei Richard geschrokken, terwijl hij naar buiten liep door de niet langer aanwezige serre. 'Ik wilde alleen maar zeggen dat we koffie hebben. Van hiernaast, dat restaurantje wordt gerund door twee aardige meiden. Elke dag brengen ze een thermoskan, 's morgens koffie en 's middags thee. Vooral die rooie is een schat; die andere heeft wel een beetje een grote mond. Maar ze is ook aardig, hoor. Volgens mij doet ze het met de kok. Wist je dat dat die gast van *Superchef* is?'

'Ik ken hem,' gromde Rory, terwijl hij achter Richard aan naar binnen beende. 'God help hem als hij het met Georgie doet, die sukkel. En die rooie ken ik ook. Dat is mijn ex.'

'Serieus?' zei Richard, terwijl hij inschonk voor Rory.

Rory snoof.

Anne

15 Wennen II

Meestal was het in Seaview zo tussen half elf en kwart over twaalf even rustig, wanneer de ontbijters goedgevuld de aftocht hadden geblazen en de nieuwe gasten en de dagjesmensen van de boot zich door Hugh Town begonnen te verspreiden, op zoek naar versnaperingen. Anne stapte de tuin in met een kopje koffie en zag ogenblikkelijk haar dagboek op de stoelzitting liggen. Was ze nu echt zo dom geweest om het daar gisteravond achter te laten? Ze kon zich nog herinneren dat ze erin had geschreven, maar ze was vergeten wat ze er daarna mee had gedaan. In ieder geval niet mee naar boven genomen, blijkbaar.

Ze parkeerde haar koffie volautomatisch op het half ingestorte muurtje en ging zitten, om te zien wat ze ook weer aan het papier had toevertrouwd, maar ook omdat ze zichzelf ervan wilde weerhouden al te prominent in de tuin van haar nieuwe buurman te kijken.

Ze had natuurlijk zonder ophouden aan hem gedacht vanaf het moment dat ze hem en Row van de boot af had zien komen; ze was denkend aan hem in slaap gevallen en ze was denkend aan hem weer wakker geworden.

Wat bezielde hem om het huis naast haar te kopen?

Wat wilde hij ermee bereiken?

Hoe vaak zou hij er zijn, zo in de loop van het volgende jaar, en zou hij dan op een goed moment een nieuwe vriendin krijgen, die hij dan gezellig mee naar Scilly ging nemen? Ze moest er niet aan denken; het zou al zwaar genoeg zijn om hem als buurman te hebben en vriendelijk maar afstandelijk met hem om te gaan, maar hoe moest ze in vredesnaam doen tegen hem met een nieuwe vrouw in zijn leven? Of stel dat het tóch weer goed zou komen tussen hem en Meilane? Hij kon beweren wat hij wilde, maar Meilane bleef nu eenmaal de moeder van Rowland. En een ongelooflijk mooie vrouw.

Anne zuchtte en sloeg haar boekje open, het viel direct open op de juiste pagina. Haar woorden staarden haar in het gezicht, met direct daaronder het onmiskenbare handschrift van...

O, hemel, hij had haar dagboek gelezen!

Als aangedreven door krachtstroom sprong ze van de zitting van haar stoel omhoog, een hoofd als een vuurtoren brandend op haar schouders, en ze zoog zijn woorden bijna van de pagina. En daarna, ze kon het niet helpen, deed ze precies wat ze nu juist had willen voorkomen: ze keek in zijn tuin.

Rory's tuin. Verwilderd, maar groot. Met Rory erin, die nu net uit het huis kwam benen met een beker koffie in zijn hand. Och ja, Georgie had natuurlijk tien minuten geleden een thermoskan afgeleverd bij de voordeur van Teague House.

Haar adem hield even halt.

Hij droeg zo'n spijkerbroek met scheuren waar je hem in kon uittekenen en was vanboven bloot, en nogal vuil. Zaagsel en splinters kleefden aan zijn schouders en er zat een blad van een of andere plant op zijn wasbordvormige buik geplakt waar hij niets van leek te merken. Anne kon zich niet herinneren dat hij er zo getraind uit had gezien, twee jaar geleden; hij was van zichzelf altijd al goed gebouwd geweest maar nu leek hij wel zo'n Griekse marmeren held. Ze werd nog een graadje roder, alleen al bij het zien van zijn armen.

Hij kreeg haar vrijwel meteen in het oog en kwam schoorvoetend naderbij, half verborgen achter zijn haar. 'Annie,' zei hij tegen haar met een soort van halve knik, en hij hield zijn mok vast met twee handen.

'Rory,' zei ze terug, haar hart in haar keel.

'Ik hoop dat je niet...'

'Ik zie dat je in mijn...'

Ze begonnen tegelijk en hielden ook gelijktijdig weer op met spreken, gevangen in elkaars verwarde blik.

'Shit, sorry, mop,' mompelde hij, een beetje geërgerd, 'ik maak er verdomme ook meteen weer een kolerezooi van.' Hij veegde zijn haar naar achteren en maakte daarbij een zwarte vlek op zijn voorhoofd.

'Zo erg is het toch niet,' zei Anne, verbaasd over haar drang hem op de een of andere manier gerust te stellen. Ze zou boos op hem moeten zijn, hij had haar privacy op de meest vreselijke manier geschonden door haar dagboek te lezen en er zomaar nog in te schrijven ook, maar ze bakte er niets van. Daar stond zo'n beetje de aantrekkelijkste man die de mensheid ooit had voortgebracht, aan de andere kant van het muurtje, in zijn blote gesculpte torso, te worstelen met een dosis verwarring en kwetsbaarheid die haar de adem benam.

'Ben je zelf ook aan het bouwvakken?' vroeg ze toen maar, op het moment dat haar *default* beleefde-conversatiestand in werking trad.

'Ja, nou, ik ben niet helemaal nutteloos,' bromde hij defensief, maar toen herpakte hij zich. 'Ik ga hier toch wonen? Dan kan ik maar beter meewerken, dacht ik zo. En ik vind het ook wel lekker, een beetje fysiek bezig zijn, dan heb ik geen tijd om te piekeren.'

'Is Row hier ook?' vroeg Anne na een iets te lange pauze, waarin ze elkaar even aan keken, weer wegkeken, elkaar opnieuw kort aankeken.

'Heeft vriendjes gemaakt met Ruthies kleinzoons; ze zijn naar het strand. Ik krijg zo een belletje als ik hem moet komen halen.'

'Ik, eh... Jeetje. Nou. Ga je hier echt wónen? Ik bedoel, de hele tijd?'

Rory knikte, ontdekte eindelijk het blad op zijn wasbord en plukte het eraf.

'En hoe moet het dan met al je dingen?'

'Wat voor dingen? Ik had je toch verteld dat ik niet meer in de film wil? Ik heb me het lazarus getraind de afgelopen keer, en nou heb ik iets pijnlijks in m'n schouder van toen ik een of andere stunt moest doen. Ik vind het wel goed zo. Ik heb net alles opgezegd in LA, wat mij betreft ga ik er nooit meer heen.'

Anne liep meteen over van bezorgdheid. 'Gaat het dan wel met het klussen? Maak je het niet te zwaar voor jezelf?'

Hij haalde zijn schouders op, maar trok daar even een gezicht bij. 'Ik hoop dat ik het eruit werk, of zoiets. Ik ben toch niet van suikergoed?'

'Wat, eh, wat moest je dan doen, dat je je schouder...'

'Onder een helikopter hangen.'

'Wát?'

'Ik was wel gezekerd, daar zie je straks niks meer van, dus ik kon niet echt te pletter vallen of zo. Maar ik dacht wel: dit soort shit moet ik niet willen doen, met Row, en... nou. Weet je wel. Alles.' Hij haalde twee keer diep adem, keek haar toen recht aan en flapte eruit: 'Luister, mop, we kunnen hier de hele morgen beleefd staan te babbelen, maar ik heb in je boekje geschreven omdat ik wou zeggen dat je je geen zorgen hoeft te maken. Ik kom alleen altijd zo belazerd uit mijn woorden. Ik ga je geen last bezorgen, ik wou alleen maar dat ik ergens rustig kon wonen met Rowie, zonder al te veel gezeik van de pers en zo, en dat hij als een normaal kind naar school kan, en dat hij jou kan zien. Want hij heeft je nodig.'

Anne knikte en beet op haar tong, omdat die op het punt stond haar te laten vragen: 'En wat heb jij nodig, Rory?' In plaats daarvan zei ze: 'Ik snap het. En, eh, ik, ik hoop ook dat we vrienden kunnen zijn. Het is wel een beetje een raar gevoel nu, maar we zullen er wel aan wennen, toch?'

Rory schudde zijn hoofd.

‘Niet?’ zei Anne verward.

‘Ik weet niet of ik er ooit aan wen,’ bromde hij, ‘maar ik ga er wel mijn best voor doen.’

Toen ging zijn mobiel. Hij pulkte hem uit zijn zak en nam het gesprek aan zonder zich om te draaien. Hij leunde zelfs iets dichter naar Anne toe, zijn hand op het brokkelige muurtje.

‘Oké, ik kom er zo aan. Ik moet even snel douchen, ik zit onder de troep van het slopen. Ja?’ Hij hing op en mompelde in Annes richting: ‘Rowie ophalen. Moet even kijken wat ik met hem doe vanmiddag, ik vind het nog niet helemaal veilig om hem hier binnen te laten rondrennen.’

‘O, hij mag wel bij mij, als hij wil,’ zei Anne haastig, ‘ik moet wel wat doen voor het restaurant natuurlijk, maar hier in de tuin kan hij lekker rommelen, en hij mag op mijn computer, en misschien kan hij me helpen met appeltaart bakken als hij dat leuk vindt.’ Ze keek even naar zijn gezicht, en fluisterde toen bijna: ‘Je mag ook wel hier even douchen?’

Hij keek haar aan met die vonkende groenige ogen van hem, en ze had het gevoel dat ze bijna niet rechtop kon blijven staan. Hoe kon ze ooit pretenderen dat ze gewoon alleen maar vrienden met hem kon zijn? Ze slikte en deed twee stappen achteruit, in een stille uitnodiging aan hem om over het muurtje te stappen.

Hij kwam achter haar aan, de tuindeur door, de trap op, die ineens veel te smal leek, langs de kamer op de eerste verdieping die ze als woonkamer in gebruik hadden, tot Annes slaapkamer.

‘Slaap jij hier,’ zei hij, veel te dichtbij, terwijl hij over haar schouder door de open deur naar binnen gluurde.

Ze was blij dat ze haar bed netjes had dichtgeslagen die morgen. ‘Ja, het is niet heel groot, maar ik vind het wel een comfortabele kamer, en... de badkamer is hier.’ Ze strekte haar arm uit en deed de badkamerdeur voor hem open, voordat hij achter haar aan haar kamer in zou stappen.

Hij knikte, trok zijn T-shirt uit zijn broekband en gaf het aan haar, samen met zijn mobiel. Hun ogen raakten elkaar weer, bleven vastkleven, hij leunde een fractie naar haar toe.

'Ik, eh, pak even een schone handdoek voor je,' zei Anne snel. Ze draaide zich om, verdween in haar kamer, legde haar boekje en Rory's spullen op haar bed en pakte een grote badhanddoek uit de kast. Ze kon Rory's ogen voelen, haar hele huid prikte ervan, maar hij bleef in de gang staan.

'Dank je, mop. Sorry als ik je werk bezorg, of zo, is allemaal niet de bedoeling,' zei hij zachtjes toen ze hem de handdoek gaf.

'Ik heb het toch zelf aangeboden?' Anne fluisterde bijna, en kon zich toen niet meer bedwingen. Ze plukte een stukje hout van zijn blote schouder.

Ineens zat zijn neus tegen haar wang en zei hij heel zachtjes 'Annie,' zijn adem over haar huid.

'Je moet echt even onder de douche,' fluisterde ze, trillend van de spanning.

'Mmm,' zei hij, met hoorbare tegenzin, maar toen hief hij toch langzaam zijn hoofd op en keerde zich om om de badkamer in te gaan.

Anne bleef op haar bed zitten, luisterend naar het gekletter van de douche. Daar stond hij onder, bloot en nat, ze wist precies hoe, ze hadden vaak samen gedoucht. Het was moeilijk, ontzettend moeilijk, om de deur van de badkamer niet open te rukken en...

Nee.

Ze wist maar al te goed wat ervan zou komen, en ze had het helemaal uitgedacht voor zichzelf. Het was gewoon een kwestie van wennen, die spanning zou er vanzelf wel af gaan als hij er wat langer was.

Precies toen het gekletter ophield begon zijn mobiel een scheurend gitaarloopje te spelen: er stond Brent WM in het schermpje. Brent, dat was zijn agent bij William Morris; waarom ging die hem nou bellen als hij zijn vertegenwoordiging had beëindigd?

Anne aarzelde heel even, maar nam toen op.

'Rory Maquary's mobiel,' zei ze netjes.

'Hallo, ben jij zijn assistent?' De stem was gepolijst Amerikaans en zakelijk.

'Nee, een goede kennis,' zei ze snel.

'Is Rory in de buurt? Ik moet hem nogal dringend spreken.'

'Een momentje, alstublieft.' Ze stond op, liep naar de badkamerdeur, klopte aan.

'Wat is er, moppie?' klonk het van de andere kant, 'kom er maar in hoor, hij is niet op slot.' Alsof er nooit iets gebeurd was, verdraaid nog aan toe; Anne had meteen een hoofd als een pioen.

'Je agent belt je op je mobiel. Hij zegt dat het dringend is.'

'Mijn agént?' Rory rukte de deur open, nog half nat, zijn handdoek om zijn middel. 'Wat is dat nou weer voor gelul, ik heb de hele boel opgezegd.' Hij keek even naar Anne, fronste naar de mobiel, maar nam hem toch van haar aan en bracht hem naar zijn oor. 'Brent?'

Er kwam veel onverstaanbaar Amerikaans uit de mobiel en Anne wilde weglopen om hem zijn privacy te geven, maar zijn hand schoot uit en greep haar bij de pols.

Ze bevroor: zijn hand was warm, nog een klein beetje nat van de douche en elektrisch als altijd.

'Meen je niet,' zei hij in zijn mobiel, en hij trok haar een beetje dichterbij. 'Ik heb het druk gehad met andere shit, halve wereld over gevlogen, paar dagen niet online gekeken.' Nog een stukje dichterbij, zo dichtbij dat ze tegen zijn schouder aan leunde en hij zijn vrije hand op haar rug kon leggen. Voorzichtig legde zij haar hand op zijn bovenarm.

Spierbal, dacht ze verward, en wat rook hij lekker. Naar zeep, en naar Rory.

'Spijt me, man, dat ze jou de hele tijd lastigvalt, maar bedankt dat je m'n nummer niet hebt gegeven. Stuur die mails maar door, ik kijk wel effe, volgens mij wordt de soep niet zo heet gegeten...' Hij had haar nu helemaal tegen zijn lichaam aan gemanoeuvreerd en legde zijn wang tegen de hare. 'Brent, ik moet hangen,' mompelde hij, toen klikte hij weg, liet zijn mobiel vallen en kuste Anne met een grom van verlangen.

Ze had geen idee hoe lang ze daar zo in de gang hadden gestaan, voordat ze weer een beetje bij hun positieven kwamen. Heel langzaam lieten ze elkaar los en keken ze elkaar aan, bijna verbaasd over de intensiteit van die zoen.

'Verdomme, ik moet Rowie halen,' zei hij een beetje verstikt. Hij liet een arm van haar af glijden, maar met de andere hield hij haar nog tegen zich aan.

'Rory,' zei Anne, half ademloos, 'we kunnen niet zomaar...' Ze hief een hand op om duidelijk te maken wat ze niet precies kon verwoorden.

'Ik weet het, en sorry, mop, het ging een beetje vanzelf. Of het zo hoorde, weet je wel? Het is zo vertrouwd. Met jou.' Hij liet haar nu helemaal los, haalde een hand over zijn gezicht en blies zijn adem hoorbaar uit.

'Ik wil me niet met je zaken bemoeien, maar het klonk ernstig, dat telefoontje,' zei Anne snel, op zoek naar een andere richting.

'O, je mag je rustig bemoeien. Het is Mel, die is weer 'es bezig met haar rare streken. Ze kwam langs toen ik aan het opruimen was in LA, toen heb ik haar eruit gegooid. Niet echt natuurlijk, ik heb gewoon gezegd dat ze op moest rotten, we hadden een beetje mot op de oprit, lekker stijlvol ook, nou ik eraan terugdenk, maar goed, zij weg, eerstvolgende wat ik hoor is haar advocaat die me van alles aan mijn broek probeert te hangen. Smaad, laster, mishandeling, aanranding, weet ik veel. En zij naar de pers natuurlijk. Had ze niks aan; ik was zo weer weg daar zodra ik die bungalow had opgezegd, naar Canada, Rowie halen. En toen meteen door hiernaartoe; ik heb de boel helemaal niet bijgehouden online, nog geen e-mail beantwoord of niks, of het moest met het huis hier te maken hebben. Blijkt dat ze een hele campagne is begonnen om me zwart te maken, of zoiets; zal wel komen omdat ze niks te doen heeft. Iedere keer als ze geen kerel heeft, en geen film, begint ze over de voogdij te zeiken, maar er komt verder nooit echt wat van, dus het zal deze keer ook wel weer loslopen. Alleen Brent krijgt nou allemaal e-mail en telefoon omdat ze blijkbaar denkt dat hij me nog vertegenwoordigt. Ze heeft mijn huidige nummer niet en nou denkt ze zeker dat ik haar e-mails niet krijg omdat ik nog niet heb gereageerd. Zoiets.' Hij stopte even met praten, haalde een hand door zijn natte haar, gaf Anne een glitterblik en mompelde, meer tegen zichzelf: 'Jezus, wat heb ik geen zin in dat soort gezeik. Hm. Maar goed, ik kan er nou toch niks aan doen, ik kan me maar beter aankleden.'

'O, wacht,' zei Anne, en ze dook langs hem de badkamer in om in een laatje te rommelen. 'Welke schouder is het? Dan smeer ik er iets op.'

Hij wees, en maakte een geluidje toen ze de tijgerbalsem inmasseerde.

'Sorry,' zei ze.

'Nee, is juist lekker. De goeie soort zeer.'

'Zo, klaar,' zei ze, veel te snel; als ze niet oppaste bleef ze de hele tijd aan hem zitten. 'Ik ga naar beneden; volgens mij komt de boot zo aan. Weet je de weg?'

Even greep hij weer haar pols, haar hart maakte een sprongetje, maar hij liet meteen weer los toen ze hem aankeek.

'Dank je, moppie,' zei hij zachtjes.

Anne knikte naar hem en maakte zich met bonzend hart uit de voeten.

Lief dagboek,
Hij gaat hier echt wonen. Hiernaast. En hij heeft in je geschreven; zie hierboven, en ik dacht dat ik er heel boos om was, maar eigenlijk is dat helemaal niet zo. Ik geloof dat ik eerder een soort van, tja. Vertederd ben? Hij doet wel echt heel erg zijn best. Maar toen was ik zo stom om aan te bieden dat hij hier mocht douchen, en voordat ik het wist stonden we als gekken te zoenen

in de gang. En het was nog steeds ontzettend lekker; hij was schoon en nog net niet helemaal droog en mijn hele lijf verlangde zo hard naar hem dat ik niet meer wist hoe ik het had. Hij zegt wel dat hij hoopt dat we vrienden kunnen zijn, maar hoe ik dat voor elkaar moet krijgen als ik bij één kus als een verliefde pudding tegen hem aan zak weet ik ook nog niet. Toch kan ik nog steeds niet geloven dat het tussen ons gaat werken, dat hij fundamenteel veranderd is. Dat we nu ineens wel bij elkaar passen. Het is gewoon een fysieke reactie, meer niet. Daar zal ik aan moeten wennen. Niet dat ik nu vind dat ik hem de hele tijd dan maar moet kussen, maar dat ik hem nog steeds aantrekkelijk vind, bedoel ik. En hij mij dus blijkbaar ook. Daar zullen we aan moeten wennen. Want dat alleen is toch niet genoeg om een hele relatie op te baseren?

Leuker nieuws is dat het echt iets lijkt te zijn tussen Georgie en Warren; ik hoorde hem in ieder geval aan de telefoon tegen iemand praten over 'mijn nieuwe vriendin'. Ik weet nog niet helemaal zeker of Georgie het ook zo ziet, maar als ik rustig afwacht en discreet blijf, dan kom ik er denk ik vanzelf wel achter. Ik hoop het maar, ik hoop het echt. Ik gun het ze allebei.

Nog niets gehoord van Viv over haar avondje uit met Tom; ze kwam volgens mij heel erg laat (of heel erg vroeg) binnen. Ik hoorde haar iets tegen haar broer mompelen over 's nachts varen op zee, maar verder liet ze zich vanmorgen niet uit over Tom. Ze zit wel de hele tijd te whatsappen, maar of dat nu met hem is of met die man in Londen met wie ze omging, geen idee. Gelukkig heeft ze wel een flink ontbijt naar binnen gewerkt vanmorgen; ze is, precies zoals Warren al had gezegd, op het ongezonde af mager.

Rowland heeft de hele middag bij ons doorgebracht; hij heeft in de tuin gespeeld (voornamelijk met de hangmat die Warren heeft opgehangen en met een paar emmers water, het was heerlijk weer), hij heeft me geholpen met een appeltaart, waar hij zodra die genoeg was afgekoeld een respectabel stuk van verslond, en het leek erop alsof hij het erg naar zijn zin had. Wat is het toch een schat van een jongen; hoe moeilijk het ook allemaal is, ik ben ongelooflijk blij om hem zo dicht in de buurt te hebben.

Ik heb wel even online gekeken. Ik ben de hele avond met mezelf in debat geweest of ik dat nu wel of niet zou doen, maar uiteindelijk heeft de nieuwsgierigheid het gewonnen. Niet mijn beste eigenschap, ben ik bang. Ik kan alleen maar hopen voor Rory dat het inderdaad een storm in een glas water is, want het zag er niet erg gezellig uit; als ik niet zo precies zou weten hoe hij in elkaar steekt, zou ik bijna gaan geloven dat hij inderdaad een onverantwoordelijke, drank en drugs misbruikende, seksbeluste agressieveling is.

Roar

16 Antwoorden

Het was tien voor half zes 's morgens en hij stond, gekleed in alleen een van zijn beruchte verbleekte en versleten afgeknipte joggingbroeken, in zijn tuin nog wat slaperig te genieten van het ochtendlicht.

Zijn tuin.

Zíjn tuin, bij zíjn huis, waar hij als het allemaal een beetje meezat de rest van zijn leven zou blijven wonen. Het idee gaf hem een goed gevoel. Het was nog niet helemaal compleet, dat goeie gevoel, maar het begin was er in ieder geval.

Hij had het al gezien toen hij de nieuwe deur in de nieuwe serre uit stapte, en zijn hart had meteen een stevige bonk gegeven: op de muur lag, op ongeveer hetzelfde plekje als de eerste keer, maar dan keurig ingepakt in een stukje doorzichtig plasticfolie, het groen fluwelen boekje.

Hij stelde het bewust nog heel even uit.

Keek naar de nog heiïg blauwe hemel, ademde de licht zilte, schone lucht in.

En toen was het plotseling welletjes geweest met de geduldtraining; hij stapte naar de muur met drie grote passen, griste het boekje weg, rukte de folie eraf en sloeg het open.

Het viel open op de dag dat hij haar had gekust, toen hij voor het eerst bij haar had mogen douchen.

Sorry, zal 't niet meer doen, had hij tussen haar handschrift in gewriemeld, waar ze over die kus had geschreven. Hij wist honderd procent zeker dat de spanning tussen hen niet zomaar overging, in ieder geval niet voor hem, maar hij had zich aan zijn woord gehouden: hij had haar niet meer gekust. Met pijn en moeite, dat wel, zeker nu hij dagelijks bij haar over de vloer kwam.

Hij sliep ondertussen in zijn huis, op een stretcher in een niet al te stoffig hoekje van de nieuwe serre, maar voor Rowie was dat natuurlijk niks. En toen Ruthie hem heel voorzichtig gevraagd had hoe lang hij nog bij haar wilde blijven, omdat haar vaste mevrouw ondertussen uit het ziekenhuis was ontslagen en zo graag zou komen aansterken op het eiland, had Annie natúúrlijk meteen aangeboden dat Rowie bij haar mocht.

Zo was ze.

Rowie mocht bij haar slapen, hij douchte na het klussen bij haar, ze deed zelfs hun was. Zijn rafelige onderbroeken en niet-bij-elkaar-passende sokken hingen naast Rowies shirtjes en spijkerbroekjes in haar tuin aan haar wasmolen te drogen. Ze was, en hij zag dat ineens heel scherp, eigenlijk gewoon zijn allerbeste vriendin, ondanks die verdomde spanning die maar niet wilde zakken.

> Maak je nou maar geen zorgen over Mel, had hij onder haar laatste woorden van die dag met die kus geschreven, het is allemaal lulkoek en ze duiken vanzelf weer ergens anders bovenop als dat er interessanter uitziet. Roddeljournalisten zijn een stelletje trouweloze honden, en als het mij aan m'n reet roest wat ze over me zeggen dan hoef jij er ook niet over te piekeren, mop.

De dagen na die kus waren voor hem een drukke aaneenschakeling van slopen en bouwen geweest, van zijn kind ergens heen brengen en weer ophalen (Row was binnen een paar dagen opgenomen in de hele vriendenkring van Mark en Greg, en hijzelf had al een verrassend grote verzameling telefoonnummers en adressen van licht zwijmelende moeders in zijn mobiel zitten), van douchen bij Annie – vaak zag hij haar niet eens, als ze druk aan het werk was – en van eten met Row, soms bij Seaview, vaker in een van de pubs. Twee keer had hij meegegeten bij een van Rows nieuwe vriendjes, na enig aandringen van de bijbehorende licht zwijmelende moeder.

Na het eten leverde hij Rowie af bij Annie, en de afgelopen drie dagen was hij voorzichtig nog heel even blijven hangen voor een kop koffie. Na een tijdje werd het dan toch ongemakkelijk, en dan ging hij maar weer.

Twee weken was hij nu op het eiland.

Kort genoeg om nog een beetje nieuwswaarde te hebben: toen hij op zaterdagavond nog een keertje had opgetreden in Seaview Villa was het stampvol geweest en alle zwijmelmoeders die er niet bij waren geweest, hadden hem gevraagd of hij de volgende zaterdag nog een keer ging spelen.

Te kort nog om zeker te kunnen weten of het nou ging lukken met Annie of niet.

Nog niet lang genoeg om de moed al helemaal op te geven. Sterker nog: hij had het voorzichtige idee dat er toch misschien wel een klein beetje vooruitgang in zat.

Hij voelde of het stompje bouwpotlood nog in zijn broekzak zat; hij had het altijd bij zich voor het geval hij het groene boekje ergens tegenkwam, want dát was misschien nog wel het belangrijkste van de afgelopen twee weken. Annie en hij waren zoals ze dat noemden *on speaking terms*, maar praten? Ho maar. Ja, ze zeiden wel dingen tegen elkaar, maar het ging nooit echt ergens over.

Behalve in het groene boekje.

Ze schreef erin wat ze werkelijk dacht, wat haar bewoog, wat haar beangstigde, en hij schreef af en toe iets terug, als hij het tenminste voor elkaar kreeg om zijn gevoelens onder woorden te brengen. Het liefst had hij met grote blokletters dwars over de pagina IK WIL JE TERUG gekalkt, maar dat durfde hij niet aan;

Annie onder druk zetten werkte niet, dat wist hij. Hij moest het voorzichtiger aanpakken, geduldig zijn, hoezeer dat ook tegen zijn natuur in ging.

Hij vond het al heel wat dat ze niet boos op hem was dat hij af en toe iets in haar dagboek schreef; sterker nog, hij wist zeker dat ze het in de afgelopen weken bewust door het huis had laten slingeren, zodat hij het zou vinden. Maar dit was iets nieuws. Dit was de eerste keer dat ze het echt zo overduidelijk voor hem had klaargelegd. Op de tuinmuur.

Snel bladerde hij naar de laatste beschreven pagina's.

Lief dagboek,
Rowland en ik hebben een lang gesprek gehad voordat hij ging slapen. Hij heeft het hier ontzettend naar zijn zin, hij heeft vriendjes gemaakt, hij heeft er zin in om na de zomer hier naar school te gaan. Maar hij is tegelijk, diep in zijn hartje, ontzettend bang dat er iets gaat gebeuren waardoor hij weer weg zal moeten.

Ik weet niet wat ik moet doen om hem meer zekerheid te geven, behalve tegen hem zeggen dat hij bij mij altijd welkom is, en dat ik van hem hou. Meer kan ik er op dit moment ook niet van maken, hoe graag ik het alleen al voor die kleine jongen zou willen.

Hij vertelde me dat zijn moeder hem heeft gebeld op zijn iPad – hij snapte niet hoe ze aan het nummer was gekomen – en dat hij even met haar heeft gepraat; hij was er helemaal van in de war omdat hij gewoon geen idee heeft hoe hij zich over haar moet voelen. Ze is dan wel zijn moeder, en hij weet dat, maar dat is een soort academisch weten, los van enige emotie. Ze heeft zich nooit als moeder gedragen, ze is er nooit voor hem geweest. Ze heeft hem nooit vastgehouden, geknuffeld, getroost; hij heeft totaal geen hechting met haar. Hij zei – mijn hart brak bijna – dat hij net zo goed geen moeder kon hebben, en dat hij het misschien zelfs wel fijner had gevonden als dat ook echt zo was geweest.

'Vind je me nou gemeen?' vroeg hij met zo'n klein stemmetje. Ik kon niet anders dan hem heel stevig vasthouden en proberen hem gerust te stellen: hij is niet gemeen, die kleine schat. Alleen in de war. En hij heeft verder niets te vrezen: ik ben tenslotte ook zonder moeder opgegroeid, en met mij is ook vrijwel alles goedgekomen.

Rory moest even stoppen met lezen, zo boos was hij. Hoe haalde Mel het in haar hoofd om zomaar contact met Row op te nemen? Hij had haar nooit een contactverbod op laten leggen, maar dat was ook niet nodig geweest: al die jaren had ze totaal geen interesse getoond in haar eigen vlees en bloed. En nu ineens wel? Arme Rowie, nogal wiedes dat hij niet wist wat hij met dat idiote mens aan moest.

En wat zou erachter zitten, zou ze dan nu wél echt op de voogdij uit zijn? Hij had die e-mails van haar advocatenteam – ze had er ondertussen een heel team op zitten – meer bekeken dan echt gelezen, omdat hij er met zijn hoofd helemaal niet bij was en omdat hij nog steeds dacht dat de soep niet zo heet gegeten zou worden, maar voor de zekerheid had hij bij zijn voormalige huisbaas in LA wel even de bestanden opgevraagd van de beveiligingscamera die hun ruzie op de oprit had vastgelegd. Hij had ze zelfs nog een keer bekeken, om zeker te weten dat hij toch echt niks strafbaars had gedaan, want als je een beetje volgde wat er allemaal in de pers over hem werd geschreven, kon je ongeveer niet anders dan geloven dat hij een soort losgeslagen idioot was die bezopen, vloekend, tierend en vrouwen bedreigend door het leven ging.

En dat terwijl hij de afgelopen twee jaar zo ongeveer als een monnik had geleefd.

Goed, hij had wel even een beetje onder in een whiskyfles gezeten toen Annie net bij hem was weggelopen, maar dat loste ook niks op, dus daar was hij vanzelf weer mee opgehouden.

Hij las het stukje nog een keer, verbeten en nog steeds

woedend, maar bleef toen aan iets anders hangen waardoor zijn bui abrupt omsloeg.

... hoe graag ik het alleen al voor die kleine jongen zou willen...?

Wat wilde Annie nou zo graag? Rowie zekerheid geven? Hoe dan, door, door, met hém...? Hij durfde het bijna niet te denken. En *met mij is ook vrijwel alles goedgekomen*, wat bedoelde ze daar in godsnaam mee? Vrijwel? Wat was er niet goed dan? Ging dat ook over hem, over hen samen? Of, dus níet samen, zoals de vlag er nu bij hing?

Wat als Meilane nu wél serieus is? Rory wuift het allemaal maar weg, hij denkt volgens mij dat het wel overwaait, maar wat als ze er een grote zaak van maakt, en de hele publieke opinie is tegen Rory, en ze wint daadwerkelijk de voogdij terug? Row is ook niet gek, hij heeft er heus wel iets van meegekregen. Die lieverd, hij nam de moeite me uitgebreid te vertellen dat alles wat ze online over zijn vader zeiden, allemaal niet waar was, maar hij hoefde me daar echt niet van te overtuigen. Ik ken Rory, ik weet hoe hij vanbinnen is.

Hij beet op zijn lip; het was toch eigenlijk ook gewoon bizar om zo over zichzelf in de derde persoon te moeten lezen, in het handschrift van de vrouw van wie hij hield, terwijl hij niks kon dóén. Die verplichte passiviteit schuurde en schraapte langs zijn ziel en even overwoog hij om gewoon over de muur te stappen en naar binnen te stormen; de achterdeur was toch altijd open.

Hij keek op zijn horloge.

Bijna zes uur; veel te vroeg.

Vanuit zijn ooghoek zag hij beweging; hij keek op van zijn pols en als vanzelf gingen zijn ogen naar Annies slaapkamerraam. Sinds hij wist waar ze sliep keek hij er vaak naar.

Het gordijn bewoog voor de tweede keer en nu wist hij het zeker: Annie stond door een kiertje naar hem te kijken. Hij kneep zijn ogen een beetje dicht tegen de vroege ochtendzon die hem recht in het gezicht scheen en hief het groene boekje een klein stukje in de lucht als groet.

Het gordijn viel weer op z'n plaats.

Zijn oog viel op haar laatste geschreven regel en zijn hart trok samen in zijn borstkas.

Ik wil gewoon zo graag dat iedereen gelukkig is. Rowland, en Rory. Georgie en Warren, en Viv en Tom. En ik ook, ik ook...

Hij kon zichzelf wel schoppen. Schoppen! Hoe had hij het ooit zover kunnen laten komen dat... Ze was ongelukkig, en het kwam door hem, en, en...

Hij hoorde een gekraak.

De tuindeur van het huis aan de andere kant van de muur ging voorzichtig een stukje open en Annies slaperige gezicht verscheen, omkranst door een grote, ongekamde rode wolk.

'Rory?' zei ze zachtjes.

In twee stappen was hij over de muur heen en stond hij neus aan neus met haar; het ging zo snel dat hij er nog geen bewuste gedachte aan had kunnen besteden of het was al gebeurd.

Zijn arm krulde om haar schouders en trok haar tegen zijn door het ochtendzonnetje voorverwarmde borstkas. Ze had een nachtponnetje van niks aan, hij voelde haar er zo doorheen.

'Rustig maar, liefie,' mompelde hij zachtjes in haar haar, 'het komt allemaal wel goed.'

'Rory, ik ben zo bezorgd,' zei ze zachtjes, haar wang tegen zijn schouder.

'Ssst, stil maar.' Hij legde zijn hand tegen haar wang en hief haar gezicht een beetje op, zodat hij haar ogen kon zien. Zijn duim streelde haar jukbeen; god, wat had ze toch een zacht velletje.

'Straks dan gebeurt er nog iets, straks dan wint Meilane nog; ze zeggen zulke afschuwelijke dingen over je in de pers, het is karaktermoord; o, Rory, ik snap niet hoe je zo laconiek kunt blijven, ik vind het vreselijk om het allemaal te lezen, en het zijn allemaal leugens, ze verzinnen er steeds meer bij en je bent helemaal niet eens meer in Amerika, je bent gewoon hier, de hele tijd, hoe kunnen ze toch schrijven dat je in LA in een kroeggevecht allemaal mensen op het gezicht hebt getimmerd in een vlaag van dronken waanzin, en een vrouw hebt aangerand in de toiletten, als je gewoon hier was, je was gewoon hier!'

Haar warme bruine ogen keken hem ernstig aan en hij voelde haar trillen in zijn armen. Hij wist niet zeker of dat nou van woede was of van iets anders, maar hij streelde haar rug om haar te sussen. Gerust te stellen. Nog een beetje dichterbij te trekken, ook, als hij dan toch bezig was.

'Moet je toch niet lezen, mop,' zei hij zachtjes, 'het is allemaal rotzooi, dat heb ik toch al zo vaak gezegd... Christus, wat ben je toch mooi... Mag ik je niet een klein beetje zoenen? Als ik voorzichtig ben?' Hij gaf haar een schuine, halve glimlach, om haar te laten weten dat hij maar een beetje plaagde. 'Kon je niet slapen?' zei hij toen maar gauw, en hij kamde voorzichtig met zijn vingers een paar lange, donkerrode krullen achter haar oor.

Ze schudde haar hoofd, pakte zijn hand en legde haar wang opnieuw in het kommetje ervan. Ze sloot haar ogen. 'Ik kan er niets aan doen, en ik weet ook wel dat ik geen rechten heb, maar ik ben echt zo ontzettend bang om jullie allebei weer te verliezen...'

'Gaat niet gebeuren, en wat nou geen rechten,' gromde hij, en toen hing hij zonder enige aankondiging zijn zelfbeheersing aan de wilgen. Haar lippen waren zacht, ze rook slaperig, heerlijk, en ze liet het toe. Zijn zachte, verkennende aanraking. En nog een keer, en nog eens; voorzichtige, tedere kusjes plukte hij van haar lippen.

Haar hand landde wolkzacht tegen zijn wang; hij moest zich natuurlijk nog scheren, maar ze leek zijn rasperige kaak niet heel erg te vinden.

Zijn hand op haar rug gleed om haar middel en trok haar

dichter tegen hem aan, nog dichter, en nog iets dichter, terwijl hij zich helemaal verloor in die kus. Dieper en dieper, haar armen om zijn nek, o, ja, dat bedoel ik, fluisterde zijn mistige brein.

Hij wist niet hoe lang hij zo met haar stond, maar het kon hem niet lang genoeg duren, niet diep genoeg gaan. Alles wat hij niet kon zeggen, al zijn gevoel probeerde hij erin te leggen, maar toch kwam er een soort natuurlijk, een beetje onwillig einde aan die wereldschokkende zoen, die zowel zijn adem als zijn evenwichtsgevoel helemaal uit balans had gebracht.

Gelukkig was Annie er niet veel beter aan toe, merkte hij, toen ze zich warm en blozend tegen zijn borstkas verschool. Zijn hand verdween onder haar haar en streelde haar nek, en hij maakte zachte, troostende en sussende geluidjes tegen haar voorhoofd, in de hoop dat ze niet ineens bij zinnen zou komen en uit zijn omhelzing zou stappen.

'Rory, wat doen we nou?' fluisterde ze tegen zijn huid.

'Ik doe niks, liefie, ik wil gewoon alleen maar dicht bij je zijn...'

O god, daar kwam het, ze maakte een klein beetje ruimte tussen haar lichaam en het zijne, stapte een heel klein stukje achteruit. Keek hem aan, met die honingwarme blik van haar.

'Wil je... bij ons ontbijten?' Ze klonk aarzelend. Alsof het ook maar in hem op zou komen om nee te zeggen. Hij knikte, opgelucht.

'Ik... pak even een shirt voor je. Van de, eh, waslijn?'

Hij keek naar beneden, zijn blote wasbord langs, alsof het hem nu pas opviel dat hij nauwelijks kleren aanhad. Hij was zo van zijn kampeerbedje opgestaan, uit zijn slaapzak gekropen, naar buiten gegaan, gelokt door de vroege zon en de vogels en het geruis van de zee. Gelokt door de vrouw die nu op hem af kwam, een T-shirt in haar hand en een dromerige uitdrukking op haar gezicht, een glimlach waarvan hij zo uit zijn sokken zou kunnen waaien, als hij sokken had aangehad.

Hij keek naar zijn tenen, bijna verlegen van hoe lief ze naar hem keek, en vroeg zich af of er nu dan misschien toch iets veranderd zou kunnen zijn.

'Alsjeblieft. Gaat het wel goed met je zere spier?' Ze reikte hem een T-shirt aan en raakte de kop van zijn schouder even aan met haar vingertoppen.

Hij kon een rilling niet onderdrukken en grinnikte kort om zijn verlegenheid te maskeren.

'Je bent wel... heel getraind,' zei ze, 'moest dat voor die film met die helikopter?'

'Ja, ik heb me de blubber gewerkt voor die rol. Ik had gedacht dat het nou wel weer allemaal verdwenen zou zijn, maar alles zit er nog. Komt vast van het werk aan het huis. Het gaat wel met die schouder, mop; soms als ik een verkeerde beweging maak voel ik het nog, maar meestal niet. Maar je mag wel masseren...' Hij trok één mondhoek omhoog, gaf haar een blik en dook toen in het T-shirt. Op de een of andere manier was hij zijn snelle babbel helemaal kwijt; hij had zich altijd al volkomen idioot gevoeld bij het idee dat hij zoiets serieus bij Annie zou proberen, maar nu leek het wel of hij het niet eens meer voor de grap kon.

'Zullen we eerst ontbijten?' Ze bedoelde het niet zo, dat wist hij zeker, maar het klonk ontzettend suggestief. Eerst ontbijten en dan... wat? Zijn hart sloeg zowat op hol bij de gedachte dat hij de hele boel een stukje verder zou kunnen brengen dan alleen zo'n kus, hoe verpletterend in zijn soort ook; zijn hele lichaam schreeuwde zo'n beetje om haar.

Hij besloot om gewoon maar wat te proberen, alleen al om te kijken of het een momentopname was geweest, of toch iets meer. Hij liet snel een arm om haar middel glijden, trok haar dichterbij en boog haar een beetje achterover. Haar blik was zo zacht, zo warm, hij kuste haar kort maar intens en zag, toen hij haar weer op haar voeten zette, dat ze haar ogen had gesloten.

Hij glimlachte vanuit zijn tenen terwijl zijn hart een sprongetje maakte.

Anne

17 Smelten

Ademloos van pure verwarring rommelde Anne door de keuken om iets van een ontbijt te realiseren. Ze zette koffie op de automatische piloot en sneed scheve, veel te dikke plakken zelfgebakken brood, niet in staat om die *hyper-awareness* om het feit dat hij vlak achter haar op een krukje zat, uit te schakelen. Ze voelde zich bijna nog erger van de kaart dan toen het net begonnen was tussen hen, toen hij haar voor het eerst had gekust tijdens de tournee.

Ze was ziek geweest, toen, van te veel drank en te veel zon, en hij was onverwachts ontzettend lief voor haar geweest, hoewel ze tot dan toe zeker had geweten dat hij een ongenuanceerde, onderontwikkelde holbewoner van een man was, het soort met wie ze niet eens bevriend zou willen zijn, laat staan een relatie mee zou willen hebben, hoe goed hij er ook uitzag.

Wat had zij het mis gehad. Op alle fronten. Nou ja, behalve op het front van hoe hij eruitzag. Ze glimlachte in zichzelf en gaf schoorvoetend toe dat ze sinds hij terug was gekomen in een halve zwijmel door het leven ging, ondanks al haar rationele twijfels en al haar terughoudendheid. Zolang hij maar niet te dichtbij kwam, zolang hij haar maar niet in zijn armen nam, zolang hij haar maar niet kuste tot ze niet meer wist of ze rechtop stond of ondersteboven! Als hij dat nou maar niet deed, dan kon ze...

'Hé, hier zijn jullie! Ik dacht al dat ik jullie hoorde praten.' Rowland kwam de trap af gehold en de keuken in gerend, sloeg zijn armen om zijn vader en legde zijn hoofd even tegen zijn schouder. 'Dag pappie, wat ben je vroeg uit bed!'

Hij kreeg een kus op zijn bol.

'Goeiemorgen, gastje van me,' bromde Rory, 'lekker geslapen?'

'Ja hoor, bij Annie in bed. Ze heeft net zo'n bed als in die ouwe film die tante Hammenie me heeft laten zien, met dat vliegende bed.'

'*Bedknobs and Broomsticks*?' vroeg Rory ongelovig. 'Vliegt dat ding van Annie dan ook?'

Row knikte ondeugend. 'Jij mag ook wel een keertje mee. Vind je vast niet eng, pap, het is zo lekker zacht.'

'Waar gaan we dan heen? En moet Annie niet eerst zeggen dat ze het goed vindt? Het is haar bed.'

'Aaaaah, Annie?' zei Row, en hij hield zijn hoofd schuin.

Anne keerde zich om en zag ze daar naast elkaar, Rory op zijn krukje ook met zijn hoofd in de smeekstand en een oelige blik in zijn ogen, en ze kon niet anders dan in de lach schieten.

'Als mijn bed echt kon vliegen, dan mocht je vader ook mee, Row,' zei ze, terwijl ze de borden op tafel zette. 'Pak even iets om op te zitten, kind. Wil je melk?'

'Jezus, wat is hier aan de gang, het is nog niet eens zeven uur!'

Viv stond in de deuropening.

'Goedemorgen, Viv, wil je ook ontbijt?' Anne keek haar aan met de lach nog in haar ogen.

Viv haalde haar schouders op, trok een krukje onder de tafel vandaan en liet zich zakken. 'Alleen als je koffie hebt,' zei ze, en daarna een beetje tegen zichzelf: 'probeer je rustig naar binnen te sluipen zonder iedereen wakker te maken, krijg je dit!'

'Waarom wilde je naar binnen sluipen? Je bent toch een grote meid?' Rory keek haar aan met één wenkbrauw omhoog.

'Maak dat mijn broer wijs. Hij bemoeit zich echt met alles. Hij vindt natuurlijk weer dat het allemaal veel te snel gaat, zo zit ik bij

Zachary in Londen, zo zit ik hier bij Tom, het is me ook wel een verschil, ik bedoel...'

Anne bakte een paar eieren en verbaasde zich over het feit dat Viv, die toch behoorlijk stuurs kon zijn, zo haar hele lief en leed uitstortte bij Rory. Ze keek over haar schouder en zag hoe hij naar Viv keek: geïnteresseerd, gefocust, vol aandacht. Hij luisterde, zij praatte.

Ja, dat kon hij wel, luisteren. En zorgzaam was hij ook. Alleen...

Wat nou alleen, mompelde haar monologue intèrieure. Alleen hij gaat er zo weer vandoor om ergens anders geïnteresseerd en gefocust en aandachtig en zorgzaam te zijn, tegen wie er dan op dat moment daar is? Wilde je dat tegenwerpen? Anne, wordt het niet eens tijd dat je ophoudt met dat eeuwige geaarzel en gepieker? Je houdt van die man!

Ja maar...

Zuchtend zette Anne een koekenpannetje met een paar plakjes uitgebakken bacon op tafel, met een frons waarvan ze het bestaan niet doorhad op haar voorhoofd.

Rory keek op uit Vivs verhaal en hees zijn wenkbrauwen even omhoog, maar Anne schudde haar hoofd en ging zitten.

'Zal ik je boterham voor je smeren, Row? Of wil je eerst een eitje?' zei ze zachtjes.

'... en nou heeft hij gevraagd of ik bij hem kom wonen! En niet om het een of ander, maar ik denk dat ik het nog ga doen ook.' Viv zei het op een toon van 'waag het niet er iets van te vinden', maar Rory gaf haar een brede grijns en een welgemeend 'Gefeliciteerd, mop. Als het goed voelt moet je het doen.'

'Ik ben je mop niet, dat is zij,' pruttelde Viv om haar verlegenheid te verbergen, met een duim richting Anne.

'Hij noemt iedereen mop,' zei Anne, meteen knalrood.

'Hé, heb ik het ineens gedaan?' Rory griste schaamteloos het laatste plakje bacon uit de pan. 'Nou, dan is deze mooi voor mij.'

'Gaan jullie wat leuks doen of zo, dat jullie zo vroeg op zijn?'

vroeg Viv, met een blik rond de tafel. 'Is het weer aan, trouwens?'

Anne werd nog roder, maar dwong zichzelf om Viv aan te blijven kijken. 'Dat is allemaal niet zo eenvoudig als bij jou en Tom, ben ik bang, Genevieve,' zei ze, en meteen daarna kon ze zichzelf wel slaan om haar vreselijke, schooljuffrouwerige toon.

'Zo ingewikkeld is het nou ook weer niet,' mompelde Rory om een hap gebakken ei heen.

'Kunnen we naar de vuurtoren? En mogen we dan naar boven? En nemen we dan eten mee, Annie? En appeltaart?' Row stond naast zijn kruk te springen van enthousiasme.

'Jeetje,' zei Anne, overvallen, 'ik kan toch niet zomaar een dag niet werken, midden in het zomerseizoen? En Georgie en Warren laten zitten?'

'Ik val wel in,' zei Viv, 'kan ik meteen een mooi moment uitzoeken om het aan mijn broer te vertellen. Van Tom, en zo.'

'Ik wil ook wel naar de vuurtoren,' zei Rory, 'vandaag komen ze stuken, beneden, en dat kan ik niet. Heb ik niks te doen, loop ik alleen maar in de weg. Kom op, Annie, is toch leuk? Kunnen we daarna nog even naar het strand, of zo.'

'O, oké, vooruit dan maar,' zei Anne, alsof ze een gigantisch offer moest brengen, hoewel ze zich in haar hart eigenlijk niets heerlijkers kon voorstellen dan een mooie zomerse dag doorbrengen met Rory en Row.

De zon begon richting zee te zakken, de lucht kreeg die rare diepte die het late avondlicht meebracht en Anne liep rozig en tevreden haar achtertuin in met twee koppen koffie.

Het was een heerlijke dag geweest: eerst een stevige wandeling naar de vuurtoren met een rugzak met een kleed en lekkers erin, die Rory zonder klagen op zijn schouders had gehesen, toen een uitgebreide picknick en een nog uitgebreidere tour en uitleg van de vuurtorenwachter, die vol trots de oude ronddraaiende lamp binnen in de vuurtoren liet zien, hoewel die niet meer gebruikt werd. Er zat een veel kleinere, nogal oninteressant uitziende ledlamp op de reling gemonteerd, maar volgens de vuurtorenwachter scheen deze een stuk verder dan de oude lamp en kostte hij ook veel minder stroom.

Row vond het allemaal prachtig en was de hele weg terug vastbesloten dat hij vuurtorenwachter wilde worden als hij groot was, maar na een heerlijke lunch op een terras en vervolgens een middag in de koude zee spetteren met een wetsuit aan en een piepschuim haaienvin op zijn rug gebonden, was hij dat hele idee allang weer vergeten. Hij maakte Jaws-duh-duh-duh-geluiden tot bij het avondeten in de tuin van Seaview, waar Woz snel een paar borden vulde en Anne op het hart drukte dat ze zich onder geen voorwaarde druk mocht maken over wat er in het restaurant gebeurde, want Georgie en Viv hadden de boel allemaal onder controle.

Met enige moeite had ze zich daaraan gehouden.

Rory gaf haar af en toe een blik waarvan de bodem uit haar maag viel, en dan keek ze op dezelfde manier terug, en dan lachten ze naar elkaar.

Om negen uur bracht ze Row naar bed; wel een beetje laat, maar het was toch nog schoolvakantie.

Toen ze weer beneden kwam was Rory uit haar tuin verdwenen, maar ze zag hem direct. Hij was in zijn eigen tuin in de weer.

'Wat doe je nu?' zei Anne verrast toen ze zag dat hij zijn stretcher openklapte en er een stabiel plekje voor probeerde te vinden in de nog erg overwoekerde tuin. 'Ik heb koffie meegenomen, wil je niet?'

'Wel,' zei Rory, opkijkend met een grinnik, 'ik wil altijd koffie, weet je toch? Ik zoek een plekkie om te maffen, want binnen kan niet. Alle muren zijn nog nat, en ze hebben al mijn zooi in de keuken gemieterd, nou, ja, wat de keuken moet worden dan, want ze hebben ook meteen een binnenvloertje gestort in de serre. Waar ik sliep. En ik heb zo'n ding bij het *Chinese Theatre*, zo'n tegel met mijn handen d'r in, en dat vind ik meer dan genoeg; ik hoef niet ook nog mijn pootafdrukken in mijn eigen betonvloer.'

Hij zette een hand op het brokkelende muurtje en sprong er moeiteloos met twee voeten tegelijk schuin overheen. ‘Waar is die koffie, mop?’ vroeg hij, zijn ogen nog vrolijk.

O, hij stond meteen weer veel te dichtbij, Anne voelde haar wangen opgloeien terwijl ze hem een kopje aanreikte. ‘Je kunt toch niet buiten gaan slapen?’

‘Waarom niet? Het is niet koud en het blijft volgens mij wel droog, dus wat kan me gebeuren?’

‘Het kan hier heel onverwachts heel kort en hard regenen, vooral ’s nachts, en de muggen; je wordt levend opgegeten als je buiten gaat slapen!’

‘Nou, dan, eh... dan... ga ik in een vuilniszak liggen?’ zei Rory zachtjes, ‘tegen de regen? En muggen lusten me meestal niet, ik heb vast te veel troep gebruikt toen ik jong was, en nou ben ik niet meer lekker.’ Hij nam een slokje koffie, keek even naar Anne over de rand van zijn kopje, nam nog een slok.

Anne beet op haar lip en dacht: je bent wél lekker; je bent veel te lekker! Ze zei niets, ze wist helemaal niets te verzinnen, ook al was het onbestaanbaar dat Rory zomaar buiten zou moeten slapen. Hij vond het zelf blijkbaar allemaal een lolletje, maar, maar...

‘Zeg, ik ga, Tom zit op me te wachten,’ zei Viv terwijl ze abrupt de tuin in stapte. ‘Nee, joh, ben je gek, je hoeft me écht niet te bedanken voor mijn hulp,’ dit met veel sarcasme over haar schouder de keuken in, richting haar broer die helemaal niets gezegd had.

‘O, Viv, kan Rory op jouw bed dan, want anders moet hij in de tuin slapen.’ Anne had het er al uitgegooid voordat ze erover had nagedacht, en ze zette snel een paar stappen bij Rory vandaan omdat ze nog steeds zo dicht bij hem stond dat het ongeveer verboden zou moeten zijn.

‘Tuurlijk. Waarom moet hij in de tuin slapen?’

‘Gestuukt,’ bromde Rory met een duim over zijn schouder richting zijn huis en een frons op zijn voorhoofd, ‘is nog nat.’

‘Kan hij niet in een hotel dan? Het Tregarthen’s lijkt me wel iets voor hem, meer luxe hebben ze niet op dit eiland.’

‘Zeg, hij staat hier, hoor,’ zei Rory, en hij keek op met een flitsende blik. ‘En ik wil niet in een hotel. Ik wil bij mijn kleine gastje in de buurt blijven, ik ben al veel te veel weg geweest de afgelopen jaren, en hij wil bij Annie. Dus.’

‘O, rustig, ik bedoel er niks mee.’ Viv gaf Rory een taxerende blik. ‘Jij bent wel een apart figuur, hè? Ik dacht dat je wel een hoop noten op je zang zou hebben, weet je wel, een ster en zo, maar je bent echt heel anders dan ik had gedacht. Doei!’ Het was volkomen onduidelijk of Rory’s anders-zijn nou positief of negatief was, maar het tuinhek viel al achter haar dicht.

‘Pfff,’ zei Rory, en hij schudde zijn hoofd.

‘Ze is wel een beetje heftig af en toe, hè, maar ze bedoelt het goed, hoor.’ Anne kwam weer een stukje dichterbij.

‘Ik heb die Tom nou een of twee keer gezien, maar hoe die twee bij mekaar kunnen, ik zie het niet. Hij is zo’n stille gozer, met zijn visserstrui.’

‘Dat dachten mensen van ons ook, toen wij begonnen, dat we niet bij elkaar pasten,’ zei Anne met een draadje verdriet in haar stem. ‘Laten we maar hopen dat het bij Tom en Viv beter uitpakt.’

Rory pakte het half lege koffiekopje uit Annes handen en zette het op tafel, en daarna pakte hij haar twee handen in de zijne. Hij keek ernaar, zijn haar viel naar voren.

Anne voelde een rilling bij dat plotselinge contact; de hele dag hadden ze wel naar elkaar gekeken, maar hij had haar niet aangeraakt. Zij hem ook niet, hoewel het haar veel meer moeite had gekost dan zou moeten.

‘Annie, je weet hoe ik erover denk. Ik weet dat ik het allemaal verkeerd heb gedaan, en ik weet ook dat ik de tijd moet nemen om je te laten zien dat het anders zit dan je denkt, maar... maar... O, godverdomme, ik kan die shit gewoon helemaal niet onder woorden brengen!’ Gefrustreerd keek hij op, recht in haar ogen.

‘Je hebt niet alles verkeerd gedaan, Rory, dat is het helemaal niet. Het is gewoon dat we te verschillend zijn, en...'

'Kom hier dan,' fluisterde hij, dwars door haar zin heen, en hij trok haar in zijn armen. 'Kan wel wezen, wat je zegt, maar ik wil je gewoon zo, hier, dicht bij me hebben, ik ga nooit meer weg, ik zal wel gek zijn, jezus, Annie, ik kan mezelf wel voor m'n kop schieten dat ik het zover heb laten komen...' Zijn neus verdween in haar haar en ze stonden een tijdje stil, rustig, totdat hun ademhaling precies gelijk ging. Langzaam, in, langzaam weer uit.

Anne ontspande in zijn armen, legde haar hoofd op zijn schouder, haar hand ging als vanzelf omhoog en wreef zachtjes achter zijn oor. Dat vond hij lekker, dat wist ze; hij trok haar meteen nog iets steviger tegen zich aan.

'Dus nou moet ik boven je gaan liggen maffen?' mompelde hij in haar haar, 'denk je dat ik dan ook maar één oog dichtdoe? Ik kan nou al niet slapen omdat ik aan je lig te denken.'

'Ik moet ook de hele tijd aan je denken,' bekende Anne, 'maar dat is alleen maar fysieke aantrekkingskracht, daar moeten we maar aan zien te wennen.'

'Noem dat maar "alleen maar"; d'r zijn hele oorlogen gevochten om fysieke aantrekkingskracht.'

'Ja, maar ik bedoel...' Anne hief haar hoofd op om hem aan te kijken, zijn mooie, lieve gezicht vlakbij, ze kon zijn stoppels tellen. Hij wreef zijn lippen over haar slaap, alsof het zo hoorde; het was allemaal alsof het zo hoorde, het voelde zo heerlijk, vertrouwd en opwindend tegelijk, en... 'Maar als mensen zijn we niet veranderd, jij en ik,' fluisterde ze met moeite, 'jij bent wie jij bent, en ik ben wie ik ben, en we willen gewoon iets totaal verschillends van het leven. We kunnen toch niet anders dan elkaar ongelukkig maken, op de lange duur?'

'Verdomme, Annie,' mompelde hij, 'dat kan me allemaal geen flikker sche–' en toen zaten hun lippen tegen elkaar en was van het hele gesprek niets meer over dan een overweldigende sensatie. Dit was het, dit was nou precies de bedoeling van zo ongeveer alles, het hele leven, dit, deze man, deze kus, dit moment.

Anne voelde hoe ze een stukje van de grond werd getild, moeiteloos, en hoe Rory met haar in zijn armen zonder ook maar een seconde aan aandacht en intensiteit te verliezen een paar passen liep. Ze werd pardoes tegen de brokkelige stenen van het muurtje gezet en hij leunde tegen haar aan, groot, gespierd, warm en onmiskenbaar opgewonden. Hij wreef een beetje, niet te veel, precies genoeg om haar het gevoel te geven dat er geen bot meer in haar lichaam zat.

'Rory,' mompelde ze daas toen hij haar lippen even losliet; ze wist eigenlijk niet of het een waarschuwing of een aanmoediging was. Hij gromde een beetje, kuste haar opnieuw, en ineens realiseerde ze zich waar ze was, wat ze aan het doen was, en met wie. Een furieuze blos barstte uit op haar gezicht, zo heftig dat hij het merkte. Hij brak de kus abrupt af en leunde met gesloten ogen, wenkbrauwen vervaarlijk gefronsd, een beetje nahijgend zijn voorhoofd tegen het hare .

'Rory, wat doe je nu toch allemaal,' fluisterde ze, buiten adem en in de war.

'Ik weet het ook niet, moppie,' mompelde hij, minstens net zo verward, 'ik doe maar wat, net als altijd.'

Anne had de hele nacht geen oog dichtgedaan. Ze had liggen luisteren naar de rustige ademhaling van Row naast haar – wat kon hij toch met een heerlijke, kinderlijke overgave slapen – en zich afgevraagd of boven haar Rory er net zo bij zou liggen. Denkend aan haar, terwijl zij aan hem dacht. Die kus, die wereldschokkende kus na zo'n heerlijke dag samen. Als ze niet onderbroken waren door Georgie en Woz, die de tuin in waren gekomen met een stoffige fles wijn en vier glazen, dan had hij haar vast opnieuw gekust, en dan was het vast ontzettend uit de hand gelopen.

In de tuin, tegen de muur. Ze bloosde bij de gedachte alleen al, maar kon toch ook niet ontkennen dat die gedachte van het model 'adembenemend opwindend' was. Het viel nog niet mee, maar ze kon toch maar beter blij zijn dat Georgie en Woz precies op dat moment naar buiten waren gekomen.

Rory was snel bij Anne vandaan gestapt en quasi-nonchalant naar de andere kant van de tuin gelopen, waar hij de droogmolen bestudeerde en uiteindelijk zijn blauwe blokjeshemd eraf haalde. Hij trok het aan, rolde de mouwen slordig op en knoopte een paar knoopjes dicht, alles met zijn rug naar Woz en Georgie. Anne had op haar lip moeten bijten om niet te lachen: ze kende hem intussen goed genoeg om te weten dat die willekeurigheid van hem een stuk minder spontaan was dan hij leek. Hij deed altijd zo als hij zich een beetje overvallen voelde, en hij wilde natuurlijk niet te koop lopen met wat Anne maar al te goed had gevoeld. De vreselijke opwindendheid van die kus. Ze stond zelf ongeveer nog na te schudden, hoewel de humor van de situatie haar wel een beetje ontnuchterde.

Rory was, blokjeshemd keurig dicht over eventueel aanstootgevende lichaamsdelen, terug komen struinen met een gezicht alsof hij van niks wist, terwijl Anne zich voorzichtig en blozend onder de blikken van Georgie en Woz in een tuinstoel liet zakken en een glas wijn accepteerde.

Ze hadden gepraat tot het donker was, over van alles en nog wat, over het leven, over wat nu echt belangrijk is, over je dromen volgen, en gaandeweg het gesprek had Rory, die naast Anne was gaan zitten, haar hand gepakt en vastgehouden. Ze had tegen zijn schouder geleund, haar hand in de zijne rustend op zijn knie, en ze was voor het eerst in heel lange tijd verbazingwekkend gelukkig geweest.

Tot het plotseling was gaan regenen. Ze hadden, rondspringend als acrobaten, de kussens, de glazen, de was en Rory's slaapzak en stretcher naar binnen gesleept en stonden allemaal in de keuken, omringd door chaos, stil na een paar minuten van explosieve activiteit. Toen er na die eerste druppels een gigantische bui losbarstte hadden ze collectief de slappe lach gekregen; ze kon Rory's gegrinnik nog horen. 'Je had gelijk, mop,' had hij in haar oor gezegd, nog nagiechelend, 'als ik buiten was gaan liggen had ik dat op mijn kop gekregen.'

Toen de keuken weer een beetje netjes was, hadden Woz en Georgie hun een veelbetekenend welterusten gewenst en waren ze verdwenen naar Georgies slaapkamer.

Anne had, blozend en wel, Rory met zijn slaapzak naar de zolderkamer gebracht.

Het afscheid, voor de deur, was aarzelend en een beetje wiebelig geweest – die wijn had er nogal in gehakt na zo'n buitendag – maar behalve een klein, beetje kleverig kusje hadden ze het netjes gehouden. Ze hadden elkaar goedenacht gewenst en Anne was de trap af gelopen, Rory's ogen brandend in haar rug.

Ze had haar tanden gepoetst en was voorzichtig naast Rowland gaan liggen, die een beetje wakker was geworden en had gemompeld dat het zo leuk was geweest en wanneer ze nog een keer samen iets gingen doen; ze had hem een aai over zijn bol en een kus op zijn wang gegeven en hij was weer heerlijk in slaap gevallen.

Zij niet.

Roar

18 Opstaan

Hij keerde zich nog maar eens om op zijn bedje, in zijn slaapzak, hoewel de slaap daarvan niet echt dichterbij kwam. Een dikke week sliep hij nu hier, bij Annie op zolder, of althans, een dikke week lag hij al te woelen en te draaien. Het was niet dat het bed niet lekker lag (deed het wel, en daarnaast: hij kon overal slapen als het moest) en het was ook niet dat hij niet hondsmoe was aan het eind van elke dag, maar het ging gewoon niet.

Hij dacht aan Annie, die beneden in bed lag; daar wilde hij liggen, bij haar, niet hier in zijn eentje. En dan kon hij de slaap wel gedag zeggen: als hij eenmaal op dat spoor zat met zijn gedachten dan was ongeveer kapotgaan van verlangen het enige waartoe hij nog in staat was.

Nog nooit in zijn leven was hij zo achterlijk, idioot, belachelijk gek van een vrouw geweest. Hij wist natuurlijk wel met zijn hoofd en zijn hart dat hij van Annie hield, en dat hij haar mooi en aantrekkelijk vond, maar nu zo dicht bij haar zijn en niet kunnen toegeven aan wat hij eigenlijk wilde, viel hem veel zwaarder dan hij had kunnen voorzien: de stem van zijn lijf liet zich niet zomaar het zwijgen opleggen.

Ze gingen goed met elkaar om, en dat maakte het misschien alleen nog maar moeilijker. Er was een soort routine ontstaan: ze ontbeten samen met Rowie, soms ook met Woz en Georgie erbij als die al op waren, Row rommelde lekker rond en had iedere dag wel iets leuks te doen met zijn nieuwe vriendjes, hijzelf werkte hard mee in zijn huis. De afgelopen paar dagen had hij zijn focus naar de tuin verlegd: hij had terrastegels besteld, wat dingen om op te zitten en een parasol, maar dan moesten wel eerst het onkruid en een paar boompjes en doorgewoekerde struiken verwijderd worden. Zijn armen zaten onder de krassen: de struiken werkten niet erg mee.

Maar noch van het harde werken, noch van de routine werd het verlangen minder. Het werd eerder erger.

Viv werkte nu drie dagen in de week in Seaview, dat had Woz zo bedongen omdat hij een oogje op haar wilde kunnen houden, en op die dagen was Annie vrij om te doen en laten wat ze wilde. De afgelopen week hadden ze voor de tweede keer zo'n dag samen doorgebracht, hij, Annie en Rowie: ze waren met een klein veerbootje twee andere eilanden gaan bezoeken en hadden flink gewandeld. Rowie vond het prachtig, de sfeer was goed, ze hadden plezier.

Hij had haar met geen vinger aangeraakt, hoewel hij het bijna niet om uit te houden vond. Toen hij haar een hand reikte bij het uitstappen uit de veerboot trilde het dwars door hem heen en moest hij zich als een malle concentreren om niet meteen voor gek te lopen met al zijn ingehouden spanning zichtbaar voor de hele wereld. Spinazie, spinazie, spinazie, had hij gedacht, als een soort mantra. Het meest onerotische wat hij zich kon voorstellen, hij vond het niet te vreten.

Morgen had ze ook vrij. Hij kon er niks aan doen maar hij hoopte met heel zijn hart dat ze er zin in zou hebben om nog een dagje met hem en Row door te brengen, hoewel dat tegelijk een soort idiote, bitterzoete marteling was. Als hij stond te zagen of te schroeven, of hij was bezig struiken uit de grond te trekken, dan had hij tenminste genoeg afleiding om ook eens vijf minuten níet te denken aan hoe graag hij haar in zijn armen wilde.

Hij knipte zijn leeslampje aan en keek op zijn horloge: kwart voor vijf. Buiten stak de ochtendschemering de kop op, binnen lag hij zich af te vragen hoe lang hij nog moest blijven liggen voordat hij met goed fatsoen zijn bed uit kon. Hij stond uit pure ellende elke dag idioot vroeg op en zat dan, half daas van het slaapgebrek, in de woonkamer met zijn laptop op schoot om te lezen wat er nu weer voor onzin over hem werd geschreven. Of hij worstelde zich met pijn en moeite en bijna tastbare afkeer door het übertaaie jargon van de e-mails van Meilanes advocaten heen, als ze weer eens een of andere idiote reden had bedacht waarom hij ge-e-maild moest worden.

Bij iedere advocaten-e-mail en ieder YouTube-filmpje van Meilane bij een of andere praatshow waarin ze uitgebreid uit de doeken deed wat voor agressieve, onverantwoordelijke eikel hij was, maakte hij zich meer zorgen over wat dat rare wijf nou weer van plan was. Ze had het allemaal nog nooit zo serieus aangepakt als nu. Ze had het ook nog nooit eerder zo ontzettend lang volgehouden; het begon op een heuse haatcampagne te lijken. Ze had dan wel nergens bewijs voor, maar hij wist als geen ander dat dat ook helemaal niet per se nodig was: als de mening van de massa zich tegen je keerde, dan was het verdomd moeilijk om dat allemaal weer ongedaan te maken. Hij kon zo een heel rijtje collega's uit de entertainment-industrie noemen die na één uit proporties opgeblazen schandaal in de media jarenlang niet meer serieus genomen werden.

Hij deed natuurlijk zijn uiterste best om zijn bezorgdheid niet te laten merken. Hij was er best goed in, vond hij zelf, om zorgeloos over te komen terwijl hij zich vanbinnen ergens over opvrat. Alleen Georgie had het, ondanks al zijn nonchalance, toch mooi in de gaten gekregen. Ze had hem twee dagen geleden even apart genomen, hem diep in de ogen gekeken, en gezegd: 'Je moet met een statement naar buiten komen. Er wordt van alles over je beweerd, er is natuurlijk helemaal niets van waar, dat zie ik ook wel nu ik je een tijdje van dichtbij heb meegemaakt, maar als je geen standpunt inneemt en iets van een verklaring afgeeft dan gaan mensen het nog geloven ook. Misschien doen ze dat zelfs al. En ik weet niet wat die ex van jou van plan is, maar als ze bezig is om de communis opinio tegen je te keren omdat ze een rechtszaak wil openen op basis van een flinterdun verhaal, dan sta je er dadelijk nog slechter voor dan nodig.'

Hij had natuurlijk die hele riedel afgedraaid van dat het hem geen flikker interesseerde wat iedereen van hem dacht en dat het vanzelf over zou waaien; het was niet de eerste keer dat Meilane hem dwarszat. Iedere keer als ze tussen projecten en relaties in zat herinnerde ze zich dat hij in ieder geval op het punt van Rowland gewonnen had, en dat vrat dan aan haar. Zij wilde winnen, zij wilde het gevoel hebben dat ze op alle fronten haar concurrentie verpletterd had, maar zodra ze weer een rol in een film had, of een nieuwe romance, dan vergat ze het meteen weer en werd alles weer stil. En wat hemzelf betrof: hij was toch niet met zijn carrière bezig, ze konden over hem roddelen wat ze wilden, de rioolratten zouden het vanzelf wel weer over wat anders gaan hebben.

Georgie had zich niet af laten schepen. 'En Rowland? Hoe denk je dat hij zich voelt als er zulke schandalige onwaarheden over zijn vader beweerd worden? Hij is slim genoeg, en handig genoeg met die iPad van hem, om het allemaal op te kunnen zoeken. En Anne? Ze vindt het verschrikkelijk. Ze geeft nog steeds erg veel om je. Als je het niet voor jezelf doet, doe het dan voor hen.' En toen had Georgie iets verrassends gezegd: 'Ik zal je wel helpen. Ik heb speeches en persberichten per strekkende meter voor Frederick geproduceerd, ik was daar altijd een stuk beter in dan wat voor secretaresse of, godbetert, spindoctor hij daarvoor dacht in te moeten huren. Laat mij maar even.'

Hij klom nu uit bed, keek de kamer rond of er iets lag wat hij aan zijn blote lijf kon hangen voordat hij naar beneden ging, hees zich in zijn afgeknipte joggingbroek, graaide zijn laptop van de grond en sloop de zoldertrap af. Langs Annies kamer – hij bleef even staan voor de deur. Het liefst was hij gewoon naar binnen geslopen om naast haar te kruipen, maar hij wist niet zeker of hij zich zou kunnen beheersen als hij eenmaal echt naast haar in bed lag, en dat kon natuurlijk allemaal helemaal niet met Row ernaast.

Zuchtend sloop hij de woonkamer in, liet zich zachtjes op de bank zakken, klapte zijn laptop open op schoot en opende zijn browser.

Georgies persbericht had een golf van zichzelf herhalende berichtjes op internet opgeleverd: Rory Maquary stopt met acteren om zich aan de opvoeding van zijn kind te wijden, Rory Maquary leeft teruggetrokken ergens in het Verenigd Koninkrijk en wil niets meer met Hollywood te maken hebben, Rory Maquary heeft niemand mishandeld: het zogenaamde handgemeen met zijn ex was niet meer dan een pittige discussie. Op Georgies advies had hij ook een clipje beeld bijgeleverd, waarin je zag hoe Rory enigszins woest met zijn arm gebaarde naar Meilane: sodemieter op, zei dat gebaar, maar hij raakte haar niet aan. En zij stapte in haar auto en verdween en dat was dan dat.

Er waren nu al een paar sites die Meilane voor aandachtsziek uitmaakten, en die zich in haar lange en kronkelige relatie- en verslavingshistorie verdiepten. Op zich ging dat allemaal de goeie kant op. Georgie had het perfect geregeld en ze had volkomen gelijk gehad; daar moest hij eigenlijk blij mee zijn, maar hij voelde zich niet blij. Hij voelde zich ellendig. Iedere morgen als hij zo vroeg beneden zat voelde hij zich rot. Leeg, eenzaam, afgesloten. Wat idioot was: hij had Rowie bij zich, en het ging gelukkig weer helemaal goed tussen hem en zijn kind, hij had Annie in de buurt en ze gingen goed met elkaar om, hij had een geweldig huis op een plek waar hij graag wilde wonen, hij kende al de nodige mensen in de omgeving en had wel het idee dat het allemaal zou gaan werken zo...

Wat wil je nou nog meer, eikel, zou hij zichzelf willen toeschreeuwen, terwijl hij daar, zo half verstopt achter zijn haar en zijn laptop, zich een potje moe en zielig zat te voelen.

'Ben je nu alweer zo vroeg je bed uit?' Georgie stond in de

deuropening in een kamerjas van fleece met luipaardprint.

'Ik slaap slecht,' bromde hij. 'Je persbericht en al die shit heeft wel goed geholpen, ik zit de boel eens even te bekijken en de verhalen beginnen al beter te worden.' Hij klapte zijn laptop dicht met een grommetje. 'Ik heb er een ongelooflijke pesthekel aan, op internet zitten koekeloeren wat ze over me zeggen.'

Georgie kwam naast hem zitten. 'Dat kan wel zijn, maar het is toch belangrijk dat je het wel een beetje volgt. Zeker als je ex zo dreigt met aanklachten, dan is het natuurlijk juist belangrijk hoe de publieke opinie eruitziet. Stel je voor, ze krijgt het voor elkaar om een aanklacht wegens mishandeling voor een rechter te krijgen, en het moet langs een jury, waarvan de leden allemaal vrolijk gevoerd zijn met allerlei artikelen over wat voor verschrikkelijk sujet je wel niet bent. Je kunt mij niet wijsmaken dat dat niet gaat meewegen in hun eindoordeel. En ben je daar eenmaal voor veroordeeld, al kun je het misschien afdoen met een geldboete, dan is de stap naar een zaak om de voogdij zo gezet natuurlijk.'

'Je zal wel gelijk hebben,' zei Rory een beetje stuurs, 'maar dan vind ik het nog wel klote om over mezelf te moeten lezen.'

'Ik kan het me voorstellen. Zullen we naar beneden gaan? Ik maak wel vast even een pot koffie.'

Een goede anderhalf uur later zat iedereen om de ontbijttafel.

'Gozer, je ziet eruit of je door een snijbonenmolen bent gejast,' zei Woz tegen Rory. 'Slaap je niet goed op mijn ouwe bedje?'

'Ik slaap helemaal niet goed, maar dat komt niet door dat bed,' zei Rory zachtjes. Hij wilde eigenlijk niet dat Annie het zou horen, maar dat was ijdele hoop.

'Heb je last van je schouder?' Ze keek hem bezorgd aan met die hertenogen van haar, hij voelde zijn hart in zijn borstkas trillen. God, wat wilde hij graag met haar vrijen totdat ze slap en rozig en tevreden was. Maar nog veel liever wilde hij zeker weten dat ze van hem was. Dat hij haar terug had. Dat ze bij hem hoorde, en hij bij haar, en dat hij alles wat hij met z'n stomme kop verkeerd had gedaan, weer had rechtgezet.

'Nee, het gaat wel,' mompelde hij.

'Doe je wel voorzichtig met al dat klussen? En gisteren was je zo hard bezig in de tuin, met die struiken...'

'Als ik voorzichtig doe dan krijg ik die krengen d'r niet uit, mop,' zei hij, 'en ik wil het een beetje leeg hebben voordat ze met die terrastegels komen.'

'Pap?' Row mengde zich in het gesprek met een mond vol broodje pindakaas.

'Eerst eten, dan praten, lieverd,' zei Annie, en Rory hoorde tegelijk uit zijn eigen mond komen: 'Gast, niet je klep opendoen om te ouwehoeren als je je hap nog niet hebt ingeslikt!'

Row begon te giechelen, slikte, en giechelde nog een beetje meer. 'Jullie zeggen hetzelfde, maar dan anders.'

'Alleen heeft je vader een verschrikkelijke woordkeus,' zei Annie, met een blik zijn kant uit waarvan hij warm werd op plaatsen waar je tijdens het ontbijt niet warm zou moeten worden.

'Gaan we morgen nog een keer naar het strand, samen? Annie? Pap? Ik weet dat je vrij hebt, Annie, aaah?'

'Ik vind het best, mannetje,' zei Rory, zo nonchalant mogelijk. Hij keek niet naar Annie, want hij wist niet wat hij moest hopen. Dat ze nee zei, en dat hij niet de hele dag in haar gezelschap zou hoeven zijn terwijl hij niets liever wilde dan haar aanraken, haar overal aanraken? Of dat ze ja zei, en dat hij in ieder geval de hele tijd bij haar in de buurt kon blijven, ook al kon hij haar niet aanraken?

'Goed,' zei Annie, 'als het lekker weer is.'

Rory haalde heel diep adem. Langzaam in, en misschien nog wel langzamer uit. Hij keek naar Row, gaf hem een knipoog. 'Ik ga zo nog effe met die struiken knokken. Wil je me helpen, kleine gast, of ga je liever spelen?'

De tuin was bijna helemaal leeg. Rory was ook leeg, van vermoeidheid. De drie bomen die hij had willen houden stonden nog rechtop, de rest lag gezaagd op een berg, met de uitgegraven en in stukken geknipte struiken er bovenop. Hij had ook nog meegeholpen met het keukenblok installeren: hij werd met de dag handiger en genoot in stilte van het mannen-onder-mekaar-gevoel dat onder de bezielende leiding van Klussen-Colin was ontstaan. Eerder op de dag, bij de koffie, had Colin zelfs zijn grootste zorg met hem gedeeld: hij had verteld dat zijn ouders, die een kleine boerderij op het eiland runden, eigenlijk te oud werden om nog te werken, maar geen koper konden vinden voor de boerderij. Het was net te ver bij alles vandaan om voor toeristen interessant te zijn, en ze hadden het geld van de verkoop nodig om een zorgflat in Hugh Town te kunnen kopen.

Rory had geluisterd – dat kon hij goed – en geknikt, totdat Colin zich ineens had verontschuldigd met: 'Waarom vertel ik je dit eigenlijk allemaal, daar zit een gozer als jij natuurlijk helemaal niet op te wachten.'

Rory had gelachen en hem een klap op zijn schouder gegeven. 'Doe niet zo achterlijk, daar heb je maten voor, man!'

Nu glimlachte hij: hij had maten, hier op het eiland. Het ging, leek het, met zijn integratie in het eilandleven al net zo soepeltjes als met Rowie.

Hij keek even omhoog naar Annies slaapkamerraam.

Rowie lag al lekker te slapen in Annies bed, Annie zou wel aan het werk zijn in het restaurant. Het was stil in de tuinen: de meeste mensen zaten nog te eten of na te tafelen. Hij keek naar zijn handen, die harsig waren. Hij had een paar splinters opgelopen die hij er nog net uit zou kunnen trekken voordat hij zich bij de buren zou melden met zijn gitaar onder zijn arm. Zaterdagavond, en genoeg mensen hadden hem gevraagd om nog een deuntje te komen spelen: hij had het gevoel dat hij er niet onderuit kon.

Het was niet dat hij geen zin had; hij had altijd wel zin in muziek maken. Het was meer dat hij de afgelopen week nauwelijks zijn gitaar had aangeraakt, en nu voelde hij ineens een beetje twijfel. Kon hij het nog wel? Hij was niet de beste gitarist van de wereld, en dat zou altijd wel zo blijven, maar zolang hij maar bleef oefenen kon hij, was hij...

Niet zeiken! zei hij streng tegen zichzelf. Wat was het nou helemaal, een piepklein restaurantje waar hij, als ze de tafeltjes een beetje aan de kant zouden zetten en de mensen een beetje zouden proppen, voor misschien net een man of dertig zou kunnen spelen. Niet meer. En de helft van die dertig man kende hij bij de voornaam. Zelfs al zat hij met zijn vingers klem tussen de snaren, dan vonden ze het waarschijnlijk nog leuk.

Eigenlijk, en dat wist hij ook wel als hij zichzelf toestond erover te denken, wilde hij alleen maar spelen omdat Annie er was. Als een schooljongen wilde hij indruk maken op haar met het enige kunstje dat hij kende; hij wilde zingen met zijn hele gevoel en dan af en toe even naar haar kijken, en zien dat zijn blik bij haar binnenkwam zoals al haar blikken ook bij hem binnenkwamen. Dát wilde hij.

Met een diepe zucht en een hoofdschudden om zichzelf, zijn stomme onzekerheden en aanvliegingen, stapte hij over het muurtje, ging naar binnen en nam meteen de trap. In de badkamer waste hij de hars van zijn handen, wat nog niet meeviel, en plukte hij de splinters uit zijn huid. Even keek hij in de spiegel naar zijn gezicht. Hij zag er op de een of andere manier minder... hij kon er niet precies de vinger op leggen. Op tour vond hij altijd dat hij er steeds grauwer en afgeleefder uit begon te zien: onrust, onderweg zijn, slecht eten, te veel drank en troep, korte nachten. Als hij in een film zat kreeg hij altijd zoveel rotzooi op zijn smoel gesmeerd dat hij geen idee had hoe hij er daaronder nou uitzag, behalve dat als het allemaal te lang duurde, hij op een goed moment onder de bultjes en puistjes zat.

Nu zag zijn gezicht er, ondanks de vermoeidheid, rustig uit. Zijn ogen leken wel lichter, hij was bruin van het buiten zijn, maar niet Hollywoodbruin, wat bij de meeste van die figuren een combinatie van zonnebank en *spray tan* was. Gewoon natuurlijk bruin, van het in zijn blote bast in de zon in de tuin werken, dat was hij.

Zijn haar was een beetje opgebleekt; het hing ondertussen tot net voorbij zijn schouders. Hij had het eigenlijk elke dag in een staart, of zoals nu opgerold in een soort knotje achter op zijn hoofd, omdat hij anders steeds in die verdomde struiken bleef hangen. Hij trok het elastiek uit zijn haar. Schudde zijn hoofd tot het in de rondte zwierde en probeerde stoer te kijken langs een lok die over zijn voorhoofd tot op zijn kin viel. Maar vervolgens voelde hij zich zo'n idioot dat hij het allemaal maar achter zijn oren harkte en gauw de badkamer uit en de zoldertrap op ging, om zijn gitaar te halen.

Hij had het idee dat het spelen wel goed ging. Hij zat op een kruk in een hoek onder een tafellamp, die door Woz met een knoop in het snoer was opgehesen zodat hij warm op zijn kruin scheen. Zijn gitaar werkte op alle fronten mee en zijn vingers gleden verrassend soepel over de toets. Alsof bijna een week niet spelen de boel alleen maar vooruit had geholpen, hoe gek dat ook leek. Alles wat hij probeerde op zijn Martin lukte, en alles klonk precies zoals hij het bedoelde.

Hij had, daar was hij ondertussen wel achter, een idioot groot repertoire in zijn hoofd zitten, en hij wist niet eens zeker waar dat nou allemaal vandaan kwam. Wanneer had hij die teksten en die akkoordenschema's geleerd? Hoe kwam het dat zijn vingers, als iemand uit het publiek 'Sweet Home Alabama' riep, gewoon meteen de introlick speelden en de woorden zo uit zijn mond rolden: '*Big wheels keep on turning, carry me home to see my kin...*'

Gaandeweg de avond werd het steeds meer een soort spelletje.

'Ha, die gozer is net een jukebox,' riep Klussen-Colin over de rand van zijn bierglas. 'Hé, Rory, kan je ook "January, February" van Barbara Dickson?' En tegen Richard, die naast hem stond: 'Lievelingsliedje van mijn vrouw.'

Rory dacht even na, plukte een paar akkoorden en zong: '*January, February, don't you come around*, bedoel je die, Col?'

Colin gaf een enthousiaste brul.

'Ho, rustig, gast,' zei Rory, 'ik weet volgens mij wel hoe die gaat, maar ik heb echt geen idee hoe de tekst ook weer is. Wacht, ik kijk effe in mijn telefoon.'

Hij pulkte zijn iPhone uit zijn zak, zocht iets op, legde hem op zijn knie en begon.

You just say the things you want to hear
And like a fool I believed everything was clear
But now I feel so distant, I don't know what to say
The things I thought important are just another day
And you and I are miles and miles apart
You got me on the road to one more broken heart
January, February, I don't understand
Why it is you say you're leaving, then you turn around
You won't settle down, you've got both feet off the ground...

Hij had verwacht dat het gek zou klinken, zo'n vrouwelijk jarentachtignummer uit zijn mond, maar zijn korrelige rockstem gaf er een heel eigen lading aan. Het ging hem makkelijk genoeg af om de tijd te hebben te lezen wat er stond, en te luisteren naar de woorden die hij zong, en ineens was het alsof hij zichzelf zag, echt zág, door de ogen van Annie. Alsof hij ieder moment weer kon verdwijnen, omdat hij niet echt met zijn voeten op de grond stond. Alsof ze met hem op weg was naar een gebroken hart.

Hij keek op, liet zijn vingers een tussenstukje spelen met het akkoordenschema van het refrein, en zocht naar Annie. Daar, daar stond ze, ze keek naar hem, hij keek naar haar, hun blikken kruisten elkaar en het trilde door hem heen, hard genoeg dat de iPhone van zijn knie viel. God, wat was haar gezicht gespannen;

zou ze het ook gehoord hebben in de tekst? Zou ze nu nog meer aan hem twijfelen dan ze al deed?

Hij veranderde het ritme naar een medium-tempo reggae-slagje en zong in dezelfde toonsoort:

Get up, stand up, stand up for your rights

Get up, stand up, don't give up the fight

Zachtjes herhaalde hij dat laatste: *don't give up the fight, don't give up the fight*, terwijl hij haar aan bleef kijken. Steeds zachter, totdat het bijna niet meer te horen was, een *natural fade-out*. Mensen begonnen te klappen, Colin stampte op de vloer met zijn klusschoenen nog aan zijn voeten, maar hij keek naar Annie en Annie keek naar hem.

Zou ze het begrepen hebben? Hou vast, hou míj vast, wilde hij tegen haar zeggen, geloof me nou, het is anders nu. Zijn hart klopte zo hard dat het hem niet had verbaasd als iedereen het had kunnen horen, maar toen keek ze weg en begon ze lege glazen te verzamelen.

De laatste gasten waren pas tegen half een de deur uit, maar ze hoefden zich geen zorgen te maken dat er een bekeuring van zou komen: de politie-inspecteur en de twee agenten die verantwoordelijk waren voor de wetshandhaving van heel Scilly hadden de hele avond aan de bar mee staan zingen met alle hits die Rory in de loop van de avond op verzoek had gespeeld. Hij had zich wel een beetje leeg gevoeld na dat ontzettend intense moment met Annie, maar hij had dapper doorgezet en een tijdje later ook wel weer lol gekregen in de idiote verzoekjes die hij naar zijn hoofd kreeg.

Een Abba-nummer.

Iets van Neil Diamond, die hij eigenlijk helemaal nog niet zo slecht vond, als liedjesschrijver.

Iets van de Spice Girls, en een nummer van Oasis, een Kiss-nummer en een Nickelback-nummer, een toerist die om Rammstein vroeg, maar dat verdomde hij.

'Heb je enig idee hoe het klinkt als ik probeer in het Duits te zingen?' had hij lachend gezegd. 'Moeten jullie allemaal naar de eerste hulp om aan je oren geopereerd te worden. Vraag maar wat anders.'

Een kerstliedje: 'Santa Baby'. Hij zong het met getuite lippen en keek er zo zwoel mogelijk bij; iedereen lag in een deuk.

Een countrynummer: 'She Thinks my Tractor's Sexy'. Hij kon de Tennessee drawl van Kenny Chesney behoorlijk goed nadoen en kreeg er een groot applaus voor.

En natuurlijk, je kon erop wachten, een of andere debiel vroeg om 'Land Down Under'.

Travelling in a fried-out combie... zong hij, en bij *She just smiled and gave me a vegemite sandwich* hield hij met een ondeugende blik in zijn ogen even op met spelen en zingen om goedkeurend knikkend naar het meebrullende publiek te luisteren, waarna iedereen natuurlijk meteen weer in lachen uitbarstte.

'Nog effe en ik maak Aussies van jullie allemaal,' had hij na het nummer gezegd, zijn accent lekker aandikkend. 'Maar nou is het genoeg, ik ga aftaaien. Volgende week verder.'

Nu was het rustig. Annie stond te vegen, Wozzie was de bar aan het poetsen, Georgie haalde de laatste glazen op.

Hij zat op de hoek van een tafeltje, wreef zijn snaren schoon met een oude theedoek en veegde de vingerafdrukken van de slagplaat. Langzaam stond hij op en liep naar de keuken, waar hij zijn gitaar in de hoes ritste. Hij leunde met een schouder tegen de ijskast en stond net te overwegen of hij een smoes kon verzinnen om even terug te lopen en nog een keer te kijken of hij Annies blik kon vangen, toen ze ineens naast hem stond in de keuken.

'Het was weer mooi,' zei ze zachtjes. 'Vooral dat einde.'

Hij wist precies wat ze bedoelde: zijn natural fade-out. Zijn boodschap aan haar: opstaan, en vechten voor wat je wilt hebben. Dat was ook precies wat hij op dit moment zelf stond te doen, gek genoeg, hoewel hij zich nog nooit van z'n leven zo vreselijk had moeten inhouden. Hij had altijd gewoon een hand uitgestoken als hij iets wilde, en dan hing er meestal binnen no time een mooie vrouw aan. Maar niet bij Annie. Bij Annie was alles anders. Zijn stoerheid werkte niet, hij moest geduld hebben en hij moest moeite doen. Moeite doen door te wachten, vechten door eigenlijk niks te doen, wat een rare spagaat voor een vent als hij!

Hij strekte toch, heel voorzichtig, een hand naar haar uit.

Ze wachtte even – hij hield zijn adem in – en pakte hem toen, verlegen, zonder naar hem te kijken. Hij ademde uit, had niet eens doorgehad dat hij zijn adem had ingehouden, en trok, langzaam, net zo lang tot ze bijna tegen hem aan stond, maar net niet.

Even stonden ze zo, gelijktijdig te ademen, haar hand in zijn hand, totdat hij het niet meer hield en voorzichtig zijn lippen tegen de hare legde.

Ze kuste hem terug, zacht, lief, maar maakte zich toen los.

'Ik moet nog helpen met opruimen. Gaan we morgen nog...?'

Hij knikte. 'Morgen.'

Anne

19 Vertrouwen

Het was een prachtige dag. Ze fietste achter Rory aan over een smal paadje tussen lage bomen door, op weg naar het uitzicht over zee. Op advies van Klussen-Colin gingen ze eerst naar Watermelon Cove, en daarna naar de Innisidgen Burial Chambers, een prehistorische begraafplaats. Het noorden van St. Mary's was heerlijk rustig, de meeste toeristen bleven toch in de buurt van High Town met zijn twee stranden.

Row had het wel een beetje moeilijk gehad toen hij moest kiezen tussen een dagje met zijn vader en haar, of een dag op de nieuwe boot van de vader van een van zijn vriendjes, maar uiteindelijk hadden de vijf vragende jongetjes die aan het tuinhek hingen die morgen (aaah, Rowie, kom nou mee, Rowie, is toch leuk, aaah?) de doorslag gegeven. Ze hadden allemaal visgerei, Row ook, het ging allemaal mee aan boord en ze hadden grootse plannen.

Anne en Rory waren enigszins verbijsterd achtergebleven na die korte maar hevige invasie, en toen had hij van veel te dichtbij in haar oor gemompeld: 'Zullen wij dan naar die prehistorische dingen gaan kijken, waar Col het over had?'

Ze had even getwijfeld of ze wel zomaar met Rory op pad moest gaan, zo zonder Row, maar hij had haar op een bepaalde manier aangekeken en ze had zomaar geknikt en even haar wang tegen de zijne gelegd. Maar toen ze voelde dat hij haar wilde kussen was ze maar gauw een tas gaan vullen met boterhammen, een fles water en een thermoskan thee, een kleed en een fles zonnebrand. Voor de zekerheid stopte ze er ook nog maar een handdoek in.

Georgie en zij hadden al snel fietsen gekocht op het eiland toen ze er kwamen wonen, hoewel ze die in Hugh Town eigenlijk nauwelijks gebruikten; ze liepen overal naartoe. Nu kwamen ze goed van pas; ze had Rory nog nooit op een fiets gezien, maar natuurlijk stapte hij op en reed hij weg, zoals hij ongeveer alles met dat idiote gemak deed. Alsof hij het volste vertrouwen had dat zijn lijf het gewoon zou kunnen.

En nu reed hij voor haar uit, zijn woest krullende, ongekamde bos haar achter hem aan wapperend in de wind, met zijn afgeknipte joggingbroek en zijn bergschoenen met twee verschillende sokken. Het was nog een wonder dat hij niet op teenslippers was, dacht ze, ineens vertederd.

Anne had een van haar lange linnen jurken aan, met gympjes eronder voor het wandelen, en haar zonnehoed hing op haar rug. Hij bleef afwaaien op de fiets, dus ze liet het maar even zo.

Rory keek even om en riep over zijn schouder: ‘Volgens mij zijn we bijna bij de zee, mop.’ En inderdaad, het paadje eindigde in een soort onduidelijke meervoudige splitsing, waarvan de breedste optie een uitzicht over een prachtige kleine baai met een houten strandtentje bood.

‘Wil je daar een kop koffie met me drinken?’ vroeg hij, terwijl hij nog rijdend van zijn fiets afzwaaide en hem in één beweging tegen een boom parkeerde. Anne stopte en stapte ook af, hij nam het stuur van haar over, zette haar fiets tegen de zijne, stak zijn hand uit.

Zonder er verder over na te denken pakte ze zijn hand en liepen ze samen het witte zand op. Ze gluurde even naar zijn gezicht, waar een halve glimlach op speelde. Hij betrapte haar en het werd een hele glimlach, een hele lieve, overweldigende glimlach die ze tot in haar tenen voelde.

Hij stopte met lopen en keerde zich naar haar toe. Greep ook haar andere hand en keek naar beneden in haar gezicht met de warmste blik die ze ooit in zijn ogen had gezien. 'Je bent echt zo mooi,' zei hij zachtjes, 'ik kan bijna niet stoppen met naar je kijken.' Toch deed hij zijn ogen dicht en liet hij zijn neus zachtjes over haar voorhoofd naar beneden glijden.

Ze deed een halfslachtige poging om zijn lippen te ontwijken, maar hij gaf een grommetje en trok haar naar zich toe, en toen gaf ze het maar op. Ze wilde hem ook helemaal niet ontwijken, ze wilde... ze had geen idee meer wat ze wilde. Iedere keer als hij haar kuste verdween alles, bestond alleen dat ene moment, met alleen zij, de enige twee mensen op de hele wereld. Niets anders deed ertoe, en ze liet zich kussen en kuste hem terug totdat haar knieën knikten en ze helemaal slap in zijn armen hing.

'Hoe doe je dat toch,' mompelde ze daas.

'Ik weet niet, jij doet ook wat,' zei hij, al net zo van de wereld. Ze voelde zijn onregelmatige ademhaling, zijn hart op hol in zijn borstkas. 'Je maakt me helemaal gek, Annie, ik hou het zowat niet meer.' Hij klonk een beetje wanhopig, en dat ontnuchterde haar precies genoeg.

'Misschien moeten we gewoon even een stukje gaan lopen?' zei ze bibberig. 'Dan drinken we wel koffie op de terugweg. Ik heb allemaal thee en zo in de tas, die zit nog achter op de fiets.'

Hij knikte, liet één hand los maar hield zijn arm om haar heen.

Terug bij de fietsen moest hij haar even loslaten om de tas van de bagagedrager te halen en over zijn schouder te hangen, maar toen trok hij haar weer tegen zijn zij met die volkomen vanzelfsprekende bezitterigheid van hem die Anne met haar hoofd ongepast vond, maar met haar hart onweerstaanbaar. Hij koos een paadje dat eruitzag alsof het de kustlijn het meest zou volgen, en samen liepen ze, tegen elkaar aan geplakt, langzaam, dromerig.

'Ik weet niet of dit gaat helpen,' zei ze zachtjes, haar hoofd tegen zijn schouder.

'Ik ook niet. Moet het ergens tegen helpen, dan?' Hij kneedde zachtjes haar middel.

'Nou, ik bedoel, het kán toch helemaal niet, hoe wij de hele tijd staan te zoenen, terwijl... Ik bedoel, op een goed moment moet dat toch een keer... Als we als vrienden...'

Rory zei niets.

Anne keek naar hem op, en zag een frons op zijn voorhoofd.

'Weet je, mop,' zei hij na een tijdje, 'jij hebt echt een probleem met vertrouwen. Ik heb ook problemen, weet ik wel, ik ben een ongeduldige, humeurige eikel af en toe, en erg intellectueel ben ik ook niet, en ik doe dingen voordat ik er goed over heb nagedacht, en... nou ja. Je hebt vast nog een hele riedel aan klachten over me. Maar ik durf in elk geval wel te vertrouwen op mijn gevoel.'

'Ik heb helemaal geen klachten over je,' zei Anne zachtjes. 'Ik denk alleen dat we niet bij elkaar passen, ook al vinden we elkaar heel aantrekkelijk.'

'Wat zegt je hart, Annie? Wat zegt je hart als ik je in mijn armen hou en...' Ze kwamen juist uit een groepje bomen en bereikten een beschut veldje, omringd door struiken, met aan één kant uitzicht over zee. Rory trok haar tussen de struiken door en naar de rand van de lage klif, waaronder het zand wit straalde en de golven ruisten. Hij zette de tas neer en ging op het gras zitten, trok zijn shirt uit en begon aan zijn bergschoenen. 'Hier. Kom zitten, ik wil een beetje met je praten, liefie.'

Anne haalde het kleed uit de tas, spreidde het uit. Ging erop zitten.

Hij kroop naar haar toe, ging naast haar zitten. 'Moet je niet meteen een halve kilometer verderop gaan zitten, dan wordt het nog niks. Vertrouw me nou, ik doe toch niks?'

'Ik wil alleen maar geen grasvlekken,' zei ze defensief, ogen op haar tenen.

'Wat voel je als we kussen?' Hij zat zo dichtbij dat ze als vanzelf tegen zijn stevige schouder aan leunde. Hij snuffelde aan haar voorhoofd, kuste haar slaap.

'Alles, ik voel alles, ik kan helemaal niet meer denken als je me kust,' zei ze kleintjes. 'Volgens mij heb je me helemaal verpest voor iedere andere man op aarde, ik kan me niet voorstellen dat ik me ooit nog zo zal kunnen voelen met een ander...'

'God, ik moet er niet aan denken dat je met een ander... Ik werd helemaal niet goed toen ik dacht dat je met Tom... Vind je het zo erg allemaal, moppie?'

Ze knikte. 'Ik had gewoon gehoopt dat het een beetje beter zou zakken.'

'Misschien moet het wel helemaal niet zakken,' mompelde hij, terwijl hij haar zachtjes op haar rug duwde.

'Rory,' zei ze, maar haar handen verdwenen in zijn haar toen hij zijn neus in haar nek stak en aan het werk ging op de zachte huid onder haar oor. Ze kon alleen maar kleine geluidjes maken en genieten van de zon, de zilte, frisse zomerlucht, het gras, het gezoem van een bij ergens in de buurt. Zijn geur, overal om haar heen, zijn hele lijf, warm en stevig en uitgestrekt tegen het hare. Voor ze het wist lag hij half over haar heen en had hij de bovenste drie knoopjes van haar jurk open, en er was helemaal niets wat ze ertegen kon doen.

Met een laatste werkende hersencel zei ze nog: 'Dat is toch geen praten...?' maar toen smoorde hij verder ieder rationeel protest met een kus die zo lief was, en teder, en tegelijk zo lekker en bloedheet opwindend, dat Anne niet anders kon dan haar hele ratio tijdelijk weg kieperen en meereizen op die golf van emoties en sensaties.

Op de een of andere manier kreeg hij alle knoopjes van haar jurk open, zodat hij aan haar buik kon snuffelen. 'Sproeten,' zei hij, zijn stem een lage grom, zijn ogen glanzend. Ze kon alleen maar een piepje geven en een hand tegen zijn wang leggen. Hij kuste haar door het kant van haar slipje en ze kon niet stil blijven liggen, dus hij maakte daar nog even wat meer werk van, en toen was het allemaal volkomen onvermijdelijk. Plotseling lag hij boven op haar, was hij in haar, ze hadden niet eens alles uitgetrokken maar daar was ook echt geen tijd voor, het moest nu, nu, urgenter kon het niet zijn.

Anne wist niet dat seks zo wereldschokkend kon zijn, terwijl het tegelijk zo aards, zo nodig was. Twee jaar verdriet en twee weken intens verlangen bouwden een fundament voor een hoogtepunt waar ze allebei trillend uit kwamen.

'Ik dacht dat ik het niet meer kon,' zei Rory op een verbaasde ademteug.

Anne begon te snikken.

'Wat is er dan toch, liefie,' fluisterde hij troostend in haar oor, terwijl hij haar dichter tegen zich aan trok en zachtjes haar haar streelde. 'Kom maar bij me, hoor, ik heb je.'

'Ja, je hebt me,' zei ze verstikt tegen zijn schouder, 'of ik wil of niet, je hebt me, ik weet niet hoe je het doet maar je maakt me gewoon weer helemaal verliefd op je, en nu kan ik niets anders doen dan met angst en beven afwachten tot je weer weggaat en ik opnieuw... Het deed zo'n pijn...' Ze schokte er helemaal van, zoveel verdriet kwam er naar boven.

Rory zei niets. Hij troostte haar tot haar tranen opgedroogd waren, hij hielp haar alles opruimen, hij schudde zijn hoofd toen ze fluisterde dat ze maar hoopte dat niemand ze bezig had gezien vanaf het pad. Maar hij zei niets. Anne zag dat zijn ogen duister stonden, bewolkt, betrokken, hij had een frons op zijn voorhoofd en een trek om zijn mond die ze niet helemaal kon identificeren.

In stilte liepen ze terug naar de fietsen, hij voorop met de tas, zij er achteraan. Een wereld van verschil met hoe innig ze op de heenweg hadden gelopen.

'Wil je nog naar die prehistorische graven gaan kijken?' vroeg ze voorzichtig, toen de stilte tegen het ondraaglijke aan zat.

Rory haalde zijn schouders op en keek uit over zee. 'Ik wil dat je me vertrouwt, dat wil ik,' zei hij zachtjes. 'Ik doe alles wat ik kan, alles wat ik weet om aan je te laten zien dat... en daarnet, dat was, dat was gewoon het beste, ik bedoel, ooit, en ik heb best wat meegemaakt, maar dat was... En nou zeg je nóg...' Hij keek haar aan, met al zijn intensiteit. 'Nou zeg je nóg dat je bang bent dat ik wegga. Vertrouwen. Bedoel ik. Je geeft me verdomme het gevoel dat ik je dwing en daarna fluitend oprot, terwijl ik, ik probeer, ik bedoel...' Hij zuchtte en ragde een hand door zijn haar, stond even naar de lucht te kijken tot hij zichzelf weer in de hand had. Uiteindelijk keek hij haar opnieuw aan en zei hij, bijna grauwend: 'Laten we nou ook nog maar effe naar die prehistorische toestand toe fietsen, ik voel me alleen maar nog meer klote als we meteen weer terug zouden gaan.'

In stilte fietsten ze, hij voorop, zij met haar blik op zijn achterwiel, over de smalle paadjes. Anne had geen idee wat ze moest doen, wat ze moest zeggen, het enige wat ze wist was dat wat er net was gebeurd zo'n beetje de meest wereldschokkende soort van liefde bedrijven moest zijn die twee mensen konden voortbrengen. Ze was er helemaal een beetje *high* van, dromerig en ontkoppeld en slap en warm, maar dat maakte het contrast met die ellendige ratio, die natuurlijk direct weer de kop had opgestoken zodra de kans daar was, des te groter.

Ze was zo bang.

Ze wilde niets liever dan haar hele leven met Rory doorbrengen, precies zoals ze dat vanaf het begin al had gewild. Misschien zelfs nog wel meer, omdat ze nu wist hoe kaal en koud en leeg dat leven was zonder hem. Haar hele hart, alles; hij was het, en niemand anders. Maar ze kon gewoon niet geloven dat hij bij haar zou blijven. Dat hij haar belangrijker vond dan wat dan ook, dat hij kon veranderen voor haar.

Het pad verbreedde zich tot een grasvlakte, er stonden wat bordjes hier en daar verspreid, en wat heuveltjes, stenen, een soort inham; ze keek ernaar, las de bordjes, maar kreeg er nauwelijks iets van mee. Er liep nog een groepje mensen rond en het lukte haar om haar gezicht in de plooi te houden totdat ze uitgekeken waren en het grasveld af liepen, maar toen liet ze zich verward en miserabel op een grote steen zakken en stroomden de tranen haar weer over de wangen.

Rory ging ondertussen zijn eigen gang, zoals altijd; hij struinde op zijn gemak rond en bekeek alles. Ieder bordje werd met volledige aandacht gelezen. Het leek wel of niets hem raakte, alsof niets hem van de wijs kon brengen. Maar toen hij in de gaten kreeg dat ze met z'n tweeën waren overgebleven veranderde er iets: hij keek op, kreeg haar in het vizier en stond binnen twee seconden naast haar.

Langzaam liet hij zich op zijn knieën zakken.

'Moppie,' zei hij zacht.

Anne snikte.

'Wat doe ik toch allemaal verkeerd?'

'Je doet niets verkeerd, je bent gewoon wie je bent,' zei ze door haar tranen heen.

'En hoe ik ben maakt je aan het huilen.'

Anne haalde haar schouders op en er rolden nog meer tranen over haar gezicht.

'Ik weet echt niet wat ik nou nog meer kan doen om je het gevoel te geven, om te zorgen dat... Jezus, Annie, als je echt niks meer met me te maken wilt hebben, moet je het nu zeggen. Ik vind het moeilijk te geloven na wat er net is gebeurd, maar ik kan mezelf niet veranderen. Dit is wie ik ben, en als het enige wat er gebeurt is dat we hele goeie seks met mekaar kunnen hebben en verder maak ik je aan het janken, dan heeft het allemaal ook niet zoveel zin, hè? Ik doe mijn best om te veranderen, om te leren wat het is om met een vrouw als jij een relatie te hebben, een échte relatie, tussen twee mensen die van mekaar houden. Heb ik nog nooit gedaan, ik bedoel, weet ik veel? Al die keren dat ik weg was, in het begin, dat was niet omdat ik dacht dat ik zo nodig weg moest, maar omdat ik dacht dat ik voor jou aan het werk was. Voor jou en Rowie. Voor ons. Nou snap ik ook wel dat ik een manier moet zien te vinden om dat te doen zonder dat ik weg hoef, want anders hebben we nog niks, maar dat had ik toen nog niet in de gaten. Maar wat ik wil zeggen...' Hij stak tien vingers in zijn haar en kamde de hele boel naar achteren, trok een elastiek van zijn pols en bond het bij elkaar in een rommelig staartje. 'Wat ik wil zeggen...' zei hij toen nog een keer, na een diepe ademteug, 'is dat ik probeer te veranderen. Ik probeer er wat van te leren. Maar nou jij nog. Ik snap wel waar jouw angst vandaan komt: jij hebt dit ook nog nooit gedaan, en je had nooit iemand, dat was je zo gewend. En toen je nog met die lul van een Ian ging kon je nog steeds een heel groot stuk van jezelf voor jezelf houden, omdat hij dat wel best vond. Dat was natuurlijk bekend voor je; lekker veilig. Bij ons is het allemaal anders. Het gaat wel diep en je bent niet veilig; als je heel gek op mekaar bent kun je mekaar ook heel erg kwetsen. Dat hebben we allebei wel gemerkt in de afgelopen twee jaar. Maar je moet vertrouwen hebben, mop. Vertrouwen dat ik er voor je ben, dat ik niet zo stom ben als ik eruitzie. Ik...'

Ineens waren zijn woorden op en schudde hij zijn hoofd.

'Jeetje, Rory, wat een speech,' zei Anne, terwijl ze haar laatste tranen van haar gezicht veegde. 'Hoe kun je nu van jezelf zeggen dat je je gevoelens niet goed onder woorden kunt brengen? En je ziet er niet stom uit en je bent het ook niet, daar hoef je me heus niet van te overtuigen, ik weet hoe intelligent je bent. Ik vind het alleen ontzettend moeilijk te geloven dat je jezelf zo makkelijk zou kunnen veranderen.'

'Wie zegt dat het makkelijk is?' bromde hij. 'Maar als je niet een beetje vertrouwen kan opbrengen, dan komen we nergens met mekaar.'

'Ik zou wel willen,' zei ze zachtjes, starend naar haar tenen.

'Maar?' Voorzichtig stond hij weer op, en veegde het gras van zijn knieën.

Ze keek naar hem op. 'Maar ik weet niet hoe. Ik, ik durf niet, ik ben bang voor de pijn, ik...'

'Misschien komt er wel helemaal geen pijn, mop. Misschien leven we nog lang en gelukkig, weet jij veel? Dat kan toch niemand voorspellen?'

Anne schudde haar hoofd. 'Ik kan dat gewoon helemaal niet geloven,' mompelde ze zachtjes voor zich uit.

En zomaar, plotseling, brak er iets bij Rory. Anne zag het voor haar ogen gebeuren. Even zakten zijn schouders, maar direct daarna schoot er iets door hem heen waardoor hij rechtop ging staan, zijn wenkbrauwen rechte strepen werden, zijn mond een harde lijn. Alle deuren gingen dicht, zijn ogen glitterden koud. 'Oké. Wat jij wilt. Ik neem al mijn troep mee en ik ga weer in mijn eigen hut maffen. Rowie mag wel bij jou blijven als hij dat leuk vindt, dat moet hij zelf weten, maar ik ga weg, want anders word ik helemaal gek. En nou wil ik terug ook, want ik heb het er verdomme wel mee gehad.'

Hij beende naar de fietsen, greep de zijne, zwaaide zijn been over het zadel en reed weg.

Anne keek hem na met zoveel pijn in haar hart dat ze even niet wist hoe ze op moest staan om hem te volgen. Toen ze zichzelf eindelijk op haar fiets had gehesen was hij al lang uit het zicht verdwenen.

Toen ze terug bij Seaview was, zag ze dat Rory geen grapje had gemaakt. Hij gooide juist zijn slaapzak over het muurtje zijn eigen tuin in. Zijn stretcher lag er al, met zijn laptop erop, en er lag een berg schone kleren die hij blijkbaar van de wasmolen had gerukt en zonder pardon in het gras en de aarde aan de andere kant van de muur had gesodemieterd.

'Rory,' zei ze, maar hij negeerde haar, stapte over het muurtje en begon zijn spullen zijn huis in te brengen.

Ze ging naar binnen. Het was rustig in het restaurant; Georgie en Viv zaten aan de keukentafel.

'Mot gehad?' zei Viv delicaat. 'Hij rende hier naar binnen, kop op onweer, zo naar boven en met al zijn troep weer naar beneden. Zei geen woord.'

'Ik weet eigenlijk niet precies wat we hebben gehad,' zei Anne, 'het was niet echt een ruzie, het was meer... Het was meer dat ik geen vertrouwen heb.' Terwijl ze het zei liet ze zich op een krukje aan de keukentafel zakken, en zag ze ineens beter wat hij nu eigenlijk bedoelde. Hoe gesloten ze eigenlijk was, hoe moeilijk het voor haar was om daar verandering in te brengen. Rory had het heel goed gezien: ze was alleen opgegroeid, zonder ouders, grootgebracht door kindermeisjes die waren ingehuurd door een rijke tante met evenveel plichtsgevoel als liefdeloosheid. Op school was ze op zichzelf aangewezen, en in heel haar verdere leven had ze haar hart zo goed mogelijk afgeschermd. Als ze niets dichtbij genoeg liet komen, dan kon niets haar raken. Maar met Rory was dat niet mogelijk geweest: hij was vrijwel meteen heel erg dichtbij gekomen. Ze was nog nooit zo dicht bij iemand geweest, had nog nooit zo'n overweldigend, glorieus gevoel van verbondenheid ervaren, en ze had zich op dat moment niet gerealiseerd dat daarbij ook een evenredig afschuwelijke hartenpijn zou horen als het dan mis zou gaan.

Nu wist ze het wel.

Nu had ze het doorleefd, gevoeld, doorstaan, het had haar kopschuw gemaakt, maar haar gevoel voor Rory was er geen spat minder om geworden. Ze hield nog steeds van hem, misschien wel meer dan ooit, en ineens kon ze zichzelf wel slaan. Waar was ze in godsnaam mee bezig? Ze sprong op.

'Wat ga je doen?' zei Georgie.

'Ik moet naar hem toe, ik moet...'

'Wat jij moet doen is hem effe in zijn vet gaar laten smoren,' zei Viv wereldwijs. 'Morgen is vroeg genoeg om het weer goed te maken, heeft hij erover nagedacht, en jij ook, en dan ga je naar hem toe en dan zeg je sorry, en als hij moeilijk blijft kijken dan zak je op je knieën en geef je hem de beste blowjob die hij ooit heeft gehad, en dan is het zo weer over.'

'Genevieve!' zei Georgie. Anne, staand bij de keukendeur, werd knalrood en Woz liet zijn pollepel vallen.

'Godsamme, dat is geen tekst die je uit de mond van je kleine zusje wilt horen komen!' riep hij nijdig, terwijl hij zijn lepel afspoelde.

'Sorry,' zei Viv zonder een spoortje spijt. 'Ik kan het ook niet helpen, broer, maar zo werkt het gewoon bij jullie kerels.'

'Ik ga even douchen,' zei Anne kleintjes. 'Ik geloof dat ik het ook niet helemaal eens ben met de aanpak die je voorstelt, Viv, maar het is misschien wel het beste om alles even te laten zakken en morgen verder te praten.'

Roar

20 Regelen

Lief dagboek,

Het eerste wat Rowland vroeg was natuurlijk waar zijn vader was, maar ik heb niets gezegd behalve dat hij weer in zijn eigen huis wilde slapen. Ik hoop dat Rory weet hoe hij het uit moet leggen, waar we nu staan, of hoe je dat dan ook benoemt, want ik kan het niet. Ik weet het niet. Ik weet helemaal niets meer, ik geloof niet dat ik ooit zo vreselijk in de war ben geweest in mijn leven.

Gelukkig heeft Row wel een heel leuke dag gehad, want hij is slim genoeg om meteen te weten dat er iets aan de hand is en ik merk dat hij het zich allemaal heel erg aantrekt. Hij vroeg me voordat hij naar Teague House ging wat zijn vader nu weer had gedaan, met een blik in zijn ogen die echt veel te wijs was voor een kind van zes. Ik zei, in alle eerlijkheid, dat zijn vader helemaal niets heeft gedaan, dat als er iemand iets heeft gedaan, ik diegene ben, maar hij wilde daar niets van weten. Hij sloeg zijn armen om mijn middel (wat is hij toch al groot) en zei dat ik toch altijd alleen maar lief was, en ik aaide zijn bolletje en moest er bijna van huilen. Was het leven maar zo eenvoudig.

Ik was het liefst naar je toe gerend, Rory – ik spreek je maar gewoon even direct aan, want ik leg dit boekje toch straks voor je neer, dus het is eigenlijk malligheid om net te doen alsof ik niet naar jou zit te schrijven – toen ik even aan de keukentafel had gezeten en ineens overzag hoe, hoe... kwetsend het moet zijn, wat ik deed. Het spijt me vreselijk, en ik wil dat je weet dat ik het absoluut niet zo bedoelde. Ik was alleen maar eerlijk over hoe ik me voelde.

Ik weet, ik zie hoe je alles doet wat je kan, en ik weet dat ik hetzelfde zou moeten doen, in plaats van bang te zijn voor meer pijn, en meer verdriet, terwijl je helemaal gelijk hebt. Misschien komen die pijn en dat verdriet wel helemaal niet. Er is zo ontzettend veel tussen ons wat helemaal niet is overgegaan in de afgelopen twee jaar, wat misschien zelfs alleen maar sterker is geworden, en dat is veel belangrijker dan wat voor angst dan ook.

Ik hoop dat we morgen kunnen praten. Dat ik niet te laat ben.

Rory stond in de tuin, met het groene boekje in zijn hand. Hij keek naar het raam waarachter Annie en Row lagen te slapen en twijfelde. Wat moest hij doen, moest hij haar bellen, midden in de nacht, haar wakker maken en de zenuwen bezorgen? Of kon hij beter even kort opschrijven wat er precies aan de hand was, en haar bellen zodra hij weer uit de lucht was? Dan was het hier ook dag, of misschien vroeg in de avond op z'n laatst, maar dan kon hij het tenminste rustig uitleggen.

Haar bericht in het groene boekje zat als een brok in zijn keel, een brok die hij nauwelijks weggeslikt kreeg. Hij was natuurlijk weer veel te impulsief geweest met zijn gedoe, alles over de muur sodemieteren en hup, terug naar Teague House. Het was leeg en kaal en ongezellig, en hij kon zich wel voor de kop slaan dat hij zijn verdomde ongeduld niet wat beter onder controle had weten te houden. Anders had hij nog lekker op het zoldertje van Seaview gelegen, en dan had hij gewoon de trap af kunnen lopen om bij Annie naar binnen te sluipen en te vertellen wat er aan de hand was. Wie weet had ze wel goed advies in de aanbieding gehad; Annie was toch over het algemeen een stuk slimmer dan hij.

Nu was hij alleen geweest toen zijn mobiel midden in de nacht begon te zoemen en te trillen. Alleen en ellendig, op zijn stretcher in zijn slaapzak, in een hoekje van de kale serre. Even had hij gedacht dat Annie hem misschien zou bellen, maar het bleek Brent, bij William Morris, zijn agentschap waar hij de boel had opgezegd maar waarmee om een of andere onverklaarbare reden het contact maar niet ophield.

Of, eigenlijk was het helemaal niet zo onverklaarbaar: Mel had besloten dat ze Brent voortaan als zijn persoonlijke assistent zou behandelen, en Brent was een keurige kerel. Hij gaf netjes de idiote boodschappen door van de hysterische ex van zijn voormalige cliënt.

Rory wreef over zijn ongeschoren kin en dacht er even over na.

Misschien zat er ook nog wel iets commercieels achter: Brent was hem dan wel kwijt van zijn lijst met sterren, maar wie weet kon hij Mel krijgen. Ze was tenslotte een actrice van wereldniveau, al was het een achterlijk wijf.

Hoe dan ook, hij had, liggend in zijn slaapzak, opgenomen en geluisterd naar wat Brent te vertellen had. Daarna had hij nog een paar telefoontjes moeten plegen, en toen was hij maar weer opgestaan, want veel tijd om nog langer te blijven liggen had hij niet.

Verder had hij honger, en niet zo'n beetje ook. Hij was die middag haastig en nijdig en bokkig met al zijn spullen naar zijn huis gegaan en had daar toen een tijdje zitten stomen op de rand van zijn stretcher, totdat Row over het stenen muurtje was geklommen. Ze hadden samen op de stretcher gezeten, naast elkaar, maar hoe hij ook zijn best deed, hoe hij ook vroeg naar wat ze allemaal hadden meegemaakt op de vissersboot, wat ze allemaal hadden gevangen, Row bleef naar hem kijken met die blik. Alsof hij het allemaal helemaal verkeerd aan het doen was. Alsof hij een eikel was.

Hij voelde zich ook een enorme eikel, een eikel met een lintje erom. Op een goed moment had hij tegen Row gezegd dat hij maar weer naar Annie moest gaan, hij moest nog even onder de douche en daarna was het etenstijd. Misschien konden ze samen even naar...

'Wozzie gaat een hele grote pannenkoek voor me maken,' had Row hem onderbroken. 'Waarom kom je niet mee, pap, dan maakt hij er vast ook wel een voor jou.'

Rory had zijn hoofd geschud en gezegd dat het beter was als hij bleef waar hij was, in ieder geval voor nu. Row had hem nog één keer zo aangekeken dat zijn hart ongeveer door de bodem van zijn maag zakte, en was toen weer gegaan, hup, het muurtje over met die beentjes van hem. En hijzelf was als een schildpad schuilend in zijn schild, in zijn slaapzak gekropen om zich eens even lekker te wentelen in zijn eigen misère.

Tot zijn mobiel ging, dus.

En nu stond hij hier, in de tuin, met een brok in zijn strot en een knorrende maag, te piekeren over wat hij nu in vredesnaam moest doen. Over drie kwartier moest hij op St. Mary's Airport staan, misschien moest hij Wozzies golfkarretje maar gewoon jatten. Het was nog zo diep in de nacht, de eilandbus reed nog lang niet, het enige wat hij had was het kleine shoveltje, dat in een hoekje van de tuin geparkeerd stond, maar hij kon toch moeilijk in dat ding, op die kleine rupsbandjes, naar de luchthaven rijden met vijf kilometer per uur. Lopen ging nog sneller. Fietsen zou eventueel nog wel kunnen, maar hij vermoedde dat hij heel Seaview wakker zou maken als hij in de schuur zou inbreken om er in het pikkedonker een fiets uit te sjorren.

Hij kon wel een briefje voor Woz op de keukentafel achterlaten, en dan kon hij het groene boekje ook daar laten liggen, met iets erin. Alleen, hoe moest hij in godsnaam onder woorden brengen wat hij allemaal tegen Annie wilde zeggen?

'Ik moet weg, ik ga precies datgene doen waarvoor je het bangst bent, maar ik beloof je dat ik meteen weer terugkom'?

Hij schudde zijn hoofd.

'Mel wil het toch echt doen, die rechtzaak beginnen, en ze heeft dan wel geen keihard bewijs dat ik haar heb mishandeld, toch ben ik niet helemaal zeker van de uitkomst, omdat ze me zo zwart heeft zitten maken in de media. Ik ga er hoe dan ook een hoop gezeik van krijgen waar ik geen zin in heb, maar Brent belt me net, midden in de nacht, om te zeggen dat als ik nu als de donder naar LA ga, ze er misschien nog toe te bewegen is om de hele toestand te laten rusten als ik haar een flinke zak poen geef, want blijkbaar heeft ze geen rooie cent te makken op het moment.'

Te lang, te ingewikkeld; hij snapte zijn eigen zinnen al nauwelijks meer als hij ze in zijn hoofd probeerde te houden, laat staan als hij ze zou willen opschrijven.

Gewoon, een simpel 'Ik hou van je'?

Dat zou hij wel van de daken willen schreeuwen, maar hij dacht niet dat ze er op dit moment erg ontvankelijk voor zou zijn.

Verdomme, waarom was het toch altijd allemaal zo godvergeten ingewikkeld?

Hij stapte zonder enig geluid te maken over het muurtje en voelde stilletjes aan de klink van de tuindeur. Niet op slot, natuurlijk niet.

In de keuken klikte hij een klein werklampje aan, een pen vond hij binnen achter de bar. Een briefje aan Woz was zo geschreven:

> *Gozer, sorry, ik heb je golfbakkie effe gejat want ik moet in ene naar LA, ik heb een een heli naar Londen gehuurd die zo op het vliegveld hier landt, en anders moet ik dat hele kolere-eind lopen midden in de nacht.*

Hij keek ernaar en voelde ineens die irrationele angst voor helikopters die nog altijd in hem zat omhoog komen, totdat hij even niet wist hoe hij moest ademen. De laatste keer dat hij erin had gezeten, zwetend en in stilte vloekend, was met Rowie geweest, en Annie. Nou moest hij alleen. Hij had zijn vader en zijn oudere broer verloren in een ongeluk met zo'n kloteding, en op dit moment had hij geen andere keus dan er helemaal in zijn eentje in te stappen en te hopen dat hij zijn eigen kind niet hetzelfde zou aandoen.

Hij schudde zijn hoofd leeg, ademde een paar keer diep in en uit, sloeg het groene boekje open.

Staarde naar de lege bladzijde.

Haalde nog een keer diep adem, greep de pen, en schreef:

Annie, sorry dat ik weg moet, pas alsjeblieft effe op Rowie voor me. Ik kom zo snel mogelijk weer terug en dan is alles achter de rug. Ik bel je als ik weer op de grond sta.

Hij dacht er even over na en schreef er toen *Je Rory* onder, omdat dat zo voelde. Hij was haar Rory, en hoewel het allemaal niet zo makkelijk ging als hij misschien had gehoopt, had hij niet het idee dat dat ooit nog zou veranderen. Hij wilde dat hij in staat was om iets meer romantisch op te schrijven, maar hij wist simpelweg niet hoe.

Uiteindelijk schreef hij eronder: *PS Je bent niet te laat.* Voor de zekerheid, voor het geval ze daaraan zou twijfelen. Toen sloeg hij het boekje dicht, trok het sleuteltje van de golfbuggy van het haakje, klikte het lampje uit en sloop de deur weer uit.

Pas toen hij onder zijn dekentje zat, in zijn onderuitgezakte executive stoel, zakte zijn ademhaling weer een beetje en kon hij zijn handen ontspannen. Hij had nog niet bedacht hoe hij terug zou gaan naar St. Mary's, maar als er een snelle manier was waar geen helikopter aan te pas kwam, dan ging dat hem worden. Het was niet meegevallen, twee uur zitten schudden in een klein glazen bolletje, en hij had natuurlijk driedubbel moeten betalen om, een goeie twee uur nadat hij gebeld had, ook daadwerkelijk in te kunnen stappen. Ze hadden twee piloten uit hun bed moeten halen:

eentje om heen te vliegen, en eentje voor de terugreis. Niemand had iets gezegd, behalve het hoogst noodzakelijke; de piloten hadden volgens hem niet in de gaten gehad dat hij ongeveer groen van angst in zijn riemen had gehangen.

Nadat hij op Battersea Heliport was uitgestapt en weer was ingestapt in de auto die op hem stond te wachten om hem naar Heathrow te brengen, probeerde hij te ontspannen, maar dat lukte dus pas een klein beetje toen hij was ingestapt in het British Airways lijnvliegtuig naar LAX, en dat hele ding was opgestegen, en hij een kop thee had gekregen van een stewardess die hem zeker had herkend, maar die er vrijwel niets van liet merken. Gelukkig geen Schalkje; hij had niet het idee dat hij op het moment de gelijkmatigheid van humeur had om niet uit zijn slof te schieten.

Weggaan bij Rowie en Annie deed hem bijna fysiek pijn. Nog boven op die afschuwelijke keelklemmende angst van die helikoptervlucht.

'Godverdomme,' mompelde hij, wrijvend over zijn borstkas. Hij had het nog nooit zo erg meegemaakt, zelfs niet toen Annie de eerste keer was weggegaan.

'Kan ik nog iets voor u doen, meneer Maquary?' De stewardess stond al naast hem, glimlachend en dienstbaar. Het was best een knappe meid, maar hij kon er nog geen fliedertje interesse voor opbrengen. Het enige waar hij aan kon denken was dat hij nog iets minder dan tien uur in dit stomme vliegtuig moest zitten voordat hij Annie kon bellen, en het enige wat hij kon hopen was dat ze nog met hem zou willen praten.

Gelukkig had hij wat kunnen slapen, al was het onrustig geweest. Hij hervond zichzelf, meegevoerd door de stroom medepassagiers uit het vliegtuig, een beetje verward en waterig in de aankomsthal op LAX, waar hij korte metten maakte met de douane en de bagagebanden liet voor wat ze waren (hij had niet veel meer bij zich dan een schone onderbroek, een fris T-shirt en een tandenborstel), en hij greep zodra hij zich enigszins herpakt had zijn telefoon om Annie te bellen.

Er stonden meerdere gemiste oproepen in het scherm, allemaal van een telefoonnummer zonder naam. Hij was altijd vrij voorzichtig met het uitdelen van zijn mobiele nummer, hoewel de zwijmelmoeders in en rond Hugh Town wel voor een ongewoon grote instroom aan nieuwe nummers hadden gezorgd de afgelopen tijd. Zij waren het in ieder geval niet, want hij had die nummers allemaal netjes opgeslagen met de naam van de moeder én het bijbehorende kind erbij. Hij was meteen honderd procent alert: het was een nummer dat begon met een 1. Had het iets te maken met Mel? Had ze zich bedacht, wilde ze niet meer met hem praten? Zijn vinger zweefde boven de belknop, er was maar één manier om erachter te komen, maar toen begon het toestel al te bibberen en te pruttelen. Met dat nummer. Nu was er toch echt geen ontkomen meer aan.

Hij nam op, met een diepe ademteug, en hield zijn hart vast.

'Roar, ben jij het?' klonk het aan de andere kant, een beetje krakerig.

'Harmony?' zei hij verbaasd.

'O, ik ben zo blij dat je opneemt, ik heb je al een paar keer gebeld, maar dit is de laatste kans die ik heb, en dan word ik eruit gezet, hoor!' Ze zei het vrolijk, maar Rory kende haar goed genoeg om de serieuze ondertoon te horen.

'Wat is er in godsnaam aan de hand, waar bel je vandaan dan?'

'Dokterspraktijk. Ik ben naar de stad gereden om medicijnen voor Roger te halen, en ik wilde proberen je te pakken te krijgen zonder dat hij het merkt, want anders had hij niet gewild dat ik je ermee lastig zou vallen.'

'Is alles wel goed met hem?'

'Het gaat. Hij heeft veel last van de spanning, daarom bel ik je ook.'

Rory wachtte; Harmony zou het hem vanzelf wel vertellen. Hij hoorde haar zuchten, maar toen begon ze.

'Nou goed. Ik kan het maar beter ook gewoon zeggen. Weet je nog dat je bij ons was, en dat we met z'n allen in het hoofdgebouw zaten te eten?'

'Ja?'

'En dat iedereen zo zat te kijken?'

'Ja, weet ik nog, tuurlijk weet ik dat nog. Die windmolen. Rog wond zich er vreselijk over op, ook al zei ik dat hij zich er niks van aan moest trekken.'

'Nou, het is nog een graadje erger geworden. Ze hebben met z'n allen de stoute schoenen aangetrokken, en nu hebben ze ons een soort van ultimatum gesteld. We moeten jou zover zien te krijgen dat je de boerderij gaat, nou ja, wat zij "sponsoren" noemen, ze willen dus gewoon dat je elke maand een bedrag overmaakt, zodat zij lekker op hun kont kunnen zitten met een joint in hun mondhoek. Ze hebben elkaar allemaal helemaal gek zitten maken, ze hebben zelfs uitgezocht dat het aftrekbaar van de belasting zou kunnen zijn omdat we een groen project zijn.'

'Godsamme,' mompelde Rory in zijn mobiel. Hij vond een klein rijtje stoelen ergens langs een muur en plofte erop neer. 'Ik kan dat misschien wel voor jullie regelen, maar...'

'Ben je helemaal gek? Dan blijven ze alleen maar om meer vragen, en voordat je het weet zit iedere uitvreter in de wijde omtrek jouw zuurverdiende centen op te maken hier. Ik kan je wel vertellen Rory, Rog en ik zijn er helemaal klaar mee. En ik wilde je dus eigenlijk bellen om.... Nou, om...'

'Zeg het maar, mop,' zei Rory, zijn stem vol bezorgdheid.

'Je hebt al zoveel voor ons gedaan, en het laatste wat ik wil is je om geld vragen, ik heb vooral advies van je nodig...'

'Moet je luisteren; jullie hebben ook ontzettend veel voor mij gedaan. Roger heeft me zo'n beetje gered nadat mijn broer was verongelukt, en jullie samen hebben de afgelopen tijd altijd voor Rowie gezorgd als ik te stom was om te weten waar ik mee bezig was. Jullie zijn familie voor me. Zeg op, wat kan ik voor jullie doen.'

Hij hoorde Harmony diep ademhalen en moed verzamelen.

Toen zei ze plompverloren: 'We moeten hier weg. Ik kon me er nog wel een beetje voor afsluiten, maar Rog niet, en nu hebben ze in feite dus gedreigd. Met dat we weg moeten, als we niet regelen dat jij gaat sponsoren.'

'Jullie moeten daar weg.'

'Ja, precies, dat zeg ik.'

'Nee, ik bedoel: niet omdat zij het zeggen, maar omdat jullie daar gewoon niet meer moeten zitten.'

Harmony's stem was zacht. 'We weten niet waar we heen moeten, Rory, en al ons geld zit hier in de boerderij. We hebben ons er al bij neergelegd dat we daar niks van terugzien, we geven ook niet zo heel veel om geld, dat weet je, maar we kunnen op dit moment niet eens een vliegticket betalen.'

'Godverdomme. Ik moet effe denken, blijf aan de lijn.'

Rory fronste. Hij had net alles opgezegd, en daarnaast, het was ook niet echt een optie om Roger en Harmony zonder werk of inkomsten in een of andere huurwoning in LA of Londen te stoppen. Nog los van dat het niet best was voor Rogers gezondheid.

Hij wilde dat hij even met Annie kon overleggen, maar hij moest haar eerst nog bellen om uit te leggen waarom hij in LA zat, en dan moest hij maar hopen dat alles weer een beetje... Het was jammer dat er in Seaview niet genoeg ruimte was om Rog en Harmony... Ze konden toch moeilijk in het zolderkamertje. Teague House was nog lang niet af, anders hadden ze natuurlijk gewoon bij hem... ze zouden de frisse lucht en de natuur en het lekkere weer op Scilly vast heerlijk vinden...

En toen landde er, in Rory's hoofd, met een zacht plofje een puzzelstukje dat twee problemen perfect met elkaar verbond, zodat het één oplossing werd.

Klussen-Colins ouders, met hun onverkoopbare boerderij.

Rory zat ineens te grijnzen in zijn plastic luchthavenstoeltje.

'Harmony, luister, ik heb een plannetje. Lijkt het jullie wat om ook naar Scilly te komen? Ik weet van een boerderijtje dat waarschijnlijk wel te koop is, ik moet even een paar belletjes plegen, maar over een paar uur weet ik meer. Hoe kan ik je bereiken?'

'Wat bedoel je, naar Scilly? Rory, ik wil niet dat je nog meer geld aan ons –'

'Flikker op, jullie moeten daar als de sodemieter weg, kan mij dat nou schelen als het geld kost? Zolang ik het heb geef ik het verdomme liever aan mijn vrienden uit dan aan wat anders.' Rory hoorde zijn eigen verhitte toon en verzachtte: 'God, sorry, Harmony, ik bedoel...'

'Ik weet hoe je het bedoelt, jongen; je bent veel te goedhartig, ook al heb je een grote mond. Ik zou het heerlijk vinden om bij je in de buurt te wonen, en bij Rowie, en ik zou het ook ontzettend leuk vinden om Annie weer te zien. En Roger voelt het volgens mij precies zo, al zal hij het misschien niet altijd even makkelijk zeggen. Bel ons maar gewoon op de landlijn in het hoofdgebouw; laat ze maar denken dat we druk bezig zijn om je te overtuigen "sponsor" te worden.'

Rory grinnikte, stond op, nam afscheid van Harmony en verdween druk telefonerend richting de parkeerplaats, waar zijn door hemzelf online geboekte, gechauffeerde SUV met donkere ramen al op hem stond te wachten.

Anne

21 Vertrouwen II

Ze wist niet hoe ze het voor elkaar had gekregen om de hele dag haar gezicht strak te houden. De laatste gasten waren aan het afronden en ze voelde hoeveel moeite het haar kostte om kalm te blijven, vriendelijk, beleefd, rustig.

Rustig.

Vanbinnen was ze helemaal niet rustig, vanbinnen was het een gekkenhuis sinds ze die morgen naar beneden was gekomen om aan het ontbijt te beginnen, en ze had het groene boekje op de tafel in de keuken zien liggen. Met Rory's summiere briefje aan Woz ernaast.

Woz had het allemaal ontzettend kalm opgenomen, hij had iets gemompeld van dat hij dan wel de bus naar het vliegveld zou nemen, zodat hij zijn golfkarretje kon ophalen. Hij leek het wel stoer te vinden dat Rory blijkbaar het soort leven had waarbij je ineens midden in de nacht per helikopter vertrok naar LA.

Anne vond het helemaal niet stoer, of cool, of wat dan ook; haar primaire reactie was een steek van opvlammende woede geweest. Was hij weggevlucht? Had hij de moed opgegeven? Zie je nou wel! Hij had dan wel opgeschreven dat ze niet te laat was, maar hij was toch maar mooi weg! En waarom moest hij dan per se naar Los Angeles? Ging hij dan toch ineens weer in een film spelen?

Maar de vlam was al snel weer gedoofd, en ze had erover

nagedacht. Het was echt niets voor hem, en daar durfde ze haar hand voor in het vuur te steken, om Row zomaar achter te laten zonder er meer woorden aan vuil te maken. Zonder verdere afspraken. En het was al helemaal niets voor hem om vrijwillig met een helikopter te reizen – Anne wist precies hoeveel vliegangst hij had, waar die angst vandaan kwam, en waarom die angst het sterkst was bij helikopters.

Moest ze zich zorgen maken om hem? Echt zorgen maken? Het kon bijna niet anders dan dat er iets heel ernstigs aan de hand was. Maar waarom had hij haar dan niet gebeld? Al was het midden in de nacht geweest, ze had heus wel opgenomen.

Hij had het misschien niet gewild, haar bellen. Misschien had ze hem zo vreselijk teleurgesteld dat zo'n ultrakort briefje het enige was geweest wat hij tegen haar had willen zeggen.

Of had hij wel meer willen zeggen, maar had hij de woorden niet kunnen vinden? Ze had het nooit achter hem gezocht, maar hij had er heel veel moeite mee om zijn emoties aan papier toe te vertrouwen. Hij kon het veel beter zeggen, in het moment, heel direct, hoe hij zich voelde, dan weloverwogen opschrijven wat er bij hem vanbinnen speelde.

Bij de meeste mensen was het andersom. Maar Rory was niet de meeste mensen.

Gelukkig had Row het helemaal niet erg gevonden. 'Ik ben toch bij jou?' had hij verrassend gelijkmoedig gezegd toen ze hem had verteld dat zijn vader midden in de nacht het eiland had verlaten, en toen was hij aan zijn ontbijt begonnen.

Rowland was in de afgelopen weken helemaal veranderd. Hij was bruiner en gespierder dan toen hij uit Canada was gekomen, hoewel hij toch naar Roger en Harmony was gegaan om een beetje lekker in de buitenlucht te zijn, in plaats van in Londen. En hij was ook, leek het wel, vrijer en ontspannener. Misschien kwam het door de veiligheid en de overzichtelijkheid van het eiland, door de club van leeftijdgenootjes waar hij bijna als vanzelf in was opgenomen, door de vrijheid die kinderen hier hadden. Zoveel meer vrijheid dan in de stad; Scilly had nauwelijks verkeer en geen noemenswaardige criminaliteit.

Misschien kwam het ook wel een beetje doordat – hoewel Anne het nauwelijks durfde te denken – hij haar nu elke dag zag. En zelfs naast haar in bed sliep; ze werd bijna iedere ochtend wakker met Row ongeveer in haar armen gekropen. Hij had zo ontzettend een moeder nodig, op een aandoenlijke, fysieke manier, en hoewel Harmony en Roger voor hem hadden gedaan wat ze konden, was dat toch heel anders. Ze bleven meer een oom en tante. Row had Anne min of meer zelf uitgekozen, en dat was niet meer overgegaan.

Ze hield van hem alsof hij haar eigen vlees en bloed was, en ineens voelde ze met een steek in haar hart die voor de helft bestond uit angst en voor de helft uit rotsvaste overtuiging, dat als Rory nooit meer terug zou komen, ze zou vechten als een leeuwin om Rowland bij zich te kunnen houden.

De angstige helft van de steek fluisterde verstijfd: wat als Rory écht niet meer terugkomt?

De rotsvaste helft schreeuwde: stel je niet aan, hij komt terug, en natuurlijk vind ik het niet erg om op Row te passen. Het voelt helemaal niet als op hem passen, het voelt alsof hij bij mij hoort!

Halverwege de morgen had Anne zichzelf teruggevonden aan diezelfde keukentafel als waar ze Rory's haastige hanenpoten had gelezen, haar hoofd in haar handen. Smekend om rust in haar hoofd. Helderheid. Niet die angst, niet die zorgen, en ook niet die woede.

Anne was niet zo heel erg goed in woede: ze was er eigenlijk te netjes voor, en ze neigde ernaar zichzelf het recht niet te geven echt boos te zijn. Zekere wanneer het haar eigen gevoel betrof. Maar Rory had toch maar mooi opnieuw precies gedaan wat ze hem al die tijd had verweten: hij was wéér weggegaan. Zodra het moeilijk werd. Blijkbaar had hij er wel een goede reden voor, of althans, een reden die hijzelf belangrijk genoeg vond, anders had hij zich vast nooit onderworpen aan een helikoptervlucht.

En dan begon ze zich weer zorgen te maken. Zou hij het een beetje uit hebben weten te houden in die helikopter? Was hij veilig aangekomen in Londen? In Los Angeles? Wat was er toch in vredesnaam aan de hand dat hij op zo'n idiote, dramatische manier was weggegaan?

En dwars door alles heen en onder alles door was er zo'n onmiskenbaar loom gevoel van welbehagen, bijna alsof ze een paar glazen wijn op had. En alsof ze niet kon wachten op het volgende glas. Dat was wat vrijen met Rory met haar deed, wat het altijd had gedaan, maar nu, nu ze zo lang zonder hem was geweest, was het gevoel alleen maar sterker. Een puur fysieke reactie. Het verlangen was er overigens geen spat minder door geworden: ze hoefde haar ogen maar dicht te doen en alles wat ze zag, hoorde, voelde en rook was Rory.

Rust. Rust in haar hoofd wilde ze, niet die verpletterende, uitputtende mallemolen van emotionele versnellingen, de een nog heftiger dan de ander.

Uiteindelijk was het het beste om maar gewoon heel hard aan het werk te gaan; het broeide nog wel in haar achterhoofd, maar ze had al haar concentratie nodig om haar werk goed te doen, het was een drukke lunch en een zo mogelijk nog drukkere avond in Seaview.

Toen de laatste gasten eindelijk de deur uit rolden was het half elf 's avonds en was ze uitgeput. Georgie, die sinds het ontbijt het onderwerp Rory nadrukkelijk genegeerd had, kon zich niet langer beheersen.

'Anne, heb je nu al iets gehoord van die, die... Australiër?'

Anne had een voor Georgie onverwachte gewonde blik. 'Hij komt uit Tasmanië. En ja, het is allemaal niet eenvoudig, maar ik vind het toch niet leuk als je op zo'n toon over hem spreekt, en daarnaast: dat het niet eenvoudig is, is minstens evenveel mijn schuld als de zijne. En om je vraag te beantwoorden: ik heb nog niets van hem gehoord. Maar ik heb mijn mobiel in de woonkamer gelegd, omdat ik niet het risico wilde lopen dat hij me zou bellen juist als ik een bestelling stond op te nemen, of zoiets. Dus ik ga nu maar eens kijken.'

In de woonkamer lag haar mobiel voor dood op een zijtafeltje. Het duurde zeker dertig seconden van op de home-knop drukken voordat het tot Anne doordrong dat hij leeg was, en vervolgens duurde het nog vijf minuten van stompzinnig naar het tekentje van het opladende batterijtje staren totdat het ding een synthetische *zwoing* gaf en weer tot leven kwam.

Direct daarna stroomde er een verrassende rij berichten binnen: drie belletjes en wel vijf sms'en.

Allemaal van Rory.

Annie ik probeer je te bellen

Neem nou op

Alles is goed gegaan

Ik sta op LAX

Nog ff en ik moet m weer uitgooien

Anne glimlachte om zijn ongrammaticaliteit; het bleef haar verbazen dat iets wat haar zo kon ergeren bij anderen, bij hem alleen maar meehielp om hem nog aantrekkelijker te maken. Nog eigener, nog charmanter. Hij gaf ook nergens om. Of, nee, dat was niet waar, hij gaf om zijn kind, en hij gaf om zijn vrienden, en ze durfde bijna aan zichzelf toe te geven dat hij waarschijnlijk toch ook wel het nodige om haar gaf, gezien wat er allemaal gebeurd was de afgelopen weken.

En bijna ongemerkt kroop bij Anne de gedachte naar binnen dat het misschien, heel misschien, dan toch wel goed zou kunnen komen tussen haar en Rory.

Even glimlachte ze en voelde ze een soort heerlijke opgeluchte warmte opwellen, maar toen rammelde ze zichzelf in gedachten eens flink door elkaar. Ze had tenslotte nog steeds geen idee waarom hij nu zo plotseling was verdwenen, en als datgene wat goed was gegaan nu eens een auditie voor een filmrol was geweest? Of een nieuw platencontract?

Met angst en beven drukte ze op de knop om haar voicemail af te luisteren.

'Annie? Verdomme, ik had je veel eerder willen bellen, maar er is wat met Rog en Harmony en dat moest ik eerst regelen, en toen zat ik in ene met mijn glazige kop in dat overleg met Mel en haar advocaten, en nou ben ik alweer... huh? Jezus, dat meen je niet. Taxi! Taxi!! Godverdegodverdegodver!'

Een achtergrondsaus van buitengeluiden, verkeer, verschillende stemmen die 'Roar! Roar!' riepen, en toen werd abrupt het bericht afgebroken.

Anne fronste. Volgende bericht, blijkbaar een paar minuten later ingesproken.

'God christenezielen, hier kan ik dus helemáál niet zo over straat, ik moest effe rennen voor mijn leven. Zo vijf fotografen achter me aan. Ja, ik moet naar LAX, zo snel als je het voor mekaar krijgt, gast.' Dat laatste was duidelijk tegen de taxichauffeur. Het bleef even stil, en toen kwam er nog: 'Ik bel je zo terug, mop, ik moet m'n aandacht d'r bij houden hier. En dan hoop ik verdomme dat je een keer opneemt. Ik word er gek van om tegen een dooie mobiel aan te zitten lullen. Of doe je het erom?' En weg was hij weer.

Hij klonk enorm gestresst, ongelukkig, boos ook. Anne stond ondertussen zo ongeveer op haar benen te trillen, alleen al van zijn stemgeluid. Ze had er totaal niet op gerekend dat het haar zoveel zou doen om hem zo in haar oor te horen, zijn gruizelige, donkere stem en zijn rare accent. Ze miste hem met een idiote urgentie en ze bedacht zich dat ze er ongemerkt helemaal aan gewend was geraakt dat hij de hele tijd dicht bij haar in de buurt was, dat ze zeker wist dat ze hem iedere dag in ieder geval één keer zou zien. Nu zat hij ineens aan de andere kant van de wereld en dat gaf haar onverwacht een onuitsprekelijk rotgevoel. Om nog maar te zwijgen van die lavablob van zorgen die opbolde in haar buik, omdat hij zo uit zijn doen klonk.

Ze durfde bijna niet naar het laatste bericht te luisteren. Wat zou hem zo uit zijn humeur hebben gebracht? Was zijn bespreking soms misgegaan met... met, wat had hij nou gezegd... Mel en haar advocaten?

Haar brein trapte keihard op de rem.

Was hij dáárom zo spoorslags naar LA verdwenen? Om met Mel en haar advocaten te praten?

Terwijl haar brein nog naschudde van die gierende noodstop schoot haar hart in de vijfde versnelling: was er iets aan de hand met Row en de voogdij? Ze beet op haar onderlip en voelde weer opnieuw een scheut van dat leeuwinnengevoel als ze dacht aan Rowland, die lekker in haar bed lag te slapen. Niemand ging hem van haar afpakken, en Mel al helemaal niet. Nooit van haar leven zou ze Rowie meegeven aan een vrouw als Meilane, die werkelijk helemaal niets om haar kind gaf; ze voelde zich rood worden, en wit, en weer rood. Het ging niet gebeuren, het ging níet gebeuren!

Haar mobiel begon ineens te trillen in haar hand; ze schrok ervan, zo diep was ze aan het nadenken.

Rory.

'Ja, hallo Rory, ik ben hier, ik ben hier,' zei ze ademloos, 'ik stond juist op het punt om je laatste bericht af te lui–'

'Jezus, mop, ik dacht dat je niet opnam omdat je pissig op me was!'

'Nee, nee, ik was aan het werk, ik had mijn mobiel in de woonkamer gelegd omdat het zo onbeleefd is als hij gaat rinkelen als ik een bestelling opneem, en toen was hij ook nog leeg, en–'

'Het is gelukt! Ik heb haar zover dat ze niet doorzet met die rechtszaak, dat ze die hele idiote aanklacht van mishandeling laat vallen, en ik heb ook nog een soort contract onder haar neus weten te douwen dat ze hierna niet nog een keer over de voogdij moet beginnen, want anders blijven we aan de gang, verzint ze hierna weer wat anders. Was een ideetje van Brent, die gast heeft ervaring met contracten, anders was ik er natuurlijk ook niet op gekomen, maar ze heeft haar poot gezet en volgens haar advocaten is het bindend, dus nu zijn we er echt vanaf ook. Ik kom zo snel ik kan weer terug, ik sta op LAX, ik moet effe wachten tot ik aan de beurt ben maar ik kan zo kijken wat ik nog kan regelen om in een of andere kist de goeie kant op te komen. Ik ga alleen niet meer met een heli terug, want dat was echt zwaar klote. Heeft me tien jaar van mijn leven gekost.'

'Ja dat begrijp ik,' zei Anne zachtjes. 'Ik was ook stomverbaasd dat je vrijwillig in een helikop–'

'Ja, ik moest wel. Brent belde me midden in de nacht en hij zei dat ik meteen moest komen, want als hij nou maar kon zeggen dat ik zo uit mijn warme bed was gerend om met haar om de tafel te kunnen, dan wilde ze nog wel even wachten. Ze rook natuurlijk geld, en ik dacht: als ik nou niet meteen mijn kans pak, als ik niet snel ben, dan blijven we dat gesodemieter houden. Het snelste wat ik kon vinden was die verdomde heli, maar ik moest d'r vanaf. Ik wil rust in de tent, voor Rowie, en ook voor mij, als ik eerlijk ben. Annie, ik meende het toen ik zei dat ik–'

'Ik weet het, Rory, ik geloof je, en ik wilde zeggen dat ik, dat het me spijt, en dat–'

'Mij ook, mop, ik had het nooit zo uit de hand moeten laten lopen in het gras, en al die dingen, ik bedoel, het was natuurlijk geweldig, maar het maakt het alleen maar, weet je wel, nog ingewikkelder, en toen kon ik me verdomme natuurlijk weer niet beheersen en voordat ik het wist zat ik met mijn bokkige kop in mijn eentje in de serre te vloeken en te tieren, had ik natuurlijk ook nooit moeten–'

'O, Rory, maar het is allemaal mijn schu–'

'Nee, nee, jezus, sorry, ik moet hangen, ik ben aan de beurt. Als het lukt bel ik je straks nog even, anders hoor je me weer als ik in Londen op de grond sta.'

En weg was hij weer.

Anne keek verdwaasd naar haar mobiel. Het gesprek was zo snel gegaan en zo chaotisch verlopen dat ze nauwelijks wist wat ze nu eigenlijk tegen elkaar hadden gezegd. Had hij... zou hij echt spijt hebben van hun vrijpartij in het gras? Het was wel waar wat hij had gezegd: het was heerlijk geweest, en misschien ook wel soort van onvermijdelijk, maar het was ook nogal onverstandig geweest.

Ze dacht erover na. Had zij er eigenlijk spijt van? Onverstandig, ja, maar spijt... Helemaal niet; daarvoor had het gewoon te goed gevoeld.

Het was eigenlijk best lekker om dat zo welbewust toe te geven, al voelde het ook nogal opstandig. Ze moest gewoon maar eens wat meer oefenen met het volgen van haar gevoel in plaats van haar moreel kompas. Haar regels, dat eeuwige keurigheidskeurslijf dat ze maar niet uitgetrokken kreeg.

'Heb je hem gesproken, Anne?' Georgie stond ineens achter haar; ze ging bijna een meter de lucht in, zo diep verzonken was ze in haar gedachten.

'O! Georgie! Ja, ik, ja, we hangen net op, hij is op de luchthaven in Los Angeles, hij probeert een snelle vlucht te vinden terug naar Londen, en dan komt hij zo snel hij kan weer deze kant op. Alleen niet met een helikopter.' Anne lachte verlegen.

'En tussen jullie?' Georgies scherpe toon werd flink verzacht door de bezorgdheid in haar blik.

'Ik... ik geloof dat, eh,' zei Anne, donkerrood blozend, 'ik geloof dat het wel gaat, tussen ons. We, ik bedoel, we praten, en hij is niet echt weggegaan omdat, eh, hij is niet boos op me, hij zei iets over met Meilane om de tafel om voor eens en voor altijd af te spreken dat de voogdij van Rowland bij hem blijft. Hij moest afgelopen nacht zo snel weg omdat ze blijkbaar op het punt stond om hem aan te klagen wegens mishandeling... Maar blijkbaar is het hem gelukt om de hele boel te sussen, en om goede afspraken te maken. Het gesprek daarnet was alleen een beetje te haastig en te fragmentarisch om helemaal duidelijk te maken wat er precies gebeurd is. En op een bericht dat hij eerder had ingesproken klonk het ook nog alsof hij werd achtervolgd door fotografen. Arme Rory, hij zal het vast heel naar vinden allemaal. Hij had er altijd al een hekel aan als hij in zijn vrije tijd werd achternagezeten door van die kiekjesjagers.'

Georgie knikte. 'En jij? Wat is er nou eigenlijk tussen jullie gebeurd, Anne; je weet dat ik niet snel mijn neus in andermans zaken steek, maar het leek zo de goede kant uit te gaan tussen jullie twee, ik stond echt op het punt om mijn kritische houding te laten varen. Maar toen, gisteren, kwam hij zo binnengestormd, en stond hij met zijn slaapzak en zijn wasgoed te gooien in de tuin, en jij was helemaal uit je doen, en de volgende ochtend is hij ineens verdwenen.'

'We hebben het met elkaar gedaan,' fluisterde Anne, nog een graadje roder.

'Gisteren toen jullie samen op pad waren? Waar in vredesnaam?' Georgies wenkbrauwen zaten ongeveer in haar haargrens. 'Het is nu niet dat je even ergens voor twee uur een behoorlijke hotelkamer kunt huren op dit eiland.'

'In het gras,' zei Anne beschaamd.

'Buiten?!' Georgie had zo'n verbijsterd gezicht dat Anne er niets aan kon doen: ze schoot in de lach.

'Hebben jij en Woz niet...?' vroeg ze ondeugend.

'Anne, werkelijk! Ik geloof dat ik nog nooit aanvechtingen heb gehad om in de open lucht...' Georgie gebaarde met haar hand, om het niet hardop te hoeven zeggen.

'Het was heel spannend,' gaf Anne toe, 'ik dacht de hele tijd dat er iemand langs het paadje zou komen en ons daar bezig zou zien, maar later zag ik dat we precies zo achter allerlei begroeiing verstopt zaten dat we bijna onzichtbaar waren. Ik vond het wel... omdat het zo in het moment gebeurde, zo echt typisch Rory, ik kon er gewoon helemaal niets tegen doen, het was te, te...'

'Bespaar me de details,' zei Georgie.

'Je moet het ook een keer proberen, met Woz,' fluisterde Anne, opnieuw hoogrood. 'Ik weet wel dat je eigenlijk meer een vijfsterren-binnenmeisje bent, maar echt. Het heeft wel iets.'

'Ga nu maar slapen, Anne, je ziet eruit alsof je doodmoe bent.'

'Ja, dat klopt ook wel. Welterusten, Georgie.'

'Slaap lekker, en ik ben blij voor je dat het een beetje lijkt mee te vallen.'

De volgende morgen werd Anne wakker van de regen die tegen haar slaapkamerraam kletterde. Het was nog vroeg, het schemerde wel al, maar Rowland sliep nog. Voorzichtig draaide ze zich om, maar toen hoorde ze een klein stemmetje.

'Annie? Ben je wakker?'

'Ja lieverd.' Ze draaide terug en keek in de open ogen van Rowland. Hij krijgt precies dezelfde lichtgevende ogen als zijn vader, dacht ze, even overweldigd door een hart vol warme liefde. 'Moet je niet nog een beetje slapen? Het is nog veel te vroeg om op te staan, hoor.'

'Het regent zo hard, dat maakt zo'n herrie. En ik lig de hele tijd te denken.'

'Ja, het regent wel heel hard, ja. Waar denk je dan aan?'

'Mmm,' zei hij, met een overdreven nadenkgezicht.

Anne grinnikte.

'Aan mijn neppe mama,' zei hij toen zachtjes.

'Je neppe mama? Wie is dat dan?' Ze hield haar toon zorgvuldig neutraal.

'Mel. Van toen ze me ineens geskypet had. Ik wist wel hoe ze eruitzag, van plaatjes en zo, en ik heb ook wel eens YouTube-filmpjes gekeken, maar ze was anders, toen, met skypen. Ik vond haar écht niet mooi!'

Anne zei niets, maar bleef naar hem kijken.

'Iedereen zegt altijd dat ze zo mooi is, maar ik vind haar niet mooi. Ik vind haar stom,' zei hij, nogal bokkig.

'Ze is wel je moeder,' zei Anne zachtjes, een beetje vermanend, 'je echte moeder. Je kunt haar toch niet zomaar stom vinden?'

'Wel. Ze is mijn neppe mama; ze doet alleen maar nep dat ze me lief vindt. Ik kén haar niet eens, ze intelesseert haar helemaal niet voor mij.'

Anne stak direct een arm uit naar Row, hij rolde zich op zijn zij en schoof naar achteren totdat hij met zijn hoofd op haar arm lag en met zijn billen tegen haar buik. Ze legde haar andere arm om zijn lijf en trok hem nog iets dichterbij.

'Interesseert, lieverd. En niet haar, maar zich.'

'Nou én,' pruttelde Row. En na een tijdje kwam erachteraan: 'Ik vind haar stom. En ik wil nooit bij haar wonen, want ze is gewoon niet lief. Annie, ik wil bij jou blijven. Jij bent wel lief. Kun jij niet mijn mama zijn?'

'O, kind, ik wil ook dat je bij me blijft, ik heb je vreselijk gemist al die tijd dat we zo ver bij elkaar vandaan waren. Ik hou ontzettend veel van je, dat weet je toch? Maar een mens kan maar één moeder hebben, je kunt maar één keer geboren worden, daar is niks aan te doen.'

'Maar, maar...' Row dacht er diep over na. 'Als zij nou mijn neppe mama is...' het woord 'neppe' kwam eruit met bijna tastbare afschuw, 'kun jij dan niet mijn echte mama worden? Kun je me niet gewoon adropteren?'

'Waar haal je toch al die moeilijke woorden vandaan? Adopteren is het, Row, met maar één r. En ik weet eigenlijk niet of dat kan, maar zelfs als het zou kunnen, en we zouden dat doen, dan zou ze nog steeds je moeder blijven, hoor. Dat is dan niet ineens weg, of zo.'

'O,' zei hij teleurgesteld. 'Dus ik zit er maar mooi mee?'

Anne schoot in de lach en streelde zijn haar. 'Zo erg is het toch allemaal niet? Je hoort bij je vader, en je vader gaat hiernaast wonen, dus we zien elkaar zo vaak we maar willen.'

'Maar pap zegt dat ze met de rechter wil proberen, dat ik weer bij haar moet wonen. Maar dat wil ik niet! En nou moet hij mij zeker teruggeven aan haar!'

'Dat zal toch wel niet?' Anne verbaasde zich erover dat Rory dit met zijn kind besproken zou hebben, maar aan de andere kant: Row was ongelooflijk slim. De kans was groot dat hij er op een goed moment gewoon zelf achter zou komen, omdat hij de volwassenen hoorde praten over dingen waarvan ze dachten dat hij er nog te klein voor was om het te begrijpen.

'Ik denk dat je vader er alles aan zal doen om ervoor te zorgen dat je bij hem kunt blijven, hoor, lieverd. Hij houdt toch heel erg veel van je?'

'Ja. Maar ik ben wel boos op hem.'

'Waarom dan?'

'Omdat hij gewoon steeds wat stoms doet en dan ga jij weg.'

'Dat is maar één keer gebeurd, Row, en we zijn nu juist aan het proberen om dat op te lossen.' Terwijl Anne het zei, merkte ze ineens dat het waar was, en ze voelde dat ze er een blos van kreeg. Wat stom dat ze het gewoon helemaal niet helder zag: ze was dan wel hard bezig met twijfelen en op een bepaalde manier Rory op een afstand houden, maar ze moest er niet aan denken dat hij echt weer weg zou gaan, en de wetenschap dat hij alweer onderweg naar huis was gaf ongelooflijk veel rust. Dat kon toch alleen maar betekenen dat ze eigenlijk, éigenlijk wilde dat het goed kwam?

Even dacht ze terug aan toen het begonnen was tussen haar en Rory, en ze actief de keus had moeten maken om weg te gaan bij haar toenmalige vriend. Ian de verschrikkelijke. Ze had vreselijk gedraald, was bijna niet in staat geweest de knoop door te hakken, zo bang was ze geweest iemand pijn te doen, het verkeerd te doen. Die oude Anne wilde ze niet meer zijn, die aarzelende, stijve, wanhopig aan regeltjes vasthoudende Anne.

Goed, ze moest zich er maar bij neerleggen dat ze een deel van haar keurige opvoeding er nooit meer uit geramd zou krijgen, maar ze kon zichzelf toch in ieder geval wel zover krijgen dat ze haar motivatie helder had. Dat ze niet zo uit elkaar getrokken werd door haar hart, dat de ene kant op wilde, en haar hoofd, dat haar de andere kant op dreef.

Haar hart had gelijk.

'Ik hou van je vader,' zei ze ineens heel stellig tegen Rows achterhoofd, 'en ik weet eigenlijk wel zeker dat het goed gaat komen tussen hem en mij. Dus maak je daar nu maar geen zorgen over, hij heeft niets stoms gedaan, ik ga niet weg, hij gaat niet meer weg want hij heeft tenslotte het huis hiernaast gekocht, en dus is het een kwestie van tijd voordat het allemaal op zijn pootjes terechtkomt.'

Row draaide zich om in haar omhelzing, ineens vol enthousiasme. 'Kom je dan bij ons wonen? Als het huis af is?'

'Misschien wel. Als je vader het me vraagt.'

'O, dat wil ik, dat wil ik!'

De harde regen buiten hield heel abrupt op; het leek wel alsof de natuur even zweeg van schrik, zo opvallend was de stilte. Een vogeltje probeerde voorzichtig een paar noten, merkte dat het best ging, en begon vrolijk te zingen. Andere vogels volgden zijn voorbeeld en een vroege straal zonlicht streek over het slaapkamergordijn.

'Doe je oogjes nog maar heel even dicht,' zei Anne zachtjes tegen Row, 'over een halfuurtje gaan we eruit om ontbijt te maken.'

Haar hart voelde ineens licht in haar borst, zo licht dat ze bijna dacht dat ze op kon stijgen, als een kleurige ballon in het vroege zonlicht .

Annes mobiel, weer opgeladen tot volle sterkte in de woonkamer, vertoonde nog één bericht van Rory.

Acht uur jouw tijd sta ik op Heathrow, stond er.

Ze keek op haar horloge. Half acht, nog even en hij was in ieder geval weer in de UK. Ze stak de mobiel in haar achterzak en daalde af naar de keuken, ging met borden en bestek in de weer en hoorde hoe er voorzichtig leven kwam in het huis.

Row kwam de trap af stuiteren met zijn iPad in zijn hand.

'Rustig lopen met dat ding, Row, als hij op de tegels valt is hij stuk,' zei Anne op de automatische piloot.

Row zei 'Uhhuh,' maar stuiterde vrolijk door totdat hij naast de keukentafel stond. 'Mam,' zei hij, 'pap heeft zijn gitaar op zolder laten staan.'

Anne keek op.

Hij keek terug met een blik die hij waarschijnlijk genetisch had meegekregen van vaders kant, een blik die zei: zeg er maar eens wat van.

Anne trok een wenkbrauw omhoog. 'Hij zal zijn gitaar wel komen halen als hij hem nodig heeft, lieverd,' zei ze, en verder niets.

Row grijnsde en klom op zijn stoel.

Van de verdieping boven Anne en Rowland klonk opeens steeds harder hoorbaar gepraat, dat duidelijk niet al te vriendelijk van toon was, en dat er, naarmate de minuten verstreken, ook niet echt beter op werd.

'Nee!' klonk Georgies stem gedecideerd.

Gebrom van Woz, niet verstaanbaar, maar aan de toon duidelijk te horen dat hij zich niet bij Georgies mening wilde neerleggen.

'Ik wil het absoluut niet hebben, Warren. Ik vind het verre van chic, en als het niet lukt om op de reguliere manier de juiste clientèle aan te trekken, dan blijf ik nog liever eieren bakken voor rugzaktoeristen. Ik wil van Seaview geen televisiecircus maken. Geen haar op mijn hoofd.'

Georgie kwam de trap af met voetstappen die een stuk hoorbaarder waren dan strikt noodzakelijk. Woz kwam er vlak achteraan, zo te zien niet van plan het op te geven.

'Ik zeg toch niet dat er hier vierentwintig-zeven een cameraploeg door de tent moet rennen, ik wil gewoon af en toe een vlog opnemen over, nou weet ik veel, de lokale ingrediënten, verse vis, lam, kruiden die je hier gewoon in het wild kan plukken, dat soort dingen. Beetje slowfood, alleen voor echte foodies, niet voor van die zondagskoks die de hele godganselijke dag met hun bakkes aan de buis geplakt zitten en die denken dat ze een Michelinster bij mekaar kunnen koken alleen door een paar keer naar een kookshow te kijken. Een vlog, Sjors, niet een heel tv-programma.'

'Ja, en ik zie het al helemaal voor me: dan zet je het op YouTube en voor je het weet staat er een commerciële zender aan de deur te bellen omdat Tante Beeb je eruit gegooid heeft. En dan hebben we wél die cameraploeg over de vloer. Ik wil dat gewoon niet. Het is ordinair.'

'Sodemieter toch op, het is modern.'

'Wat is er in vredesnaam aan de hand?' vroeg Anne, verbijsterd heen en weer kijkend tussen Georgie en Woz. Row zat zichtbaar te genieten van het conflict.

'Hij wil het hier helemaal vercommercialiseren,' zei Georgie vertwijfeld, 'hij wil vanuit hier een of ander kookprogramma beginnen, op eigen houtje, en...'

'Nee, een vlog, mens, niet een heel kookprogramma! Doe toch goddomme een keer rustig!' Woz gooide zijn armen in de lucht, rook aan de boter, sprong op van de kruk waarop hij zich had laten zakken en schreeuwde: 'Deze shitzooi is ranzig,' waarna hij de boter met botervloot en al zonder pardon in de vuilnisbak mieterde.

Anne bleef ijzig kalm en viste de vloot er weer uit, waarna ze de inhoud er met een stuk keukenpapier uit veegde. Uit de ijskast haalde ze een nieuwe rol boter. 'Warren, jij bent zelf nu ook niet bepaald rustig op dit moment, dus je kunt het je nauwelijks veroorloven om Georgie tot kalmte te manen, lijkt me.'

'Ja maar,' begon Woz.

'Nee, niet ja maar, als jullie allebei nu gewoon eerst je ontbijt eten, en daarna nog even rustig de tijd nemen om de hele situatie door te spreken, dan weet ik zeker dat–'

'Ik wil het niet hebben,' zei Georgie stellig, met een gezicht op onweer, 'al eet ik drie ontbijten. Dit is míjn restaurant, en ik wil het gewoon niet hebben.'

Precies op het moment dat Woz zijn mond opendeed om zijn

repliek eruit te gooien, begon Annes telefoon te zoemen en te trillen; ze trok hem snel uit haar zak. 'Och jee, het is Rory,' zei ze, ineens vreselijk onhandig met zichzelf. Met een rood hoofd vluchtte ze de keuken uit.

'Hoi,' fluisterde ze bijna in haar mobiel, terwijl ze probeerde onzichtbaar te worden in het gangetje. Achter haar begonnen Georgie en Woz opnieuw met ruziemaken. Over haar schouder zag ze dat Rowie stoïcijns een banaan naar binnen werkte; hij leek totaal niet onder de indruk, noch van Woz' opvlammende boosheid, noch van Georgies moorddadig ijzige verbale uitbarstingen.

'Mop?' klonk het in haar oor, en ze kon een rilling niet onderdrukken. O, het was vreselijk om toe te moeten geven, maar die seksuele sessie in het gras had alles wat ze de afgelopen twee jaar zo netjes had onderdrukt weer helemaal losgewoeld. Ze viel nog net niet flauw van verlangen en verliefdheid, hoe hard haar ratio ook probeerde in te grijpen.

'Hoi Rory,' zei ze ademloos, 'ben je in Londen?'

'Ja, net geland, ik moet even uitzoeken of het me nog lukt om voor twaalven in Penzance te komen, en zo ja, dan zit ik straks op die boot. Gaat... alles goed met je?' Hij klonk ineens ontzettend voorzichtig.

'J-ja, het gaat wel, geloof ik. Met jou?'

'Ja. Nu ik weet dat ik naar huis ga, gaat het. En sorry hoor, voor dat gesprek, eh, wanneer was het, gisteren? Ik ben zo snel op en neer gegaan dat mijn hele klok eruit ligt. Ik heb een schijthekel aan intercontinentaal reizen. Maar goed. Ik was niet zo helder, ik wou duizend dingen tegelijk tegen je zeggen, ik... god, ik wou dat ik er al was. We moeten echt nog effe praten, jij en ik, als ik d'r weer ben, maar Row gaat in ieder geval nergens heen. En Mel kan nou hoog springen of laag, aan de voogdij kan ze nooit meer komen, die ligt bij mij, en dat is dan dat, al doet ze nog zo d'r best om me in de media af te schilderen als een of andere onverantwoordelijke randdebiel. Jezus, wat zal ik blij zijn als ik dit achter de rug heb, hoewel ik hier tenminste weer als een normaal mens over straat kan. Ik had echt effe de zenuwen in LA, ik wist in een keer weer waarom ik vroeger altijd met twee securitymensen en een PA rondsjouwde.'

'Wat gebeurde er dan precies? Ik hoorde je bericht...'

'Nou, ik kom dat kantoor uit waar we die bespreking hadden, en...'

Anne trok twee stoute schoenen aan en onderbrak Rory. 'Sorry, maar ik snap het eigenlijk nog steeds niet helemaal. Ik begrijp ondertussen dat je afspraken moest maken over de voogdij van Rowland, en dat je hebt weten te voorkomen dat Meilane die rechtszaak ging beginnen waar ze steeds mee dreigde, maar waarom kon je niet gewoon iets rustiger, ik bedoel, moest je nu echt zo abrupt midden in de nacht–'

'Shit, heb ik dat niet gezegd?'

'Nee, eigenlijk niet precies.'

'Godsamme, wat ben ik toch een ongeorganiseerde zak hooi! Verdomme!'

Anne schoot in de lach. 'Je kunt jezelf toch nauwelijks ongeorganiseerd noemen als het je lukt om midden in de nacht spoorslags van een afgelegen eiland voor de kust van Cornwall naar Los Angeles te reizen!'

'Je moet alleen maar weten wie je moet bellen, mop, verder is er geen hout aan. En je moet voldoende pegels in huis hebben. Daar moet ik het dus effe met je over hebben als ik weer terug ben, want – eh. Shit. Laat ik bij het begin beginnen. Wacht effe, ik ben nou net bij de autoverhuur. Blijf hangen.'

Anne hoorde zijn stem, veraf, overleggen met iemand: zijn rare, samengestelde mengelmoesaccent van Australisch, Schots en Iers, zijn gruizige bariton. Ze kon het niet letterlijk volgen, maar aan de toon van het gesprek te horen ging het niet helemaal naar wens, want ineens was hij weer dichtbij in haar oor en ze hoorde aan zijn ademhaling dat hij er flink de pas in zette. 'Verdomme, duurt te lang met een auto. Moet ik vliegen met een binnenlands lijntje, is nog net niet zo erg als zo'n kolerehelikopter, maar dan ben ik misschien nog net op tijd. Als ik tenminste een bakkie kan vinden dat meteen met me omhoog wil. Ik kan je maar beter zo weer effe bellen, want dit wordt niks.'

'Oké, tot straks,' zei Anne, maar hij had al opgehangen.

Ze keek een beetje verward naar haar mobiel. Wat kon hij toch een wervelwind zijn. Al haar twijfels staken de kop weer op: zij was geen wervelwind, zij was eerder een goed verankerd rotsblok. Dat kon toch nooit goedgaan? Maar haar hart danste in haar borstkas, dus wat kon ze er nog aan doen?

Voordat ze zich kon vastdraaien in die strijd tussen hoofd en hart kwam Woz de keuken uit stormen, met een knalrode kop, haar recht omhoog. Hij werkte zich langs Anne in het gangetje en bonkte de trap op.

'Ik pak vanmiddag de boot, en je zoekt het maar uit,' brulde hij nog over zijn schouder, en toen knalde er een deur dicht en hoorden ze allemaal woest gebonk en gerommel vanuit Georgies slaapkamer.

Georgie stond, wit van woede, stokstijf middenin de keuken.

Rowland vond het zo te zien ondertussen niet zo leuk meer en zat ook doodstil. Hij had een onaangeroerde boterham op zijn bord en zijn ogen gingen naar Anne zodra ze de keuken binnenkwam.

Anne zuchtte diep en ging naast Rowland aan tafel zitten. Pakte even geruststellend zijn hand, en schonk zichzelf toen een kop thee in. Misschien was het maar goed dat ze een rotsblok was.

Roar

22 Terugkomen

Hij zat, voor zover zijn stoelriem dat toeliet, op het puntje van zijn vliegtuigstoel, met zijn rug stram en zijn handen tot vuisten gebald, terwijl het veel te wiebelige zakenvliegtuigje de daling naar Newquay Airport inzette. Van daar was het nog ruim een halfuur naar Penzance, en als het verkeer meezat haalde hij het net naar de haven waar de *Scillonian* vertrok. Hij had met zijn mobiel een kaartje gekocht voor de overtocht en hij had Agatha Bolitho gebeld, om te vragen of hij bij haar kon overnachten als hij de boot zou missen. Ze had tegen hem gepraat alsof hij een verloren gewaand familielid was, en tegelijk alsof ze hem gisteren nog had gezien. Hoe kreeg ze het voor elkaar. Rory hoopte bijna dat hij die boot niet zou halen, zodat hij nog een nachtje in Bolitho B&B kon doorbrengen.

Gelukkig keken ze in zo'n zakenvliegtuigje meestal de andere kant uit als je vrolijk ging zitten telefoneren tijdens de vlucht; hij had het alleen even voor zich uit geschoven om Annie nog een keer te bellen. Dat ging hij pas doen als hij zeker wist of hij vanmiddag weer voet op het eiland zou zetten of niet. En daarnaast: hij wilde even rust hebben als hij haar sprak, want om de een of andere reden kreeg hij steeds half de zenuwen als hij haar aan de lijn had (hij had het zelfs al als hij haar voicemail insprak), dan kon hij niet meer in een rechte lijn denken, begon hij als een idioot te leuteren en zei hij helemaal niet wat hij wilde zeggen.

Waarom hij nou zo in de war raakte als hij haar belde, hij begreep er niks van. Hij wist toch precies waar hij mee bezig was, hij wist precies wat hij wilde... Maar als hij zijn gedachten terug liet gaan naar dat moment in de buitenlucht, hoe ze onder hem had gelegen, zacht en verward en opgewonden en sproetig en lief, dan kon hij bijna niet in zijn stoel blijven zitten. Hij barstte nog net niet uit elkaar van de emoties. Lust, o christus ja, hij wilde haar zo erg dat het ongeveer pijn deed, en dat het nou één keer zover was gekomen had niet echt geholpen om de spanning eraf te halen. Eerder het omgekeerde. Maar hij wist ook maar al te goed dat hij de situatie een klein beetje geforceerd had.

Het was gewoon ingewikkeld tussen hen op het moment, meer voor haar dan voor hem, en hij kon dat dan wel frustrerend vinden, het was nu eenmaal zo. Hij moest ermee dealen. In plaats daarvan had hij, toen ze daar samen op het gras hadden gezeten, vagelijk iets gedacht in de trant van: als we nou gewoon... dan kan ze het toch ook niet meer ontkennen.

Hij had natuurlijk best geweten dat ze geen nee zou zeggen als hij even een beetje zijn best zou doen, daarvoor was het gewoon te lekker tussen hen. Maar eigenlijk was het niet helemaal oké van hem geweest om op die manier te proberen iets af te dwingen. Zijn zin door te drijven. Zijn lust te bevredigen.

Hij gaf een grom van ongemak en schudde zijn hoofd. Eigenlijk voelde hij zich een ongenuanceerd stuk holbewoner, hij mocht verdomme blij zijn dat ze niet woedend op hem was geworden en had geroepen dat ze hem nooit meer wilde zien. Het was nog net geen verkrachting geweest.

Toch? Of sloeg zijn fantasie nou op hol? Ze had haar armen om zijn nek gedaan en hem dicht tegen zich aan getrokken, ze had zijn haar gestreeld, in zijn oor gefluisterd en gekreund; hij kreeg het er warm van nu hij er in zoveel detail aan terugdacht en zijn spijkerbroek zat ineens helemaal niet lekker. Nee, ze had het heus wel gewild, toen hij eenmaal begonnen was. En hij was nou eenmaal nog steeds hartstikke gek op haar. Maar ergens had hij misschien ook wel gewild dat hij zich nog een beetje had kunnen beheersen, dat misschien zij de eerste zet had gedaan... Dan had hij zich nu in ieder geval een stuk zekerder van zijn zaak gevoeld.

En dan was hij ook nog zo'n onvolwassen zak geweest om boos te worden toen het natuurlijk geen spat had geholpen om Annie over de streep te trekken, om haar te laten inzien dat zij, en hij, dat ze samen, dat ze bij elkaar, dat ze... Dat zij bij hem hoorde en hij bij haar. Zo. Als hij dacht dat ze ja zou zeggen zou hij haar zo ten huwelijk vragen, al had hij zich eigenlijk na Mel voorgenomen nooit meer zoiets stoms te doen.

En nu was het verdomme eigenlijk alleen nog maar ingewikkelder geworden, nu hij de hele zooi met Mel had afgetikt. Aan de ene kant was de boel als het goed was nu echt opgelost en kon ze nooit meer aan zijn kind komen, maar aan de andere kant... Hij had bijna geen cent meer over. Hij kon nog net wat regelen voor Rog en Harmony, maar dan was het ook wel echt op. En hij kon toch moeilijk als een armoedzaaier een vrouw ten huwelijk vragen?

Hij pakte zijn mobiel en begon opnieuw te rekenen. Keek na of zijn downloads nog liepen; hij zou het wel nodig hebben. Misschien moest hij tussen de bedrijven door maar proberen wat nieuws te schrijven, hij voelde zich klote genoeg als hij zo in zijn eentje in zijn half affe huis zat. En daar had hij ook nog poen voor nodig; zoals het nu was kon hij er echt niet in gaan wonen. En hij had al allemaal zooi besteld, er kwamen nog allemaal dingen voor in de keuken, en een bad, en meubels, en er stond nog wat in een opslag bij Londen... Dat moest nog naar het zuiden vervoerd worden, en het moest ook nog allemaal naar het eiland...

De cijfers draaiden hem voor de ogen. Hij was niet zo'n rekenaar, hij kreeg al koppijn bij een parkeerbon. Hen kon goed rekenen, zijn maatje Henning, echt iets voor een bassist ook om goed te kunnen tellen. Hij opende het adresboek in zijn telefoon en zocht. Hij was hem de afgelopen maanden een beetje uit het oog verloren, eigenlijk na de laatste tour, want Hen had het druk: zijn kookhobby was aan het uitgroeien tot iets groters en hij was druk de wereld aan het rondvliegen om zoveel mogelijk clinics te doen met allerlei beroemde chefs. Die vonden het allemaal wel grappig om Axe, de langharige, Vikingvormige God of Rock in hun keuken te hebben, dus hij kwam overal binnen.

Hen had, de laatste keer dat Rory hem had gesproken, nog steeds een niet altijd eenvoudige relatie met Terri, hun vaste tourmanager van vroeger. Terri was een schat, maar ze kon ook een behoorlijke bikkel zijn, en Hen had zo'n vrouw wel nodig. Hopen maar dat dát in ieder geval nou eens niet problematisch was.

Hij drukte op de beltoets en wachtte.

Het was niet te geloven, maar het leek er zomaar op alsof het ging lukken. De taxi scheurde nog net niet de veerboot op, Rory sprong eruit en overhandigde de beloofde absurde fooi (nu had hij het nog, dacht hij in een sarcastisch hoekje van zijn achterhoofd) en hij rende aan boord. Gelukkig had hij niks bij zich, hij was met een klein tasje van huis gegaan, maar dat had hij ergens laten liggen, hij wist niet eens precies waar.

Hij moest onder de douche, hij zat al dik achtenveertig uur in dezelfde kleren, zijn kin leek wel schuurpapier en als hij er goed over nadacht had hij eigenlijk nauwelijks geslapen. Een paar uur half bewusteloos drijven in een vliegtuigstoel telde niet; hij had weleens van Quentin Finch, met wie hij een keer in een film had gezeten, gehoord dat die gewoon bij iedere intercontinentale vlucht een slaappil opslokte en wakker werd aan de andere kant. En Finch vloog nogal wat heen en weer tussen Australië en LA. Hij had hem trouwens genadeloos gepest met zijn vliegangst, maar dat even terzijde.

Op het dek, handen op de reling, keek hij even snel om zich heen of niemand naar hem keek, en toen rook hij besmuikt aan zijn oksels.

Niet best.

Hij fronste; misschien kon hij maar het beste zo, met kleren en al, de zee in lopen als hij er eenmaal was. Dan was hij wel nat, maar in ieder geval zou hij zich dan niet meer zo smerig en vereisd voelen.

Met een diepe zucht zocht hij een plekje om te zitten, een beetje uit de wind, en keek naar zijn mobiel. Het werd tijd om Annie te bellen. Hij kon natuurlijk altijd nog vragen of hij in Seaview kon spelen, voor een bord eten en een glas bier. Als het echt erg werd. Of misschien kon hij op het eiland muziekles geven of zoiets, op de school waar Rowie naartoe ging na de vakantie. Hij schudde zijn hoofd om te stoppen met piekeren en een beetje focus te krijgen, haalde nog maar eens een keer diep adem, en hoopte dat hij deze keer een beetje behoorlijk zou kunnen zeggen wat hij wilde zeggen.

Hij ging over.

En over.

Sprong op voicemail.

'Moppie, ik ben het,' zei hij, wat natuurlijk stom was: ze zou allang aan het nummer hebben gezien dat hij het was. Hij kon zich meteen wel voor zijn kop slaan: daar was dat idiote zenuwengevoel weer. 'Ik zit op de veerboot, ik kom straks meteen naar je toe, ik moet je even op m'n gemak uitleggen wat er nou allemaal is gebeurd, eh, Annie... verdomme, ik wou dat je opnam!'

Hij drukte weg. Keek verstoord naar zijn mobiel, die er eigenlijk ook niks aan kon doen, staarde uit over de zee. De boot deinde behoorlijk, ondanks het mooie weer, maar hij had er geen last van. Geen *Vomit Comet* voor hem; hij voelde ondanks alles toch langzaam een grijns opkomen. Hij was misschien nog beter geschikt voor het eilandleven dan hij zelf had gedacht.

Nog voordat hij er goed en wel over had nagedacht, hervond hij zich op de kade op St. Mary's. De veerboot was niet zo heel druk geweest, en de mensen die erop hadden gezeten verspreidden zich snel. De kade was alweer bijna leeg.

Geen Annie.

Het verbaasde hem niet. Ze had tenslotte niet opgenomen toen hij haar eerder had gebeld, dus de kans bestond dat ze zijn bericht nog niet had gehoord, maar hij had toch ergens gehoopt dat ze er wel zou zijn. Dan had hij zich in ieder geval niet hoeven opvreten over of ze nou niet gekomen was omdat ze niet wist dat hij op de boot zat, of omdat ze hem gewoon niet op wilde halen.

Hij harkte zijn haar uit zijn gezicht en frummelde het in zijn nek in een staartje, keek om zich heen. Iedereen op het eiland had een doel, was aan het werk. Hij voelde zich bijna schuldig dat hij hier als een toerist van de boot af kwam slenteren, en ineens flitste er iets onredelijk angstigs door hem heen. Muziek maken was eigenlijk het enige wat hij met een beetje goed fatsoen kon, en het had hem tot nu toe altijd een hoop geld opgeleverd. Stel nou dat hij weer zo'n nummer maakte, en het op iTunes zette, en niemand zou het downloaden? Als hij dan weer van onder af aan moest beginnen, dan moest hij niet ook nog op zijn eenenveertigste een nieuw kunstje hoeven leren, want hij dacht niet dat hij dat zou trekken. Ja, goed, hij kon ook best aardig acteren, vonden tenminste de mensen die daar verstand van hadden, maar hijzelf had toch altijd het idee dat hij maar wat deed, en het leek hem volkomen absurd om daadwerkelijk op een toneel te klimmen, in een theater, en een hele avond achter elkaar door te acteren. In zo'n film, dat waren altijd kleine stukjes, en er was altijd wel een idioot bij de hand die precies zei hoe hij het hebben wilde. Heel andere koek.

Hij balde zijn handen tot vuisten en beende richting huis. Acteren op Scilly was ook geen optie, en hij wist zekerder dan ooit dat hij niet terug wilde naar LA. Misschien kon hij een nieuwe carrière beginnen als bouwvakker; hij was niet echt heel onhandig met een hamer en een zaag, en sterk was hij ook best. Dat was nog een idee, misschien kon Klussen-Colin...

'O godverdomme, eikel, hou nou toch op met dat idiote gepieker,' gromde hij tegen zichzelf terwijl hij de straat in liep. Hij werd helemaal niet goed van zichzelf, hij zou nog het liefst in een hoekje kruipen met een grote fles whisky totdat alles er een stuk rooskleuriger uitzag. Het was verdomme veel meer werk om zijn leven om te gooien dan hij had gedacht, en die zogenaamde godvergeten vrijheid die hem als ideaalbeeld zo scherp voor ogen had gestaan hing voor zijn gevoel op dit moment als een molensteen om zijn nek.

Misschien had hij beter kunnen...

Nee. Hij zag zijn huis, en Seaview, zijn hart maakte een sprongetje bij de gedachte dat hij straks Annie weer zou zien, en terwijl hij zeker wist dat dit toch echt het beste was, knalde hij door zijn eigen openstaande voordeur naar binnen.

Bijna tegen Klussen-Colin op, die net een enorme gipsplaat in positie stond te manoeuvreren.

'Hé, gozer, je bent er weer. Ik dacht dat je nog wel langer weg zou blijven.'

'Zo snel ik kon teruggekomen,' zei Rory. 'Heb je nog met je ouders gepraat?'

'Ja hoor. Ze vinden het prima, mooi bod, ik had het niet beter kunnen regelen. Hoe eerder hoe beter, wat hun betreft. Jezus, gast, je ziet er wel uit alsof je door de mangel gehaald bent. Je vriendin heeft met de koffie van vanochtend ook nog wat van je kleren gebracht, netjes schoon en opgevouwen, volgens mij wilde ze er even tussenuit met al die herrie hiernaast. Het is de hele ochtend al geschreeuw. Ze zijn niet eens opengegaan.' Colin trok een sappige wenkbrauw op; ongetwijfeld zou het hele eiland er voor het eind van de dag van weten.

Rory keek naar Colin met een blanco blik.

'Man, ga naar hiernaast,' zei Colin met een klap op zijn schouder, 'en kijk even wat er allemaal aan de hand is. En kruip onder de douche, of zo; je lijkt wel een zwerver. Wij redden het hier wel, we weten wat we moeten doen.'

Rory knikte, liep tussen de bouwmaterialen en het gereedschap door naar de tuin, stapte over het muurtje, trok de tuindeur van

Seaview open. In twee stappen stond hij in de keuken, waar Woz druk bezig was een enorme chaos te veroorzaken. De tafel stond tegen de muur geschoven, zijn koffers-op-wielen stonden ervoor in de plaats en hij was op de meest ongeorganiseerde manier bezig in te pakken.

'Hé Wozzie,' zei Rory, 'ga je ergens heen?'

Woz keerde zich met een ruk om, zijn gezicht vertrokken van boosheid. 'Waar kom jij nou in ene weer vandaan? Je was toch weggelopen?'

'Ik ben weer terug. Ik zat op de boot.'

'Ja, en ik ga weg met die boot. Ik sta me hier de kolere te haasten om alles in te pakken, maar ik blijf hier geen dag langer. Laat dat achterlijke takkewijf de hik krijgen, met haar stijvetruttenzenuwengedoe, als het zo moet dan zoek ik wel een andere tent om in te koken, of ik begin zelf wat, of ik...

Rory pakte een krukje en ging zitten. 'Wat is er gebeurd, man?'

Woz stopte abrupt met dingen in een koffer gooien, keek Rory aan met een garde in zijn hand, legde de garde op het aanrecht. Dacht nog even na. 'Nou, het begon vanochtend voor het ontbijt. Ik had het idee om een vlog te doen, zo eens in de maand of zo, vanuit deze keuken. Niet commercieel, alleen echt voor foodies en misschien andere chefs, over lokale ingrediënten, verse vis, dat soort dingen.'

Rory knikte.

'Sjors, die idiote muts, ging meteen uit haar plaat toen ik het tegen haar zei, weet ik veel wat ze d'r allemaal bij sleepte, ik was nog net niet de wandelende ondergang van Seaview. Ik bedoelde d'r niks mee, ik heb ervaring met een camera, ik dacht dat het wel leuk zou zijn, weet je wel? Nou, en toen werd ik natuurlijk ook nijdig, en toen zei ik dat ik op zou sodemieteren, als het zo moest, je weet hoe dat dan gaat, en nou sta ik al mijn zooi in te pakken en, eh...' Woz keek hem aan met een openhartige, beetje gewonde blik. 'En nou wou ik dat ik mijn grote muil dicht had gehouden. Maar ja, nou kan ik niet meer terug, Sjors is met A en die kleine jongen mee naar het strand en ze wil pas terugkomen als de boot weg is, en dan verwacht ze natuurlijk dat ik ook weg ben.' Hij pakte de garde weer op en gooide hem met nogal wat kracht in de openstaande koffer.

'Hoeft toch niet,' zei Rory, in stilte blij dat hij nu meteen wist waar Annie zat. Lief van haar dat ze wat leuks was gaan doen met Row; hij voelde het helemaal warm worden in zijn borstkas. Hij vond het ook meteen een stuk minder erg dat ze hem niet had opgehaald. 'Ik weet heus wel wat je bedoelt, hoor, dat je grote bek d'r met je vandoor gaat. En ik ben zelf ook niet het toonbeeld van geduld. Maar je kunt toch gewoon tegen Georgie zeggen dat je gek op haar bent?'

'Volgens mij is ze meteen afgekickt van me. Moet ze me niet meer. Ze is al zo moeilijk af en toe, komt natuurlijk van die scheiding, maar...'

'Luister, gast, we hebben allemaal shit meegemaakt, en af en toe gebeurt er weer eens wat waar je de zenuwen van krijgt, vooral als je het hier voelt.' Rory wreef over zijn borstkas. 'Maar tegelijk weet je ondertussen ook wel wat echt is en wat niet, en als je het echt voelt voor Georgie dan moet je niet wegrennen. Ik kan je vertellen, ik weet niet veel, maar dát weet ik dus ondertussen. Waarom dacht je dat ik die tent hiernaast heb gekocht? Omdat ik niet meer wil wegrennen.'

Rory krabde even op zijn hoofd en trok per ongeluk een paar ongeordend gekrulde strengen haar uit zijn staartje. Ze vielen voor zijn gezicht en hij blies ernaar.

'Waar was je dan in ene naartoe? A en jij hadden toch ook mot?'

'Mijn ex. Dat kreng zat de hele tijd te dreigen dat ze mijn voogdij over Rowie wil aanvechten. Nou had ze weer bedacht dat ze me ging aanklagen voor mishandeling, maar ik zag al aankomen dat de voogdij de volgende stap zou worden. Ik kreeg een belletje van een gast die ik ken in LA, die een beetje tussen ons in verzeild is geraakt, en die zei dat ik maar beter in het vliegtuig kon springen, omdat ze had gezegd dat ze misschien nog wel wilde schikken, maar dan moest ik dus wel meteen komen. Machtsspelletjes, was ze altijd al goed in, alles op haar voorwaarden. Maar goed, ik zit er niet op te wachten dat de hele boel op zijn kop gaat voor Row, net nu hij lekker weer leuke dingen met Annie kan doen. Hij is zo gek met haar, ik zie hem opknappen sinds hij hier is. Lekker buiten, goed eten,' hier knikte Row naar Woz, die natuurlijk voor het overgrote deel verantwoordelijk was voor dat goeie eten, 'en een beetje moederliefde. Ik bedoel, ik doe m'n best, maar ik ben ook maar gewoon een kerel, geen moeder. Hoe dan ook, het kwam klote uit, met hoe het ging tussen Annie en mij. We hadden dan wel niet echt mot, het was meer dat ik gewoon een ongeduldige eikel ben die zich niet kan beheersen, maar we zaten mekaar wel effe in de weg. Maar goed, ik ben toch maar gegaan.'

Woz grinnikte. 'Ik voel me op een rare manier meteen een stuk beter nu ik weet ik hier niet de enige ongeduldige eikel ben.'

'Man, je bent nog niks, vergeleken mij.'

'Als jij het zegt. Maar, is het gelukt, met je ex?'

'Op een bepaalde manier wel,' zei Rory, en hij hoorde zelf hoe zorgelijk het klonk, 'maar tegelijk weet ik dus niet of ik niet toch iets kapot heb gemaakt met Annie, en ik heb nogal wat poen neer moeten leggen. Doe ik graag voor Rowie, ik doe alles voor hem, maar...'

'Moet je wat lenen? Ik heb nog een paar ton gespaard, van *Superchef*. Betaalde als een tierelier, die klus.'

Rory grijnsde. 'Vind ik sympathiek van je, maar ik heb het wel over een paar nulletjes meer. En ik moet nog wat regelen voor mijn maatje Roger, weet je wel, de bassist van mijn band? Die moet verhuizen, met zijn vriendin, en ik had nou net een stekkie gevonden hier op het eiland dat hij wel leuk zou vinden. Zij hebben ook niet zo veel, vandaar.'

'Gast. Zijn er nog mensen waar je niet voor zorgt?'

Rory zei peinzend: 'Volgens mij heb ik tot nu toe niet zo goed voor Annie gezorgd als ik zou moeten, en als het zo doorgaat heb ik niks meer over om voor haar te zorgen.' Hij haalde diep adem en herpakte zich. 'Maar eerst even jij. Volgens mij kun je maar beter de hele zooi weer terugzetten, en wat lekkers maken voor als de meiden straks terugkomen. En moet de boel hier niet gewoon open?'

'We hebben een bordje opgehangen,' zei Woz, 'wegens omstandigheden, en zo.' Hij bukte zich, haalde de garde weer uit zijn koffer, hing hem aarzelend weer aan het haakje.

'Ik moet effe wat schoons aan doen, en mijn kop onder de douche steken,' zei Rory, ineens hondsmoe, met een enorme gaap, 'maar dan help ik je wel.'

Anne

23 Vrezen

Lieve Rory,
Ik heb er heel goed over nagedacht, in de tijd dat je weg was – in alle eerlijkheid, ik kon ook nauwelijks aan iets anders denken – en je hebt helemaal gelijk. Ik moet vertrouwen hebben, ik moet jou vertrouwen, en ik moet er op de een of andere manier voor zorgen dat ik niet doe wat ik altijd doe. Ik zie het nu ineens heel scherp: ik ga eigenlijk net zo goed weg als jij, alleen vlieg ik niet naar de andere kant van de wereld. Ik trek me terug in mezelf. Ik verschuil me achter al mijn regeltjes, achter correct gedrag, omdat ik dan hoop dat niets me kan raken. Maar zo werkt het natuurlijk helemaal niet als je van iemand houdt.

En ik hou dus van jou, ik vind het vreselijk dat ik het niet gewoon tegen je heb gezegd toen we samen in het gras lagen, want het was wel wat ik voelde. En wat ik nu nog steeds voel. Hoe heb ik mezelf ooit wijs kunnen maken dat ik iets anders zou voelen?

Ik vind het geweldig nieuws als je nu echt zekerheid hebt dat Meilane nooit meer aan Row kan komen, want ik geloof dat ik het niet zou verdragen als hij aan zijn moeder toegewezen zou worden. We hebben erover gepraat, Row en ik, hij begon er zelf over, en hij zou het ook echt verschrikkelijk vinden als hij hier weg zou moeten.

Hij noemde me vanmorgen zomaar mam.

Ik heb er niets van gezegd, en hij heeft het niet nog een keer gedaan, maar tijdens het gesprek dat we eerder hadden, zei hij wel dat hij zou willen dat ik zijn moeder was. Dat ik hem zou adopteren. Ik weet eigenlijk niet eens of zoiets kan, maar als het kon zou ik geen seconde aarzelen.

Ik voel me ook helemaal raar sinds we gevreeën hebben, heb jij dat ook? Fysiek raar, bedoel ik. Zou dat komen omdat het zo lang geleden is? Het is een lekker soort raar, het is net alsof ik een beetje dronken ben, en ik kan bijna niet stoppen met eraan terugdenken.

Anne stopte met schrijven, keek op en hoopte dat haar knalrode hoofd niet zo zichtbaar zou zijn onder haar strooien hoed. Ze keek even naar haar blote benen die onder haar zomerjurk uit kwamen en die ze dik met factor 50 had ingesmeerd, evenals haar neus, haar oren en haar armen. Ze vond het heerlijk om in het zonnetje te zitten, maar ze was zo roodharig-bleek dat ze verschrikkelijk snel verbrandde.

'Wat ben je in godsnaam aan het doen,' zei Georgie naast haar. Zij had een huid die een stuk beter tegen de zon kon: ze lag op haar buik op haar handdoek, in een klein bikini'tje te roosteren en net te doen alsof ze een boek van Murakami las.

'Ik schrijf naar Rory,' zei Anne.

'In je dagboek?'

'Nou... het is eigenlijk niet echt meer mijn dagboek; we hebben het de afgelopen dagen meer gebruikt om een soort briefjes naar elkaar te schrijven, omdat het ook zo moeilijk was om bepaalde dingen tegen elkaar te zeggen. Het begon toen hij dit boekje ergens had gevonden, en toen had hij het gelezen, en toen had hij er iets onder gezet.'

'En je was niet boos dat hij zomaar in je dagboek had geschreven?'

'Ja, nou, eerst wel een beetje, maar... Maar ik vond het eigenlijk belangrijker dat we met elkaar, nou, communiceerden. Ik was het hele dagboek toch alleen maar begonnen om een beetje uit mijn schrijfkramp te komen, niet zozeer omdat ik zo'n fervente dagboekschrijver ben.'

'Ik zou woedend zijn als Woz zoiets... Hm. Woz gaat natuurlijk helemaal niets; Woz is dadelijk als wij terugkomen allang verdwenen. Ik zal hem wel nooit meer zien, en opgeruimd staat netjes.' Georgies stem klonk strijdbaar, maar met een ondertoon van onmetelijke treurigheid.

'Weet je wat het is, Georgie? Ik wil zo heel graag af van al die ingebakken regeltjes, omdat ik merk dat het mijn gevoel ontzettend in de weg zit. Heb jij dat dan ook niet? Ik bedoel, je houdt toch van Warren? En waar hebben jullie nu helemaal ruzie over, dat hij een vlog wil opnemen in de keuken van Seaview?'

Georgie zuchtte en draaide zich op haar rug. 'Het is mijn restaurant. Of, nou ja, óns restaurant. Van jou en mij.'

'Nee, Georgie, het is echt jouw restaurant. Jouw idee, jouw droom, en Seaview is jouw huis. Ik ben met je meegegaan omdat ik je gezelschap zo fijn vond, en in mijn eentje was ik waarschijnlijk verdronken in mijn eigen verdriet. Ik ben ontzettend blij dat het zo is gegaan, ik heb het hier heel goed naar mijn zin, en ik vind het prima om in Seaview te werken, maar diep in mijn hart ben ik toch een auteur, niet een restauranthouder.'

'In mijn eentje was het me niet gelukt,' zei Georgie, 'en ik had jou net zo hard nodig als jij mij, met die scheiding en alles.'

'O, ik weet zeker dat het je in je eentje ook was gelukt. Jou lukt volgens mij alles, als je je er een beetje kwaad voor maakt. Maar waar ben je nu zo bang voor, met Woz? Hij is een enorm goeie chef en een echte horecavakman. Je kunt het veel beter met hem doen dan met mij.'

Georgie bleef even stil en bestudeerde haar keurig gemanicuurde nagels. 'Ik denk... dat ik bang ben om mijn vrijheid op te geven. Ik heb me vreselijk gevangen gevoeld met Frederick, opgesloten in de situatie, terwijl het eigenlijk helemaal niet zo ingewikkeld was om eruit te komen toen ik het eenmaal deed. Ik krijg het alleen ontzettend benauwd als ik weer ergens in beland waaruit ik voor mijn gevoel niet weg kan, of dat ik te veel het stuur overgeef aan een ander, of... Begrijp je? En dit is nu echt míjn ding, Seaview; bij Frederick was ik min of meer in zijn leven als diplomaat gestapt...'

'Warren is overduidelijk echt heel dol op je. En hij is ook dol op Seaview. Je kunt je volgens mij een slechtere partner wensen, en ook een slechtere zakenpartner. Misschien moet je gewoon een stap zetten, en samen met hem...'

'Anne, was je er niet bij vanmorgen, of zoiets? Warren Dixon gaat met de boot van vier uur van het eiland af, omdat hij niets meer met me te maken wil hebben. Nauwelijks een situatie waarin ik hem een partnership in mijn restaurant kan aanbieden.'

'Maar je houdt toch van hem?'

En ineens brak er iets bij Georgie: haar stiff upper lip wiebelde en er rolden tranen over haar gezicht. 'Och jee,' zei ze, en toen begon ze te snikken.

Anne legde haar groene boekje weg en sloeg haar armen om haar vriendin heen. Georgie probeerde zich nog even stijf te houden, maar bracht daar eigenlijk niets van terecht, en vervolgens hing ze verwelkt en behuild tegen Annes schouder.

'Zullen we gewoon teruggaan?' zei Anne zachtjes in haar oor. 'Als we nu gaan kun je nog tegen hem zeggen dat hij niet weg hoeft, dan kunnen jullie het nog goedmaken.'

'Maar dat wil hij volgens mij helemaal niet,' snufte Georgie, 'en logisch ook, ik bedoel: wie wil er nou samenzijn met zo'n opgeprikte hork als ik?'

'Je bent geen opgeprikte hork,' zei Anne streng en vol daadkracht, 'je bent een mooie, slimme, goed opgeleide vrouw, je bent lief en zorgzaam en je bent dol op die vent, dus als we nu niet snel actie ondernemen dan gaat het de verkeerde kant op en sla je jezelf later alleen maar voor je hoofd. Kom.' Ze stond op, schudde haar handdoek uit en begon hem op te vouwen. Ondertussen speurde ze de waterlijn af naar Row, die met zijn vriendjes bezig was een fort te bouwen. Gelukkig was het warm genoeg en was zelfs het water warm genoeg dat hij niet in een surfpakje hoefde; veel kinderen renden rond over het strand in een volledig pak tegen het koude water en de ouders vonden het wel best, omdat ze dan hun kind niet in hoefden te smeren met zonnebrand. Anne vond het belangrijk dat hij juist een beetje zon op zijn velletje kreeg, en dat smeren was voor haar echt geen straf, alleen maar een kans om hem nog even lekker te knuffelen.

'Row!' riep ze.

Hij keek op, grinnikte en rende naar haar toe.

'Gaan we al naar huis?' zei hij, een klein beetje teleurgesteld.

'Nou, Georgie moet eigenlijk terug, en ik wil graag met haar meelopen, maar misschien kun jij nog wel even blijven spelen, als we met een van de moeders af kunnen spreken dat die je langs huis brengt?'

'O, nee, ik wil met jou mee,' zei hij stellig, 'ik ga iedereen nog even dag zeggen.' Hij rende naar zijn vriendjes, ze zag hem gebaren en wijzen, en toen rende hij weer terug, zwaaiend met zijn grote groene plastic schep.

Anne en Georgie hadden ondertussen alles opgeruimd en in de strandtas geladen, Anne hielp Row in zijn shirtje en zijn sandalen, en ze wandelden gedrieën richting Seaview.

'Heeft pap al gebeld dat hij er weer is?' zei Row, trekkend aan Annes hand.

'Ik heb mijn mobiel in mijn zak, maar ik heb nog niets gehoord.' Ze grabbelde in haar zak en zag meteen dat er een bericht was ingesproken. 'God, wat raar, ik heb hem helemaal niet horen overgaan,' mompelde ze, haar telefoon aan haar oor. Ze werd meteen weer rood van het geluid van Rory's stem in haar oor, en zei gauw tegen Row: 'Hij is er hoor, hij belde me vanaf de boot, en–'

'Wat is dát nu?' onderbrak Georgie. Een stukje verderop in de straat stopte de taxi van Paul Mumford voor de deur van Seaview, en er stapten drie mannen uit. Twee hadden een pak aan, en zo te zien een goedkoop pak ook, want het zag er te strak uit rond hun opgeblazen schouders. Het detoneerde vreselijk tussen de zomerse outfits op straat. Eéntje had een afgeknipte spijkerbroek aan met rafels, een donker shirt met bewuste gaten, een paars spiegelende zonnebril met ronde glazen en een raar klein hoedje achter op zijn hoofd. Om zijn nek hing een enorme gouden ketting met onderaan een grote Z.

'Weet jij wie dat is? Het lijkt wel een beroemdheid, een rapper of zo, met van die bodyguards, is het een kennis van Rory?'

'Niet dat ik weet,' zei Anne, 'maar ik geloof niet dat ik iedereen ken die hij moet kennen, dus het is mogelijk.' Ze voelde meteen weer zo'n ongemakkelijk koud beekje door haar buik stromen, precies wat ze de hele tijd had gevoeld toen ze nog samen met Rory was geweest en hij steeds weer was weggegaan. Hij had een heel stuk leven waar ze niets van wist, waar ze ook niets van begreep, en...

Stop.

Dit ging ze niet meer doen, dat had ze nu juist met zichzelf afgesproken. Vertrouwen was wat ze moest hebben, verdomme, ze hoorde zijn stem in haar hoofd.

'Laten we maar even gaan vragen wat ze willen, ze staan voor de deur, ze zien natuurlijk het bordje dat we dicht zijn.'

Georgie, die zich helemaal had herpakt, zette haar beste upper class-gezicht op en marcheerde richting de mannen voor de deur. 'Excuseert u mij, is er iets waarmee ik u van dienst kan zijn? Ik ben de eigenares van dit restaurant.'

Anne kwam erachteraan, met Row aan de ene hand en in de andere hand de enorme strandtas.

'Zachary Benedict,' zei de man met het hoedje op een toon alsof het iets moest betekenen, en hij stak zijn hand uit naar Georgie.

Ze schudde de uitgestoken hand en keek hem verwachtingsvol aan.

Anne brak zich het hoofd over waar ze die naam nou eerder had gehoord, maar ze kon er niet op komen.

‘Ik kom mijn vriendin ophalen,’ zei Zachary, op een verveelde en nogal neerbuigende toon.

Georgies ogen flitsten. ‘Dan kan ik u helaas niet verder helpen. Ik ken u niet, en ik ken uw vriendin ook niet. Het restaurant is vandaag wegens omstandigheden gesloten, zoals u kunt zien op het bordje, dus ik wens u een prettige middag verder.’

De man bleef staan, zijn blik meteen dreigend, de twee bodyguards kwamen iets dichterbij.

‘Mijn vriendin Viv is hier. Haar broer, die kok, die werkt toch hier? Ik neem haar mee terug naar Londen. Dus hou jij je kouwe kaksmoel nou maar gewoon dicht, en laat ons even naar binnen, dan nemen we haar en haar paar spulletjes meteen mee. Ik heb een heli klaarstaan, we zijn zo weer weg uit dit godvergeten naar vis stinkende rothol.’ De bodyguards grinnikten, en Anne dacht met een schok: dit is Vivs ex! Wat een ontzettende engerd!

‘Laten we gewoon even rustig naar binnen gaan,’ zei ze snel, voordat Georgie de kans kreeg om adem te halen en Zachary van nog hautainer repliek te dienen. Ze viste de voordeursleutel uit haar zak, draaide de deur open, en keek ineens recht in de blauwe ogen van Klussen-Colin, die met een end hout op zijn schouder de voordeur van Teague House uit kwam om zijn lading in de puinbak voor de deur te gooien.

‘Hé, meis, alles goed? Je vrijer is weer thuis, hoor; hij zit bij jullie.’

‘O, gelukkig,’ zei Anne, direct weer blozend. Ze maakte de deur open en liep naar binnen, op de voet gevolgd door Zachary, die meteen begon te schreeuwen: ‘Viv! Hier komen, we gaan naar Londen. Viv! Viv!’

‘Ze woont hier niet,’ zei Georgie onderkoeld, ‘en wil je niet zo luid roepen, dat is nergens voor nodig.’

‘Wil jij wel eens even je bek houwen, bekakte sloerie, of ik geef jou een reden om “luid te roepen”,’ zei Zachary tegen Georgie, zijn gezicht veel te dicht bij het hare. ‘Waar is ze, en laat ik niet merken dat ze met een of andere andere kerel, want...’

'Wat is dit verdomme allemaal?' klonk een voor Anne ontzettend vertrouwde stem. 'Wie is die gast met die letter om z'n nek?'

'O, Rory,' zei ze, helemaal slap in de knieën, en Row riep 'Pap!' en rende op zijn vader af.

Woz was ondertussen ook uit de keuken gekomen. 'Jij bent Zachary,' zei hij, 'van die nachtclub. Wat doe jij hier? Viv is bij haar nieuwe vriend, die gaat echt niet met jou mee terug naar Londen, dus ik zou maar snel maken dat je wegkomt. En waag het niet nog een keer zo'n toon aan te slaan tegen mijn vriendin.' Hij liep snel naar Georgie toe en sloeg een arm om haar heen, en Anne zag hoe Georgie bijna tegen hem aan zakte van opluchting. 'Wat zeg ik, waag het niet om nog een keer terug te komen hier, op dit eiland, in Cornwall voor mijn part. Wat moet je eigenlijk zo nodig met mijn zus, je hangt haar vol met dure zooi en verder behandel je haar als vuil, je besodemietert haar, je zit tot je nek in de foute zaakjes, rot toch op. Kun je geen andere griet krijgen?'

'Ik kan zoveel grieten krijgen als ik wil,' gromde Zachary, 'ik heb meer poen dan jij, met je vetrol en je kloteprogramma op de tv. Sukkel.'

Rory had ondertussen zachtjes maar streng tegen Row gezegd dat hij naar boven moest, en nadat Row zoet de keuken in was gegaan en ze hem de trap op hadden horen rennen, was hij naast Anne komen staan en had hij even haar hand gepakt. Ze hoorde hem nu naast zich diep inademen.

'Je gaat eruit, gast, je neemt je spierbundels mee, en je komt niet meer terug. Ja? Duidelijk?' zei hij, en hij balde zijn vuisten en deed een stap naar voren.

De spierbundels reageerden meteen en gingen voor Zachary staan.

'Hé, jij zit toch in de film?' zei de linker spierbundel tegen Rory.

'Die kunnen we hebben, man, acteurs zijn slappe dweilen, Weet je nog Orlando Bloom?' Ze grinnikten veelzeggend naar elkaar, maar ondertussen was Rory als een panter twee passen dichterbij geslopen en stond hij blijkbaar precies goed om de rechter spierbundel zo'n harde hoek te kunnen verkopen dat hij in elkaar zakte als een soufflé die te vroeg uit de oven was gehaald.

Het was zo snel gegaan dat Anne het nauwelijks had zien gebeuren.

Rory schudde zijn hand uit. 'Zo. Die ligt,' zei hij opgeruimd. 'Als jij 'm nou mee naar buiten neemt?' Dit tegen de linker spierbundel, die te verbaasd was om te reageren.

'Bob, doe iets! Trim hem in mekaar!' blèrde Zachary van achter zijn schouder.

'Ik zou er niet aan beginnen,' zei Rory rustig. 'Ik heb leren vechten op straat in Dublin, en daarna in Hobart. Die spieren heb ik nog over van de film, en die komen dan best handig van pas.' Hij spande zijn bovenarmen en knapte bijna uit zijn shirt.

Anne kreeg een rood hoofd. Ze had Rory nog nooit zo gezien, en hoewel ze het een verschrikkelijk, en ook wel een beetje angstig moment vond, kon ze niet ontkennen dat hij in deze Captain Caveman-modus misschien zelfs wel nóg iets aantrekkelijker was dan ze tot nu toe had gedacht.

Precies op dat moment kwam Viv de keuken uit lopen. 'Hallo mensen, ik dacht dat ik moest werken vandaag, maar Colin zegt dat Seaview di– Zach? Wat doe jíj in godsnaam hier?' Haar stem kleurde van opgeruimd naar een tikje angstig.

'Wat hij hier doet is maken dat hij weer wegkomt,' zei Woz, die Georgie verontschuldigend losliet en naar de deur beende om hem open te doen. 'De groeten, en tot nooit meer ziens.'

De spierbundel op de grond krabbelde nu versuft overeind en deinsde achteruit toen Rory een stap zette. Bob, de andere bundel, ondernam niet eens een poging, maar zei tegen Zachary, 'Kom mee, baas, dit gaat 'm niet worden.'

Paul Mumford stond nog steeds met zijn taxi voor de deur. De drie mannen laadden zichzelf erin en de taxi reed weg, en Woz deed, heel voorzichtig, de deur dicht. Georgie liep naar hem toe en draaide de deur op slot.

Viv begon te trillen, en er rolden twee tranen uit haar ogen; van haar bokkige stoerheid was helemaal niets meer over.

'Het is half vijf,' zei Georgie tegen Woz. 'Je hebt de boot gemist.'

'Ik wou helemaal niet weg,' zei hij.

'Ik wil ook niet dat je weggaat,' zei Georgie, en ze deed haar armen om zijn nek.

'Iets te veel info,' snufte Viv, en ze liep snel de keuken in.

Rory en Anne liepen zonder iets te zeggen achter Viv aan; het zag ernaar uit dat Georgie en Woz er helemaal uit gingen komen met elkaar. Ze hadden in ieder geval elkaars lippen herontdekt en stonden nu te zoenen alsof hun leven ervan afhing.

Rory grinnikte.

Anne liep even naar Viv, die in de keuken op een krukje was gaan zitten en haar uiterste best deed om zichzelf weer onder controle te krijgen. Ze legde haar hand op Vivs schouder en voelde dat ze nog trilde.

'Moet ik een kop thee voor je maken?'

'Nee, het gaat wel, ik schrok alleen toen ik hem ineens zag. Nooit gedacht dat hij zoveel moeite zou doen. Voor mij, bedoel ik. Om hier helemaal naartoe te komen, dat doe je toch niet zomaar, dan...'

'Wacht eens even,' zei Anne streng. 'Je gaat toch niet nu ineens denken dat je toch terug wilt? Dat hij echt van je houdt, of zoiets, omdat hij hiernaartoe is gekomen? Je bent toch dol op Tom?'

Viv knikte. 'Ben ik ook. Maar ik heb zo lang geprobeerd er iets van te maken met Zach, en elke keer was het ineens helemaal te gek, en dan ineens weer helemaal niks, ging hij met andere vrouwen, of hij stond tegen me te schreeuwen, of erger...'

'Sloeg hij je?' vroeg Rory zachtjes.

'Soms,' zei Viv beschaamd. 'Maar daarna was hij dan altijd weer zo ontzettend lief, kocht hij weer allemaal dingen voor me, weet ik veel...'

‘Moest je ook dingen voor hem doen?’

‘Jezus, wat is dit, een kruisverhoor?’ Ze keek Rory betraand aan. ‘Ik heb af en toe wel eens wat voor hem bewaard, en ook wel eens wat voor hem ergens naartoe gebracht, kleine pakketjes die makkelijk in mijn handtas pasten, en ik heb niet gekeken wat erin zat, dus geen idee verder...’

‘Mop, er past verdomme zo twee kilo coke in een beetje een gemiddelde handtas, dus hou nou maar op. Ik weet genoeg. Ik snap ook in ene waarom hij wil dat je terugkomt. En haal het nou niet in je hoofd om te denken dat hij wat voor je voelt, want het is een rat.’

‘Bel Tom maar op,’ zei Anne troostend, ‘het is vast fijn als hij je even komt halen.’

Viv haalde haar mobiel tevoorschijn.

‘Ik ga dit naar boven brengen,’ zei Anne, gebarend naar de strandtas, ‘en even bij Row kijken. Ik hoop maar dat hij het niet al te griezelig vond, dit hele gedoe.’

‘Hij is wel wat gewend,’ bromde Rory, ‘en geef die tas maar hier.’

Row zat, zo cool als een komkommer, op de bank met zijn iPad tegen zijn opgetrokken knietjes een spelletje te spelen, maar zodra hij zijn vader zag vloog hij op en rende hij naar hem toe voor een knuffel.

Rory zette de tas neer, tilde hem in één vloeiende beweging van de grond en hield hem dicht tegen zich aan.

‘Ga je nou nooit meer weg, pap?’ vroeg hij, zijn gezicht tegen zijn vaders schouder.

‘Dat is wel de bedoeling, gastje van me,’ mompelde Rory, een beetje aangedaan van de heftigheid.

Anne slikte ervan en voelde haar ogen branden.

‘Had je het wel naar je zin bij Annie?’ vroeg Rory zachtjes in Rows oor.

Het kleine bolletje knikte. ‘Ik was bang dat je heel lang weg zou blijven, en Annie vond het ook helemaal niet leuk dat je weer weg was gegaan. En ik was bang dat ik naar mijn neppe moeder zou moeten.'

'Hij bedoelt Meilane,' zei Anne zachtjes.

'Daarom was ik juist effe weggegaan, Row. Om ervoor te zorgen dat je helemaal nooit naar Mel hoeft, wat ze ook probeert. En volgens mij is dat gelukt.'

'Mag Annie nou bij ons wonen dan?'

'Het huis is nog niet af, gast. We kunnen er niet eens zelf in wonen.'

'Jij gaat daar toch ook slapen? Of kom je nou weer hier slapen?'

'Ik weet niet of Annie dat goedvindt. Ik was wel een beetje lelijk tegen haar voordat ik wegging,' zei Rory, met een blik naar Anne over het hoofd van Row heen.

'Row, volgens mij moet jij even onder de douche, want het zal me niet verbazen als je het halve strand mee naar huis hebt genomen,' zei Anne gauw. 'En je bent nog steeds in je zwembroek, onder dat shirtje; tijd voor een paar gewone kleren. Ik zal de douche wel voor je aanzetten.' Ze liep naar de badkamer en hoorde achter zich door de open deur hoe Rory Row op zijn voeten zette.

'Luister naar je – eh, naar Annie,' bromde hij goedmoedig.

Anne bloosde en draaide aan de douchekraan.

Toen Row eenmaal onder de straal stond, liep Anne naar de strandtas, grabbelde erin en trok het groene boekje tevoorschijn. Woordeloos gaf ze het aan Rory.

Al even woordeloos sloeg hij het open en las hij wat ze die morgen op het strand aan hem had geschreven. Hij kauwde erbij op zijn onderlip en hij fronste zo vervaarlijk dat Anne zich direct zorgen begon te maken.

'Eh, shit, krijg toch de pleuris,' mompelde hij, terwijl hij het boekje weer dichtsloeg en het op tafel legde alsof het van porselein was. 'Mop, ik voel het ook, al die dingen die jij hebt geschreven, ik ben nog steeds half stoned van met je in het gras liggen, en godverdomme wat wil ik graag nog een keer met je. En ik hou ook van je. Dat weet je. Maar, maar...' Hij haalde diep adem, keek naar het plafond, liet zijn adem weer ontsnappen met een kleine ontploffing; zijn armen gespreid in onmacht.

'Wat is er gebeurd, Rory?' Anne fluisterde het en vreesde meteen het ergste. 'Wat is er in godsnaam gebeurd?'

Roar

24 Vertellen

Hij had het niet voor elkaar gekregen om het tegen haar te zeggen. Hij had daar als een idioot in haar woonkamer gestaan, met zijn armen wijd, en midden in zijn onmacht had hij een tik met de hamer gekregen van het slaapgebrek. Hij was bijna zo in mekaar gezakt. Ze had het gezien en ze had heel bezorgd uitgeroepen: 'Wat word je wit, ineens!'

Hij was op de bank neergestort terwijl zij rondrende en ondertussen ook nog Rowie uit de douche haalde, afdroogde en in een setje schone kleren hees, en hij sliep al half toen ze hem aan zijn arm omhoog probeerde te sjorren. Ze had hem dan wel zo ongeveer de zoldertrap op moeten duwen, maar voordat hij het goed en wel in de gaten had, had ze het zo georganiseerd dat hij daar boven in bed lag, in zijn eigen slaapzak, met al zijn schone kleren weer netjes op een gevouwen stapeltje.

Hij was als een blok in slaap gevallen en niet eens wakker geworden voor het avondeten.

Nu was hij eindelijk weer een beetje bij de mensen. Hij keek op zijn horloge: half negen 's morgens. Ongetwijfeld was iedereen al lang en breed opgestaan, maar hij had er niets van gemerkt.

Voorzichtig ging hij zitten, en tot zijn verbazing was hij behoorlijk stijf. 'Klote vliegtuigstoelen,' bromde hij, terwijl hij zijn schouders losrolde en zijn rug strekte.

Zijn maag knorde. Hij moest naar beneden, ontbijten, en op

de een of andere manier aan Annie zien te vertellen dat ze dan wel van elkaar hielden, maar dat hij geen rooie cent meer te makken had. Hij had nooit gedacht dat het idee arm te zijn hem zo'n gevoel van onbehagen zou kunnen geven. Even dacht hij er weer aan om Colin om werk te vragen, maar dat idee veegde hij zijn hoofd uit met de laatste slierten slaperigheid. Hij moest het maar zien. Laten gebeuren. Misschien ging het wel hartstikke goed als hij een nieuw nummer op iTunes gooide; zodra hij zag dat 'Against All Odds' een beetje begon weg te zakken moest hij er maar even voor gaan zitten. En hij zou eens met de school gaan praten waar Rowie na de vakantie naartoe ging. Misschien kon hij muziek doen met de kinderen, dat leek hem eigenlijk hartstikke leuk.

Hij stond op, greep zijn kleren, klom voorzichtig het steile zoldertrapje af en hoorde hoe iedereen beneden in de keuken zat te praten. Snel douchen, zijn haar uit de knoop raggen, en toen kon hij met goed fatsoen de trap af.

'Hé, daar is hij, hoor,' riep Woz vrolijk toen hij hem zag. 'We dachten dat je het loodje had gelegd!'

'Ik was gewoon moe,' bromde Rory, en hij ging voorzichtig naast Annie zitten.

'Lekker geslapen, pap?' vroeg Row, met een blik en een grijns naar zijn vader.

'Heb je geen blauwe hand? Je gaf die gast nogal een dreun, gisteren.' Woz zette een bord onder zijn neus met daarop een gebakken ei, twee worsten, een paar sneeën vers gebakken brood, gegrilde paprika. Het rook hemels.

'Hoe doe jij dat zo snel?' Rory keek naar hem op, en keek daarna naar zijn knokkels. 'Beetje geschaafd, verder niks. Hij had wel een harde knar, die gozer, maar ik had ook een harde vuist. Komt zeker van het klussen van de afgelopen tijd.'

'Was eigenlijk bedoeld als mijn bord,' zei Woz met een grinnik, 'maar eet jij maar eerst, ik maak wel nieuw.'

Het smaakte heerlijk. Als het had gekund, had hij zijn bord

ook nog opgegeten, zo lekker was het. Hij genoot van het gevoel van Annies knie tegen de zijne, haar hele lichaam zo dichtbij, haar zwijgende acceptatie van hem naast haar. Ze keek af en toe naar hem met een klein glimlachje spelend om haar mondhoeken en een blik in haar ogen die hij tot in zijn tenen kon voelen, en hij dacht dat hij in lange tijd niet zo dicht bij geluk was geweest. Met uitzondering misschien van dat moment met haar in het gras. Hij moest gauw even diep ademhalen om te voorkomen dat zijn fantasie er met hem vandoor ging, maar toen werd er op de deurpost geklopt.

'Sorry dat ik stoor, mensen,' zei Colin, 'maar mijn ouders zijn op weg deze kant op om die zorgflat te bekijken waar ze een oogje op hebben. En ze vragen zich af of jij,' dit tegen Rory, 'zin hebt om in de tussentijd een rondje te maken op de boerderij. Je kunt hem toch moeilijk kopen zonder hem gezien te hebben, niet-waar?'

Annie keek hem verbaasd aan en hij besefte dat hij helemaal nog niet de kans had gehad om haar het hele verhaal te vertellen.

'Rog en Harmony moeten zo snel mogelijk weg waar ze zitten in Canada, heel gedoe, de sfeer daar is helemaal verziekt. Ik merkte het wel een beetje toen ik er was, maar Rog bleef natuurlijk volhouden dat er niks aan de hand was. Harmony belde me toen ik net uit het vliegtuig stapte in LA en toen hoorde ik pas hoe klote het echt voor ze is op dit moment. Ik wist van Col z'n ouders dat die hun boerderij wilden verkopen, dus toen was het één plus één.'

'Dus dat heb je, terwijl je bezig was de halve wereld over te reizen om met Meilane te praten, ook nog even snel geregeld?' Annie keek hem verbijsterd aan. 'Nu begrijp ik wel dat je gisteren zo ongeveer in elkaar zakte van vermoeidheid! Och, Rory!'

'Dus... je vindt het niet erg?' Hij voelde ineens hoe ontzettend belangrijk het voor hem was dat ze er niet mee zou zitten als ze erachter kwam dat hij min of meer zijn laatste geld had uitgegeven aan de verhuizing van Roger en Harmony. Hij zag er als een berg tegenop om haar te vertellen hoe de vlag erbij hing met zijn financiën, maar hij wist dat het vandaag moest gaan gebeuren.

'Waarom zou ik het erg vinden dat je goed voor je vrienden zorgt?' Ze gaf hem een zonnige lach die hij tot in z'n tenen voelde. 'En het is toch ook ontzettend gezellig als ze hier op het eiland komen wonen? Vind je ook niet, Row?'

Row knikte met zijn mond vol, grijnsde en ging verder met het slopen van zijn worstje.

'Wil je dan niet even gaan kijken? Ik begrijp wel dat Colins ouders het ook fijn vinden als je in ieder geval even gekeken hebt,' zei ze met een klein duwtje van haar schouder tegen de zijne.

'Ik weet helemaal niks van boerderijen,' bromde hij.

'Ik weet ook niets van boerderijen, maar we kunnen wel samen gaan als je dat prettiger vindt? Row, heb je ook zin?'

'Ik dacht dat we een boomhut gingen bouwen in de tuin bij Mark en Greg,' zei Row een beetje sip, 'hun vader ging helpen en wij mochten hem schilderen.'

'Wil je wel met mij alleen?' vroeg Rory bijna in haar oor; hij zag hoe ze kippenvel kreeg op haar armen en voelde een onbedwingbare grijns zijn vleugels uitspreiden over zijn gezicht.

'Eh, goed,' zei ze, een beetje geforceerd kordaat, 'laten we Rowland langsbrengen bij zijn vriendjes en dan gaan wij even kijken. Tot hoe laat hebben we de tijd, Colin?'

'O, volgens mij gaan mijn ouders er een heel dagje van maken, ik heb gezegd dat ze hier moeten komen lunchen.'

Woz grinnikte en Georgie legde keurig haar bestek aan de zijkant van haar bord.

'Laat dat maar aan ons over,' zei ze.

'Vond Woz het niet erg?' vroeg Rory toen hij Woz' golfkarretje door de straten van Hugh Town manoeuvreerde.

'Wat bedoel je, dat je dit ding had meegenomen naar het vliegveld?' Annie hield haar zonnehoed met één hand stevig vast.

'Hij zei er niks van, pap,' klonk het van de achterbank. 'Hij is hem gaan halen met de bus.'

Rory knikte en hield zijn mond. Het overkwam hem niet vaak, maar hij wist zich geen houding te geven. Aan de ene kant werd hij helemaal warm van het idee dat hij een hele ochtend alleen kon zijn met Annie, op een plek waar verder geen mensen waren – hij had al halve, broeierige visioenen van muurtjes waar hij haar tegenaan kon zetten en hooibalen waar hij haar op kon leggen – maar aan de andere kant voelde hij een soort benauwende onrust omdat hij er toch echt niet onderuit kon om haar te vertellen hoe het zat met zijn geldzaken.

Hij dacht eigenlijk helemaal niet zozeer dat ze hem zou afwijzen omdat hij niet langer rijk was, want zo materialistisch als Meilane en een heleboel andere vrouwen die bij hem de revue waren gepasseerd, was ze helemaal niet. Het was meer dat hij plotseling merkte dat hij zich zo kaal voelde, zo bloot, alsof het grootste deel van zijn zelfvertrouwen was verdampt met zijn geld en alsof hij er helemaal niet zo zeker van was dat wat er overbleef nou echt de moeite waard was.

Toen ze Rowland hadden afgeleverd en een ophaaltijd hadden afgesproken – hij mocht blijven lunchen, en de moeder van Mark en Greg, nog steeds een klein beetje *starstruck*, zei lachend dat het haar niet uitmaakte of ze voor twee of voor drie jongetjes boterhammen stond te smeren – haalde Rory een klein papiertje uit zijn zak, met een aantal hiëroglyfen in zijn handschrift erop.

'Jij moet navigeren,' zei hij tegen Annie, en hij gaf haar het briefje.

'Wat is dit in hemelsnaam? Ik kan het bijna niet lezen!'

'Heb ik opgeschreven toen Colin zei waar het was, toen ik met hem aan de telefoon zat om de hele boel te regelen.'

'Wanneer was dat dan?'

Rory fronste. 'Ergens op LAX. Gisteren, of eergisteren, ik ben het een beetje kwijt vanwege die tijdzones.'

Annie puzzelde op het briefje en zei af en toe iets, Rory stuurde en tuurde strak vooruit en zei niets.

'Eh... Rory?' zei Annie na ongeveer een kwartier voorzichtig, toen de sfeer bijna tastbaar ongemakkelijk was geworden.

'Mmm?'

'Ik... ik ga het gewoon maar vragen, want je zit zo te zwijgen...Wat is er toch aan de hand? Gisteren probeerde je me iets te zeggen, vlak voordat je instortte; ik was wel een beetje bezorgd, je kreeg zo'n enorme wegtrekker, je was helemaal grauw van de slaap. Maar... zit je ergens mee? Kan... kan ik je ergens mee helpen?'

Rory zuchtte diep. 'Annie, moppie van me, het is ook echt iets voor jou om eerst te vragen of je me kan helpen,' zei hij zachtjes. 'Ik moet je wat vertellen, ja, en ik vind het moeilijk, omdat het nieuw voor me is, en ik weet eigenlijk niet hoe ik het moet doen, en ik weet niet zo goed wat je ervan gaat vinden. En daar voel ik me verdomd raar bij.'

'Volgens mij is het hier links. Wat weet je dan niet, hoe je het moet doen? Hoe je het moet vertellen?'

'Nee, nee, wacht, dat bedoel ik niet, ik bedoel, hoe ik het moet doen, of, eh, hoe ik moet, nou, zíjn, wat ik er voor eentje ben, eigenlijk, zonder pegels. Volgens mij ben ik niks aan zonder geld. Heb je niet zo veel aan me, bedoel ik. Wat kan ik nou helemaal? Beetje gitaar spelen, beetje zingen, in geval van nood een spijker in een plank slaan.' Hij parkeerde de buggy met meer geweld dan strikt noodzakelijk was naast een lieflijk witgekalkt huisje en greep het stuur stevig vast, zo stevig dat hij zijn eigen knokkels wit zag worden. Hij dwong zichzelf los te laten en legde zijn handen met de vingers gespreid op zijn knieën, omdat hij anders vuisten zou maken.

Hij voelde hoe Annie het allemaal zag.

'Hoe bedoel je zonder geld? Heb je niet genoeg geld, dan? Ik dacht dat het zo goed ging met je downloads. Daar had je toch een heleboel mee verdiend?' Ze keek hem bezorgd aan.

Hij zuchtte er nog maar een keer van. 'Ja, heb ik ook, maar... ik... de deal met Meilane. Ik kreeg het natuurlijk niet voor niks, dat ze haar poot zette onder een contract waar eigenlijk in staat dat ze nooit meer aanspraak kan maken op haar kind. Dat ze hem niet eens meer kan zien. En mij ook niet. En als ze wat probeert om toch nog iets, om toch nog de boel, eh, weet ik veel, dan moet ze de hele sodemieterse boel terugbetalen, en dan kan ik haar nog vervolgen ook. Het is me nogal wat, zelfs voor iemand zo gek als zij.' Hij wreef over zijn voorhoofd, harkte zijn haar achter zijn oren, bedacht zich toen en maakte er een staartje in. Staarde met nietsziende ogen naar een prachtige rozenstruik, die ongeremd bloeiend de halve muur in beslag nam.

'Hoeveel moest je haar betalen dan?' vroeg Annie zachtjes.

Hij zuchtte nog eens. Het uur van de waarheid. 'Ze wou... honderd miljoen.' Zijn stem kraakte en functioneerde nauwelijks.

'Honderd mi– hemeltjelief. Heb je zóveel geld?'

'Nou, ik, jezus, ik weet eigenlijk niet hoeveel ik heb, ik heb zo'n gast bij de bank die het dan in allerlei dingen belegt, en hij gooit altijd genoeg op mijn rekening zodat ik niet misgrijp. Ik heb nog gezegd, neem gewoon die hele portfolio over, met die vent erbij, maar dat wou ze niet. Ze wil het echt overgemaakt krijgen. Ik zit al sinds die vergadering zo'n beetje non-stop te rekenen, ik kom er voor geen meter uit natuurlijk.'

Hij haalde diep adem, greep het stuur nog een keer, liet het weer los, keek haar even aan. Ze zag er nog hetzelfde uit: lief, aandachtig, bezorgd, mooi als altijd... Hij putte er de moed uit om verder te gaan. 'Ik... ik heb Mel beloofd dat ze mijn rechten op de Road Rage-nummers erbij krijgt als ik niet genoeg blijk te hebben, dat schijnt ook flink wat waard te wezen. Maar, jezus, ik moet dit ook nog betalen,' hij gebaarde richting de rozenstruik, 'en ik moet Rog en Harmony nog helpen verhuizen, en mijn eigen huis moet nog af... Als ik al die zooi eenmaal heb geregeld is d'r denk ik niks meer over. Zit je tegen een arme sloeber aan te koekeloeren. Ik weet gewoon helemaal niet meer hoe ik dan ben, en ik kan dus eigenlijk niet zo bar veel. Wat ik zei: beetje gitaarspelen, beetje zingen, spijker in een plank meppen, dat is het zo'n beetje. Niet echt een geweldig vooruitzicht, mop, zo'n vent als ik.'

Hij zat ineens met zijn hoofd in zijn handen, ellebogen op het stuur, en hij voelde zich raar en weerloos.

'Ik heb Hen gebeld,' zei hij vanuit zijn handen, 'die komt hiernaartoe, die kan een stuk beter rekenen dan ik. Gaan we samen effe kijken, die gast bij de bank bellen. Ik heb het niet meer meegemaakt, geen geld hebben, sinds we begonnen met de band, toen we nog jonge jongens waren, en ik, jezus, ik weet gewoon bijna niet wat ik moet doen, nou. Annie, ik ben aan de ene kant blij dat ik van Mel af ben, dat Row veilig zit, dat ik hier ben, bij jou, maar aan de andere kant... Wat moet je in godsnaam met me? Je hebt niks aan me.'

'Hoe kun je dat nu zeggen, malle, het belangrijkste is toch dat we samen kunnen zijn?' Ze legde een zachte, warme hand op zijn schouder.

'Dat kan je toch niet op je brood smeren, moppie? Ik weet gewoon nog niet hoe ik het voor mekaar moet krijgen om voor jou en Row te zorgen.'

'Rory... och Rory, kijk eens naar me.' Annies hand streelde zijn haar, hij vond het heerlijk, rilde ervan, hoe raar hij zich ook voelde. Hij dacht dat het altijd wel zo zou zijn: wat het leven ook op zijn pad sodemieterde, hij zou altijd wel helemaal van de kaart raken als ze alleen al naar hem keek. Of even lief aan hem zat, zoals nu. Dat was vanaf het eerste begin zo geweest; hij had niet geweten hoe hij het had toen hij met haar in de tourbus had gezeten, en erachter was gekomen dat hij vreselijk zijn best moest doen om niet steeds naar haar te kijken of naast haar te gaan zitten.

Hij keek op uit zijn handen, recht in haar bezorgde gezicht. Zijn hart gaf een voelbare klop.

'We kunnen het toch samen doen,' zei ze zachtjes, 'je staat er toch niet alleen voor? Ik verdien ook een beetje geld, met het restaurant, en met mijn boeken, en als je hier eenmaal woont is het leven eigenlijk helemaal niet zo duur als in Londen. Zul je zien dat het goed komt.'

'Samen?' vroeg Rory.

Ze knikte, haar hand nog steeds op zijn schouder.

'Shit, mop, ik heb dat nog nooit gehad. Iemand om het samen mee te doen. Ik moet wel effe aan het idee wennen.'

Ze glimlachte naar hem, zo'n glimlach die hij onder in zijn buik voelde kriebelen, en ze vroeg: 'Wanneer komt Henning precies?'

'Zal wel morgen zijn, of zo,' kraakte hij, gevangen in haar blik, 'hij zat helemaal niet zo ver weg. In Parijs. God, jezus, mop, weet je wat het verdomme is? Alles staat op zijn kop, alles is anders, en ik weet zowat van voren niet meer dat ik van achteren besta. Ik had nooit gedacht dat het zo'n kolerewerk zou zijn om de boel een beetje om te gooien in mijn leven!'

Annie lachte zachtjes en legde even een hand tegen zijn wang. 'Maar je doet het toch ontzettend goed? En als we nu gewoon alles een voor een doen, dan valt het vast mee. Misschien moeten we maar beginnen met hier een beetje rondkijken. Ligt er ergens een sleutel?'

Rory's brein verdween in een mist, zijn ogen zakten dicht, hij greep haar hand en snuffelde aan de binnenkant van haar pols, kuste de zachte huid, genoot van haar geur.

'Kom,' hoorde hij, terwijl ze haar hand voorzichtig lostrok.

Hij klom uit de buggy en liep achter haar aan naar de voordeur, terwijl hij probeerde zijn brein weer aan de praat te krijgen; god, wat was hij toch gek van haar. Ze had haar zonnehoed in de buggy laten liggen en haar haar zat vandaag in een lange, losse vlecht, die over haar schouder hing. Hij wilde hem losmaken, met zijn vingers uitkammen, zijn gezicht begraven in die wijnrode krullenbos van haar en even alles vergeten.

Hij gaf zichzelf een halve grijns: meestal als hij alles wilde vergeten greep hij naar een fles single malt en zocht hij een donker hoekje. Het donkere hoekje zag hij nog steeds wel zitten, maar vergetelheid met Annie was waarschijnlijk wel een stuk gezonder dan het in een kort tijdsbestek naar binnen werken van zeventig centiliter stevige alcohol.

Annie stond op haar tenen om te voelen of de sleutel misschien boven op de deurstijl lag.

Rory's ratio had ondertussen zijn motor weer aan de praat gekregen, en hij mompelde, om zich heen kijkend, '... grote bloempot met viooltjes... ha!' Onder de bloempot vonden zijn vingers een sleutel.

Binnen waren ze aangenaam verrast. Het huis was niet groot, maar ook zeker niet benauwend klein. Het was koel en een beetje donker binnen, na de zomerzonneschijn voor de deur, en het interieur was vreselijk ouderwets.

'Het lijkt wel terug naar voor de Tweede Wereldoorlog,' zei Annie verwonderd, 'kijk nou, die stoelen, die kast!'

'Rog heeft een veel kleiner hokkie om in te wonen nu,' zei Rory over zijn schouder, terwijl hij doorstoomde naar de keuken. Alles was er keurig op orde, maar opnieuw verschrikkelijk ouderwets. Er was een aanrecht met een gootsteen en een ouderwetse warme en koude kraan, maar in de hoek stond ook nog een grote stenen bak – een echte gootsteen, zoals het woord bedoeld was, met een grote ijzeren pompzwengel erboven. Hij kon zich niet beheersen en zwengelde, en er kwam nog water uit ook. Glashelder. 'Dat zal Harmony wel wat vinden,' zei hij met een grijns. 'Zo uit de grond.'

'Zullen we even boven kijken? Ik vind het altijd een beetje ongemakkelijk om in slaapkamers te neuzen, maar in dit geval...'

'Wat vind je ongemakkelijk, liefie, om dat met mij te doen?' mompelde Rory in haar oor, zijn hand op haar onderrug, terwijl ze op de overloop tot stilstand kwam. 'Ik weet niet wat er gaat gebeuren als ik ergens een bed zie, en ik ben hier zo alleen met jou...'

'Rory!' zei ze geschokt. 'Dat kun je toch niet menen! Die

mensen laten ons hier in goed vertrouwen een kijkje nemen, en jij wilt... Werkelijk! Ik zou het niet durven.'

'Ook niet als we heel voorzichtig zijn?' zei hij, een beetje teleurgesteld. Hij opende op goed geluk een deur en vond een klein kamertje met een eenpersoonsbed en een bureautje met een desktop zo oud dat hij in computertermen uit het pleistoceen kwam.

'Logeerkamer-annex-administratie,' verklaarde Annie, 'keurig hoor.' Ze opende een andere deur, naar een kleine, zwart-wit getegelde badkamer met een ligbad met douche, een wastafel met een geslepen spiegel erboven en een wc.

Rory trok ondertussen de laatste deur open. 'Kijk, dat is het betere werk, mop,' zei hij tevreden. 'Zo'n bed bedoel ik.'

Een victoriaans ledikant met zwarte spijlen en koperen knoppen vulde bijna de hele slaapkamer.

'Daar pas jij toch niet in,' zei Annie, over zijn schouder glurend.

'Wel, ik ga gewoon schuin.' Hij keerde zich naar haar toe en als vanzelf gleden zijn armen om haar middel.

'Maar dan pas ik er niet meer b–' zei ze nog net voordat hij haar kuste, leunend tegen de deurpost; eindelijk, eindelijk, hij had nauwelijks geweten hoezeer hij ernaar uitgekeken had om het te doen, zijn lippen op die van haar, haar zachtheid in zijn armen. Ze maakte er zo'n klein, lief geluidje bij waar hij altijd helemaal van smolt en ze hing slap tegen hem aan; hij kon haar versnelde hartslag voelen.

'O mijn hemel, wat gebeurt er toch altijd als je me kust,' mompelde Annie daas tegen zijn schouder, toen ze eindelijk even moesten stoppen om weer te ademen.

'Ik weet niet, iets lekkers,' bromde hij in haar oor.

'Ik kan meteen niet meer nadenken.'

'Ik ook niet. En, jezus, ik vond nog dat ik sorry tegen je moest zeggen, van de vorige keer, hoe lekker het ook was, want ik voelde me achteraf wel klote dat ik het... nou, een beetje doorgedrukt had? Maar nadat ik las wat je in het boekje had geschreven,' zijn neus zat achter haar oor, waar ze misschien nog wel het lekkerst rook, 'dacht ik dat je het toch niet zo erg had gevonden.'

'Ik vond het helemaal niet erg,' zei Annie zachtjes, zuchtend, 'maar laten we maar snel weer naar beneden gaan, voordat we helemaal ons hoofd verliezen.'

Het leek wel vijf graden kouder toen ze uit zijn armen stapte en snel de trap af tripte; hij voelde zich een beetje een klunzige gorilla, groot en onhandig in al zijn gespierdheid, zoals hij achter haar aan kwam denderen. Maar hij kon niet anders, achter haar aan was toch echt de enige optie.

Ze ging de deur uit, sloeg linksaf, om het huis heen. Hij haalde haar in, greep haar hand, ze keek lachend naar hem op in het zonnetje. Blijkbaar gingen ze naar de schuur; een flink formaat, groter dan het huisje. Misschien hadden ze hier in het verleden dieren gehouden, maar behalve een grote kippenren waren daar nu verder geen sporen meer van.

De schuur zat niet op slot.

Binnen rook het naar hout, en grond, en hooi, en nog een beetje naar beesten; de geur zat in de planken. Voor in de schuur stond een kleine tractor die eruitzag alsof hij zo naar de Antiques Roadshow kon, maar ook alsof hij nog steeds vrolijk in gebruik was.

Rory liet zich zachtjes voorttrekken aan zijn hand en hoorde hoe Annie mompelde: 'O, kíjk nou,' bij een ploeg en een zeis en een grasmaaier, allemaal museumstukken, maar keurig onderhouden. Hij kon een grijns van oor tot oor niet onderdrukken. Het zonlicht filterde door een losse plank naar binnen in een bijna tastbare baan vol stofjes en hij zag, in een donkere hoek helemaal aan de andere kant van de schuur, iets wat hij toch echt niet kon weerstaan.

Een manshoge berg hooi.

'Daar,' zei hij, wijzend.

'Wat is er daar?' zei Annie over haar schouder.

'Recht vooruit, mop.' Hij glipte langs haar en trok nu haar mee, wat harder, zodat ze een mal meisjesgilletje deed, waar hij weer van in de lach schoot. En toen gooide hij haar zo in het hooi.

Sputterend en lachend probeerde ze overeind te krabbelen, maar daar wilde hij natuurlijk niks van weten; hij nam een snoekduik boven op haar.

'Wat dóe je nou,' zei Annie, nog half lachend, sliertjes hooi in haar haar. 'Kijk nou, ik zit onder het ho–'

En toen had hij haar lippen te pakken en verdween alles om hem heen behalve de geur van het hooi en de schuur en de aarde en Annie en Annie en Annie.

Hij legde zijn hele hart en ziel erin, in die kus, hij wilde zo ontzettend graag met haar vrijen, maar hij wilde dat zij deze keer de keuze zou maken. Zij moest het zeggen.

En uiteindelijk ging het allemaal helemaal vanzelf. Ze deed haar armen om zijn nek, trok hem dichterbij, maakte geluidjes waar hij gek van werd, streelde zijn haar en zijn nek en zijn rug en overal waar ze bij kon.

'Je was helemaal niet zo lang weg, maar ik heb je zo ontzettend gemist,' fluisterde ze in zijn oor.

'Ik voelde me ook zwaar klote, ik doe het nooit meer,' zei hij terug, zachtjes, in haar mooie lieve roze oorschelpje. Het was misschien wel de enige plaats waar ze niet bezaaid was met sproeten, bedacht hij verwonderd met die ene hersencel die nog niet bedwelmd was door het moment.

Ze keken elkaar aan.

'Nooit meer?' zei ze.

'Nooit,' zei hij, en het voelde als de belangrijkste belofte van zijn leven.

Plotseling was het voor hen allebei een zaak van leven en dood om zo snel mogelijk alle in de weg zittende kleren uit te krijgen. Hij kreeg een glimp van haar blote, besproete lichaam, wat hij altijd bizar opwindend vond, maar nu wilde hij het alleen maar zo snel mogelijk tegen het zijne voelen en verdwijnen, opgaan in haar, zoveel mogelijk één worden.

Met een soort zucht van verlichting kwamen ze samen, bleven even stil liggen, keken elkaar in de ogen.

'Dat hooi kriebelt wel een beetje,' zei Annie met een klein lachje.

Rory gaf een duwtje, haar ogen gingen dicht.

'Lekkere kriebel of vervelende kriebel?' vroeg hij, met nog een duwtje.

'O, lekker,' fluisterde ze op een zucht, 'zo lekker.'

Ze namen er de tijd voor en deden het twee keer. Achter elkaar. In het hooi. En toen waren ze allebei zo slapgevreeën dat ze nog een halfuurtje bij moesten komen, wel weer volledig aangekleed, in de zon op het gras.

Rory haalde de vlecht uit haar haar, plukte al het hooi eruit, kamde zijn vingers erdoorheen. 'Hoe komt het nou dat het bij jou nooit in de knoop zit?' zei hij, plotseling verbijsterd door het besef. Hij vlocht de dikke strengen weer in elkaar.

'Omdat ik de moeite neem om het te kammen. Als jij elke dag je haar een paar keer zou kammen, zou het ook niet in de knoop raken.'

Hij grinnikte. 'Ik kam het alleen als het nat is, en dan moet ik toevallig zin hebben om eraan te beginnen, en de groeten verder. Vanochtend heb ik het gekamd, na de douche. Maar ja, nou is het natuurlijk weer een zooitje.'

Annie keerde zich om, zodat ze hem aan kon kijken, en viste bij hem ook een paar draadjes hooi uit zijn haar. 'Zal ik de rest maar laten zitten? Het staat je eigenlijk wel goed.'

Hij schoot in de lach en had het gelukzalige gevoel dat hij waarschijnlijk voor de rest van zijn leven niet meer zou kunnen stoppen met lachen.

Anne

25 Opstaan II

Anne lag op haar rug en genoot van het gevoel langzaam wakker te kunnen worden op een prachtige dag. Het was nog vroeg, dat wist ze, maar de zon scheen al heerlijk, ze voelde het gouden licht tussen de gordijnen door gluren en over haar gezicht spelen. Vogels zongen buiten, Rory sliep nog naast haar. Hij deed zachtjes zijn 'zzzz' bij iedere uitademing, ze wist nog hoe ze zich daarover had verwonderd toen ze voor het eerst naast hem wakker was geworden.

Wat was er eigenlijk ontzettend veel gebeurd in de afgelopen twee weken. Rory had de boerderij van Colins ouders gekocht en had als een held meegeholpen met sjouwen en verhuizen – de zorgflat was snel gekocht en kon direct betrokken worden. Colins moeder was een soort über-oma, die ogenblikkelijk verliefd was geworden op Rowie en die, nu ze een paar straatjes verderop woonde, regelmatig langsliep bij haar zoon om zijn werk aan Rory's huis te inspecteren en dan meteen de kans greep om Row een speeltje of iets lekkers toe te stoppen.

'Volgens mij is het een hint,' had Colin lachend tegen Rory gezegd, 'de mijne zijn naar de middelbare school op de wal, dus die ziet ze een stuk minder. Ze wil het liefst dat we er nog eentje nemen, maar mijn vrouw heeft er wel genoeg van.'

Henning en Terri waren ruziënd van de veerboot komen rollen, de dag nadat Anne met Rory in het hooi had gelegen, maar die ruzie was als sneeuw voor de zon verdampt toen ze elkaar allemaal zagen en begroetten. Anne was ontzettend blij geweest om Terri terug te zien; ze voelde zich eerst beschaamd omdat ze niet beter haar best had gedaan om contact te houden, maar Terri wuifde het weg en zei dat ze het allemaal best begreep. Samen met Terri was ze de afgelopen dagen hard bezig geweest de boerderij aan kant te maken voor Roger en Harmony; ze hadden flink gepoetst tot de meubels die Rory voor ze had besteld waren gekomen, en drie dagen geleden waren Roger en Harmony dan eindelijk zelf aangekomen op St. Mary's. Ze vonden het geweldig, het eiland, het huis, maar ook het land erbij, de schuur, de tuin; Harmony nam direct op haar zachte manier de leiding in handen en had binnen een dag al helemaal uitgevogeld wat ze allemaal wilde gaan doen. Een grote moestuin voor henzelf, en legale hennepteelt om medicinale hennepproducten van te maken. Roger kon alleen maar grinniken en knikken en verliefd naar het oude tractortje staren.

Row vond het geweldig dat ze er waren, en ook hij was helemaal weg van het boerderijtje, zeker toen hij in een goed afgeschermd hoekje van de schuur een nestje katten ontdekte. Hij mocht er eentje meenemen naar Seaview, en met het aanhankelijke gestreepte bolletje wol was hij juichend naar zolder verdwenen, waar hij de afgelopen twee weken had geslapen.

Anne was nog wel even bang geweest dat hij het erg zou vinden dat hij niet meer naast haar in bed kon, toen Rory had aangekondigd dat Row naar zolder moest verhuizen omdat hij bij Anne ging slapen, maar tot haar verrassing was het precies andersom geweest. Row had het geweldig gevonden. Zijn eigen kamer, onder de hanenbalken, met zijn groeiende verzameling speelgoed (mede dankzij de moeder van Klussen-Colin) en een schommel aan die hanenbalken (dankzij Colin zelf). En hij had ondeugend en een beetje ongelovig gegrijnsd en gevraagd aan Anne: 'Ben je nou niet meer boos op pap? Heeft hij helemaal níks stoms meer gedaan?'

'Helemaal niets,' had Anne hem lachend verzekerd, en Rory had hem speels-dreigend door de kamer achternagezeten.

En daar lag ze dan, naast de man van wie ze hield, die sliep met een 'zzz-'geluid en een glimlach om zijn lippen. Ze kon zich niet herinneren ooit zo gelukkig te zijn geweest, zelfs niet toen ze bij elkaar waren geweest voordat het fout ging.

'Wat is er, moppie?' klonk het slaperig naast haar.

Ze keek opzij. 'Hoezo dat er iets is? En goeiemorgen, warrig slaaphoofd!'

'Mogge,' zei Rory, met nog maar één oog open. 'Je bijt op je lip. Dan zit je te denken. En dan wil ik weten wat er allemaal in je hoofd gebeurt.' Zijn andere oog ging ook open, en hij keek haar lief en nieuwsgierig aan.

'Ik dacht nu juist dat ik volgens mij nog gelukkiger ben dan toen we eerst bij elkaar waren. Raar eigenlijk, hè?'

'Mmm. Misschien ook wel niet. Moet je kijken hoeveel we hebben geleerd. En het gaat toch ook met vallen en opstaan, zo'n relatie? Wist ik veel hoe dat moest, je hebt met mij ook wel een model van lik-me-vessie uitgekozen op dat gebied, hoor.' Hij grinnikte sappig.

'Ik vind anders dat je het enorm goed kunt,' zei Anne, en direct daarna bloosde ze als een brandweerwagen.

Rory's grinnik kreeg een iets andere klank, en Anne voelde hoe een gespierde arm om haar middel kroop en haar zonder pardon dichterbij trok.

Toen de boot van die middag aanlegde, was Seaview dicht. Er hing een kaartje op de deur met 'geen lunch: gesloten wegens privé-gezelschap' en de keuken stond vol met heerlijke hapjes, gemaakt door Woz en Henning. De kade stond ook vol: met Georgie en Woz, Hen en Terri, Roger en Harmony, Anne en Rory en Row, en bijna de hele rest van Hugh Town. Het nieuws was geland dat driekwart van een wereldberoemde rockband op het eiland zat, en dat het laatste kwart op de boot van vanmiddag aan zou komen.

Rory kende ondertussen bijna iedereen; Anne verbaasde zich erover hoe snel dat was gegaan. Het kwam natuurlijk ook wel een beetje door Row, die zo makkelijk zoveel vriendjes had gemaakt, maar het was ook, en dat zag ze ineens scherp toen hij even bij haar en Row wegwandelde en met allerlei mensen een praatje maakte, zijn natuur. Hij was gewoon gezellig. En nu ze weer bij elkaar waren was hij ook vrolijk, en zijn droge, een tikkeltje ruwe gevoel voor humor werkte uitstekend bij de eilanders. Ze konden het waarderen dat hij zich geen enkele air aanmat, dat hij keihard meewerkte aan zijn eigen huis, dat hij voor zowel Colins ouders als zijn vrienden had gezorgd. Hij was door Colin gevraagd in zijn reddingsboten-roeiteam te komen en bleek een uitstekende aanwinst, met zijn gespierde armen. Hij was al een paar keer 's avonds richting de haven verdwenen, om flink wat later een beetje wiebelig uit de pub weer terug te komen. Hij had het naar zijn zin.

Anne glimlachte. Ze had hem al minstens een week niet meer over zijn geldproblemen gehoord. Henning, die een veel beter hoofd voor cijfers had, was er eens even voor gaan zitten om de boel helemaal uit te zoeken, en ze hadden samen een paar keer een lange skype-sessie gehouden met Rory's portfoliomanager in New York. Er moest flink wat gebeuren voordat het hele bedrag dat Meilane had geëist vrijgemaakt kon worden, en er bleken verschillende manieren om dat aan te pakken. Rory snapte er niet veel van, en Anne al helemaal niet, maar Georgie bleek onverwachts een aardig mondje beleggen te spreken, en ze had zich er al snel, en met goed gevolg, tegenaan bemoeid. Meilane had haar honderd miljoen in verschillende afleveringen bijna helemaal ontvangen en Rory was tot zijn eigen verrassing nog lang niet blut. Hij had dan wel geen beleggingen meer, maar hij had gelukkig zijn royaltyrechten op de door hem geschreven nummers kunnen behouden en er stond nog altijd meer dan een miljoen op zijn rekening. En dat bedrag groeide nog dagelijks zachtjes, door de verkoop van zijn downloadhit.

'Een miljoen! Weet je wel hoeveel dat is?' had Anne lachend gezegd. 'Heb je enig idee hoe lang je daarmee kan doen hier op het eiland?'

'In LA is het zo op,' had Rory gebromd, maar hij wist dat ze gelijk had. Hier waren geen feesten die een paar ton kostten, hier waren geen superdure hotelkamers, villa's, designers, personal trainers. Hier had hij geen personeel, geen bodyguards, geen manager. En, zo bleek nu, niet alleen scheelde het hem een hoop gedoe, het scheelde ook nog eens een enorme hoeveelheid geld.

'Daar komt-ie, daar komt-ie!' zei Row ineens, op en neer springend. Hij zag de boot iedere dag aankomen, maar er hing vandaag iets feestelijks in de lucht, en het had hem aangestoken.

'Ik hoop maar dat het niet te zwaar voor Gemma is geweest, zo snel al na de bevalling zo'n reis, en met zo'n kleintje,' zei Harmony bezorgd, maar Henning lachte het weg.

'Welnee, het is een hartstikke jonge meid, en ze zegt wel niet zoveel, maar ze weet precies wat ze doet, hoor. Blade zit helemaal onder de plak, en die gek vindt het nog lekker ook, op zijn ouwe dag.'

Terri gaf Hen een volkomen ineffectieve beuk op zijn overontwikkelde schouder. 'Hij zit helemaal niet onder de plak, hij houdt gewoon van haar, en hij wil alles voor haar doen. Ik wou dat jij ook eens wat beter je best deed, eigenwijs harig figuur!'

Row moest onverwachts onbedaarlijk lachen om het eigenwijze harige figuur, en daar moest iedereen om hem heen dan weer van lachen.

Nog nagrinnikend vroeg Anne aan Harmony, naast haar: 'Weet je het wel echt zeker? Jullie zijn er net een paar dagen geleden in getrokken, en dan meteen...'

'Lieve schat,' zei Harmony tegen haar, een hand op haar arm, 'je hebt het me nu al drie keer gevraagd. We vinden het niet erg. Sterker nog, Roger vindt het heerlijk, en als hij blij is, ben ik ook blij. Het is toch heel andere koek dan spelen in zo'n groot stadion, met vijfentwintigduizend mensen voor je neus? Zoveel wonen er niet eens op al deze eilanden bij elkaar.'

'Volgens mij wonen er op deze eilanden nog niet eens vijfentwintighónderd mensen, je moet er een heel stuk Cornwall bij nemen om aan de vijfentwintigduizend te komen,' zei Anne, met een oog op de veerboot, die ondertussen aan zijn meerpalen werd geketend door een paar potige jongens in polo's met *Scillonian III* erop.

'Precies! En al kwamen alle eilanders naar het feest vanavond, dan zou het nog steeds makkelijk passen. Die schuur is enorm, het grasveld is gigantisch... Ik had helemaal niet gezien dat je de hele zijkant van dat ding weg kon schuiven, als het Terri niet was opgevallen. Het is toch een ideale plek voor een podium? Misschien moeten we ieder jaar wel iets organiseren, een festivalletje of zo, ik krijg er meteen helemaal zin in!'

De eerste passagiers wandelden de kade op, en al snel zagen ze Blade en Gemma. Blade had zijn haar kort – hij zag er totaal anders uit – maar gelukkig had hij nog wel een zwarte spijkerbroek aan en een T-shirt met afgescheurde mouwen, en al zijn tatoeages zaten er nog op, glorieus in beeld voor iedereen. Hij droeg twee grote tassen en er hing ook nog een rugzak op zijn rug, maar dat deerde hem niet in het minst. Gemma was een stuk ingetogener in een simpel zomerjurkje en een baseballpetje op haar hoofd tegen de zon, en ze duwde een Maxi Cosi op wielen voort; als ze niet zo duidelijk naast elkaar hadden gelopen als stel had je ze niet gauw bij elkaar aangewezen. Totdat je zag hoe ze naar elkaar keken.

Iedereen viel elkaar om de hals, tilde elkaar van de grond, en de mannen beukten elkaar ook nog op de rug. Even had Anne nog het gevoel dat ze zich een beetje op de achtergrond moest houden, maar het duurde niet lang of ze werd helemaal meegesleept in het hele ritueel, alsof de twee jaar waarin zij en Rory niet bij elkaar waren geweest, nooit bestaan hadden.

Vrolijk ging de hele groep op weg naar Seaview, en Rory riep nog naar verschillende mensen op de kade: 'Zie je vanavond, gast,' met een zwaai van zijn arm ten groet.

De arm landde daarna als vanzelf om Annes middel, en ze voelde zich dichterbij getrokken totdat hij een uiterst goed bedoelde maar redelijk slecht gemikte zoen op haar oorschelp kon zetten.

'Oef,' zei Anne half lachend, 'ik hoorde een harde smak!'

Hij grinnikte, keek naar haar met zijn lichtgevende zee-ogen, door zijn ongekamde haardos heen, en Annes hart maakte een sprongetje. 'Het lijkt wel of bij jou is aangegroeid wat Blade heeft afgeknipt,' zei ze, met een plagerig duwtje.

'Zal wel voor de baby zijn, die zat natuurlijk met die kleine grijpvingertjes de hele tijd in die struik van hem.'

Al pratend en lachend was de groep bij Seaview beland, en Henning en Woz doken snel de keuken in.

'Nog effe en Hen wil hier ook komen wonen,' mompelde Rory in haar oor, 'hij vindt Woz helemaal te gek. De meeste koks waar hij langs is gegaan vond hij een stelletje arrogante idioten, maar Woz is een aardige gast. Gewoon, eentje zoals wij.'

'Jij bent niet gewoon,' mompelde Anne terug.

'Jij ook niet,' zei Rory meteen, en hij trok haar even tegen zich aan, 'en dit is ook niet gewoon. Nog effe en ik neem je mee naar boven. Gewoon, omdat ik het niet meer hou.' Hij snuffelde in haar haar en ze voelde zijn lach door hem heen kriebelen.

'Hé, stelletje verliefde gekken, kom nou even naar de baby kijken, ze is net wakker geworden!' riep Terri van achter de bar.

Anne en Rory lieten elkaar met enige tegenzin los en kwamen dichterbij. Rowland stond met gepaste fascinatie – en een flinke dosis aarzeling – vooraan te kijken terwijl Gemma een klein hoopje mens uit de Maxi Cosi tilde: heldere blauwe oogjes en een verrassend donkerharig bolletje.

'Ze had al haar toen ze werd geboren,' zei Gemma, 'ik wist niet wat ik zag. Zal ze wel van haar vader hebben, hè, kleine Harry?'

'Als het een meisje is kan ze toch geen Harry heten?' zei Row verontwaardigd. 'Dat is een jongensnaam!'

'O, maar ze heet ook eigenlijk helemaal geen Harry. Dat is meer een grapje van Genie en mij.'

O ja, dacht Anne, ze noemt Blade Genie, want hij heet Eugene. Waar hij zo'n hekel aan heeft. Ze kon een glimlach, opgeroepen door alle herinneringen aan hoe ze dit bonte gezelschap had leren kennen, niet onderdrukken. Niet alle herinneringen waren per se zo leuk, maar nu, in dit licht, en hoe ze zich op dit moment voelde, zag ze alles met een gouden randje. Ze kon zich alleen maar gelukkig prijzen dat ze al deze mensen tot haar vrienden mocht rekenen.

'Maar hoe heet ze dan e-hecht!' riep Row, niet bereid om zijn argument los te laten.

'Angharad, heet ze,' zei Blade-annex-Genie trots, 'we hebben haar naar Annie genoemd!'

Iedereen gaf een soort juichgeluid en klapte in de handen, Anne werd knalrood en kleine Harry schrok zo van die onverwachte uitbarsting van menselijke vreugde dat ze begon te huilen.

De lunch was een groot succes geweest, Harry was door iedereen even vastgehouden, wat ze lankmoedig onderging na de eerste schrik, en het hele gezelschap was vervolgens in een processie van gehuurde golfkarretjes richting de boerderij van Roger en Harmony vertrokken om de laatste voorbereidingen te treffen.

Roger had op verschillende plaatsen in Hugh Town een handgeschreven papier opgehangen, zelfs bij het politiebureau, waarop de dienstdoende agent glimlachend had toegezien. Er stond op: FEEST! MET LIVE MUZIEK VANAF EEN UUR OF HALF NEGEN. IEDEREEN IS UITGENODIGD.

Er had verder niet echt een aanvangstijd op het papier gestaan, maar blijkbaar hadden de eilanders dat ook niet nodig. Vanaf een uur of vier druppelden ze binnen, en allemaal hadden ze iets te eten bij zich. Een bak salade, een cake, een schaal muffins, een grote vleespastei; alles zelfgemaakt. Er kwam een enthousiasteling met een vat zelfgebrouwen bier aanrollen; hij bleek op loopafstand te wonen.

Harmony genoot; ze organiseerde snel een tafel van een oude deur, een vergeten voederbak en een stapel appelkratjes en er was zomaar een lopend buffet geboren. De eilanders waren nieuwsgierig maar vriendelijk, en ze waren allemaal reuze geïnteresseerd in Harmony's plannen om wietolie te gaan maken. De hele tuin stond vol met vrolijk pratende en etende mensen en opnieuw viel het Anne op hoe makkelijk Rory zich tussen iedereen door bewoog, overal een praatje maakte, met iedereen stond te grinniken. Van een afstandje bestudeerde ze hem: wat was hij toch ontzettend aantrekkelijk, hij zat zichtbaar lekker in zijn vel, hij bewoog zich soepel, ondanks al die spieren. Sommige mannen werden echt zo'n bonkige kleerkast, maar Rory niet. Die bewoog zich nog steeds als een zelfverzekerde tijger, trefzeker en gek genoeg op zijn eigen manier elegant. Ze kon er geen genoeg van krijgen om naar hem te kijken, en ze voelde dat ze een uiige glimlach op haar gezicht had, maar ze kon er helemaal niets tegen doen.

'Och jezus, je hebt het volgens mij nog harder te pakken dan de eerste keer, hè?' vroeg Terri, toen ze precies naast Anne opdook op het moment dat Rory haar een veelbetekenende grijns en een hete blik toewierp, en zij in een furieuze blos uitbarstte.

'Ik ben bang van wel,' zei Anne beschaamd, 'ik kan echt niet ophouden met naar hem kijken, en soms mis ik hem al als hij alleen maar de kamer uit loopt. Het is echt te erg voor woorden.'

'Nou, niet om het een of ander: ik ben ontzettend blij voor jullie. Volgens mij waren jullie allebei alleen maar ellendig toen het uit was. En ik weet het uit eigen ervaring: het is soms niet makkelijk met zo'n figuur, maar het is nog altijd beter dan zonder. Dus hou hem vast, met allebei je handen, Annie, ook al is het lastig.'

'Ben ik ook van plan,' zei Anne zachtjes, bijna fluisterend, 'en waar moet hij ook naartoe, hè, ik bedoel, hij woont naast me!'

'Ga je niet bij hem wonen, dan, als het huis af is?'

‘We hebben het er eigenlijk nog niet over gehad,’ mompelde Anne, ‘we zijn blij dat we er een beetje uit zijn met elkaar, ik bedoel, dat het, eh, dat we...

‘Dat het weer aan is?’

‘Ja. Dat,’ zei ze ongemakkelijk. ‘Ik durf eigenlijk nauwelijks over dat soort dingen te beginnen, uit angst dat ik iets stukmaak...’

Terri gaf Anne een elleboog in haar zij. ‘Doe normaal. Heb je wel goed gezien hoe hij naar je kijkt?’

Op dat moment kwam het onderwerp van gesprek plotseling recht op Anne af, met zijn lange tijgerpassen en zijn ongekamde haardos en zijn glitterblik. Hij liet één van zijn stevige armen om haar middel glijden, trok haar tegen zijn borstkas aan en kuste haar vol overgave.

‘Mop, we gaan spelen, zo. Kom je kijken?’ zei hij met zijn neus tegen haar wang.

‘Tuurlijk,’ zei Anne, ademloos, en ze greep zijn hand en liep achter hem aan naar het geïmproviseerde podium dat in de schuur was opgezet. De zijdeur was opengeschoven, er hingen een paar gekleurde spotjes in de hanenbalken en een snoer met gekleurde lampen kwam van binnenuit naar buiten en weefde zich door de takken van de bomen in de tuin. Het was nog lekker, het zou een heerlijke zoele avond worden. Intussen begonnen ook steeds meer mensen aan te komen die echt voor de muziek kwamen, en het waren allemaal duidelijk badgasten. Chique types, ook nog; de accenten waren upper class genoeg om je aan open te halen en Anne kreeg direct visioenen van haar tante. Al die deftigheid stak wel een beetje af bij de eilanders, maar die trokken zich gelukkig nergens iets van aan.

Rory, Henning, Roger en Genie klommen op het podium, in hun gewone kloffie, en op de een of andere manier kregen ze het voor elkaar om, zomaar voor ieders ogen, te transformeren in Roar, Axe, Mad en Blade, de vier goden van de stevige rock, de mannen van Road Rage. Ze waren net zo goed op hun plaats in een boerenschuur als in een groot stadion, en vanaf de eerste noot was het meteen weer helemaal duidelijk waarom deze band zo'n groot en blijvend internationaal succes was.

Ze speelden een paar van de grootste Rage-klassiekers, en vooral de badgasten reageerden daarop met iets te uitgelaten gejuich en geklap, en een soort herhaald verkrampt gebaar met hun hoofd, wat, zo dacht Anne, waarschijnlijk door moest gaan voor headbangen-voor-nette-mensen.

Toen er een nummer was afgelopen en het publiek een beetje stilviel, brulde Klussen-Colin richting podium, 'Hé, man, doe nog 'es wat van die ouwe hits?'

Rory grinnikte en de band stak even snel de koppen bij elkaar, waarna hij in de microfoon zei: 'Ik begrijp wel dat jullie geen zin hebben in onze ouwe zooi, hoor. Laten we dan maar de ouwe zooi van andere mensen spelen, wat dachten jullie van deze?' en hij zette doodleuk 'Great Balls of Fire' van Jerry Lee Lewis in.

De eilanders begonnen vrolijk te rock-'n-rollen in het gras en de wereldberoemde rockgoden speelden achtereenvolgens 'Jailhouse Rock', 'Sweet Caroline', 'Dancing in the Street', 'Should I stay or Should I Go', en op aandringen van Roger 'I Am Sailing' van Rod Stewart. Dat laatste werd uit volle borst meegebruld door bijna geheel St. Mary's, voor zover aanwezig.

'Ik hoop niet dat Row nou weer wakker wordt,' zei Harmony zo goed en zo kwaad als het ging in Annes oor, tegen het gebrul in; 'hij ligt volgens mij net lekker in de logeerkamer. Zijn lampje ging meteen uit, zodra hij zijn kussen rook.'

'O, die slaapt wel door, hoor,' antwoordde Anne zelfverzekerd in Harmony's oor, 'hij heeft de rockgenen van zijn vader. Laten we maar hopen dat kleine Harry haar genen ook van haar vader heeft!' Gemma en baby Angharad waren samen even gaan liggen op het bed van Roger en Harmony, en daarna niet meer verschenen.

Anne en Harmony lachten naar elkaar. Het begon donker te

worden, en de gekleurde lampjes maakten het sprookjesachtig.

'We gaan zo effe pauze houden, maar ik wil eerst nog een liedje spelen voor mijn liefie,' zei Rory ineens in de microfoon.

Anne voelde hoe een heleboel mensen haar kant uit keken. Haar wangen ontploften bijna en ze moest zich beheersen om niet achter Harmony weg te kruipen.

'Ze is de vrouw van mijn leven,' ging Rory verder, 'en ik was haar verdomme bijna kwijt geweest, maar gelukkig heb ik 'r net op tijd weer gevonden. Want jezus, je moet toch vechten voor je geluk? Je leeft maar één keer, jongens!' Hij keerde zich naar Henning en riep iets, Roger speelde met een vragend gezicht een basloopje en hij knikte instemmend, en ineens was het nummer daar. Een luie, lome, plakkerige reggae-groove met Rory's gruizige stemgeluid eroverheen:

Get up, stand up, stand up for your right
Get up, stand up, don't give up the fight

Most people think great God will come from the sky
Take away everything, and make everybody feel high
But if you know what life is worth
You would look for yours on earth
And now you see the light
You stand up for your right

Anne kon haar ogen niet van hem afhouden, en halverwege het nummer had hij haar plotseling gevonden in het publiek. Hun blikken haakten zich in elkaar en ze keken, en keken, alsof ze de enige twee mensen op aarde waren. Het nummer eindigde, Rory deed alles keurig op de automatische piloot, maar hij liet haar blik niet los. Niet toen hij zijn gitaar afdeed, niet toen hij van het podium af sprong, niet toen hij met een paar lange, half gerende passen voor haar stond. Midden tussen het publiek.

Hij pakte haar hand. Stond even helemaal stil, alleen die intense blik. Het leek wel of hij niet wist haar hij moest beginnen, en Anne vergat bijna te ademen.

Plotseling was daar Blade, die Rory een beuk op zijn schouder gaf en vrolijk riep: 'Zet hem op, hé, ouwe rukker!'

Rory keek verstoord om, zuchtte, schudde zijn hoofd, trok aan Annes hand. 'Kom mee,' mompelde hij, 'hier gaat het niet.'

'Wat is er dan, wat gaat er niet?'

Rory zei niets en trok haar mee de drukte uit, achter om de schuur, en het veld in. Ze liepen, helemaal tot het eind van het een beetje verwilderde, met bloeiende grashalmen bezaaide veld, het licht glooiende heuveltje op, tot ze de zee zagen.

'Rory, wat is er met je, heb je je bezeerd? Ben je niet lekker? Je loopt zo hard!' Anne klonk bezorgd en een beetje buiten adem.

'Nee, nee, god, jezus, verdomme, ik loop je ook mee te sleuren als een halve idioot, sorry, Annie, verdomme!' Eindelijk stopte hij met lopen, maar hij liet haar niet los. Hij ragde zijn andere hand door zijn haar en keek naar de horizon met een soort verbijsterde blik.

Anne snapte er niets van, maar haar hart klopte als een bezetene. Van schrik, of angst, of onzekerheid; een hele onontwarbare kluwen van emoties overspoelde haar. 'Wat... wat is er toch?' fluisterde ze bijna.

'Niks, ik dacht, god, ik dacht gewoon dat ik het nooit meer zou doen, ik dacht gewoon dat ik d'r niet meer aan zou beginnen, dus het is wel effe omschakelen voor me, dit hele idee, en ik had dus ook eigenlijk helemaal niet gedacht dat het zo verdomde moeilijk zou zijn om het mijn bek uit te krijgen, maar... Annie, eh...' Hij keerde zich naar haar toe, beet op zijn lip, fronste. Hij stond zo overduidelijk te worstelen met zichzelf dat Anne in de lach was geschoten als ze zich niet zo verschrikkelijk bezorgd had gemaakt over wat hij nu toch in vredesnaam probeerde te zeggen.

'Ik, ik,' probeerde hij, en toen mompelde hij 'Godskolere,' en zakte op een knie. Zijn hand omknelde de hare intussen alsof hij bang was dat ze weg zou waaien, en zijn haar viel naar voren.

Ineens keek hij op, zijn zee-ogen brandden door zijn woeste lokken.

'Wat doe je nou?' fluisterde Anne, helemaal in de war.

'Wat denk je verdomme dat ik hier zit te doen?' vroeg hij, grof en onhandig. 'Annie, in godsnaam, zeg wat.'

'Sta op, sta nou op,' fluisterde ze, 'je moet opstaan, Rory, alsjeblieft!' Er rolden tranen over haar wangen, omdat ze het werkelijk niet kon geloven dat hij hier voor haar zat, zo, op zijn knie, in totale wanhoop en totale overgave.

'Kan ik niet, totdat je ja zegt,' gromde hij verstikt.

'O, mijn hemel, ja, ja natuurlijk, ja, sta nu alsjeblieft op, och jee, Rory!'

Voordat ze twee keer met haar ogen had kunnen knipperen stond hij alweer, had hij haar in zijn armen en tilde hij haar van de grond om haar rond te zwieren. Hij lachte voluit, tilde haar boven zijn hoofd, en door haar tranen heen keek ze neer in zijn gezicht en zag ze dat zijn ogen glansden. Uit de buitenste hoeken rolden twee tranen, maar hij lachte en lachte en zwierde haar rond tot ze allebei ademloos waren en bijna vielen.

'O mijn god, Rory, wat heb je nu gedaan? Wat gebeurt er allemaal, ik weet het gewoon even helemaal niet meer,' zei Anne nog half lachend, terwijl ze het haar uit zijn gezicht streelde.

'O, wacht, ik heb nog, eh, shit, wacht effe, moppie,' mompelde Rory plotseling, en hij hipte een beetje ongelukkig in de rondte terwijl hij iets uit de zak van zijn spijkerbroek probeerde te vissen. 'Godver, waar is dat kreng, je gaat me toch niet vertellen dat... ha.' Hij trok iets uit zijn zak dat Anne pas kon identificeren toen hij het triomfantelijk onder haar neus hield.

Een ring. Van goud, met een nogal grote, vierkant geslepen diamant erop.

'Kom hier met je vinger, mop, als-ie niet past dan krijg ik een toeval.'

'Jeetje, hoe kom je daar nu weer ineens aan?'

'Heeft Blade voor me meegenomen uit New York. Gemma

heeft voor je gepast, ik hoop maar dat jullie een beetje dezelfde soort vingers hebben. En... hop. Hij zit.' Tevreden bekeek hij het resultaat, Annes hand in de zijne. 'Wat denk je? Vind je het wat? Nou is het wel officieel, in ieder geval.'

'O, Rory, hij is prachtig, maar dat had toch helemaal niet gehoeven? En je was zo bezorgd dat je niet genoeg geld had, hij was vast veel te duur... Als je me een lipje van een colablikje had gegeven was ik ook blij geweest, het gaat toch om het idee, en...'

Rory schudde zijn hoofd. 'Het gaat niet om het geld, mop, maar het gaat wel om wat anders. Ik wil je een echte ring geven, geen verdomd blikringetje, ben jij besodemieterd. Het gaat erom dat je waardevol voor me bent, het meest waardevol van de wereld. Samen met Row, maar dat is anders, want hij is mijn kind. Jij bent... alles, eigenlijk. De mooiste, de lekkerste, met de meeste sproeten,' hij grinnikte even, 'de liefste, de slimste, mijn beste vriendin. Ik kan gewoon helemaal niet zonder je. Ik heb het altijd wel zo gevoeld, maar ik deed het alleen helemaal verkeerd, ik dacht dat ik als een gek moest werken, en zoveel mogelijk geld moest regelen, zodat ik dat allemaal voor jou had, dat ik op de best mogelijke manier voor je kon zorgen, maar uiteindelijk deed ik helemaal niks, want ik was gewoon de hele tijd weg. Terwijl, jij bent het belangrijkste. Dat wij bij mekaar zijn is het belangrijkste. Ook al heb ik niks.'

'Ik hou ook van je als je niks hebt,' zei Anne zachtjes. 'Ik hou altijd van je. En van Row.'

Rory grijnsde, er rolden nog twee tranen over zijn wangen en hij trok Anne opnieuw in zijn armen.

Epiloog

Ze woonden net iets meer dan een maand in Teague House. Het was nog niet helemaal af, maar zodra het met goed fatsoen mogelijk was geweest om er te gaan wonen, hadden ze het gedaan. Ze hadden een fijne slaapkamer, Rowland had een heerlijke eigen kamer en een aparte speelkamer, de woonkamer en de keuken waren voor het grootste deel af en alleen de zolder en een van de geplande badkamers moesten nog flink onder handen worden genomen. En de tuin, maar die klus had Rory zich toegeëigend. Hij vond het om een onverklaarbare reden ontzettend leuk: in de grond wroeten, tegels leggen, struiken eruit rukken en andere struiken er weer in zetten, graszoden uitrollen, rozenstruiken planten; hij zat vol plannen en was ondertussen ongeveer op de helft van alles wat hij zich had voorgenomen.

Een van de plannen die hij had was om achter in de tuin een speelhuis voor Row te bouwen, en hij stond net in zijn blote bast en zijn afgeknipte spijkerbroek aan het dak ervan te timmeren toen de bel ging.

Anne zat in de serre aan een klein tafeltje achter haar laptop te schrijven – haar writer's block was als sneeuw voor de zon verdwenen sinds ze bij Rory was ingetrokken – en ze riep door de open tuindeur: 'Ik ga wel even kijken!'

Het gebeurde niet vaak dat de deurbel werd gebruikt. Meestal kwam iedereen gewoon achterom. Ze verwachtten geen pakketjes.

Row zat op school en Colin had gewoon de sleutel, maar hij had vandaag een dag vrij genomen om met zijn vrouw mee naar de tandarts te gaan, omdat ze daar een soort onredelijke doodsangst voor had. Dus wie kon er in hemelsnaam om elf uur 's morgens aan de deur bellen?

Anne trok de voordeur open en bleef stokstijf staan.

Op de drempel stond waarschijnlijk de mooiste vrouw van het universum, gekleed in een crèmekleurig designerjurkje, met eronder een paar perfect gladde, egaal gebruinde slanke benen. Aan het eind van ieder been een zwaartekracht trotserende *nude* naaldhak die zo vreselijk misstond op de straat van Hugh Town dat Anne er veel te lang naar bleef staren. Langzaam kwam haar blik weer omhoog, langs een angstwekkend slank en afgetraind lichaam naar goudblond haar dat perfect in model zat in een permafrost van haarlak, en daaronder een gezicht met zoveel natuurlijk ogende make-up erop dat de huid de textuur van vlekkeloos satijn had gekregen.

Meilane.

Ze had precies nul rimpels, vegen, puistjes of, god verhoede, sproeten.

Anne moest haar best doen om haar hand niet voor haar gezicht te slaan en haar eigen kaneelbespikkelde neus te bedekken. Ze voelde zich nog net niet krimpen in haar katoenen zomerjurkje, op blote voeten, met haar haar los en woest gekruld op haar rug.

'Dag, Anne, was het toch?' zei Meilane hooghartig. 'Ik wil mijn zoon zien.'

'Wat is het, Annie, wie belt er nou aan de deur?' Rory kwam aanstommelen door de gang en kwam abrupt vlak achter Anne tot stilstand toen hij in de gaten kreeg wie daar stond.

'Wat doe jíj verdomme hier?' barstte hij uit. En tegen Anne: 'Hier, ga naar binnen, mop, je hoeft niet met haar te praten, ik regel het wel.'

'Nee, ben je mal, ik blijf,' zei Anne zachtjes tegen hem. Ze voelde zijn hand even op haar rug en ze was meteen weer gerustgesteld. Ze mocht dan een neus vol sproeten hebben, achter haar stond toevallig wel de man die haar sproeten sexy vond, en haar neus de mooiste neus ter wereld.

'Ik wil Rowland zien,' herhaalde Meilane. Ze knipperde even met haar ogen en het leek alsof er een klein barstje in haar bewapening sprong. 'Jullie zien er wel uit als een paar natuurkinderen, op jullie blote voeten en zo. Ik ben verbaasd dat je hem teruggenomen hebt,' ze richtte zich opeens tot Anne, heel persoonlijk, haar hoofd een beetje schuin en haar stem vertrouwelijk, 'je weet toch hoe hij is? Je weet dat hij op een goed moment wel weer–'

'Precies,' zei Anne, dwars door het gelispel van Meilane heen, 'ik weet hoe hij is. En daarom ben ik weer bij hem, en is hij weer bij mij.'

'Row zit op school,' gromde Rory over haar schouder, 'wat dacht je nou, dat we hem maar gewoon zouden laten darren? Je hebt hier niks te zoeken, Mel, dus sodemieter nou maar weer op. Je gaat me toch niet vertellen dat je dat hele roteind uit LA bent komen vliegen om hier een beetje op de drempel te komen poseren met je journalist en je bodyguard?'

Anne had nu pas in de gaten dat er twee mannen achter Meilane stonden, die overduidelijk bij haar hoorden. Een had een forse camera om zijn nek en de ander had kleerkastschouders, verpakt in een strakke zwarte polo, en een stierennek.

'O, nee, ik was in de buurt, ik was in Londen, en ik had ineens zo'n behoefte om mijn kind nog een keertje te zien, hem te knuffelen, nog één laatste keer voordat jij me het contact voorgoed ontzegt...' Nu waren haar pijlen weer volledig op Rory gericht, maar ze sprak eigenlijk vooral voor de journalist, die met zijn camera in de aanslag stond.

'Ik kan me niet herinneren dat jij Row ooit hebt geknuffeld zonder dat er een camera bij was om het vast te leggen,' zei Rory schamper, en daarna fluisterde hij snel in Annes oor: 'Mop, ga eens even gauw hiernaast Georgie halen? Ik denk dat we haar nodig hebben.'

Anne verdween naar achteren en hoorde hoe achter haar Rory een wat steviger toon aansloeg tegen Meilane, met een paar diep doorvoelde verdommes erin. Ze vloog door de tuin, over de muur, bij Seaview naar binnen, en legde in drie ademloze woorden in de keuken aan Georgie uit wat er aan de hand was.

'O, hij heeft een getuige nodig,' zei Georgie, die gelukkig niet van gisteren was. 'Ze had er toch voor getekend dat ze nooit meer zou proberen contact te zoeken, of zoiets? Kom, snel, voordat hij iets doet waar hij spijt van krijgt.'

Ze renden de tuin in, sprongen over het muurtje en sprintten door de gang. Gelukkig stonden Meilane en Rory nog gewoon tegenover elkaar en hadden ze elkaar niet de kleren van het lijf gescheurd of de haren uit het hoofd getrokken, maar de sfeer was antarctisch.

'Zou je me niet binnenvragen, in plaats van als een boerenpummel me op de stoep voor je deur te laten staan?' Meilane ging frontaal in de aanval, en negeerde Anne en Georgie.

'Ik pieker d'r niet over,' bromde Rory, 'jij moest zo nodig hier komen, ik heb je niet uitgenodigd, en ik wil ook dat je zo snel mogelijk weer vertrekt. Je krijgt Rowie niet te zien, en waag het niet om naar zijn school te rijden, want ik doe je wat.'

'O ja, dreigen, daar ben je goed in. Gelukkig, ik dacht even dat die roodharige straatkat je helemaal had getemd, maar ik zie dat de oude Rory toch nog niet helemaal is verdwenen.' Haar mooie gezicht was al even scherp als de toon waarop ze sprak.

'Ja, nou heb ik er verdomme genoeg van,' brulde Rory ineens. 'Je hebt het wel over mijn verloofde, uitgekookt vals kreng dat je d'r bent, ga als de donder weg hier en laat me je nooit meer zien.'

Meilane begon te lachen. 'Ga je met haar tróuwen?' zei ze schamper.

'Mevrouw,' zei Georgie plotseling met haar meest bekakte diplomatenvrouwenstem, 'sta me toe mezelf aan u kenbaar te maken. Ik ben Georgiana Anstruther-Willoughby, intermediair voor mijn cliënten Anne Miller en Rory Maquary. Mag ik u erop wijzen dat u op dit moment handelt in strijd met het door u ondertekende convenant, waarin u heeft toegestemd in het afzien van enig contact met de heer Maquary en uw zoon, Rowland Maquary, uit een eerdere verbintenis met de heer Maquary? Mijn advies aan u is om zo snel mogelijk weg te gaan, want de wettelijke repercussies stapelen zich op met iedere seconde dat u hier langer blijft.'

'Hoe... bedoelt u?' vroeg Meilane onzeker, misschien wel voor het eerst van haar leven helemaal weggespeeld.

Anne en Rory hielden elkaars hand vast en gaven elkaar een snelle maar daarom niet minder verbijsterde blik.

'Laat me duidelijk zijn,' vervolgde Georgie onverstoorbaar, 'u hebt een geldbedrag ontvangen, in ruil voor uw handtekening, is dat correct?'

'Eh, j-ja?' Meilane keek van Rory naar Anne en terug naar Georgie, maar nergens zag ze een kans op hulp.

'Welnu. In het convenant staat duidelijk vermeld dat de heer Maquary het gehele bedrag terugontvangt zodra u het convenant schendt. En dat is wat u hier staat te doen.'

Geld was een taal die Meilane sprak onder iedere omstandigheid. Ze sputterde nog even, maar liet zich toen door haar bodyguard en haar journalist begeleiden naar een huur-golfkarretje dat verderop in de straat geparkeerd stond.

'U hoort binnenkort van ons juridisch team,' riep Georgie er nog achteraan.

Anne deed de voordeur dicht en giechelde een beetje nerveus. 'Jeetje, Georgie, wat was je goed! Je schudde al die tekst zo uit je mouw, hoe deed je dat? Ik geloofde er gewoon echt in!'

'Dijk van een actrice ben je, mop,' zei Rory waarderend, 'kom, we gaan effe in de tuin zitten met een bakkie koffie, om bij te komen. Ik kreeg zowat een hartverzakking toen ik dat idiote mens voor m'n neus zag staan.'

‘Nou, vooruit,’ zei Georgie, ‘dan ga ik maar een halfuurtje later open, hiernaast. We hebben ook wel iets te vieren.’

‘Hoe bedoel je?’ Anne was in de keuken al in de weer met het koffiezetapparaat. Rory glipte naar buiten en klapte razendsnel een paar plastic tuinstoelen open. ‘Het is nog een beetje improviseren, dit, maar als ik het hier eenmaal heb zoals ik het wil, dan zitten we lekkerder,’ zei hij verontschuldigend, leunend tegen de stijl van de tuindeur. ‘Nou ik niet zo veel poen meer heb moet ik het allemaal zelf doen, hè, maar dat geeft niks. Ik vind het wel leuk, en het is goed voor me.’

‘Maar je bent toch weer schathemeltjerijk, nu?’ zei Georgie verbaasd.

‘Huh?’ zei Rory.

‘Meilane heeft je net je hele fortuin teruggegeven, op een presenteerblaadje, het enige wat jij hoeft te doen is een zaak aanspannen. En ik zal je er wel mee helpen.’ Georgie was triomfantelijk en strijdbaar.

Rory dacht er even over na. Keek naar Anne, die terugkeek. Er ging iets warms en verbondens tussen hen heen en weer, en Anne knikte naar hem, met een klein glimlachje.

‘Nah,’ zei hij toen, ‘als je d’r gelukkig van wordt, Georgie, ga je gang, hoor, maar voor mij hoeft het niet per se. Ik heb eigenlijk al alles wat ik wil.’

Anne greep zijn hand en fluisterde: ‘Ik ook.’

Dank

Allereerst wil ik graag mijn lief bedanken voor het feit dat hij zo ontzettend goed kan slapen: ik schrijf bijna alles 's nachts op de rand van mijn bed met de laptop op schoot, zodat ik, als ik het niet meer hou van de vermoeidheid, zo achterover kan kieperen en in slaap kan zakken. Terwijl ik tik, zaagt lief één kussen verderop tevreden een boom door; hij heeft nergens last van.

Een tweede bedankje moet uitgaan naar mijn achterneef Tom, die voor de grap op Facebook tegen me zei: Goh, *Vallen*, en het volgende boek heet dan zeker *Opstaan*? Op dat moment was er nog geen sprake van een vervolg op *Vallen*, dus ik moest grinniken. Totdat – en hier komt het derde bedankje – verschillende lezers van *Vallen* op Twitter en Facebook hete emoji-tranen huilden omdat er geen tweede deel in de planning was.

Het zette me aan het denken: zou ik het kunnen? Een verhaal dat voor mij eigenlijk afgesloten was, weer openbreken en een tweede boek vullen met de avonturen van Anne en Rory? Er was nog genoeg te vertellen, want in alle eerlijkheid vond ik het een beetje oneerlijk dat Anne als enige al die moeite had moeten doen om haar leven om te gooien voor Rory; ik vond eigenlijk dat hij ook wel eens een beetje zijn best mocht doen. En op die gedachte was *Opstaan* geboren. En hier heb je dan meteen dankzegging nummer vier: mijn uitgever Maaike, die het direct een geweldig idee vond!

Alle briljante mensen bij uitgeverij Boekerij die hebben meegeholpen om dit boek beter en mooier te maken en te zorgen dat het bij jou, lieve lezer, terecht is gekomen, verdienen trouwens mijn dank. En dan vooral natuurlijk Femke, Leo en Jorien.

Marianne, de liefste literair agent van de wereld, krijgt hierbij een papieren kus (ik zal haar binnenkort vast wel weer een echte geven), en verder heb ik nog wat bedankjes liggen voor mensen van wie ik iets mocht lenen. Van Geneviève mocht ik haar voornaam lenen (alleen zonder accentje), van Victor mocht ik een gitaarkoffer lenen – jawel, die met die gruwelijke roze voering – en verder heb ik, zonder dat hij het wist, ook van hem geleend hoe hij gitaarspeelt als hij ineens een oude hit blijkt te kunnen: bijna alsof het hem overkomt. Van mijn favoriete oudtante Tante Zus heb ik zowel de voornaam (haar èchte voornaam; Zus was haar bijnaam) als het formaat geleend; ze vindt het vast niet erg, ze zal wel op een wolkje zitten en naar beneden kijken, stel ik me voor. En als laatste heb ik wat eilandgevoel geleend van mijn lievelingseiland Schiermonnikoog. Schier vindt het vast ook niet erg, het heeft eilandgevoel genoeg.

Dank allemaal, en dank aan jou, lieve lezer, ik hoop je te zien bij het volgende boek.

Jackie

LEES MEER VAN

Jackie van Laren

De jonge journaliste Anne Miller werkt voor een blad dat op de rand van de schandaaljournalistiek balanceert en is verloofd met de keurige Ian. Tijdens een interview met Rory Maquary, leadzanger van een wereldberoemde rockband, gelauwerd acteur en beruchte *Hollywood Bad Boy*, blijkt Anne een onverwachte klik te hebben met zijn driejarige zoontje.

Het jongetje heeft het moeilijk sinds zijn moeder met de noorderzon vertrok en kan wel wat extra aandacht gebruiken. In een opwelling doet Rory Anne een aanbod dat ze niet kan weigeren: als ze drie weken meegaat met de Amerikaanse tournee van zijn band en op zijn zoontje past, mag ze een exclusief diepteartikel over de band schrijven. Anne pakt zonder aarzelen haar tas en gaat. Ze houdt zichzelf voor dat ze het doet voor haar carrière en voor het kind. Maar bijna tegen wil en dank vallen Anne en Rory voor elkaar. De gevolgen zijn niet te overzien...

LEES MEER VAN

Jackie van Laren

In *Zin* gaat Nina de Wit een maand lang werken voor de wereldberoemde, schathemelrijke trance-dj en producer Wessel Quist, bijnaam Q. Hij is een vreselijk aantrekkelijke player met een absurd drukke agenda en hij heeft een personal assistent nodig. Nina is grootgebracht door vrijgevochten kunstzinnige hippie-ouders en ze wil niets liever dan zich ontworstelen aan dat verleden. Een baan, een huis en een man zijn haar ideaal. Q, ongenaakbaar, ongrijpbaar, voortgedreven door een geheim uit zijn verleden, is precies het soort man dat ze niet zoekt. Maar daar trekt Q zich niets van aan…

Verkrijgbaar als
e-book
& papieren boek

LEES MEER VAN

Jackie van Laren

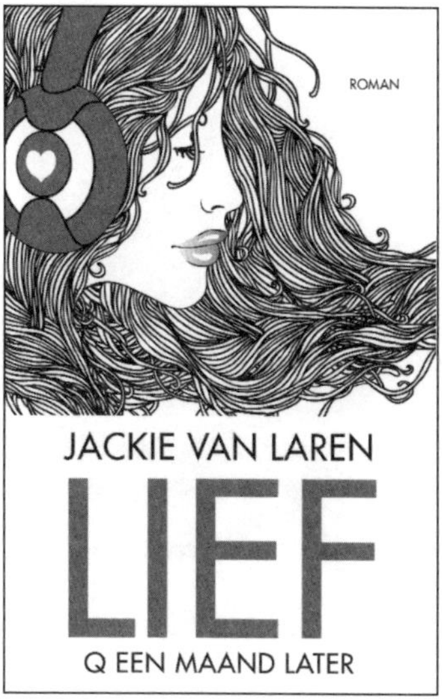

Na een intense, heftige maand heeft Q Nina zonder verdere uitleg weggestuurd en zit ze thuis met een gebroken hart. Q heeft intussen alweer een nieuw liefje, een fotomodel waar de roddelpers dol op is. Was wat Nina en Q hadden dan toch niet meer dan een tussendoortje, een affaire die vooral werd gedreven door lichamelijke aantrekkingskracht?

Oud-collega Leo, die al langer een oogje op Nina heeft, nodigt haar uit om mee te gaan naar Ibiza. Q zal daar een prestigieuze dance-award in ontvangst nemen, en iedereen van het bedrijf zal er zijn om dat te vieren. Het is een aanbod dat Nina niet kan weigeren, want hoewel ze donders goed weet dat Q *damaged goods* is, wordt ze nog altijd als een magneet naar hem toe getrokken...

Verkrijgbaar als
e-book
& papieren boek